U0528854

华章
传奇派

品味无限不循环的人生

钢 婚

何许人 著

重庆出版集团 重庆出版社

图书在版编目（CIP）数据

钢婚 / 何许人著. —重庆：重庆出版社，2022.8
ISBN 978-7-229-17011-0

Ⅰ.①钢… Ⅱ.①何… Ⅲ.①长篇小说—中国—当代 Ⅳ.①I247.5

中国版本图书馆CIP数据核字（2022）第125476号

钢婚
GANG HUN

何许人 著

出　　品：华章同人
出版监制：徐宪江　秦　琥
责任编辑：王昌凤
特约编辑：史青苗
营销编辑：刘晓艳
责任印制：杨　宁　白　珂
装帧设计：晨星书装

重庆出版集团
重庆出版社 出版
（重庆市南岸区南滨路162号1幢）
北京盛通印刷股份有限公司　印刷
重庆出版集团图书发行有限公司　发行
邮购电话：010-85869375
全国新华书店经销

开本：880mm×1230mm1/32　印张：14.625　字数：337千
2023年1月第1版　2023年1月第1次印刷
定价：49.80元

如有印装质量问题，请致电023-61520678

版权所有，侵权必究

目 录

楔　　子 / 001

第 一 章 / 005

第 二 章 / 028

第 三 章 / 047

第 四 章 / 072

第 五 章 / 094

第 六 章 / 116

第 七 章 / 143

第 八 章 / 169

第 九 章 / 194

第 十 章 / 213

第十一章 / 230

第 十 二 章 / 251

第 十 三 章 / 272

第 十 四 章 / 289

第 十 五 章 / 305

第 十 六 章 / 324

第 十 七 章 / 339

第 十 八 章 / 354

第 十 九 章 / 375

第 二 十 章 / 392

第二十一章 / 410

第二十二章 / 427

第二十三章 / 452

没有所谓命运的东西,

一切无非是考验、惩罚或补偿。

——[法]伏尔泰

楔子

　　崭新的越野车在独库公路上飞驰，天高云淡，空气清新，没有堵车，没有红灯。这条以景色壮美闻名的公路两侧不断出现各种美景，有人说运气好的话，在这条路上，一天之内就能饱览世上最美的四季。

　　可惜这是林泉第一次来这里，也是最后一次了。这件事他不会让杨翎知道，他只是觉得这一路都很轻松，从容赴死真的比努力活着轻松得多。他看了眼副驾驶位置上心事重重的杨翎，她一定还想好好活着吧。

　　林泉试着舒缓杨翎的情绪，让她望远处白雪皑皑的山顶，让她看山谷呼啸奔腾的河流，让她听耳边温柔吹过的风声，告诉她这一切有多美，告诉她这趟旅程有多顺利。是的，太顺利了，林泉这一生从未如此顺利过，人生苦旅，往复循环，却将这最终恍然成最初，就像他与杨翎的最初，相识、相恋、结婚，是那么自然而然，一顺百顺。

　　真的顺利吗？杨翎笑不出来。在她的印象里，他和她的最初，除了第一次牵手、第一次拥抱、第一次亲吻、第一次结婚，还有第一次吵架、第一次冷战、第一次流产、第一次搬家……她怀疑林泉忘了那时都发生过什么事，甚至忘了曾经的他和她都是怎样的人，怎样走到了一起，又怎样熬过了十一年。

现在，终于，旅程接近尾声，婚姻已然结束，杨翎陷入回忆的漩涡。

收到林泉和安琪拥抱照片的她，曾心乱如麻；从林泉外套口袋里翻出六千块化妆品消费小票的她，愤怒到血压升高；后备厢安监控、打埋伏现场捉奸、旁观赵熙子收买保安当眼线的她，算是大开眼界；跟踪林泉去酒店，原以为只要见到马国明现身就能真相大白，却亲眼看到林泉和朱迪一同步入电梯，彼时的她心碎欲裂……

这段日子以来，杨翎一次次陷入怀疑与自我怀疑，变得越来越敏感脆弱。当然，林泉并非置身事外、毫不作为。杨翎落选护士长最委屈最难过时，他为她打抱不平出了恶气；当杨翎努力减肥积极变美，甚至开始尝试性感内衣时，他也曾给予甜蜜冲动的回应；当她用年轻貌美女网友的身份在社交软件上主动约他时，他也给她留足了面子……

这些记忆的碎片清晰无比，如同电影片花般在脑海中上映，有过多少爱就有过多少恨，绵延不绝猜忌的煎熬，彻夜难眠烈火烹心的痛楚，像是终于被煎到火候的中药，在杨翎忍受苦涩全部饮下后，才换来此刻短暂的平静。而属于林泉的那杯毒药，却是杨翎亲手熬制，并看着他一饮而尽。一切已无法挽回，她终于快要失去这个曾经爱过恨过也怨过的男人，而那个导致林泉走到今天这一步的秘密，早已从这段旅程开始起就如鲠在喉。

终于到了最美最爽快的这段路上，杨翎眼前出现了不断退后的绿茵，蜿蜒的公路如同缎带般绵延舒展，车窗降下一些就有惬意的风涌进来，置身其中，感觉像飘了起来。她伸出手，感受着风在手心的波动,像在抚摸一头皮光水滑的隐形巨兽。此刻,整条路都没有人,整个世界似乎只有这辆车。

就是现在!杨翎的脑子里,那个声音再次出现,提醒着她此时就是开口的最佳时机。

"有件事我必须告诉你。"杨翎突然鼓起了勇气,对林泉说,"其实,朱迪后来找过我……"

杨翎说得很慢,斟酌着用词,这是她的关键时刻,必须小心行事。林泉听到朱迪的名字就恍了神,前方路面上不知为何突然出现了一块大石,他来不及避让,径直冲了上去。车胎碰到石头的瞬间,林泉回过神来,条件反射地抓紧方向盘试图稳住,但车速实在太快,惯性把车抛上了天。

上升,旋转,下落,杨翎感觉身体在离心力的作用下离开了座椅,幸好系了安全带,身体才没飞出去。紧接着的几秒钟,像正在观看的电影摁下了慢速播放按钮,整个世界都变慢了。林泉结结实实地撞上方向盘,安全气囊像一朵蘑菇猛烈炸开,然后他的身体被气囊挤压倾斜,在巨大的惯性下,头顶朝着前挡风玻璃撞去。杨翎看到林泉脸上已然初老的皮肤微微颤动似水涟漪,他的头结结实实地磕在了挡风玻璃上,一片冰裂纹出现,方才撞到的额头上也现出血痕。紧接着,杨翎的身体被绷到极限的安全带一把拽住,肩膀和胸腔传来压力带来的尖锐疼痛。

离开路面的越野车,在半空中三百六十度翻转后彻底失去平衡,又斜着旋转了半圈,最终在半空中画出一道抛物线,头重脚轻地栽进河中。

旋转和坠落令大脑有点功能失调,杨翎半昏迷半清醒,眼前的世界又仿佛摁下了快进播放。翻滚时车窗玻璃撞破的地方迅速灌进水来，紧接着是门缝，清澈冰冽的天山雪水争先恐后地涌入车里。天地之间只剩下水的声音，咕嘟，咕嘟，每一声都在吞咽这辆车。

杨翎脚上一片冰凉，冰水迅速蔓延到衣服和裤子上，刺骨寒凉带来隐隐痛感，鸡皮疙瘩瞬间泛起。她反应过来，可能看不到巴音布鲁克的晚霞了。闭上眼，脑海里浮现出一片广袤无垠的大草原，尽头是壮美绚烂的彩霞，云朵如新海诚画作般不真切，夕阳之下是千回百转被晚霞渲染成金色的开都河，美不胜收。

河流沉默地流淌，暗流的低吟提醒着杨翎，可能再过一分钟，这辆车，这两个人，以及那个尚未说出口的秘密就都会被彻底吞没，被河水裹挟着推送到足以安放它的温暖河床。最后，会是干干净净的，仿佛这辆车从未来过，仿佛杨翎和林泉从未来过，这片美丽的土地原本就与他们无关。

现在是下午四点四十八分。这个时候，杨燕刚在手机上订购了三张从北京飞往美国的机票；马国明在厨房里刷第二只大闸蟹却被大钳子狠狠夹了虎口，赵熙子看着康儿刚写下的错别字，忍不住拍了桌子；李川在众人的加油声中汗水与泥浆齐飞，开始斯巴达勇士赛的最后冲刺，终点线的另一边，一位身材健美、笑容灿烂的姑娘正在为他加油挥手；朱迪正准备搬家，关上门之前，最后一次面对空荡荡的房间突然哭了起来，背后却有一只手轻轻拍了拍她，原来是他。

杨翎突然睁开眼，她很不甘心，不能就这样去死，她还带着一个荒诞的秘密，一个难以启齿又必须说出来的秘密。

世界却在汩汩的水流声中陷入一片黑暗。

第一章

A

三个月后,林泉接受银行内部调查人员的问询时,黑色齐耳短发、表情严肃的大姐眉头微蹙,问他:"关于你和马国明还有朱迪的这件事,是从什么时候开始的?"

大姐问完,把手底下的笔记本抹平,准备做记录。

彼时的林泉头发凌乱,胡子拉碴,眼底泛红,仿佛正在生一场要命的大病。他端起面前的杯子喝了一口,问大姐能不能抽烟。

大姐嫌恶地看了他一眼,摇了摇头。林泉喝光了面前的咖啡,强迫自己从极度焦虑的情绪中抽离,仔细回忆整个事件的经过才终于找出头绪。他认真地说,这件事,是从换车开始的。

而换车这件事,还得从马国明问林泉是否租过车说起。

当时是储蓄所的午餐时间,马国明脸上敷着面膜,一边从林泉的外卖餐盒里夹了块红烧肉小心翼翼地塞进嘴里,一边随口问道。

林泉没多想,说他租过,在买车之前为了练手,租过几次。马国明接着问租车麻烦吗，林泉说有点麻烦，得用自己的身份证，还得绑定银行卡，租车公司还得审核用户是否征信黑户，最后还得交押金。

马国明想了想问，租车公司就不怕人家把车给开走不还，卖掉吗？

林泉笑了，说都什么年代了，车上都有定位设备和记录仪，不还车是不可能的，就连开车产生的违章罚单也能找到人。马国明若有所思地点了点头，后来就问林泉杨翎什么时候有空，自己有家不错的饭店免费餐券，请他和杨翎一起吃饭。

马国明难得大方一次，林泉挺高兴，就问马国明嫂子来不来，正好让两位家属认识认识。马国明把手一摆，说你嫂子是大忙人，每天请她吃大餐的客户排着队，看她到时候能不能赏脸吧。

话既然这么说了，后来嫂子就真没赏脸，但席间林泉觉得马国明有点不太对劲。他先是夸林泉两口子关系好，说羡慕他俩恩爱，饭吃到一半，又发牢骚说自己老婆什么都好，就是爱查岗，问杨翎查不查林泉的岗。

杨翎笑着看了林泉一眼，说她才懒得查，医院的工作都忙不过来，哪儿有闲工夫操心他。马国明也笑了，拍着林泉的肩膀说泉儿是安全牌好男人，让杨翎把心放到肚子里。马国明还问杨翎买车之后林泉有没有每天送她上下班，杨翎对此嗤之以鼻，说她看见自家的车就心里堵得慌，房子都没买，就先买车，还背了两年车贷。买车前林泉还说以后包接送，可事实上她要上夜班，上下班时间跟林泉很难凑到一起，打从她上夜班以来拢共也没坐过几回自家的车。马国明听了后，赶紧打哈哈调节气氛，假意批评了林泉几句。

换车当天一如平常，一整天的工作林泉习惯性地心不在焉，依靠多年来重复工作的身体反射为客户办理存取款之类的业务，收钱取钱数钱盖章打印凭条早已形成肌肉记忆，不用动脑也能行云流水地完成。

除了"帮砍一刀"的购物信息之外，几个月没人说话的大学同学群里，因为有人提议聚会，突然热闹了起来。

林泉没有丝毫兴趣，在他的理解里，同学会无非是某些人显摆自己、勾搭异性、联系业务的局中局，而他现在的状态就是个"中年社畜废柴男"。很显然，这不是个褒义词，所以上面的三点和他也没有任何关系。为"精英男""钻石男"鼓掌叫好吗？林泉才不干这事儿，虽然混得不好，但也不需要沾谁的光，更不需要讨好谁，堂堂正正地过自己的日子，舒舒坦坦。

本来林泉在群里也很少发言，所以其他同学开始报名接龙时，他迟迟没回应。直到几个好事的同学主动在群里@他，说安琪也会来，林泉的心就像被人用石头砸开了的冰封河面，咕咚一声，在冰面下泛起了涟漪，还有条小鱼跳出了水面。

大学时代的林泉并不安分，虽然从小就是个乖孩子，很听家长和老师的话，可谁也不知道他内心深处暗藏的叛逆与冲动。那时候他的"女朋友"是安琪，跟他同届同班，系花。之所以要打上引号，是因为同样以男友身份自居的男生系里至少还有十个八个。

林泉省吃俭用加上勤工俭学，攒下钱给安琪送花送礼物，请她看电影，去歌厅，安琪一般会拒绝，偶尔笑眯眯答应。看完电影送她回寝室，手是拉过的，拥抱也是半推半就的。虽然不敢细想安琪到底有没有跟其他男同学也做过同样的事情，但人家愿意接受自己的邀请，就已经感激涕零，哪还敢过问这种细节？于是他更努力地攒钱，好在请安琪吃饭时敢点更贵的菜，过节时也能送上一份更体面的礼物。

毕业在即，林泉鼓起勇气想跟安琪要个名分，自己究竟算不算她的男朋友。安琪眨巴眨巴水汪汪的桃花眼，搂着林泉的脖子，在他脸上轻轻地啄了一下。林泉做梦都不敢想安琪居然会亲自己，手足无措地想要发起进攻，索要一个真正的吻。结果在他盲目的奔突中，安琪急了，咬了他舌尖。当时林泉就疼蒙了，趁着林泉发愣的当儿，安琪嘻嘻一笑逃出他的怀抱。

那个年深日久的吻，究竟是亲在左脸颊还是右脸颊，腮帮子还是下巴，已无从稽考，只是每当林泉想起安琪，舌尖依然有条件反射般的隐痛，回味无穷。

毕业后安琪去了深圳，据说她家人都在深圳。此后的两年，林泉还一直默默每个月给她寄去一两百块钱，帮她补贴点交通费，更多的他也给不起。直到某天听到传说安琪是同学里第一个年入数十万，并在北上广深大城市买了房的人，林泉在他北京城中村八平方米的小屋里看了一眼工资到账的提示信息，不由哈哈大笑了半晌，打住了这荒谬的馈赠。

绿茶婊。

这是马国明对安琪的评价，他还知道只要有人给她发红包她就收，不管是谁的，手底下的备胎至少一百个。

那她现在怎样呢？有没有嫁入豪门？林泉依然时不时地惦记。

马国明当时很鄙视地说，嫁个屁！你当豪门那么好进，人家什么女的没见过？她倒是结过婚，但据说嫁得一般，现在做微商，早几年卖面膜，现在卖什么胶原蛋白，每天发各种今天赚了多少钱、发了多少货的朋友圈，看得烦，我早屏蔽她了。泉儿，你会不知道？我记得你也追过她。

是。我是追过她，我那时候就是一傻×。

林泉越想越郁闷，安琪居然做微商都屏蔽自己，连马国明都能看到的朋友圈他都看不到。已经十多年没见过安琪了，她现在长什么样了？据说这次她是来北京出公差，顺便想要见见久违的同学们。

虽然经过马国明的敲打，对安琪已经有了属性鉴定，但林泉还是按捺不住想去看看安琪。他对自己说：就算是给自己的青春一个交代，也是给逝去的初恋画上一个句号。

但究竟要以怎样的身份去见安琪？同龄的老同学，要么是各自所在企业的高管，要么自己单干创业，也算是老板了，最不济也是买好学区房的新北京人。而他，这些年虽然一直生活在北京，却只是租住在五环外开国产车的小柜员而已。林泉心里琢磨了一天，还是不想让自己太跌份。

临到下班，林泉刚结完账，准备站起来活动一下身体，马国明笑嘻嘻地走过来，一看就像是没安好心的样子，小声说："泉儿，今天想跟你换车开开。"

林泉以为自己的耳朵出问题了，没搞错吧，那辆车马国明才买一个月，嘎嘎新，为什么要跟自己的比亚迪换？

马国明笑说今晚自己要去趟郊区，路不好，林泉的车底盘高，皮实，说罢径自把车钥匙塞到林泉手里，又伸手去他兜里掏他的车钥匙。

林泉原本开的是一辆"老破小"的比亚迪，而马国明最近刚换了一辆进口车，一个充满意式风情的浪漫的牌子——阿尔法罗密欧。这车跟法拉利同属一家集团算一个爹，人称小法拉利，全进口，小众，看不出究竟是什么来头。马国明这辆罗密欧是最骚气的红色，最高配置。

这么好的新车居然要换自己的破车，林泉搞不清马国明葫芦里卖的什么药，一时间没反应过来。马国明狡黠地冲他挤了挤眼睛，说回头帮你加满油。

言语中，林泉感觉马国明必有猫腻，却又不明就里，但是同时，自己心里突然生出个念头。

林泉又问马国明参不参加同学会，安琪也要来。

马国明有点不屑地笑了笑："我就不去了，你们好好玩就行了！"言语间就像是大人不掺和小孩子的过家家游戏的意思。林泉听了心里有点不舒服，嘴上还是又客气地让了几句，在确定马国明肯定不会去参加同学会后，终于松了口气，这样他就可以开着这辆罗密欧去参加同学会了。

林泉在心里隐隐地感谢马国明突发奇想的换车，却又实实在在地感觉到马国明绝对不像只是简单换车。这么多年，可以说林泉见证了马国明的成长，从小马到老马，从单纯的小柜员到油腻的大主任。

林泉工作的储蓄所不大，加上保安保洁里外里十来个人，而马国明毫无疑问是储蓄所里最"重要"的人。不仅主任的职位是最重要的，身形也是，身高一米八五，体重两百，像一大坨会活动的肘子，衣服裤子的关节处都勒进肉里，一笑脸上的肉就鼓起来还漾出光，油腻腻，看着这张脸林泉能少吃半碗饭。

上大学时，马国明是高林泉两届的学长，没在一起上过课，但在一个球场上打过篮球，不仅面熟，还说过话。因为这层关系，加上年龄相仿，又都是外地人，打从林泉一进储蓄所，两人就觉得很亲近。马国明是东北人，带着东北人天生的幽默感，爱讲笑话，为人热情，这令林泉备感轻松。他话少，朋友也少，能有马国明这么个老同学在一起上班，感觉是老天爷送给自己的一份新员工入职小礼包。

马国明以前可不胖，多年前林泉第一次来储蓄所报到时马国明也才二十多岁，和林泉现在一样也是小柜员，两条腿瘦得跟麻秆似的，浓眉大眼能秒杀所里所有姑娘大嫂，发量浓密，尚未秃顶，尤其是穿上多年前更有含金量的银行制服真是精神得很。那时候的马国明非常小清新，最重要的是他举止斯文又带着几分羞涩，遇到漂亮姑娘来办业务，多说两句还会脸红到脖子根儿。

林泉上班不到一个月，就收到了马国明的婚礼请柬。林泉当时没钱随礼，跟杨翎借了两百块钱，至今未还。

马国明在自己的婚礼上穿着白色西装礼服，手拿麦克风信步款款地走向赵熙子，玉树临风地演唱了王菲的《我愿意》。林泉记得高音时还破音了，但没人在乎这种细节。除了新娘子赵熙子外，当天喜宴上的大姑娘小媳妇全被马国明征服了，一个个比新娘子还激动，不少人热泪盈眶地捏着纸巾悄悄跺脚，恨不能冲上台去把马国明据为己有。

结婚后的马国明跟生完孩子的俄罗斯大妈好有一比，结婚十一年，胖了将近一百斤，跟体形同样膨胀的除了不断加大的制服西装尺码，还有他的位置。一年后，马国明升任储蓄所副主任，又过了两年，他正式成为主任，开始独当一面全面领导储蓄所的工作。其间所里其他人员多多少少也有些调动，但像马国明一样如此剧烈又如此迅速的绝对没有，个中缘由，众说纷纭，但都离不开那位赫赫有名的马太赵熙子。

这些都是林泉知道的，但他不知道的事情，其实还有很多。不然的话，后来发生的一切，也不至于那么出乎意料，无法收场。

B

后来，当马国明接受银行内部调查问询时，面对短发大姐，他显得十分诚恳。短发大姐看了看笔记本上调查提纲的第一个问题——"出轨原因"，琢磨了半分钟，才字斟句酌地问马国明，你对你和朱迪的关系，有什么看法？

马国明苦涩一笑，并没有像短发大姐一样绕弯子，直接说他发现跟朱迪相处，给他快要窒息的生活突然打开了一扇小窗户，能让自己减轻许多压力。虽然这令他有罪恶感和愧疚感，但这件事就像抽烟和喝酒一样，虽然对身体有害，上瘾之后就停不下来。在他精心操作跟朱迪密会的全过程中，其实除了轻松和愉快，还伴随着罪恶感和愧疚感。带着这些回家，哄老婆时才能更心甘情愿地面带微笑。

大姐目光满是质疑地看着马国明，在笔记上写下："出轨原因是减压——更好地哄老婆。"然后在这句话的后边，打了个大大的问号。

换车当天中午，马国明去给一位大客户送资料，对方迟到，马国明一个人坐在餐厅里等。坐下来没多久，他收到了一条信息，随即脸色变得有些许奇怪。那条信息的发送者，是个年轻可爱又知情识趣的姑娘，主动提出要请他吃饭，他犹豫着，要如何回复她。

马国明没想到，客户没来，老婆赵熙子居然来了。本来他想跟老婆打声招呼，可看到老婆身后还有个莫西林和另一个不认识的中年女人，他也就没起身。

三人点完单就开始聊天，马国明听了一耳朵，越听越不得劲。

中年女人说："女人如果没了爱情，算什么女人？反正对我来说，爱情最重要，所以现在我不能再忍下去了，我发现我已经不爱他了。"

"爱情是骗人的，就是进化过程中为了保持基因延续，哄骗人类繁殖而产生的脑内分泌物制造的假象。你就是这些分泌物分泌过多中毒了，变成了恋爱脑。"熙子跟莫西林并肩坐着，正好背对着马国明，"你想要的是结果，爱情的结果是什么？朝夕相处耳鬓厮磨你侬我侬，最多也就是陪伴一生罢了，跟养猫养狗有区别吗？不也一样能陪伴一生？"

"对呀，陪伴一生有什么不好吗？你不也结婚了有老公吗？"中年女人强力反问。

赵熙子自信地说："我跟你不一样，我很理智地知道自己喜欢什么样的人，想跟什么样的人生孩子，我对感情绝不冲动，出现问题我也能冷静解决，我知道自己要什么。可你现在不理智，甚至失去了理智，你今天找我跟老莫，其实还是在纠结到底要不要跟这个已经不爱的人离婚，想断吧有点舍不得，不断吧又有点不甘心。"

"你说我恋爱脑我认，可我现在跟这个家伙没法你侬我侬了，他太黏人了，搞得我很烦，简直影响工作。你要是我，难道还能坚持下去？"中年女人不满地说。

"我问你，你养猫也养狗，烦吗？"赵熙子笑笑。

"不烦呀，它们不会跟我吵架，也不会背叛我，跟男人不一样。"中年女人答道。

"未必，要是猫跟人跑了，狗被人偷走了，它们会因为想念你而死掉吗？不会吧，它们只会在新主人家里继续生活，这跟男人有什么不同？离了婚再找一个，一样重新跟别人生活。"赵熙子的声音不大，却把中年女人说得哑口无言，"猫和狗不黏人吗？不是每天需要

013

你去遛狗撸猫吗？买猫粮狗粮、送它们绝育、给它们看病还得花不少钱呢。它们也不会赚钱，更不会负担家用、送礼物给你，为什么你对猫狗有耐心，对男人没耐心呢？"

中年女人被问得答不上来了。

"熙子，你这个说法真是太逗了，蛮有道理。"莫西林用他的上海腔说完，笑了起来。

"所以，你的御夫之道就是把老公当成猫猫狗狗？可你想过没有，猫猫狗狗就算离开我们，也不会要分财产的呀，这不一样。"中年女人又发问了，这是个现实问题。

"这你就不用担心了，新婚姻法是保护婚前财产的，确切地说，谁有钱就保护谁，谁赚的钱就保护谁，法律是公平的。"莫西林插了一句嘴。

"你们说，我要不要骑驴找马？先不离，或者先吊着他，再考察考察，然后看看自己的行情？要是行情不济，也还有个退路，进可攻退可守。"中年女人把声音放小了说。

"你这条件需要退路吗？反正我是不会骑驴找马的，我自己就是马，千里马。"赵熙子骄傲地抬起头。

接下来的话，马国明听不进去了。对于一个东北纯爷们来说，这娘们儿太欠揍，拿自己当什么了，她养的猫狗吗？这时候他接到了客户的微信，说刚到停车场，让他再等等，马国明也不想跟老婆打招呼了，悄悄溜走，准备把资料交给对方就赶紧离开。

大客户洋气貌美，是外企中层部门经理，马国明跟她很熟，管她叫大美妞。马国明在停车场上把文件交给她，随口聊了两句，大美妞为了感谢他等了自己这么久，拿了条好烟送他。马国明不肯要，两个人就拉扯起来。天地良心,这点小动作都是光天化日之下,没有半点暧昧。

好巧不巧,赵熙子来停车场接另一个朋友,撞见了这一幕。当时赵熙子就变了脸,冷不丁地走到马国明和大美妞身边,黑着脸说:"老公,好巧啊,你怎么也在这儿?"

马国明有点不自在:"我来送资料呢,你怎么也在这儿?"

"这么漂亮的女客户,不给我介绍介绍?"赵熙子目光像X光一样,上上下下地打量着大美妞,那眼神就像在看偷情男女。

"您是马太太啊?真是幸会!您好,这是我名片,很高兴认识您。"大美妞比马国明脸色变得快,马上就看清形势并掏出了名片,"平时没少麻烦马主任,大中午的耽误他休息,还让他给我送资料,添了不少麻烦,正想好好谢谢马主任呢。"

赵熙子接过名片瞥了一眼,一脸假笑地说:"你太客气了,都是他分内的工作。这是我的名片,有机会欢迎来我们律所喝茶。"

赵熙子也回敬一张名片,大美妞笑眯眯地收下,见赵熙子目光不善,找了个借口,饭也不吃了,开上车就走。

车还没走远,赵熙子就瞪了马国明一眼:"当初你当主任的时候怎么跟我承诺的?我不是答应帮你完成每年的任务了吗?揽储揽基金,你说你还缺什么?有你这么省心的主任吗?我唯一的要求就是你不能和女客户打交道,过分吗?"

赵熙子声音很大,马国明低着头,小心翼翼地去拉赵熙子的手:"老婆,我错了。"

"你自己说,错哪儿了?"赵熙子用力甩掉马国明的手,口气像在训儿子。

马国明咽了口唾沫，虽然心火直蹿，但他知道，自己不能惹熙子生气，于是低声下气地说："对不起，我不该跟女客户约出来见面，工作中实在没办法的话，也要避免单独见面。"

"我拜托你，答应的事情就要做到！做不到就别干了，回家好好照顾康儿，让我省省心。"说完这番话，赵熙子哼了一声，扔下马国明回了餐厅。

旁边打扫卫生的老大爷拖着垃圾桶，看着马国明在笑，那笑中充满了鄙视。

别说扫地大爷瞧不起自己，马国明自己都快瞧不起自己了。这就是他的待遇，在公众场合听见老婆说老公跟猫猫狗狗有得一比，都不敢站出来，在外边明明是正大光明地给客户送资料，却要跟做贼似的跟老婆道歉。即便是回家了，肯定也还要再认认真真地承认错误才算完。

在外边，所有人都以为马国明过的是神仙日子，不用为钱发愁，想去哪儿玩就去哪儿玩，想买什么车就买什么车，甚至他要是想换别墅，对他老婆来说也不是问题。在所里，熙子也很给他面子，当着他同事的面总是笑眯眯的，还经常请大家喝咖啡送点心。熙子什么都好，就是控制欲太强，而且过于自信。马国明心里的好女人从来不是这个样子的，这种非正常的待遇最近两年越来越严重，积蓄多年的怨念快要无法负荷，迫切需要一个出口。

感谢老天爷，马国明现在有了一个出口。

C

第一次换车的那个黄昏，跟以往任何一个黄昏一样，宁静无事，按部就班。

走出柜台时，林泉接到了杨翎发来的信息，和以往一样，那是一张晚餐照片，一荤一素一汤。杨翎只要上晚班就来不及在家吃晚饭，她总是做好晚餐带个便当去医院，林泉回去热热就能吃了。林泉本想告诉杨翎，今晚自己要去参加同学聚会，但这句话打了一半，想了想，又给删了。

马国明最后离开储蓄所。他接到了老婆赵熙子打来的电话，赵熙子语速很快，就像在跟秘书确认工作安排，问他今晚是否要带儿子一起，一家三口去看新上的好莱坞动画电影。马国明告诉老婆，她记错了，他买的票是明晚的，今天晚上他已经约了客户。赵熙子不高兴了，问是男客户还是女客户，马国明马上报告，是男客户，吃饭时会拍照给她检查。赵熙子这才挂断电话，马国明叹了口气，走向停车场。

林泉和马国明各自上了车，然后朝着截然不同的方向离开。截至目前，除了他俩，没人知道他俩开的是对方的车。

人跟人是不一样的，车跟车也是不一样的。以前林泉知道这道理，却不知道具体能不一样到什么程度。现在他知道了，进口车踩一脚油门，发动机的声音像音乐那么动听，内饰就更别提了，到处透着恰到好处的精致感。林泉开着罗密欧在路上风驰电掣，等灯时，旁边的宝马摩托骑手都扭头多看了车和他一眼。

林泉特后悔，当初买车之前怎么没多试驾几家，又不要钱，过过瘾也好啊。他在买车之前就把比亚迪当成了第一目标，于是试驾也只选了比亚迪，最后也就是聊了聊配置和优惠政策，没费多少事就刷卡付钱买定离手。买车的过程就像他跟杨翎的恋爱过程，目标明确，直奔主题，也曾在初时有过短暂的欣喜，但很快就沦落到乏善可陈。

有人说，车是男人的第二个老婆，如果一个男人打算换车，多半是对老婆不太满意。林泉想，车能提供的价值跟老婆也差不多，不外乎实用性和面子。他不知道马国明对赵熙子的不满意是哪方面，但他没时间琢磨这事儿。他得开着这辆罗密欧穿越北京的晚高峰，经受诸多路人和车主的目光洗礼。

一小时后，林泉开着罗密欧终于抵达了饭店停车场。说来也巧，林泉停车时，有个男人也刚停好车，正站在车旁抽烟。林泉自己的车不咋地，但开车技术还不错，侧方位潇洒地一把就揉进去了，略有得意地下了车。旁边那人惊呼："呦，是老同学呀！"

林泉这才发现，对方是老同学邓其乐，也是相约来参加同学会的。邓其乐是北京人，林泉记得他家住在北大和清华之间的一个小区，他们那片的学区房得十几万一平方米，他离婚三年多了，经常在同学群里让大家介绍对象，也不知道具体做什么营生，但从来不缺钱。

邓其乐对林泉开的车特别好奇，问完价钱问性能，原本同在北京却十余年未见的老同学，立马变得熟络起来，一直聊到进了酒店包间，居然没有尴尬的沉默时段。

林泉落座时，安琪已经到了，其他大部分同学也都到了，安琪众星捧月一般坐在主位上，正跟其他同学们谈笑风生。林泉和邓其乐落座之后，原本没有引起大家的太多注意，大家只是照例寒暄打招呼，分别说了自己在做什么工作，现在住在哪个区，孩子多大，学校上的是私立还是公立。这些话题林泉都不想参与，但大家既然都在聊，他也就只能听。

席间，老同学问起林泉的工作，林泉还没组织好语言，邓其乐就帮着说了起来，告诉大家林泉可是在国有大银行工作。林泉感觉到对面的安琪眼睛一亮，也就不好意思地笑了。说起来确实好听，他所在的银行确实是四大国有银行之一，但他这个职位跟在世界五百强的连锁超市做收银员没什么区别。碍于面子，他也没多解释什么。

女人聊衣男人聊车，局面正是从邓其乐跟大家说起刚刚看到林泉开的罗密欧开始变化的，虽然在座的各位同学基本上人人有车，也有不少是开的BBA这个级别的中高端车，但对罗密欧这么冷门的车还是充满了好奇。

林泉平时经常逛汽车论坛，对所有自己买不起的车都如数家珍，这是他的爱好，这个爱好今天终于派上了用场。恰好同学们也有兴趣，一时间林泉成了席间的中心人物，他能感觉到安琪的目光在自己身上频频驻足。

林泉的虚荣心得到了极大的满足，以致原本不打算跟安琪说话的他，最终竟然莫名其妙地坐到了安琪旁边，推杯换盏，对饮了好几杯。他那时已经喝多了，在安琪凑过来时眼神有些恍惚，怎么觉得眼前的安琪跟记忆中的初恋不太一样了呢？声音还是同样甜美婉转，当年令他魂牵梦绕的瓜子脸变成了锥子脸，鼻子也像外国人那么高，大概还做过一些医美手术，加上大浓妆，看起来就像塑料娃娃成了精。

同学会结束后，安琪陪着林泉在饭店门口等代驾来，拥抱完又细心地搀扶着跟跄的他上了车。"老同学，拥抱一下嘛。"安琪热情地张开了双臂，跟林泉抱在一起，挨着他耳边小声说道，"我在北京还要再待上几天，回头我单独找你叙叙旧哦。"林泉听到这句话时一阵清凉的晚风正好吹来，酒立刻醒了一半。安琪的手细细软软，碰到林泉的手，冰冰凉。

代驾开着罗密欧离开酒店停车场时,林泉从后视镜看到安琪上了邓其乐的车,虽然只是远远地看了一眼,但林泉确认那是一台白色的保时捷帕拉梅拉,离开酒店停车场后,开往跟林泉截然相反的另一条路。

红色的罗密欧驰骋在春夏之交的夜里,街头是漫天飞舞的杨絮柳絮,绿化带上姹紫嫣红,各种大花小朵争相怒放,醉眼看去在路灯下美不胜收。已经是午夜时分,繁华路段还能见到不少穿着短裙短裤、露着长腿的摩登女郎。

林泉的脑子晕晕乎乎,他想起了安琪穿着的那条超短裙,膝盖上十多公分,不知什么质地,花纹和颜色很显温柔,搭配着安琪那双大长腿,黑色的丝袜,黑色的高跟鞋,还有杨柳细腰,再加上有点僵硬的脸,真的很像娃娃成了精。林泉想到这里大笑起来,坐在副驾驶座位上哈哈大笑。代驾不知道是不是见多了醉酒的人,没多问一嘴,甚至连眼神都没侧过来半分。

娃娃精安琪,从脑子里走进了林泉的梦里。林泉梦见安琪笑嘻嘻地跟他单独待在一起,林泉盯着她的脸看了又看,带着酒意问她:"毕业这么多年了,怎么你也不见老呀?"安琪媚笑,用林泉的手捧着自己的脸,把嘴凑近他耳边,小声说:"让我们叙叙旧吧。"

林泉兴奋地打了个哆嗦,醒了,发现自己面朝下趴在沙发上,都没上床就睡着了。昨晚肯定是张着嘴睡的,抱枕上有一小摊口水的痕迹。

"欸,昨晚你怎么不接电话呀?"杨翎的声音从门口传来,她刚进屋,正在换拖鞋。

"我……昨晚同学聚会,人多,乱,没注意。"林泉清醒过来,杨翎刚刚下了大夜班回来。

"电话也不接,微信也不回,是不是碰见什么美女老同学了?"

杨翎放下包和外套，手里拎着刚买的早点，走到餐桌前，上面还原封不动地摆放着昨晚的饭菜。

"你打电话什么事儿？"林泉不准备在美女老同学这个话题上与杨翎过多讨论，果断切换了话题。他揉揉后脖子，趴了一晚上，现在脖子疼得厉害。

"你妈，她老人家不放心在你们老家药房里买的药，说我们三甲医院的药比外边的要靠谱，让我给买胃药和降压药，还有帮你们亲戚买的好几种药。我都给买回来了，你看你什么时候方便给快递回去吧。"

林泉哦了一声。

"另外，还有一件事。"杨翎说到这里，放下了手里的家伙什儿，转过身来，认真地对林泉说，"那个……海淀的共有产权房我申请摇号了，没想到，昨天收到通知中签了。"

"你都没跟我商量就去申请了？"林泉睁大还糊着眼屎的眼睛，质疑地看向杨翎。

杨翎瞪了一眼林泉，转过身继续摆放早餐："价钱真挺优惠的，海淀那边学区也好，我觉得这房子以后肯定能涨，买了不吃亏。我算过了，咱俩的公积金都取出来，再想办法凑点，首付应该没问题，月供的话，咱们的公积金加起来，平时再省点儿，应该也没问题。"

"我跟你说过，不喜欢共有产权房。都是期房，交了钱还得等两年才能交房，位置也不好，想卖更麻烦，还得等五年，这里外里就至少得套在里边七年。咱们这年纪再过七年都奔五十了，再背上二三十年贷款，我胡子都白了还没还完。"林泉没好气地说。

"你知道有多少人报名吗？你知道有多难摇上号吗？别人就都比你傻吗？"杨翎有点急了，强压着情绪。

林泉不作声。

"你还别怪我不跟你商量，咱俩都结婚十一年了，总不能一辈子租房吧？一跟你说房子的事情，你就这事儿那事儿。"

林泉还是不作声。杨翎回过身来，林泉已经不在身后。

杨翎瞪着林泉消失的位置生气，手底下重了些，先是把油条豆浆都摆好，又去厨房里拿碗盘。明明是干净的碗盘，还非得洗一遍再拿上桌。在医院工作的人就是毛病多，洁癖。现在她带着气更是故意把水放到最大，稀里哗啦地响。

同样是女人，杨翎跟安琪实际相差不到两岁，可两人看起来，无论从身材还是打扮，都像是隔了两个年龄段，安琪要不走近了瞧，说二十多岁都有人信。林泉相信安琪无论如何都没有杨翎讲卫生，不会像她那样没完没了地洗手，没完没了地全方位消毒，但这并不影响安琪的魅力；恰恰相反，太过讲究卫生的杨翎，在林泉看来就像是高中实验室的管理员大妈，压抑刻板教条无聊，一成不变。

两口子的早间矛盾暂告一段落，卫生间传来林泉的动静。

"把马桶圈掀起来！"杨翎对着卫生间的方向喊了一声。

杨翎的声音足够响亮，然而她探着头等了好一会儿，直到传来冲水的声音，也没听到马桶圈掀起来的声音。

林泉从卫生间出来，已经梳洗完毕，拿上衣服就要出门。

"我都买回来了，你不吃了？"杨翎已经摆好了两个人的碗筷，怒气中又多了几分失望。

"早高峰，堵。"林泉头也不抬地穿鞋出门。

杨翎听到门被重重关上，把手里的油条狠狠地扔回盘子里。

D

居北京，大不易。普通北漂如果单靠自己，生活往往只是生存。买房子这事儿对于所有普通收入的工薪阶层来说，都是个天大的事情，随便一个老破小，哪怕就三四十平方米，首付也得上七位数。林泉要靠柜员的工资攒钱买房，连梦想都谈不上，简直是妄想！说句丢脸的话，买房这事林泉曾经指望过杨翎娘家。

杨翎是土生土长的北京人，个子高，不纤细，说话也利落爽快，像是村上春树笔下的普通人：生在普通家庭，长在普通家庭，一张普通的脸，普通的成绩，想普通的事情。

杨家位置挺好，在二环旁边，但环境不咋地，是胡同深处大杂院。两间半小平房，连个卫生间都没有，甭管春夏秋冬，上厕所都得去胡同口的公厕。半夜闹肚子要是跑得慢，可能还没到公厕就拉裤裆里。杨翎老爸老杨头却说，姆们家这房子是不大，可真要拆迁，这两间房至少能换两套大三居，还得赔不少钱！

结婚前老杨头就这么说，十一年过去了还这么说，口吻一如既往地带着原住民的自豪，另外还多了不少新词。

小区好？好什么好，以前北京还不闹地震，最近也震了，几十层的高楼能安全吗？什么，现在的标准是抗震八级？去你大爷的，等震完了才知道扛不扛得住。要我说还就平房住得踏实，抬脚儿就是地铁站，对面儿就是什刹海，你就说哪个小区的绿化能有什刹海吧。什么，没物业不安全？小区你得交物业费吧，一年得好几千吧？姆们不用，住多少年都不用。姆们巷子口就是派出所，二十四小时国家公务员轮班儿给咱守着，国家帮咱发工资。姆们这房甭管多少年，兹要是不卖它就姓杨，小区的房子能跟你姓一辈子吗？永久产权懂吗？这就叫永久产权！

老杨头虽是工人出身，可他干的是工会工作，能说会道，吹拉弹唱样样都能来，个子高，会捯饬，说这番话时字正腔圆的北京话带着傲慢的吞音，加上挺直的腰板，无论谁听都能感受到极强的说服力。北京人总不会骗人的，讲究的就是有里有面儿。起初，林泉就这么以为，对此也抱有极大信心。谁承想，结婚都十一年了，拆迁这事儿越来越没影。

2008年，举国欢庆的奥运之年，也是林泉跟杨翎领结婚证的那年。

林泉永远记得，他们婚后租住的第一处房子，就在八通线管庄地铁站附近的一个居民区里，出地铁之后还得再走十五分钟。那是个一室一厅一阳台的老公房，每月租金一千八。那一年的北京，每天广播里电视里不间断地播放着关于奥运会的新闻，鸟巢和水立方成为新的地标，大街小巷都能听到《北京欢迎你》。

跟无数北漂一样，林泉来北京就想多见见世面多赚点钱。他每天面对哗啦啦的钞票，看到那些或新或旧的钞票一张张在手里归拢来归拢去，被整理得服服帖帖，他就有种满足感。多年来，他已经练就一掂量就知数额多少，一上手就能辨别真假的能力。只是，这些钱都跟他无关，尽管在行内拿过三次业务技能比拼前三，也只能靠着为数不多的死工资勒紧裤腰带过日子。

那时的林泉上岗不久，公交还有月票，地铁两块钱随便坐。他对业务还不够熟悉，经常出小纰漏，数错钱、找错钱、记错数、没认出假钞，各种别人犯过的错他全犯过。自己手底下的窟窿还得自己掏钱补，津贴和奖金基本上都贴进去了，有时候还不够。每月工资到手先交房租，给爸妈寄出二百，剩下的钱吃饭，最终也剩不下几个大子儿了。

2008年的北京没有雾霾，他那时候刚从地下室搬出来，和杨翎同住的小区虽然破旧，但小区附近不远处却在热火朝天地建设新小区，每天无数辆装满建材的大货车轰隆隆地开过，震得窗框嗡嗡作响。除了对门两个身份可疑的东北大妞，浓妆艳抹早出晚归常被大爷大妈用怀疑的目光审视，治安可谓良好，连贼都没闹过。住在那样的小区里，过着平淡至极毫无生气的日子，林泉一度迷惘，他怀念大学校园，怀念热血沸腾的初恋，怀念那种今天不知明天会发生什么的惊喜，哪怕是打架、挂科、失恋。他不怕苦，只怕没有被荷尔蒙支配的爽快，渴望自编自演关于青春的好戏，简单粗暴真挚，男主角只有自己。

林泉是个几乎不做梦的人，这点跟杨翎很像，他甚至从来不买彩票，年复一年地过着白开水一般的日子。

马国明跟林泉就不一样了，这家伙的命好得冒泡。婚房他一分钱没花，他老婆自带一套两百平大复式，马国明可谓拎包入住。看他朋友圈里发过照片，装修极尽奢华之能事，随便一个进口恒温水龙头都得一两万，装个阳光房就花了十八万。再加上地段好，马国明说在地产中介APP上同户型的房子售价是两千多个，还没他家装修豪华。

北京的某些人管"万"叫"个"，林泉以前不理解，后来才知道这词儿是从赌场上传下来的，赌桌上有一万块一个的筹码，所以"个"就变成了"万"的同义词。马国明最爱用这个词，丝毫不掩饰自己的得意，这令林泉有点看不惯。

林泉跟马国明不一样，从不说"个"，但他很清楚一套房子价值两千多万是什么概念，中国A股的上市公司，年报下来没准一半公司挣的都没这个数。

马国明不仅岳父在生意场上厉害,岳母也厉害,据说是有名的学者,虽说二老很少打照面,但这免去了多少原本可能存在的麻烦。老婆又能挣,每年交的税都比他工资多得多。他老婆还给买了车,刚结婚那会儿买了辆大众练手,等他开上手了又换了辆宝马X5,几年前他当上了储蓄所主任,为了低调又把宝马卖掉换了辆便宜点的奔驰GLC。这样吃不愁穿不愁的好日子过了十一年,马国明的儿子小马哥也上幼儿园了,他也终于第一次可以自己决定给自己换辆什么车了,就是那辆骚得要死的红色阿尔法罗密欧。

林泉觉得马国明被合法包养了。除了拉风的新车,他脱下制服,从头到脚哪样不是名牌?年假不是去法国就是去迪拜,去年还带孩子去了趟南极看企鹅,每天口口声声说要低调,低调个屁。

马国明只比林泉大三岁,没发福的时候跟林泉同坐柜台,两人还能有说有笑,没事一起骂领导聊八卦,中午吃个盒饭林泉也敢从他碗里分块肉走。自从马国明当上主任人就变了,办公室搬到了楼上,称呼林泉也从原来的"泉儿"变成了"小林"。从此见面,两人脸上还是笑嘻嘻,但再吃盒饭,马国明可以从林泉碗里夹肉,林泉却断不能从他碗里下手。

林泉并不羡慕马国明岳父家的人脉和实力,也不羡慕有赵熙子这样的老婆,唯独羡慕的是马国明能有比自己好得多的进口车。林泉自认有骨气,门当户对他很明白,马国明娶了这样的媳妇儿,其实也算是入赘豪门,他打心眼儿里有点瞧不起。马国明不知道林泉这番心思,见到他还跟以前一样嘻嘻哈哈。

过日子,大概都这样吧,太太平平无惊无险,这就是生活,是每个人都要持续一生的漫长修炼。白米饭没滋没味,豆浆油条便宜可得,却是每天餐桌上必不可少的。

然而日子从这天起就变得不一样了。杨翎独自吃完了冷掉的豆浆油条,毫无征兆地打了个寒战。她离开餐桌去关窗户,却看见楼下停车场,刚刚下楼的林泉上了一辆红色的车,杨翎的心里起了雾。

这是谁的车?

第二章

A

"车钥匙给你。"林泉到了储蓄所,第一件事就是去找马国明。

马国明正大口吃煎饼果子,用嘴向办公桌努了努,林泉的比亚迪钥匙放在桌面上。虽然已经住进豪华小区这么多年,可他就是改不了自己的胃口,吃什么都不如吃最扎实最普通的食物来得舒服。咽下了嘴里的食物,马国明喘了口气说道:"对了泉儿,最近我可能还会经常跟你换车开,反正你也无所谓,需要换的时候我就找你啊!"

"谁说我无所谓?你这车那么贵,我开着特别不得劲,走在路上都不敢超车,生怕不小心磕了蹭了赔不起。"林泉把自己的比亚迪钥匙揣进兜里。

"谁要你赔,我没买保险吗?你是怕我不加油还是怕我讹了你的比亚迪?"马国明头也不抬。

"不是,我说你换车到底要干吗?只有那些什么贩毒的、做间谍的、搞诈骗的才没事换车开。你不说明白,我心里不踏实。"林泉说的是心里话,虽然从昨天到今天一路上都很拉风,可他总觉得会出点什么事。

"迟早会告诉你的，你就别瞎想了。赶紧收拾利索去坐台，今天有领导来检查啊，顺便提醒程大姐她们，今天都得打起精神来。"马国明说完，把最后一口煎饼果子塞满整个嘴。

马国明把林泉赶走，嘴里的东西也到了嗓子眼。这一口太大，噎得他嗓子眼儿干疼，眼珠子直冒，随手拿起桌上的杯子就往嘴里灌。他忘了水是刚倒的，嗷了一声，赶紧把嘴里的热水吐掉，这才去旁边的小冰箱里找出一瓶冰红茶，打开，重新喝下。

马国明又喝了一大口冰凉的茶水含着，痛苦地瘫坐在办公椅上，回想起昨天中午在餐厅遇到赵熙子后发生的事情，那种感觉就像此刻备受煎熬的口腔。他一点也不后悔自己做出的选择，昨晚的约会就像此刻清凉的茶水，恰到好处地熨帖了他焦灼不安的心。他忍不住咽下这口酸甜，紧接着又咕嘟咕嘟多喝了几口。

一周内，林泉又忐忑地跟马国明换了两次车，却一直问不出马国明到底图什么。终于，马国明主动提出请林泉吃饭。马国明挺鸡贼的，很少请所里人吃饭，而这次不仅请林泉吃日料，还是人均一千的日料。这种档次的招待，林泉此前只在金融公司上班时沾领导的光去过一次。他喜欢甜虾和海胆，还有肥美的三文鱼。杨翎有医务工作者的洁癖，担心生鱼片处理不好有寄生虫，自己不吃，也不许他吃。

马国明要了个大份什锦拼盘，一个寿喜锅，一个什锦天妇罗，还有一瓶獭祭清酒。林泉也没跟他客气，大快朵颐。马国明不太吃肉，一杯接一杯地喝酒，笑眯眯地看着林泉吃，还热情地帮他夹菜，尽捡些两人一起当柜员的事聊。林泉心知肚明，这是马国明在跟自己套近乎，接着就该有求于自己了。马国明越是热乎，他越是心里没底，很可能要自己帮的忙不是小事。

酒至半酣，马国明见林泉吃得七七八八了，开始跟他唠真心嗑："泉儿，你说婚姻有意思不？"

林泉有点蒙："啥意思，今儿玩真心话？"

"嗐，咱俩差不多年纪，前后脚进行里，又前后脚结婚，我是觉得你应该能理解我的。"马国明说着话，又给林泉斟了杯酒。

林泉看看酒，又看看马国明，心道终于是谈正事的时候了。"你有话就直接说，别搞弯弯绕，我胆儿小。"

该轮到马国明说话了，他却一口闷掉杯中酒，把放在榻榻米下的粗腿费劲地掏出来盘着，身子歪在后边的墙上，凝望着锅里咕嘟的汤汁，脸上的春风慢慢退去，现出淡淡的惆怅。"人人都说我这个婚结得好，房子车子儿子全都是最好的，比别人少奋斗二十年。你嫂子对我也没得说，我现在人老珠黄她也不嫌弃，我挺感激她的，没有她就没有这一切。"

"别说你感激嫂子，咱们所里所有人都得感激嫂子，每年所里的揽储任务，多亏了她。"不知道为什么，林泉看着马国明少有的落寞，竟有点开心。

"可这样的生活，不是我想要的。"马国明自顾自地又倒了一杯酒，微微举了举杯，示意林泉随意，自己一口闷掉了杯中酒，"别说我身在福中不知福啊，你们不是我，很难理解我的感受。最近我经常想，如果不是跟熙子结婚我会跟怎样的女人在一起，我的人生会不会是另一种样子。"

林泉马上反应过来："你出轨了？"

"你先别打断我!"马国明有点生气,把酒杯重重一放,突然凑近了林泉,"我问你,你给我讲个心里话,你觉得你婚姻幸福不?"

林泉被马国明吓到了,赶紧往后退,愣了好一会儿,才说:"过日子,太太平平的,没病没灾不就是幸福了?"

"不!不对,这是解放前封建社会包办婚姻的标准。"

林泉感觉今晚马国明要犯病了,话痨病,这老小子一唠嗑就没完没了,他决定先填饱肚子:"你接着说,我先垫几口再接你话茬儿。"

马国明突然一本正经地坐直身子,字正腔圆地说:"我觉得,幸福不是你得到了你想得到的,而是在你还没得到又明明知道马上要得到之前的瞬间,那会儿最爽。王尔德说,世界上有两种悲剧,一种是没得到,一种是得到了。"

林泉被马国明油腻中年男扮演文艺青年的样子给逗笑了:"可以呀,真没想到,你还会说这种话。"

"开玩笑,哥们儿以前选修哲学拿过全校第一。"马国明有点得意。

"结合你前边的铺垫,接下来是不是要说妻不如妾,妾不如偷,偷不如偷不着?"林泉总结发问。

"你小子……"话还没说完,马国明的手机突然响起来,是赵熙子打来的视频电话。马国明马上面露苦相,把手机屏幕展示给林泉看:"瞧,我只要在外边吃饭,你嫂子就一定会打电话来查岗,比管我们儿子管得都严。"

林泉催马国明快接,电话接通之后,马国明马上换了笑脸,声音也柔和了许多,不仅让赵熙子看到了自己点的菜,还把镜头对准了林泉,甚至对准了桌面上的两副碗筷,意思是真的只有他俩。

林泉表情生硬地叫了声嫂子好，手机那边的赵熙子热情地对林泉说道："是泉儿呀，改天上家里来喝啊，嫂子有上好的日本酒。"赵熙子的脸在镜头里看起来更圆了，笑眯眯的样子倒是越看越跟马国明有夫妻相。

林泉也不知如何接话，举起酒杯，说了声谢谢嫂子，一口闷了，算是敬了她，也算是给了马国明面子。马国明又腻腻歪歪地咕哝了几句，说不会喝醉，会早点回，一定会叫代驾，放心吧，绝不酒驾。

磨磨唧唧地挂断电话后，马国明无奈地把手机一扔："我能不接吗？我不能，因为我不敢。可这不代表我认同这一切，也支持她这么做。"

"所以你的不幸福来自嫂子无微不至的关心？"

"这是关心吗？她就想看看我身边有没有别的女人！你是不知道，我跟客户约个饭她都查岗，连人家客户的女朋友她都刨根问底的，你说烦不烦？"

"只要你外面没有猫腻，嫂子问也问不出个啥来，客户也能理解。"林泉嘻嘻一笑，心里竟有一丝痛快。

"没劲呀，泉儿，如果再不想办法换个活法，在我们活着的每一天里，都会背负着痛苦，持续一生的痛苦。"马国明躺在榻榻米上，看着天花板喃喃道。

"嫂子爱查个岗就要离婚？没那么严重吧？"林泉也躺在榻榻米上，从炕桌下边看着马国明。

"失节事小，面子事大。我好歹是个爷们儿呀，也要个脸子吧。"马国明叹了口气，一骨碌爬起来，"你想过没，咱们这样的人，如果有一天能有个别的身份，去做些别的事情，真正喜欢的事情,跟真正喜欢的人一起做这些事,不用担心自己原本身份曝光带来的社会舆论和道德压力,只要不伤害任何人,自己开心就好,你说,有可能吗?生活太无聊了,咱们这个年纪,还有几次折腾的机会?难道你不想试试,重新找回自我,找回激情?"

"大哥,几个菜呀,喝成这样。我没听错吧,你这是,怂恿我出轨吗?"

"你少废话,我就问你,现在我有这么一个机会,你愿不愿意帮我?"

马国明淡淡地说完,把目光转向了林泉,审视着他,等待着他的答案。

林泉倒吸了口凉气,心里有种不祥的预感。他看着马国明说:"你要干什么?"

马国明突然笑了:"你放心,我绝对有分寸。我不干出格的事,我保证。"

林泉看着他叹口气,掏出兜里的比亚迪钥匙,放在马国明的罗密欧钥匙旁边,看着他感叹道:"不作死就不会死,你就作吧!"

"人不英雄枉少年,像你跟我这样的中年人呢,我这里有一句,人不作死枉中年!"

林泉看马国明笑得古古怪怪,一会儿唉声叹气,一会儿又暗自窃喜,脸上失落沮丧懊悔得意先后上脸,复杂到无法解读。最后他几乎喝完了大半瓶清酒,人也醉成一摊烂泥,最后的清醒留给了刷卡买单。虽然叫了代驾,但林泉不能放马国明就这样回家,代驾不会送他上楼,更不会替他跟赵熙子解释。

林泉只好跟着代驾一起,送马国明先回家,回那个马国明深以为傲的家，也是林泉最不想看到的别人的家。

B

说起来，马国明的升迁和发福都拜赵熙子所赐，林泉第一次听这名字就觉得嫂子出身不一般，后来听同事们八卦果不其然。

赵熙子是一名律师，确切地说是"名律师"，不仅自己收入不菲业界驰名，娘家更是人脉强大底蕴深厚。据说赵家在江南发迹，经商多年，颇有名气，其父和四大行的信贷部门乃至行长们关系良好。赵熙子高中时全家搬到北京定居，她算是新北京人。

当时赵熙子来储蓄所办业务，马国明刚结束对一位美女客户的服务，对方调侃了他一句，他脸红到脖子根。赵熙子什么也不缺，就想找个能让自己心动的，马国明羞涩的小表情令赵熙子一见倾心。

赵熙子办事派头很大，林泉记得有一天储蓄所的停车场停满了豪车，跟开车展似的。所里一下子来了十来个VIP大客户，都是赵熙子的朋友，每个人都指定找马国明存钱。储蓄所的同事们都被震住了，马国明这一天超额完成了全所一整年的储蓄任务。

林泉从马国明这边听到的版本是，起先他对赵熙子没啥感觉，她是律师，真要在一起了这辈子吵架都吵不过她。另外她跟马国明同龄，按东北老家的说法算老姑娘了，马国明担心她一直没结婚是有什么隐情。再加上两家家境悬殊，马国明爱面子，怕人笑话他吃软饭，也就不敢多想。

流水本无意，落花偏有情。赵熙子办业务的次数越来越多，一来二去两人不仅约了饭，还看了电影喝了咖啡。赵熙子了解到马国明是北漂单身，父母下岗家里困难，他是全家唯一的希望。马国明也了解到赵家根深蒂固，不仅生意做得大，还有许多社会关系，是棵好乘凉的大树。赵熙子人虽不美却精于世故，知识广气质佳又会聊天，每次见面不仅总能把马国明逗笑，又能恰到好处地展示经济实力，马国明后来就跳过了努力打拼的阶段，当然，同时降低了原本娶媳妇的颜值标准。

年轻时的赵熙子确实算不得漂亮，胜在气场和气质，但步入中年后的她却足以用中年美妇来形容。赵熙子经常说，女人的容颜在二十五岁之后就如同河水顺流而下，而各种美容保养的高科技以及对应的充足财力保障得以让自己逆流而上，一下一上，才能在同龄人中脱颖而出。经济基础决定话语权，所以马国明认为赵熙子说的都有道理，于是现在的他，每天中午都在办公室里敷个面膜，那张白皙饱满、没有毛孔的脸，配上肥硕的腰身显得格外油腻。

这张被清酒染红的油腻大脸，靠在林泉的肩膀上，被林泉搀扶着送进了家门。此时的林泉并不知道命运的翅膀已经开始挥动，他和马国明的人生将会掀起怎样的波澜。

"那时我们有梦，关于文学，关于爱情，关于穿越世界的旅行。如今我们深夜饮酒，杯子碰到一起，都是梦破碎的声音。"马国明醉得站都站不稳了，还在大声背诵北岛的诗，脸上的表情说不清是想笑还是想哭。

林泉把马国明搀扶到沙发上，放下他之后自己也腰酸背痛，毕竟将近两百斤的胖子可不是那么好对付的。

"要死了，怎么喝成这个样子，一身臭烘烘的，他吐了吗？"赵熙子嫌恶地看着四仰八叉躺在沙发上的马国明，问林泉。

"倒是没吐，就是今天好像挺高兴的。嫂子不是视频了嘛，老马可高兴了，跟我炫耀，说结婚这么多年，嫂子还这么爱他在乎他。"林泉的脸也是红的，酒冲的，说昧心话也不觉得难为情。

赵熙子听罢，倒是笑了："你呀，平时老老实实，怎么今天油腔滑调的？老马是什么人我还不知道，我查岗他烦都烦死了。你就哄我吧，跟老马可学不到什么好。"

"当然能学好，我可学会了回家哄老婆的好本事。"林泉嘻嘻一笑，跟赵熙子挥挥手，往门口走，"嫂子我回去了。下次我一定争取多喝，多占点老马的便宜，不能让他一个人醉。"

"改天带上你太太来家里玩呀，都这么多年了，我还没见过你太太呢。"赵熙子很热情地送林泉到了玄关。

"嘻，她在医院工作经常上夜班，跟咱们不一样，挺难凑时间的。"

林泉已经没有了聊天的心情，寒暄完毕，就跟赵熙子告辞了。

离开这间豪华大宅，林泉呼吸着新鲜空气，回头看了一眼马国明和赵熙子的家，宽敞的落地大窗里，隐约可见天花板和墙壁一角，水晶壁灯透出温馨的灯光，让人心生向往。

林泉觉得能住在这样的家里，能有个这么在意他的有钱又聪明的老婆，马国明还有什么不满？马国明如果有一天栽了，一定是栽在不知足上。正想着，他有点尿急，刚才在马国明家忘记上厕所了。说起来他也不想在马国明家上厕所，卫生间比自家卧室还大，尤其是马国明吹嘘过的昂贵水龙头，他连碰都不想碰。

夜深了，林泉见旁边没人也没摄像头，钻进小径旁边的绿化带，准备就地解决。刚尿了一小半儿，大概是惊动了树丛里的动物，突然一黑一白两团动物冲了出来，聒噪地叫着，其中一只黑色的，好像很生气，还啄了他的腿，然后快步走向对面的池塘。林泉定睛一看，竟是两只天鹅，他有点诧异，原来小区里还能养天鹅，原来黑的和白的也能成双成对。等到回过神来，他才感觉到刚才被啄过的地方皮肉生疼。

就在林泉一边揉着大腿，一边发痴地盯着两只天鹅在人工湖的湖面上优美滑行时，正上夜班的杨翎刚刚带着小护士查完房，回到护士休息室的她，望着手里的一张照片发呆。

对于杨翎来说，今天是不平静的一天。

C

杨翎照例提早十五分钟到了医院，熟悉的消毒水味道令她精神一振，立刻忘记了家里那些烦心事。一晚上的工作可能遇到各种情况，身为护士，需要打起精神来时刻集中注意力，一不小心拿错了药打错了针，可是会闹出人命的。

今年对她来说尤为重要，她已经是连续第三年被提名晋升护士长了，事不过三，科里科外也都默认接下来杨翎肯定是接班即将退休的罗大姐担任护士长。所以这半年来，肿瘤科护士长的相关工作大部分都已经交给了杨翎。再加上去年提名落选之后，副院长亲自承诺过，说今年一定把机会留给她，杨翎觉得护士长这事今年肯定能成，所以在工作上早就拿出了护士长的态度和投入程度。

论工作能力和态度，杨翎绝对不比别人差，她喜欢照顾人，也擅长照顾人，非常热爱这份工作。一定要说有什么欠缺的话，差就差在没有社会关系和过硬的文凭，今年新入院的护士都是硕士水平了，她这个多年前的专科文凭也只能算差强人意。

"杨姐，今天有您快递，放桌上了。"护士小陈风风火火地说完，推着一车换下来的床单出去了。

办公桌上有个快递专用文件袋，上边收件人一栏写着杨翎。杨翎感觉奇怪，她网购买东西都寄到家里，要是在医院收件再拿回家这一路太折腾了，会是谁给自己寄的东西呢？杨翎打开了文件袋，里边只有一张照片。她的眼睛立刻瞪圆了，浑身的血都往头顶上涌，差点站立不稳，一屁股坐在了椅子上。

杨翎闭上眼深吸一大口气，强迫自己定定神，才重新仔细看照片。这照片和八卦杂志上的明星出轨偷拍照片很像，人拍得模模糊糊，但又可以让你一眼看出是谁。照片正中有两个人，一男一女，男的正是林泉，女的不认识，浓妆艳抹，十分妖娆，还跟林泉紧紧拥抱，那身材前凸后翘十足的S形。林泉那张脸就跟没见过女人似的，笑得眼睛眯成了缝，没脸没皮贱兮兮的。照片的背景霓虹灯闪烁，能看出是在高档饭店，另外让杨翎起疑的是，林泉身边的车正是前几天早上她看见的那一辆。

林泉准是出轨了！这个念头一下子就钻进了脑子里。他在家都很少拥抱自己，在外边更是连手都没有牵过，可他现在居然跟这个妖精搂搂抱抱那么亲热，他俩是什么关系？杨翎心里正纳闷，旁边一直在办公桌前待着的实习生小护士突然来到杨翎身边："杨姐，你能教教我臀部注射该怎么下针吗？我练了一晚上，总感觉不太对劲。"

杨翎心思还在照片上，小姑娘见她不作声，以为她没听见，又叫了她一声："杨姐，你能示范一下臀部注射怎么下针吗？我怕慢了人家疼，快了又怕扎歪了。"

杨翎这才回过神来，接过小护士手里的注射器，对着硅胶练习垫稳准狠地飞快扎上一针。小护士忍不住哇了一声，说杨姐真厉害。

杨翎没心思跟她说话，赶紧把照片和快递袋拿好，独自去了消防通道。

消防通道里没有人，很安静，杨翎强迫自己镇静心神。首先，她得弄明白究竟是谁给自己寄了这张照片，以及为什么要寄照片。她开始看快递单，上边并没有发件人姓名和地址，倒有一个电话号码。杨翎打过去，听筒里传来电子合成女声："您拨打的用户暂时无法接通，请稍后再拨。"

照片上的女人是谁？这照片又是谁寄来的？

杨翎突然就想到了前阵子林泉的上司马国明请客吃饭，当时马国明还笑着说，林泉是个安全牌好男人，让她把心放到肚子里。现在来看，这句话太讽刺了。

其实她还是有点不太相信的，这女人看起来虽然艳俗，却比普通路人要漂亮许多，而且她的衣服看起来也不便宜，这样的女人，能看上林泉什么？就他那点收入，人家可能根本就看不上眼吧？他也没什么男性方面的天赋异禀，怎么就能让人家这样投怀送抱？杨翎越想越不对劲，马上又给快递单上的号码打电话，但电话依然无法接通。

就在林泉跟马国明喝清酒吃三文鱼的这个晚上，杨翎一整夜都惦记着这事，甚至想到了林泉拒绝自己购买共有产权房的提议，会不会跟这个女人有关。

照片上虽然只拍到了林泉和那个女人的侧面，但拍到了那辆红色汽车的车牌。护士小陈的老公在交警队工作，杨翎让小陈帮忙查了一下。早晨下班的时候，她得到了回复，这辆车的车主名叫马国明。

如果是马国明的车，为什么会被林泉开回家？为了在同学会上挣面子,还是为了打着同学会的名义去见这个女妖精?

大概煎熬了两个小时,杨翎在尝试了数次拨打电话后,这个号码终于接通了。

"喂,哪位?"是一个很娇柔很嗲的女声。

"您好,请问您昨天是发了一个快递吧?"杨翎的声音微微发抖。

"欸?"对方想了想,过了一会儿才回忆起来,"对,我是发了一个快递,请问有什么问题吗?"

"请问您是谁?为什么要给我发这个快递?"杨翎能感觉到自己的血压都在升高。

"我是谁?不好意思,这不重要。快递其实不是我发给你的,是我帮朋友代发的,当时她有点忙,就让我帮个忙。"对方还挺有礼貌。

"朋友?请您告诉我他是谁好吗?"杨翎心里的疑惑更大了。

"她叫赵熙子,是名律师。对不起,我也不知道快递里边到底是什么东西,我现在有事,不能跟你多聊了。"对方说着就要挂断电话。

"请先别挂,麻烦你把这位朋友的电话告诉我,我自己联系。"

挂断电话后大约一分钟,杨翎收到了短信,里边是赵熙子的电话号码。但她还是有点疑惑,于是多发了一条短信,说这个快递对自己很重要,想知道对方的确切姓名,她好保存一下。然而,对方再无回复。

杨翎又给这个叫赵熙子的打电话,然而电话一直占线,对方好像很忙。

对于这个名字,杨翎莫名觉得有些熟悉,在她模糊的印象中,曾经有过一个类似这个名字的同学,确切地说,是高年级的学姐。

记忆中那个面目模糊的名字大概也是赵熙子,熙是康熙的熙,老师在介绍学姐的时候特意说过,所以她印象深刻。当年在附中合唱团，赵熙子是指挥，每次参加比赛，她总是穿着一身漂亮的连衣裙，站在舞台正中央，距离观众席最近的位置，骄傲地挥舞着手里的指挥棒。

赵熙子不用唱歌，却是所有人的焦点所在。演唱完毕，唱歌的同学们不用动，她大大方方地转身，对评委和听众鞠躬，就连比赛得了奖，也是她代表所有人上台领奖。杨翎还记得，当年在后台，合唱团的老师从赵熙子的化妆箱里拿出黑色的小羊皮管口红时惊讶极了，说你真舍得把这个给同学们用？

二十年前，一支纪梵希小羊皮口红差不多就要花掉老师小半个月的工资。而杨翎之所以对此如此记忆深刻，是因为当年杨翎在涂抹时太激动，用力过猛，把口红给弄折了。杨翎吓坏了，她一方面不知要拿什么赔给赵熙子，一方面也知道自己糟蹋了这么贵的化妆品，又气又急又害怕，哭了起来。就连合唱团的老师也急了，替她给赵熙子道歉。但赵熙子特别大方，不仅没怪杨翎，还安慰她说没关系，然后嘻嘻一笑，打开了化妆箱的夹层，原来在那个精美的小匣子下边，还有十来支同款口红。

这件事给杨翎留下了深刻的印象，毫无疑问，合唱团所有人都对赵熙子印象深刻。大家对她的议论也多了起来，有人说她家里住独栋别墅拥有私家车，还有保姆和司机。

时隔多年，杨翎偶尔回忆起往事，还会想象着这样的一个赵熙子，如今会过着怎样的生活。她从来不是赵熙子的朋友，也不可能出现在她的社交圈，所以虽然觉得奇怪，但也不能马上确定这个给自己发快递的所谓的律师，就一定是当年的学姐。而这位律师，为什么会给自己发这样的照片？这又意味着什么呢？

作为一名普通的中年妇女，在生活中很难遇到这么刺激的事情，杨翎一时间有些慌乱，更多的是不安。这让杨翎变得有些激动，她很想找个人聊聊。

202！202床的病人是杨翎的首选。他是做编剧的，又是心理学专业出身，用聪明形容他都有点不够精准，可以说他很有智慧。202跟她的个人生活没有交集，性格也好，跟她也很聊得来，杨翎打算早上下班之后，就去找他。

D

已经到了平日打针的时间，202却不在病房。

杨翎猜他去看女朋友了，只好顺便检查了一下其他病人的情况。

隔壁床这个得了淋巴癌的老爷子正接受化疗，难受得话都不想说，躺在床上动也不动。家属是老爷子的儿子，看起来五大三粗，脖子上一根金晃晃的粗链子，撸起袖子的手臂上有彩色文身。杨翎看他打电话，说起话来凶神恶煞。

普通人或许会怕这样的男人，但杨翎可不怕，手术台上这样的男人并不少见，他们的身体构造跟普通人没有不同，一样怕痛，一样怕死。她本想检查完病人情况就走的，可这个男人嗓门太大了，他说的话让杨翎不由听进去了。

"这么小的事也要问我？是不是要我手把手教你呀？不是安了GPS嘛，你定好位，看他晚上停哪儿，车钥匙在老李手里，你让老李去开回来……怕个毛啊，我们有合同，不怕他去告。"文身男旁若无人地大声讲完，把电话挂断了。

杨翎一边听心里一边琢磨，就有些犹豫，站在门口没动。

文身男不好意思地笑笑:"对不住,我嗓门儿大,没办法。"

杨翎挤出一个客气的笑来,硬起头皮说:"没事,你也是工作。对了,我有件事……想跟你打听一下,不知道方不方便?"

"说说说,尽管说,护士姐姐的事儿就是我的事儿,千万别跟我客气。我爸在这儿给您添麻烦了,我帮点忙是应该的。"文身男不愧是社会人,社会腔张口就来,一副很好打交道的样子。

杨翎一边问,一边朝外边看了一眼,确定走廊里没有熟人,她有些不好意思,压低了声音:"刚才不小心听到您打电话了,好像能远程定位汽车,是吧?"

"不瞒您说,我是做民间贷款的,就是个人贷款的那种。"文身男嘿嘿一笑,一脸"你懂的"的表情,"刚才打的是业务电话,有人把车抵押给我们了,过了还款期不仅不还钱,还不接电话。按照合同,我们该采取行动了。放心啊,我们公司是正规的,做的都是正经买卖。您,是不是最近手头紧?"

"看出来了,你这么孝顺,肯定是正经买卖。"杨翎被误会成想借钱,觉得有些好笑,但还是顺着文身男的话往下说,"是这样,我有个表姐,最近她老公外遇了闹离婚,我表姐找我帮忙,问我怎么能了解她老公行踪。"杨翎也做出一副"你懂的"的表情。

文身男一听,拍了把大腿:"哎哟,这事你找我就算找对人了。如果要搜集出轨证据,我亲弟弟干这个绝对专业,他公司我都有股份,我们就在一起办公。他原来是记者,狗仔队的,绝对爱岗敬业,设备和手段全都一流。只要出得起价钱,保证拍到能在法庭上用的证据。这我们都有成功案例,我哥们儿为保护弱势女性已经争取到累计上亿的财产了,我刚子拍着胸脯跟你保证,选我们没错。"

杨翎被他这一通说得愣了："可我姐没多少钱，姐夫也穷，房子都买不起，家里就只一台车。我能问问吗，你们都怎么收费？"

文身男一听没钱，兴趣少了许多："这么专业的服务，收费当然不便宜，最少也得这个数。"说着他伸出熊掌一样厚实的巴掌。

"五千？"杨翎大着胆子猜了猜。

"五万，起步价，二十四小时跟踪调查。狗男女什么时候见面谁也说不准，等上十天半个月，一两个月才能抓到证据也说不定。得安排好几个人三班倒，每天的油费餐费加班费违章可能带来的罚单，全都是成本，其实平均下来也没多少。现在请个泥瓦工一天也要三四百了，你算算，这钱其实不多，就是个辛苦钱。"文身男有些意兴阑珊。

"贵了点，我姐可能消费不起。"杨翎叹了口气。

"还有别的办法，我们就不提供人力支持了，只提供技术，费用嘛就能便宜很多。但我们不保证结果，只是租借设备。"文身男最后不太抱希望地看了杨翎一眼，在他老爸的床边坐下。

"能便宜到什么程度？"杨翎心里一动。

"就是我们自己用的基础设备，你们外行人简单学了也能操作，GPS定位和窃听加起来五千，三个月使用时间。钱虽然不多，但我们有售后，三个月里如果有技术问题我们可以保证二十四小时随问随答，设备故障还能随时更换。"文身男说完，拍了拍自己的胸口，"放心吧，您亲表姐就是我亲表姐，如果真有需要，我就做主了，给咱亲表姐打个八折，够意思吧？"

杨翎听到这里，稍微松了口气："那太谢谢了，我替我姐谢谢你，我也替我姐做个主，就按你说的八折价，你把公司地址给我，我让我姐过去。"

文身男从裤兜里掏出名片夹,摸出张很像样的名片,递给杨翎,说:"姐姐,我跟你唠个真心嗑。其实啊,出轨这事儿吧女人就是想闹个明白,到底是谁抢了我男人,凭什么抢了我男人?想知道她到底是长得好还是活儿好。感情上我们都能理解,但从客观上来说,还得劝劝咱姐。这么个不靠谱又没钱还有闲心出轨的男人要他有屁用,是家里边小事能指望还是家外头大事能指望?人和钱都没指望,咱姐还得一天到晚忙里忙外地伺候,图个啥啊?"

文身男的东北口音把"事"发成了"四"的音,"指"发成了"子"的音,嘴里像含了个萝卜,含糊不清,叫人想笑但又感觉不该笑,杨翎只好抿着嘴点头。

"姐夫出轨其实是好事,咱姐跟他过,半辈子折进去能落个啥?能图个啥?不如呀,趁着这个好机会早点离了重新来过。有人儿愿意接手他对咱姐是好事,原本咱姐就算想离可能姐夫还不答应,这就是个自带工资当保姆保洁保安的事儿,再辛苦也落不着好,也就咱姐实诚,重感情,稀罕这个岗位。三儿都精着呢,谁他妈愿意跟姐夫受苦,对不?还不就是图个一时的甜头。电视里不都演了嘛,难道图他年纪大?图他不洗澡?我是男的我清楚,这男人呀,都他妈自私。让咱姐别想不开,这岁数了还剩多少好光景?当爱已成往事,大不了从头再来。"文身男一副热心肠过来人的态度,倒是话糙理不糙。

"你也太会聊天了,一套一套的。"杨翎苦笑。

"姐,你别看我这怂样儿,我直播间里也有几百个粉儿呐。人呀,千万别想着争什么输赢,各人有各命,到头来都是各人生死殊途同归。我爹就是看不透,一辈子想着要占个上风整个赢份儿,自己给自己压力,想不开就郁闷,结果变成了癌症体质。这些日子伺候我爹我才明白，只有健康开心最重要。"文身男看了眼病床上的老爷子，皱着眉头分明没有睡着，不知是病痛还是儿子的话令他难受，他只是一言不发。

是啊，这么简单的道理，自己都快四十岁的人了，其实心里明镜似的，杨翎叹了口气，怎么可能真的没有压力？肯定有不生气的，但那样的女人肯定不是一般人。杨翎不一样，她就是个普通得不能再普通的中年妇女。

平日里杨翎对于林泉一直是佛系态度，从不查岗，从不查账。医院里，大家都说杨翎傻，老公就跟孩子一样，不管不行，回头要真是学坏了，老婆是有责任的。每到这种时候杨翎总是嘻嘻一笑，说她懒得管，劳神操心犯不上，真要学坏了，她就不要了。她总觉得，如果男人本质不坏，坏也坏不到哪里去，如果男人本质就有问题，出轨也是迟早的事，靠严管来控制，就像肿瘤一样，还不如早发现早治疗早切除。

问题没真正发生的时候，杨翎的确这么想。现在问题发生了，她的想法却变了。当年的她，年轻、意气风发，世界还只是刚刚展开怀抱，对她面带微笑展现善意，对于未来尚有憧憬，一切皆有美好可能。现在的她面临工作和生活的双重压力，世界跟她也处久了，不讲客气了，只会拍着她的肩膀，告诉她接下来的路更难走。对于未来，她早已失去幻想，哪怕只是为了保持今天的生活，她就已经精疲力竭，现在看来仍然可能求而不得。杨翎从没像现在这样渴望继续保持安定的生活，对于一个没有野心的普通中年女人来说，这就是最大的追求。

这个追求意味着，不要横生枝节有任何变化。然而，现在这个枝节横生出来了，究竟是自家的枝芽还是过墙的红花，杨翎不知道，但她很想知道。

第三章

A

林泉每天中午都有半个小时左右的午餐时间，如果错过今天中午，晚上杨翎又得上班了；而晚上林泉几点回家，能不能说上话，氛围对不对，都很难说。

下班后杨翎没回家，特意去找林泉吃午饭。

对于杨翎的不告而来，林泉显然很意外，他说自己已经点了外卖，不太想跟杨翎吃饭的样子。杨翎心里有点不快，但没表现出来，索性也打算叫外卖，说很久没跟林泉一起吃饭了，既然来了，就一起吃得了。

林泉只好把外卖送给同事老张，自己陪着杨翎去了储蓄所旁边的小吃店。

最普通的护国寺小吃，两人两碗面，外加两碟小凉菜。林泉先找了个话头，说自己不想买共有产权房的原因，是位置不好，建筑质量可能也不好保证，买房是一辈子的大事，他不想这么草率。杨翎心中郁闷，但因为今天来的重点并不是买房，还得先铺垫着情绪，就说那算了,以后找机会再买别的房子吧。

林泉看出杨翎不高兴,又去买了两瓶北冰洋,周全地开好盖儿又插上吸管,递到杨翎面前。

杨翎见时机到了,开始朝着重点试探:"前几天小刘跟我说,看见你开的车不是咱家的车,还以为咱们买新车了呢。"

"哦,那天老马跟我换车了,这是他买的新车。"林泉耸耸肩,不以为然地说。

杨翎又问:"好端端的,老马干吗要换车?"

林泉看了杨翎一眼,看出她目光中的试探,说:"他最近好像经常去郊区,怕路不好,开新买的进口车有点心疼。"

杨翎纳闷儿了:"现在北京郊区哪儿还有路不好的地方。"

林泉不高兴了,把筷子一放,说:"那我可不知道,老马去哪儿也不会跟我打报告。他是我领导,他跟我说换车我能不同意吗?"

"那以后还换吗?"杨翎接着问。

"这我哪儿知道?你问东问西的不放心呐?"林泉脸上已经明显不悦。

"我还不是怕人家车太好了,又是新车,万一被你刮了蹭了就不好了嘛。"杨翎怕打草惊蛇,不敢再看他的眼睛,赶紧吸了一大口北冰洋。

林泉飞快地吃完饭,眼看就要结束这次午餐,杨翎最后问了一句关键的:"对了,你前几天不是参加同学聚会了吗,同学们都怎么样?"

林泉瞟了杨翎一眼,说:"这才是你今天特意过来想问我的吧,东拉西扯的,是不是觉得我在骗你?"

杨翎脸微微一红，没有否认。

林泉就把手机里边的聊天记录拿出来给杨翎看，杨翎有点不好意思，但还是看了两眼，的确，是同学聚会，还看到了一个女人的头像——安琪。

"这个安琪怎么没听你说过？"杨翎试探着问。

"是我初恋，行了吧，告诉你又怕你多想，人家当年可是系花。"林泉收起了手机。

"呦嗬，就你，还能有系花初恋？我不信，怎么从来没听你说过呀？"杨翎笑容微酸，想"抛砖引玉"，钓着林泉说更多线索出来。

"不信拉倒，十多年前的事情了，谁还没事儿就拿出来说啊。再说了，我跟你说初恋，成心给你添堵吗？"林泉振振有词，句句有理。

"这倒是……不过我想知道，跟初恋见面的感觉怎么样？"杨翎继续小心翼翼地试探，她开始紧张，毕竟不擅长这件事。

"你是不是还想知道当年我们谈了多久，发展到什么程度，为什么分的手，人家现在单身还是已婚，已婚了幸不幸福？"林泉一口气放出连珠炮，旁边桌坐的食客好奇地看了过来。

"我这不是关心你嘛。"杨翎心虚地小声了些。

"你是怕人家系花看上我吧。"林泉冷笑道。

"怎么，我是你老婆，吃吃老公的醋合情合理合法。"杨翎不甘放弃，搜肠刮肚地找出这么一句。

"翎儿，就我这窝窝囊囊没出息的样子，除了你能看得上，别说系花了，厂花都看不上。"林泉没好气地白了杨翎一眼。

"欸，见过捧人捎带着自己一块儿夸的，没见过损自己连老婆一起损的。"杨翎虽然觉得好像有点道理，心里却别扭起来。

049

"实话跟你说,我们是有联系,但这个联系仅限于在同学群里打个招呼,我连她微信都没加,不信你可以查我手机。同学会散了后是别的男同学送她回去的,不是什么重要的事情,我就没跟你说。"林泉说完,见杨翎脸色讪讪,有点没好气,"行了吗?还有什么疑问赶紧说,几点几分在哪儿吃的饭,吃了多久,谁买的单,几个人几个菜,都有谁,都聊了什么,需要我再细说吗?"

林泉这么痛快,杨翎反倒不好意思起来。虽然的确想知道更具体的细节,但林泉已经把话说到这个份上,她再继续问就显得自己不懂事了。

"你要没有问题,我得去坐台了。"林泉已经没了继续交流的耐心。

这次的交谈不算愉快,林泉的背影消失在储蓄所的柜台大门,杨翎凭着刚才对聊天头像扫过一眼的印象,大概能确定照片上的女人正是这个系花安琪,但这对于了解他俩有没有特别的关系并没有什么帮助。

杨翎默默地看着林泉回到柜台前,开始恢复工作,脑子里却再次浮现出那张照片中的林泉,轻松欢快,跟眼前拘谨冷漠的他判若两人。所以他刚才说的话,究竟是真是假从谈话里无从断定。如果他俩真有什么,那是从什么时候开始的,到了什么程度,这些问题都亟待自己去一一查清。想到这些,杨翎手指甚至有些发抖,有点气愤,有点委屈,竟也有些刺激。

B

戴着口罩的杨翎,找到了名片上的那家"事务调查所"。这地方是租住的一处公寓房,小区很大,有十几栋大高楼,人特别多。

"调查所"是一个LOFT小户型，看不出楼上有多大，一楼只有一间办公室，坐在办公桌前的是另一个文身男，不同的是文身部位在脖子上，红红绿绿的一个妖怪，领子底下血呼哧啦，仿佛被人刚抹了脖子。

杨翎还是第一次在医院之外的场合，跟这种造型的人打交道，有点紧张。她咽了口唾沫："张总说，您以前是职业记者，特别专业。"

"他吧，就爱扯犊子，我就是跟着狗仔队打杂的。要记者证没有，要办我们自己也能办到，没必要。能出活儿最重要，有实力讲信誉，你要信不过就没办法了；要是信得过，反正我给你他说的打折价，保证服务到位就完事儿了。"这个文身男说话倒是挺实诚，说话间都顾不上看杨翎，正玩着手机游戏。

"打折价，是四千对吧。"杨翎不太确定这样的地方真靠谱，四下看去。

文身男终于抬了下眼皮，看了杨翎一眼又低下头去继续打游戏，一边说："对，他都给我打过电话了，说是亲姐，得用这个价。你就放一百二十个心，我们是服务行业，要想做大做强还得靠口碑，我们公司成立都五年了，经手过的业务不计其数。反正吧，姐要真离了婚，今后肯定还有用得着我们的地方，以后肯定还会关照生意，您也会介绍亲戚朋友给我们，我也图个回头买卖……"

杨翎吸了口气，掏出手机："支付宝扫哪儿？"

离开调查所的时候，杨翎的包变得鼓鼓囊囊。她的心情也很复杂，终于还是真的迈出这一步了，接下来，靠着这些工具，会发现什么呢？一种被命运操纵的感觉油然而生，这一次，她没有属于自己的剧本，一切都靠临场发挥。

电梯门开了,杨翎走出来,就在离开的瞬间,一位跟她年龄相仿的中年妇女与她擦肩而过,快步冲进电梯。这女人身材不算苗条,长得颇有些富态,却踩着一双噔噔响的细高跟鞋,走路很快,不用说话,只看一眼就能感觉到气场强大。

杨翎感觉这个女人有点面熟,回头想要细看时,电梯门却正好合上。

电梯门没有再开,杨翎愣了一会儿,转身离开了。

站在陌生的小区,杨翎的心跳还持续在不稳定的状态。她深呼吸,强迫自己尽快冷静下来,掂量着手上沉甸甸的挎包,感觉这一切根本不像是自己能干出来的事情。

杨翎不自觉地有一点后悔,脚步也变得沉重起来。不过是一张来历不明的照片,难道就需要自己像FBI一样大动干戈?难道自己竟如此不信任相处十一年的丈夫?难道不能好好地沟通去了解事情的真相?杨翎越想越对自己生气。

路边的长椅上坐着一对恋人,男人正在细心地剥葡萄皮,每剥完一颗便讨好地送到女人嘴边,女人嘟着嘴,像是在生气,一边吃一边嘴里嘟囔着男人的不是。气氛有些尴尬,可看在杨翎眼里竟觉得如此幸福:林泉何曾如此耐心细致地对待过我呢?我总是那么替他着想,什么都不愿意为难他,可他在和那个女人抱在一起的时候是否也为我着想过呢?想到这,之前尚存一丝的后悔荡然无存,气愤和不甘占据了杨翎全部心绪,她将挎包背好,快步离开了这是非之地。

杨翎赶在林泉下班之前回到家,决定先把东西藏好,至于是否真的要用,再做计议吧。藏好东西后就开始做晚餐,洗涮切煎炸煮弄了好几个林泉爱吃的菜,想着等他回来再继续中午的话题。但愿谈话能解决问题,那也就不必动用那些奇奇怪怪的"武器"了。

花了半个多小时，菜都做好了，林泉却还没回来。杨翎不放心，打电话去问，结果林泉说，今晚有老同学约他，不回来吃饭了。杨翎还没来得及问出是不是还是那天的初恋系花安琪，电话就挂掉了。

电话那边，听得出有音乐声，是勃拉姆斯第一大提琴奏鸣曲。

杨翎有点意外，如果不是在中学时的合唱团老师给大家听过，她不会印象那么深刻。能让中年直男出现在放着勃拉姆斯的餐厅里，只有一种可能，那就是跟女人在一起，而且是漂亮女人。

锅里的汤兀自咕嘟着，顶开了锅盖气急败坏地从锅里逃出来，那热乎乎的汤落到炉火上，冒出一股白色雾气嗤嗤作响。杨翎想着自己的心事，直到汤与火爆发的冲突越演越烈才回过神来，赶紧手忙脚乱地关火，锅里的汤已经只剩一半。突然，一声清脆的瓷器砸碎的声音传来，是邻居厨房里发出的声响，紧接着，一男一女的咆哮声透过窗户和墙传了过来。

邻居是一对二十多岁的年轻情侣，一年前搬来的。男的只是面熟，没说过话，姑娘姓赵，在电梯里碰见总是笑着打招呼。杨翎不是个爱看热闹的人，况且医院里每天的各种争吵已经让她焦头烂额。但是今天，这些声音像是长了腿自己往她的耳朵里钻。只听了两三句，杨翎便猜个大概，原来小两口今天搬家，小赵收拾东西时，发现了男朋友藏着的另一部手机，而手机里全是他跟别的女人的秘密。

看来男人大多会出轨，区别只在于被抓到和没被抓到。杨翎不屑地哼了一声，情绪却无法克制地愤怒起来。"啊——"隔壁传来小赵的叫声，像是挨了打，男人骂骂咧咧的声音突然大了起来，不断有东西摔碎在地上。杨翎再也忍不住了，扔下乱糟糟的厨房，冲了出去。

隔壁的门半开着，门口和玄关堆放着正准备往外搬的杂物，楼道里已经站着不少好事的邻居，带着狗出来看热闹，但也只是在看热闹。杨翎走进去时，小赵正被打得四处躲闪，差点跟杨翎撞上。谁能想到这平日里整洁斯文的姑娘，现在竟顶着乱糟糟的头发，脸上带伤，哭红双眼。杨翎心里一疼，也不知道从哪来的勇气，一把将她拉到身后护了起来。

肇事的男人冲了过来，挥舞着巴掌，嘴里还在骂骂咧咧："我他妈还没跟你结婚，跟谁谈恋爱是我的自由！"

"你不要脸！"小赵躲在杨翎身后弱弱地喊了一句。

男人发现自己正在被邻居们围观，而且所有人都在用鄙视的眼神看着他，更激起了愤怒，他扬起巴掌照着小赵的脸就扇了下去。小赵往后一闪，巴掌结结实实地落到了杨翎的脸上。

啪！

人群陷入死一般的寂静。

半晌，旁边围观的大妈忍不住发出了一声惊呼，围观的人群开始有些躁动，大妈脚边的泰迪见此情形，也汪汪地叫了起来。

杨翎的脸火辣辣的，但没有喊叫，只是对着男人微微地摇了摇头，紧紧地盯着对面这个二十多岁，穿着浅蓝色衬衣，比自己高出一头的年轻人，举起了自己的巴掌，用尽全身力量，啪！啪！

杨翎的手在颤抖，因为太用力，也可能是因为太紧张，或者是太激动，谁在乎呢？因为她并没有停下来，深吸了口气，再一次稳准狠地扇了男人一巴掌。

男人被扇蒙了，捂着脸，怔怔地看着杨翎。

"一巴掌是还你的，一巴掌是罚你的。"杨翎指着男人的鼻子，看了眼身后的姑娘，"最后一巴掌是替她给你的。"

男人喘着粗气，气急败坏地瞪着杨翎，眼中满是愤怒，似乎在质疑杨翎的多管闲事。但杨翎并不怕他，迎着他的目光，怒目相视。两人就这样僵持着。最终，男人理亏先泄了气，环顾四周，什么也没说，冷着脸瞪了杨翎和姑娘一眼，转身回了屋。

"呦，该不是想去抄菜刀吧，要不要报警啊？"一个看热闹的大爷率先出声。

"他敢！什么东西，出轨还有理了，大老爷们居然打女人，要脸吗？"养了狗的大妈也发声了，"他再敢动手我就让我儿子咬死他。"

大妈说完，她家的泰迪也附和地又叫了两声。

杨翎平复了呼吸，回身看了看小赵，她惊魂未定，眼泪汪汪，还在哭。

"别怕！有我们在呢，他不敢怎么着你。"杨翎怜惜地帮小赵捋了捋头发，又用袖口帮她擦干了眼泪。

旁边另一位大姐也过来安慰："别哭姑娘！听我的，咱报警，他这是蓄意伤害了，我们都可以为你作证，是他打的你。"

小赵还没来得及说话，男人拖着行李箱走出来，低着头穿过了人群。突然他停下脚步，转过身看着小赵，就这么看了十几秒钟，看得双眼婆娑："我走了，你好好的吧！"说完径直冲向电梯，头也不回地走了进去。

"他还有脸哭，猫哭耗子假慈悲。我跟你说，姑娘，这样的男人趁早分了。"大姐瞪了一眼电梯，愤愤地说。

小赵什么也没说，站在原地，怔怔地望着电梯口消失的人影，眼泪又淌了下来。

围观的邻居们见没热闹再看，纷纷回家，继续烧菜的烧菜、吃饭的吃饭。杨翎安慰地拍拍小赵的肩膀,也准备回去。小赵却还站在楼道里,她似乎还没完全平复情绪,不安地看着自家敞开的门,以及门里乱糟糟的一切。

"我们快结婚了,一直以来,他对我也就那样。但我想结婚,家里人都希望我们能结婚,如果结婚是个必须要完成的任务,那我想能早点完成也好。今天,我们本来是准备搬到新房去,下星期就去领证。"小赵像是在说给杨翎听,又像是说给自己听,声音不大,哽咽中带着感伤,"其实这样也好,现在我对他彻底死心了,要是真等到结了婚再发现这种事,一切会更难以收场。"

杨翎不知道该说什么才好,她沉默地酝酿着,想要说点安慰的话,却不知从何说起:"你爱他吗?"

"我也不知道,我只知道看见他帮别的女人拧个瓶盖儿,让别的女人坐在他的副驾驶上,我心里会不舒服。"小赵望着空荡荡的房间,用手背擦了一把泪,"我是不是很小气?"

杨翎笑笑:"如果这就是小气,那女人个个都是小气鬼。"

"其实,我从来不看他手机,今天发现他藏起来的那个手机,完全是意外。大概是老天爷也看不下去了,提醒了我。"小赵说完,冲杨翎苦笑,"姐,谢谢你。"

杨翎摇了摇头:"你还搬吗?"

"搬,我再也不想住在跟他一起待过的地方。"小杨说完就回到了那个乱糟糟的屋子,就像扎入一条水流湍急的河,地板上零落的碗盘碎片就如浪花四溅。

杨翎略感欣慰,因为这种时候让自己忙碌起来反而会更舒服一点,整理打扫搬家会消耗许多力气,人累了,便没那么多心思去想糟心的事。脸上刚刚被扇过的地方隐隐作痛，她要赶紧回去冰敷一下，不然，一会儿就该肿了。

她不想被林泉看到。

C

西餐厅里的男人都西装革履，女人也都妆容精致，林泉浑身不自在，他现在还穿着制服衬衣，那是银行统一定制的面料以化纤为主的白色衬衣，搭配单位发的领带，身上的行头恐怕还没有餐厅的领班那身笔挺的西装像样。

"你约得有点突然，我还没来得及回家换衣服就过来了。"林泉向安琪摊了摊双手，略带尴尬地看了一眼自己身上的行头。

"找我有什么事吗？"林泉忐忑地看了对面的安琪一眼。今天他没喝酒，清醒得很，加上刚刚看过了菜单，以及菜品后边的价钱，现在更清醒地知道今晚一定不能喝酒。

"怎么，没事就不能找你了吗？"安琪嗔怪道，用双手托着下巴，把脸凑近桌子，凝望着林泉，"这么多年没见，我其实一直想看看你，想知道你现在过得怎么样。"

"我还能怎么样，就那样呗。不像你，风生水起的。"林泉依然和当年一样羞怯，虽然目光大胆地细细辨认眼前的安琪和记忆中的安琪有什么不同，但在这样的餐厅，他一点也不舒服。

"你呀，学会谦虚了，真是不一样了！当年的你可是意气风发，而且特别单纯。"安琪把头压低了些，咬了咬嘴唇，"毕业后，你给我寄了好几年的钱，今天，我要特意跟你说声谢谢！"

林泉愣住了，没想到安琪居然还记得这事。只不过对于现在的林泉来说，浪漫为少，难堪居多。

这顿饭吃得没滋没味，安琪说了很多话，说老同学的趣闻，说这些年的工作和生活，说她现在准备离婚，正在找最厉害的律师。有一瞬间，林泉非常恍惚，他看着餐桌对面安琪那一身精心设计过的装扮和举止，看着她闪着寒光的钻石耳环和戒指，脑海里却突然出现了杨翎素面朝天的脸，以及穿着完全谈不上精美的家居服在家里忙来忙去的身影。在想到这些的那一刻，林泉竟突然觉得持续一晚不自在的感觉消失了，心里也踏实了很多。

这顿饭快结束时，安琪喝下一口酒，露出了娇美的笑容，她终于进入了主题：要创业了，打算做一个进口美容饮品的中国总代理，用她以往的微商模式和资源，自己做老板。

"老同学，能不能帮我个忙？我现在需要贷些款做启动资金，这个项目我特别看好，肯定能赚钱，你能帮帮我吗？"安琪说话时，眼睛晶亮地望着林泉，一只手托着下巴，一只手轻轻搭在红酒杯上，手指还轻轻地上下摩挲。

一曲终了，音乐到这一刻突然结束，刚才林泉看着安琪就像在看电影里的人，听她讲的都是别人家的事，现在音乐一停就好像电影演完了。他有点难过，尽量控制着不流露出这样的情绪，淡淡地说："安琪，你可能误会了，我虽然在银行工作，但不接触信贷部。"

安琪嘻嘻笑着，已经看出了林泉脸上的难堪："不给你添麻烦，只要帮我跟你们信贷部的朋友打打招呼就好。"

林泉决定再也不强撑面子："对不起，我和信贷部的同事完全不熟悉。"

安琪以为自己听错了,定定神,重新认真看着林泉,确认林泉没有后半句以"但是"开头的话了,才意识到她没听错。她表情复杂地笑了笑,那笑容仿佛在说:好吧,懂了,被拒绝了。

安琪也没有再为难林泉,林泉抢着买单,也没抢过她。既然不想帮忙,那么当年的人情她也该还了,从此不亏不欠,各自心安。

这顿饭吃掉了多少钱林泉不知道,他只知道安琪开了一瓶自己不认识的红酒,但他坚持要开车回家,没喝。临走时,安琪看到了林泉今天开的是辆比亚迪,有点惊讶,随即马上就恢复了当年收下礼物后又拒绝约会时才有的表情:"至于吗?这么怕我给你找麻烦。"

"你说什么?"林泉上车前又转回身来,停下脚步。

"我说,你这个人真没意思。"安琪白了林泉一眼,见他没有要送自己回酒店的意思,彻底放弃了对林泉的表演。

"我也是这几年才知道,我这个人确实挺没意思的。"林泉说完就笑了,一直笑到了车都开上路,越笑声音越大,越笑越是痛快。

看到安琪恢复本来面目,他有点暗爽,与此同时又有点失落。其实她说的是对的,自己是挺没意思的,甚至不值得她耗费一顿晚餐,也枉费了一番或有或无的惦记。究竟是辜负了初恋,还是辜负了自己,林泉不知道,他只是觉得自己挺可笑的,独自开车,笑着笑着,最后眼眶竟然湿了,把车开到小区楼下,居然在车里号啕大哭起来。哭到最后,林泉也不知道自己究竟为什么哭,就是觉得心里憋得慌。

林泉抬头看了看自家窗口,还亮着灯,瞬间觉得心里有些温暖,再想起在面对安琪时多次想起杨翎的模样,竟有点想回家后马上抱抱她的冲动。但也只是一点冲动而已,他知道杨翎今晚在家,不想让她看到自己哭过的样子,问东问西。

林泉打开车窗，想透透气，顺便风干泪痕，不承想旁边一辆车的男车主也正好打开车窗，跟林泉一样留在车里，把座椅放倒，躺着听歌刷手机。不知道的，还以为男车主在等人，其实他谁也没等，就跟林泉一样，都想在单位和家庭之外这唯一属于自己的空间单独待会儿，稍稍喘口气，放松一下。对于每天要面对各种压力的中年男人来说，这是最容易得到的休憩，不用花费成本，惬意唾手可得。

林泉并不知道，其实此刻的杨翎，正在窗帘背后看着自己，看他停好车，又不下车，但她并不理解他此刻的复杂心情。在她的意识里，一个中年男人有家不愿回，那多半是在家外有了更能吸引他的东西，或者人。杨翎离开了窗口，结束了对一个待在楼下不愿回家的男人的观察，但她更想结束对这个与自己共同生活了十一年的男人的各种猜疑，而获得真相是结束猜疑最好的方式。现在，她已经有了探寻真相的"武器"。

待了大概一刻钟，林泉觉得精疲力竭，很想马上就躺上床。哭真是累人，应酬一个不再爱的初恋，更累人。早知如此，今天就不该去。林泉不免现实地想，今晚的安琪，把他的美好记忆毁于一旦。

林泉下车时，旁边的男车主还躺在车上没有动弹，大概这辆车比家更吸引他。林泉叹了口气，日子还得过下去，这个家还得回，他锁上车，上了楼。

D

杨翎紧张地打开车门，手里拿着白色的小匣子，双手抖似筛糠。

午夜三点，林泉正在楼上打着呼噜，他今天睡得格外深沉，杨翎通过安放在置物架上的监控器，在手机屏幕上看到他刚刚翻了个身。他该不会醒吧，万一起来上厕所，发现自己没在家怎么办？

杨翎屏息静气地等了半分钟，林泉没有动静，她赶紧把这个充满电的小匣子按照文身男的说法，藏在后备厢的缝隙里，用箱垫盖严实，然后赶紧关上车门，锁好，以百米冲刺的速度跑向电梯。杨翎在电梯间里喘着粗气，就像电影里刚刚得手的女特工。

"其实，我从来不看他手机，今天发现他藏起来的那个手机，完全是意外。大概是老天爷也看不下去了，提醒了我。"小赵的那句话，今晚翻来覆去地在她脑海里出现，照片、换车、初恋，老天爷也在提醒她，不能再无动于衷。

文身男给了她好几件"武器"，刚才放进林泉车里的"充电宝"，其实具有三十天待机的长时间GPS定位和监听功能。杨翎按文身男的交代，把附带的电话卡插进了"充电宝"里，只要按这个电话卡的号码拨打过去，就能随时听到车内的声音，十分方便。而GPS定位功能也只需要她每次发送一条短信到这个号码上，就能立刻得到反馈发回准确的位置信息。

此外，杨翎还得到了一个看起来像微型卫星接收器的东西。文身男说这玩意儿是观鸟仪，能在一百米范围内直接放大对话声音，还有数码降噪和录音功能，此外观鸟仪上还有个类似望远镜的装置，具备真正高倍望远镜的功能。

除了这些，文身男还私人友情赠送了三个隐藏度相当高的监控设备：一个是可爱的毛绒玩具，眼睛里边藏着摄像头；一个看起来像口红，里边真有口红，但同时也是个带拾音器的录音设备；还有一个看起来用起来都像是真正的笔，其实是内存32G的摄像设备。

杨翎以前总感觉科技发达与自己的生活无甚关联，直到这一刻才意识到其重要性。借由这些工具，她才能不动声色地监视林泉，在给自己留下面子也给他留下面子的同时，探寻自己想要获得的真相。

杨翎回到家，林泉却不在床上。

他已经醒了？难道发现了？

杨翎吓得赶紧把车钥匙放进林泉外套的口袋。越是紧张越是容易出错，她手一哆嗦，钥匙掉在了地上。

"你去哪儿了？"林泉突然从身后出现，他刚从卫生间里出来。

"隔壁小赵跟男朋友吵架了，刚找我去帮忙。"杨翎感觉自己的心就在嗓子眼里蹦，这个随口瞎编的谎话经不起推敲，如果林泉去隔壁看一眼，就会发现小赵已经搬走了。

林泉迷迷糊糊的，也不知道听没听进去。

"我去安慰了她几句，没事了。"杨翎甚至没敢回头面对着林泉，依然背对着他。

"我怎么没听到你手机响？"林泉揉着眼睛质疑道。

"我忘记把震动调成正常模式了，还好睡得轻，不然明天早上该迟到了。"杨翎接着编。

"你出门穿我衣服了吗，怎么我车钥匙掉了？"林泉看清楚了杨翎的样子。

"没有呀，我以为你还睡着呢，没敢开灯，刚刚挂我的大衣，不小心碰掉了你的外套。你上厕所怎么不开灯，吓我一跳。"杨翎赶紧转话题。

"灯一亮就睡不着了。"林泉打了个哈欠，终于结束了盘问，走向睡床。

杨翎长出了一口气，全身松弛下来。林泉却突然在床边站住，停顿了三秒钟，转身面向杨翎，看着杨翎的双眼，一步步地走了过来。

杨翎的心再次被揪到了嗓子眼，一定是被林泉发现了，怎么办？她不敢看林泉的眼睛，但又觉得自己没什么心虚的，硬挺着脖子，睁大了眼睛看着步步逼近的林泉。

杨翎怪异的表情也吓了林泉一跳，他迟疑了一下，还是径自走到杨翎身边，轻轻地拥抱了她。林泉把头放在杨翎肩上，在她耳边轻轻说道："今晚我回到楼下停车场，抬起头看到咱们家里的灯光……就想着今天回来一定要抱抱你，咱们都好久没有这样拥抱了吧？"

杨翎一直认为林泉低沉的声音非常有磁性，尤其是刚才那段几年没听过的话是林泉在自己的耳边说的，每一个字都带着湿热的口气撩拨着自己的头发、脖子和耳朵。

这怀抱就像一个浑身冰冷的人突然掉进了放满热水的浴缸，杨翎有点惊讶有点不安，更有些沉溺，想要更主动一些地抱住林泉，让这种感觉持续更久。还没来得及用力，林泉已经松开手退了一步，眯着眼睛睡眼惺忪，转身一边走向睡床，一边嘟囔："你脸色不太好，早点休息。"说罢便自顾自地躺下，翻了个身，不到片刻，呼噜声便响了起来。

杨翎直直地望着林泉，身体僵硬地杵在那里，手臂甚至还保持着拥抱结束前一秒的角度和弯曲。今天这是怎么了，一切都是这么反常。自己是反常的，林泉更是反常的。他这算什么？在外面做了亏心事，回来补偿我？用一个如此漫不经心的拥抱？还是自己想多了，夫妻之间拥抱一下不是很正常吗？

杨翎想起手中还握着的车钥匙，看了一眼窗外的停车场，开弓没有回头箭,反正东西已经安上去了,就让它们来告诉我真相吧。

杨翎把车钥匙塞回林泉的外套口袋,轻轻地躺到床上,轻轻地转过身面对着林泉的后背,轻轻地把一只手搭在了林泉的肩膀上。睡梦中的林泉哼了一声,身体向后挪了挪,贴住了杨翎的胸口,再次沉沉睡去。杨翎的另一只手轻轻地在自己的眼角划过,嘴角挂着一丝笑意,闭上了眼睛。

这一夜,杨翎意外地在林泉的呼噜声中陷入了高质量的睡眠,一夜无梦,早上醒来精神焕发,林泉主动提出送她去上班,这更令她开心。

对于林泉不送自己上班这件事,杨翎其实是很介意的。

起先她就不同意买车,还没买房,怎么能先买车呢?车只要刚办完手续,就算还没有开出4S店也已经算二手车并开始折价了。而房子不管是几手,只要办完手续就可能开始增值,就算不卖,也可以租,按照目前每年的通货膨胀率和北京房价上涨的速度,房子不仅保值还能增值。两相对比,哪个更划算当然一目了然。然而林泉不这么想,房子至少也要几百万,就算交了首付还得背负几十年的房贷,知道房贷的利息有多少吗?

杨翎当然算不清,林泉说二三十年供下来,利息一点不比欠银行的本金少,杨翎被吓住了。后来林泉又说,有了车就能立刻改善生活质量,以后想去哪儿玩说走就能走,上晚班也能接送她,更安全。买车的钱最多也就是买房首付的零头,一个马上就能改善生活质量,一个还要攒上十年也未必能凑齐首付,难道说这十年都不需要提高生活质量了吗?

虽然杨翎被问住了,但她最终同意买车其实是因为林泉说他真的很喜欢车，她的心也就软了。一直以来她是惯着林泉的，在她看来这是自己爱他的方式。

林泉挣得不多，这些年来除了所有必要的生活花费外，还得补贴父母的开销，攒下的几个钱都扔在了股市里，赔得多赚得少。为了买车，林泉割肉了大部分腰斩的股票，也只凑上了首付，每个月还得还车贷。可他说，车贷是零利率的，加上通货膨胀，其实是赚了。但此后林泉的家用钱基本都花在车上了，而原本说好的接送杨翎上下班和出去玩，也因他为了多赚钱还贷款，一下班就得去开顺风车而变得遥遥无期。再后来，杨翎为了多赚钱补贴家用，不得不努力奋斗争取护士长的岗位，花费了更多时间和精力在工作上。对于这辆车，杨翎喜欢不起来，自从买车之后，两口子渐行渐远。

难得林泉愿意送自己去上班，杨翎不敢怠慢。她以最快的速度化了个淡妆，换上提前搭配好的衣服，上了林泉的车。

说起来，自家车的副驾驶位置杨翎一共也没坐过几次，每次坐林泉的车，她一想到辛苦积攒的钱花到了不该花的地方都胸口隐隐作痛。今天上车之后，她莫名觉得有点不对劲，但哪里不对劲又说不上来。车开到中途，林泉驶入加油站加油，趁他下车的工夫，杨翎赶紧在车内到处搜寻起来。电视剧里，往往会在手套箱内扶手箱缝甚至垃圾袋里发现端倪，要么是一枚耳钉，要么是一支口红，更夸张的还会凭空多出一只安全套，甚至一条穿过的性感丁字裤。

杨翎以最迅速的动作飞快地搜索了以上这些地方，未有斩获。然而女人的第六感神秘又精准，就在林泉上车前半分钟，她在副驾驶的颈枕上找到了一根头发。

那是一根两尺来长的深棕色的卷发。

这是谁的头发？杨翎的头发从未染烫过，黑色的直发，发丝很粗。这根头发却不一样，细细软软，闪着柔亮的光。也不是那个安琪的头发，从照片上可以看到，她是一头齐锁骨的短发。

杨翎的心顿时就乱了套，幸好头发不打眼，林泉上车时她已经条件反射地迅速把头发捏在手心，但还是无法隐藏脸上些许怪异的表情。

"你怎么了？"林泉一边系着安全带，一边瞟了杨翎一眼，看到了她的表情。

杨翎想笑一笑，可嘴角硬硬的，不听使唤。"没怎么，憋得难受。"她摇下车窗，深深地吸了口气，将手伸出窗外，轻轻地张开手掌，一根头发消失在风里。

E

医院的白班时间忙碌而紧张，一天两台大手术，加上病房里的各种安排，杨翎连午饭都没顾上吃。其中一台大手术的患者是个年仅二十三岁的女孩，因为罹患宫颈癌需要做切除手术，主刀医生是肿瘤科的副主任欧大姐，麻醉师也是女医生，手术室内全是女人。

手术的过程中，起先大家聊的话题是院长亲自给李川医生做媒介绍对象，结果他竟然拒绝了人家中央部长的千金，真不知道他到底想找个什么样的。有个小护士接茬，说院长大人不了解情况，人家李医生根本就不打算结婚，那么好的外形，那么高的才华，根本不必走入围城。另一位小护士就笑了，说她要是李医生，她也不结婚，一辈子跟一个人睡没劲透了，最好就是谈一辈子恋爱，想换多少对象就换多少对象，还不用担心道德批判。马上就有人说女人跟男人不一样，李医生是男人，就算他游戏人间玩到四五十岁都还是钻石王老五，所以单身一辈子也没什么，女人就不一样了，毕竟没几个女人能感受到萧亚轩的快乐。

杨翎通常在这种时候都不发表意见，医院的八卦她几乎从不参与，况且现在是手术进行中，她得盯紧医生的手，数清楚用了几把止血钳几块纱布，一点差错都不能出。

后来聊着聊着话题就变了，欧主任检查患者子宫时发现患者子宫壁病态单薄，显然是做过多次流产，而做完这个手术，基本上意味着她将失去生育能力，无法再拥有一个属于自己的孩子。

患者面相清秀可人，跟她的病情形成了强烈的反差，这又引发了护士们的议论。

有人说，现在的年轻人真是越来越不检点，随便在手机软件上聊几句就能跟素不相识的人上床，真不知道图什么。还有人说，图刺激呗，这些小孩儿不缺钱也不缺爱，就图个刺激，任何安全措施都不用，要不然也不会得这种病，你说她爹妈得多心疼啊。就连欧主任也忍不住叹气，这群孩子，真是无知无畏啊。

杨翎一句话也没说，本来就心情不佳的她听得更糟心了。在这个充满诱惑的世界，在她不为所知的林泉的生活中，他的手机里有没有这样的软件，软件里有没有这样的女孩，女孩有没有跟他做过类似的事情。她觉得自己完全不了解林泉，更不了解这个世界。这个世界太危险了，充满了不可测的诱惑，她突然很没有安全感，这不安全感来自变化的世界，来自陌生的林泉，也来自今早那根未知所属的长发。

自从在车上发现那根头发开始，杨翎就开始不自觉地注意身边女人的头发，路人的、病人的、同事的，她像是得了疑心病，甚至因为刚刚手术台上的女病人头发是深棕色的,她也敏感地多看了几眼。

傍晚五点多,一天的工作终于告一段落,再过一会儿就要交班,杨翎迫不及待地去见202,但病房内临床的病人和家属都在,不太方便说话。202睡着了,看着他瘦到快要脱相的样子,杨翎不忍心叫醒他,检查了一下用药的情况就离开了。

下班回家的路上,杨翎收到了林泉的短信,他今晚要去开顺风车,又不回来吃晚饭了。

其实杨翎打心眼里是愿意相信林泉对自己说的每句话的,可她的身体就像分裂出另一个掐着腰瞪着眼、情绪激昂的自己,大声质问道:林泉真的是去开顺风车了吗?只要一想起那张照片,她的血压就莫名升高,再想到那根头发,她连饭都吃不下。冷静下来,杨翎觉得今晚林泉不回来吃饭也好,正好方便她在家继续寻找线索,于是买了些吃的就匆匆回家了。

杨翎进入家里那个专门给林泉放各种杂物的小书房,这里已经蒙尘一片,虽然看得职业病都要发作,恨不能立刻全打扫一遍,但为了避免被林泉看出异常,她克制住了自己的洁癖。屋子很小,除了书架写字台之外,还有个衣柜,里面装着林泉的衣服。

杨翎打开衣柜,开始在这些几乎都是她帮林泉添置的衣物里搜寻起来。她先是翻了一遍那些不常穿的冬季衣物,羽绒服和大衣都有很多可以藏东西的口袋,然而除了几十块钱的零钱,几张停车票和油票外,别无所获。杨翎不甘心,继续在他最近穿过还没有洗的衣服里边搜寻,找了好一会儿,就在她要放弃的时候,突然发现了一张银行卡刷卡小票,重点是上面的数字竟然有六千多。

杨翎浑身的血都往头上涌,眼前一黑,有点头晕。她知道这是血压急速升高的表现,赶紧定定神,冷静下来。她努力控制着情绪用手机给这张票根拍了照。门外响起了动静,她赶紧把东西塞回去,退出了这个房间。

杨翎关门,林泉进屋,幸好,林泉低头换鞋,没注意到她刚从小房间出来。

"不是去开顺风车了吗?"杨翎挤出一个不自然的微笑。

"接到通知说明天有领导要来检查,一大早就得去,我就早点回来了。"林泉看起来很疲惫,一句话还没说完就打起了哈欠:"今天特累,我先睡了,你也早点歇着吧。"

杨翎望着林泉回房,心怦怦直跳。

在卫生间里,杨翎坐在马桶上仔细研究着刚才拍的照片。根据小票上的明细,这是一套贵妇级别的大牌化妆品,十二色的口红外加香水,一共六千多。杨翎差点崩溃到吼出声来。六千多,六千多!赶上林泉月收入的一大半,赶上这套房子一个多月的房租,赶上自己一两年内所有买化妆品和衣服的支出……这些东西到底送给了谁?又能送给谁?谁会让他花掉那么多钱?想想自己从不舍得买这么贵的化妆品,她只有两支口红,最便宜的美宝莲和露华浓。她想不通,从她跟林泉在一起,除了结婚时给她买过加起来不到五千块的戒指和项链,他再没送过什么像样的东西给她。而自己这么多年来省吃俭用到底是为了什么?

杨翎噌的一下站起来,很想立刻就去叫醒林泉,质问他这一切到底是怎么回事,然而理智却告诉她,她不能这么做。如果这一切都是真的,那么林泉应该在做这些事情的时候,早就想好了借口,他是掌握了主动权的,现在自己唯一化被动为主动的机会,只有他还以为自己一无所知这一点。

杨翎需要冷静，需要大剂量的理智来分析判断接下来自己该做什么，怎么做。

怎么才能保持冷静呢？她拿起了刷子和清洁剂，开始仔仔细细地打扫卫生。十一点了，她依然无心睡眠，将每一条瓷砖缝隙刷到毫无污渍，每一块瓷砖上都喷上消毒水，马桶圈下边那些看不到的地方，也要刷到锃亮。打扫完卫生间她还是毫无睡意，那就接着打扫厨房，一直到腰酸背痛，太阳穴下的血管开始突突直跳。

到两点钟，杨翎终于上了床，林泉一如往常面对窗户背对着自己，蜷缩着身体像个巨型婴儿，发出均匀的鼾声。

杨翎的神智却无比清醒，突然之间她仿佛看到无数此前的日子蜂拥而至，那些往日平淡生活的记忆化成一张张正在播放的照片，争先恐后地想要从眼前的窗口挤进来。

曾经，杨翎和林泉回大杂院赶上暴雨，林泉冒雨上屋顶铺塑料布，杨翎给他打着伞，两个人被淋成落汤鸡，却相视傻笑；曾经，第一次搬进像样的公寓，林泉像个孩子一样在沙发上蹦跳，杨翎看着被他弄出来的满屋子灰尘苦笑；曾经，杨翎在商场童装区流连忘返，林泉却在玩具区看着动漫周边挪不动脚步；曾经，林泉第一次拿到车钥匙，脸上兴奋得放出光来，一边开车一边冲着窗外大声呐喊……

那些美好的、不美好的记忆纷至沓来，生活的细节总是太容易被忽略，就像杨翎的脸被十余年的岁月冲刷着，日复一日镀上晦涩划出沟壑，她已经不再是从前的她。

杨翎悄无声息地来到林泉面前，月光被她阻拦，在林泉身上留下一道变形的阴影。杨翎看见影子的手伸了出去卡在林泉的脖子上，影子之手死死地掐住了林泉的喉咙。林泉似乎在睡梦中有所感应，鼾声停了下来。如果他就这样死了，或许心头怨气铸就的怒火也就灭了，如果他真的死了，该有多好。

一分钟后，杨翎在林泉身边躺下，背对着他，一滴泪顺着眼眶爬了出来。

在痛苦和自我怀疑不断煎熬的不眠之夜，杨翎已经跟自己身体的某一部分彻底告别。生活和爱情就像一场精神和肉体的搏击，谁也不会毫发无损。但这一次她还没有被击垮，她保持了冷静，她需要动用一切可能的方式来查清真相，查清关于林泉的真相。

这件事的本身，成为她衡量自己判断力和经营人生能力的一个至关重要的指数，就像业务考核，摆在她面前的是一场关于婚内求生的测试。最后她闭上眼睛，开始入睡，她需要更旺盛的精力、更强的战斗力，去应对接下来的挑战。

第四章

A

下午三点半,是储蓄所最忙的时候,柜台内林泉和同事都在忙碌地接待客户,就连马国明也没在楼上闲着,下楼来巡视工作。

"咦,杨翎,你怎么来了?"马国明发现杨翎出现在营业大厅,"你是来找林泉还是要办业务?我叫他?"

"马主任,不用了,我是来帮同事打听一下关于理财的事情。林泉是柜员,我估计也不了解理财这方面的业务,所以就直接来所里问了,你看我找谁咨询合适呀?"杨翎对马国明笑笑,客气地问道。

"这事儿朱迪负责,你问她就行。"

马国明说完,给杨翎指了指朱迪。杨翎敏感地看到了一位身材苗条容貌清秀的年轻姑娘,此刻她正忙着帮一位奶奶在操作自助业务机,修身制服恰到好处地勾勒出窈窕的身材。杨翎的心咯噔了一下,然后再顺着头发仔细看去,这个姑娘却留着一头清汤挂面的黑长直!

"朱迪正忙,要不,你问我也行,你这位同事打算拿多少钱理财呀?"马国明热情地对杨翎说。

"具体多少我也不知道，要不我还是拿几张宣传单回去给她看看吧，要是她真心要买，我让她直接来，不去别的地儿。"杨翎一边解释，一边继续用目光在储蓄所里四处打量，程大姐是个鸡窝头短发，还有一位王大姐剪了个男式短发，跟蒋雯丽的头发一般短。总之，目之所及，没发现谁是深棕色长卷发。看来，那根头发并不是所里女同事的，杨翎的突击检查以失败告终。

马国明帮杨翎拿了一大沓理财宣传单，杨翎要走，马国明说她不如等林泉下班一起走得了，杨翎笑笑，说她还得回去上夜班，就不等林泉了。临出门时她看了一眼柜台里的林泉，林泉一直在里面认真地办理业务，好像根本没发现杨翎来过。

就这样，杨翎心里稍稍松了口气，但隐隐又有些失望。

杨翎原本以为林泉可能是搞办公室恋情，早就听说所里来了个年轻的大堂女经理朱迪，她没想到会是那么漂亮。幸好，那个朱迪的头发特征解除了杨翎的怀疑。如果真是这个朱迪，那么自己的麻烦可能会更大一些。

关于那根头发的主人，杨翎暂时没能得到任何像样的答案，就像她对那个寄照片的人，以及林泉送化妆品的人一样没有答案。这两天的林泉是消停的，除了几点回家，晚上吃什么之外，再没有任何多余的话，一如往常。

而杨翎也无法平静，她心里全是关于林泉的蛛丝马迹，对真相的发掘却毫无进展，表面风平浪静，内心千军万马，她很不喜欢现在这样的自己。

又是一个大夜班，清晨杨翎轻手轻脚地回到家，不想吵醒林泉。

她准备去卫生间洗把脸、刷个牙就去睡觉。可这都多少次了，每天都重复同样的折磨。杨翎深吸一口气，闭上眼睛，然后再睁开眼睛，看了眼马桶圈上几滴黄色的尿渍。

她关上卫生间的门，拿起刷子开始刷洗。上完大夜班，又挤公交回家，她现在的心情跟脸色一样难看，很想立刻躺上床，但只要想到这些尿渍，就无法入睡。她眼里揉不得沙子，看到别人的黑头和粉刺都恨不得亲自上手挤掉，自家的污脏更是绝对不能容忍。刷完马桶，还有墙砖，还有水池……做完这一切，她已经彻底精疲力竭，终于放下刷子，准备给自己卸妆洗个脸，却看到洗脸台上不仅有干掉的牙膏还有胡碴，只得继续拿起了刷子。

杨翎跟林泉说过无数遍，刷完牙刮完胡子之后把台面清理一下，就是捎带手的事，可他永远记不住。难道自己说的话就是放屁吗？再看到被挤得变了形的牙膏，她更生气了。

网传有两口子，一个每天从最后边挤牙膏，一个从中间随手挤牙膏，就因为这点事而离婚了。杨翎无疑就是那个每天都严格从最后边挤牙膏的人，她觉得，在这件事的背后其实是另一个人的不妥协，一个男人如果这么小的事都不能为妻子做到，还能指望他做什么呢？

杨翎的动作越来越大，愤怒地把马桶盖重重扣上，发出了不小的声响。

卧室里传出林泉半梦半醒嘟囔的声音，被吵醒了在埋怨杨翎。不到一分钟，再次响起了有节奏的呼噜声。

杨翎听到林泉的嘟囔声瞬间火大，手里抓着刷子就冲出了卫生间。她很想马上就跟林泉理论所有的事情，但她听到林泉的呼噜声后还是忍住了，慢慢退回卫生间，轻轻地关上门，轻轻地把刷子放回去。

现在是早上七点一刻，再过一会儿林泉就要起床了，他梳洗完就得赶去储蓄所，等待着他的是一整天的精神压力。工作时输错一个小数点，就要加班清点当天所有账目，万一对方不认账，坚决不来退钱，这笔损失最终将摊在他自己头上。

杨翎放弃了跟林泉理论的念头，但现在也没法上床。林泉虽然不胖，但他的呼噜音量随着他年龄的增加也逐年递增，并演变出各种花式呼噜，有时候喘着喘着有固定节拍，有时候喘着喘着就停了，杨翎不得不担心他会突然窒息，把自己给憋死。她不止一次地劝林泉去做个睡眠监测，但林泉总不答应，劝他去做个鼻息肉的小手术也不答应，劝他减减肥去运动，或许能在减重之后缓解一些，还是不答应。总之只要杨翎劝他的事他全都不答应，到最后杨翎也烦了，放弃了。

这种状况已经持续三四年，起初戴耳塞还能缓解。近两年，她开始神经衰弱，有时候还偏头痛，一丁点噪声都会让她失眠，这也是她申请大夜班的原因之一。另一个原因就是距离产生美，她想给夫妻间增加一点距离感，如果每天早上还能有短暂愉快而美好的温存，或许能让他们重新感受到夫妻生活的美好。上了一整年夜班后，杨翎发现她的目的完全没达到，林泉似乎更适应和自己黑白交错的状态。就连她原本预期的，偶尔在他睡醒后，来一次清晨欢愉也没有过，近两年来，夫妻生活的频率已经低到可以忽略不计。辛辛苦苦日夜颠倒的夜班，最终换来的是日益老化、开始长皱纹和斑点的皮肤，是因为缺乏锻炼而臃肿起来的身材，是缺乏沟通越来越淡薄的夫妻关系。杨翎连他最近喜欢什么、关心什么、看什么电视都不知道，而他也完全没兴趣知道关于自己的这些。

杨翎看着镜子里的自己，刚洗完脸后完全素颜，自欺欺人地敷着自制酸奶蜂蜜面膜，还加了点药剂科买的珍珠粉，怎么都掩饰不住的黑眼圈和小细纹。一想到那张六千多的购物小票，杨翎就气不打一处来，这么多年省吃俭用图个什么？

不就是买吗？谁不会呀，花了钱自己变漂亮心里还痛快，这么好的事情为什么没有早点做呢？一怒之下，杨翎坐在马桶上立刻刷起了购物软件。但她马上就发现不对劲了，系统推送给自己的都是关键词为"优雅中年""加大款""聚划算"之类的链接，这令她更生气了。这就是系统根据后台大数据进行智能分析之后总结出来的自己吧，一个购买特价打折加大款的中年妇女。杨翎叹了口气，给202打了个电话。一般来说，他现在已经起床了。

"202，能请你帮个忙吗？"

"别客气，杨姐，需要我做什么？"202声音带着笑，很好听。

"其实是想请你女朋友帮忙，你这么爱她，除了她聪明可爱之外，一定也因为她很有魅力，毕竟你是个品味很不错的男人，对吧？"

"你想跟她做朋友吗？这我可不能保证，她其实很忙，特别忙，所以都是我去看她，而不是她来看我，这你也知道。"

"倒不用做朋友那么麻烦，我也不想给你们添麻烦，请放心。我只是想，请她帮我提供一点尽快提升女性魅力的办法，立竿见影的，不太贵的，行吗？"

"啊？杨姐，你这是怎么了？为什么突然研究起这个来了？"

"没怎么，就是突然觉得以前太亏待自己了，以后想对自己好……"

杨翎话还没说完，卫生间的门突然打开了，林泉穿着短裤，睡眼惺忪地出现在门口，吓得她忙把电话挂断。

林泉没说话，看杨翎坐在马桶上，转身就关上了门。

杨翎有些慌乱，该不会是被他发现自己躲在卫生间跟别人打电话，生气了吧？她有些心虚，赶紧起身开门："你来吧，我完事了。"

林泉嗯了一声，就胡噜着头发去卫生间了。

这一次，他放下了马桶圈，并在里边点燃了一支烟。

杨翎知道，他要上大号。虽然想到林泉即将把她刚刚才打扫干净的卫生间搞得乌烟瘴气，烟灰也会顺手掸在刚刷完的洗脸池里，但相比起这些心烦，杨翎更担心的是他会误会自己跟202之间的关系。刚发现他在外边不清不楚，还没彻底拿到证据，这时候如果让他误会自己，显然很不利。

他不说话，没准是在琢磨自己跟谁打电话吧？

杨翎忐忑着，兀自焦虑着，以致没注意煮蛋器上的指示灯是否亮着，就慌乱地去拔插头，冷不防手臂被气孔里喷出的灼热蒸汽烫了个正着。她疼得忍不住叫了一声，赶紧把手臂放在水龙头下用冷水冲洗，即便如此，皮肤也红了一小片。

杨翎打算去卫生间找点东西抹一抹，并想着万一被林泉问起刚才跟谁打电话，一定要跟他解释清楚。

卫生间传出了冲水声，林泉出来了。杨翎忐忑不安地走过去，林泉却好像什么都没发生，只是扫了一眼杨翎捧着的那只刚刚受伤的胳膊，最终什么都没问。林泉连她煮的鸡蛋也没吃，换上衣服就出门上班了。

家里恢复了宁静，杨翎想，他怎么不问我跟谁打电话呢？

B

咔咔咔咔咔咔，点钞机发出极具节奏感的数钱声音，林泉看着电子屏幕上红色数字不断跳动，心里却想着早上杨翎在卫生间里用力合上马桶盖的声音。相比马国明的老婆，光是想想赵熙子那张不怒自威的脸林泉就有点害怕，杨翎就不这样，她性格极好，很少发脾气，结婚这么多年，两人从未吵到红脸。可今天，她到底怎么不高兴了？

林泉按部就班地操作着，时不时抬眼看看大厅，柜台外只有大堂经理朱迪和正在巡视大堂的马国明，每一次经过朱迪时，马国明都要用力地吸气，将腹部耷拉在腰带之外的赘肉重新吸回腰带里。林泉看着马国明不断变化的身形很想笑，看见他嘴里在嘟囔着什么，但听不见声音。

"你怎么换发型了？"马国明表情严肃地小声问道，眼睛却看着门外。

朱迪低头整理着服务台的资料，更小声地问道："你喜欢吗？"

"呃……嗯，好看，我昨天看到就想说了，当时没顾得上。"马国明也假装整理资料，换了一边挨着朱迪小声说，眼睛依旧瞅着别处。

"因为你说喜欢清纯一点的女孩子，我特意为你去染黑的，以后也不打算再烫了。"朱迪说完话看到门口进来客户，赶紧迎了过去。

马国明心头一甜，那张老脸忍不住微微一笑，美滋滋地看了朱迪的背影一眼，然后哼着歌朝着与朱迪相反的柜台方向走去。

"泉儿，你的车该洗洗了。"马国明溜达到柜台前，往玻璃窗下的小洞里扔了一张免费洗车券，然后又溜达着上了楼。

林泉知道，如果没有换车这档子事儿，马国明是不可能对自己这么好的。从免费餐券到免费洗车，前两天还给他一个基金客户，让他挣了两千奖金。马国明的甜头逐渐加码，以至于林泉虽然觉得马国明换车肯定是没干好事，却又无法拒绝。

熬到下班，林泉拿着那张洗车券去了洗车行。车洗完了，洗车小哥却拉着林泉走到一边，小声跟他说："哥，回头你查一下后备厢，里边有个像是充电宝一样的东西。我女朋友在淘宝做客服，兼职好几家店，其中有家店就是卖这玩意儿的，八成是窃听器。我没敢动你东西啊，就提醒你一下，最近是不是得罪谁了？"

林泉脑子里嗡的一下，愣住了。

这辆比亚迪除了自己只有马国明开过，马国明是不可能干这事儿的，难不成他还想留下犯罪记录自己回味欣赏吗？他应该不至于这么变态。

那又会是谁呢？林泉突然想起几天前自己半夜上厕所撞见杨翎将车钥匙掉在地上的情景，细细琢磨一下当时杨翎怪异的表情，加上最近她的各种反常不对劲，难道这玩意儿是她装的？难道就因为自己和大学初恋一起参加了同学会，或是因为自己拒绝她买房的提议让她更加怀疑什么？林泉虽然觉得杨翎不是能干出这种事的女人，但似乎这又是目前为止唯一合理的解释。

林泉叹了口气，有点生气，但更多的居然是有点心疼杨翎。说心里话，杨翎是个好女人，相比于现在那些"作女"她已经太踏实了。她有什么心事都喜欢憋在心里，从来不愿意给别人添麻烦。看来这次她真的是憋到一定份上了，不然肯定也不会做出这样出格的事来。虽然心知自己从来没做过什么对不起杨翎的事，但除此之外，在大多数事情上，自己确实都让杨翎失望了。说到底，还是怨自己，能力距离欲望太远,纵然有千般抱负,终究只是个碌碌无为、平平无奇的小角色。

林泉当了二十多年的小角色,从没有人重视过他,也没人对他认真过,除了杨翎。

与杨翎结婚十一年后,林泉常常回想起第一次跟她见面的情景。"改天请你吃饭。"林泉本打算用这句话礼貌地结束没什么感觉的初次会面,谁料杨翎认真地看着他的眼睛,问:"你说的改天是哪天?"他心里很深很深的地方,突然跳动了一下,那是他第一次遇见这么实诚单纯的姑娘。

"明天吧,明天我请你吃饭。"

林泉请杨翎吃了一顿老北京炸酱面,两个人一起花了十块钱。

平时林泉为了省钱都自己煮挂面,弄一勺老干妈做浇头再加个鸡蛋、撒点榨菜丝就对付了,两千出头的工资是没有资格谈恋爱的。这顿饭,算是他对杨翎的考验。如果杨翎真能吃下去,不嫌自己穷,那就可以试着跟她做个朋友看看。那家店是北京人才知道的老字号,在大栅栏附近的一条胡同里,脏兮兮的门脸,永远没好脸子的老板大爷比客人嗓门还大,他家的小咸菜比盐稍微淡一点点,唯一拿得出手的就是面的量大,足足顶别家两碗。这就是北京特色,也是距离杨翎家最近,林泉唯一买单不心疼的店。

为了吃这顿饭,林泉午饭都没吃,饿着肚子去的。结果杨翎不仅没吃完碗里的面,还实诚地说,这酱不如她妈炸的酱好吃,不信下次可以去她家尝尝。林泉也很实诚地说不能浪费,就着杨翎的碗筷,把她剩下的炸酱面全给吃光了。杨翎说你吃得真香啊,看你吃饭真是种享受。

林泉那时候正好吃饱了,人在吃饱之后就会大脑缺血,因为胃部需要消化食物而增加了血液流量，这么一来他就有点眼晕，看杨翎也更顺眼了。

杨翎肯定算不上惊艳，每天穿着没胸没腰的护士服，跟安琪没法比。安琪说话，一句话能抑扬顿挫地起伏好几次，像鸟叫一样好听。杨翎不论怎么把声音放小，都带着大老爷们儿味，齁咸。

那时候的林泉已经有点为未来担忧了，在职场上折腾了一年的他肉眼可见未来虚无，人生大事也没着没落，同学们回老家发展的，留京奋斗的，不是当了公务员就是拿了六位数的年薪，而他在单位只是谁都不会正眼瞧的小碎催。

杨翎是林泉同事大姐介绍的亲戚的女儿，说林泉人老实，靠得住。杨翎呢，也是个实诚姑娘，又有稳定工作，跟林泉同岁，性格好，又是京户，真要结了婚孩子上学不操心。林泉当时还挺羡慕同事大姐的，北京人，有房有车有户口，自己什么时候才能过上她那样的日子呀？说来有点势利，当林泉听大姐说杨翎家的房子真的可能拆迁之后，并非不动心。拆迁这种事别说是北京了，就算在老家那个三线城市也是发家致富的通天梯。

大姐没骗人，杨翎真实诚，没过几天就回请林泉吃饭，把他请到家里去吃她妈做的炸酱面。

直到现在林泉都感觉杨翎的节奏太快了，以至于让他有点反应不过来。后来复盘结婚这件事的时候他也猜想过，这可能也是杨翎对自己的考验，毕竟她家条件真心一般，既然林泉考验了她能不能吃苦，那么她也提前亮出自己的底牌，看林泉愿不愿意处下去。

即使做了相当的心理建设，林泉第一次去杨翎家还是有点吃惊，十多年前大杂院里的杨家跟"贫嘴张大民"家差不离，其脏乱差触目惊心。赶在奥运之前为了城市形象才统一粉刷过外墙，其实是样子货，里边啥都没归置。外边下大雨，屋里下小雨，鼻涕虫大大方方趴墙上看电视，屋顶透着风，冬凉夏暖。院子里有棵树就算是所有人都沾光的绿化了，树干上朝各家各户的方向牵出一条铁丝，有挂孩子尿布和口水兜的，也有晒萝卜干儿和茄子干儿的，还有各家五颜六色新旧程度不等、款式风格不一的内衣内裤，济济一堂沐浴首都阳光。屋里的墙不知道是不是解放前的，特薄，东厢房里打一喷嚏，西厢房里听得一清二楚，南边耳房要泡个方便面，全院都知道是酸菜牛肉面还是红烧牛肉面。

这样的破屋，在林泉老家也就当杂房放煤球，可这是北京，杨翎她爸老杨头儿得意地说这儿多好哇，二环边儿的宝地，能接皇家的地气。皇家地气什么味儿林泉不知道，但他那天吃着杨翎老娘端来的炸酱面时，正赶上巷子口公厕的化粪池有环卫工来抽粪。大夏天的，一阵风从巷子口直接蹿到巷子尾，那味儿别提多带劲，直接给他落下后遗症，好几年不吃炸酱面。

多年之后，杨翎又一次问林泉到底有没有爱过自己。林泉觉得爱这个字有点矫情，不愿意说出口。

杨翎就冷笑，说我知道，当初你根本没看上我，看上的是我的北京户口，还有这份医院的工作，以及我家的房子。

林泉报以更冷的笑，就你家那破房子，拉倒吧，我还真看不上。

对于买房，林泉从此多了一份不为人知的怨念与敏感，就算没赶上买房致富的快车，也因为没买房错失了赚钱的机会，但至少他能保住自尊。对一个没钱也没权、没存在感的小角色来说，别人可能根本不在乎他的自尊，可对林泉来说，这是他最后的底线。

C

杨翎白天没睡好，晚上肿着眼睛上夜班，手臂上烫伤的地方隐隐作痛，她不敢把袖子放下，只能挽到胳膊肘上，无精打采地来病房查房。新来的病人正跟家人出去做检查，一时半会儿回不来，她可以跟202好好聊会儿天。

"刚种的草莓呀？"202注意到杨翎的胳膊，开玩笑地说。

"什么种草莓？"杨翎摸不着头脑。

"就是吻痕呀，姐夫今天特热情吧？"202忍不住偷笑。

"吻痕？"杨翎更心慌意乱了，难怪林泉看到自己之后，话都不说就上班了。她一着急，就把在卫生间给他打电话和煮鸡蛋烫伤的事一股脑地说了出来。

"看来已经到视而不见的程度了。"202脸色变得严肃起来。

"你是说，他其实是视而不见，而不是吃醋吗？"杨翎后知后觉地回过神来。

"姐，吃醋是因为过分关心而担心失去造成的。你觉得刚才说的他的状态，是过分关心吗？明明是不闻不问好吧。"202一副哀其不幸怒其不争的表情。

杨翎泄了气，一屁股在病床边坐下，沮丧极了："咱们认识也有一阵了，你说实话，我是不是太乏味了，特没劲？"

202微微歪头，看着杨翎："你认为乏味的意思是什么呢？"

"就是不会讲笑话，不会撒娇，也不会作，总是太严肃，不讨男人喜欢，男人见了我，就像看到街道居委会的马大姐。"杨翎很认真地回答。

"我觉得这个问题要分人，不能一概而论。心理学研究跟你们搞医学的一样，会注重个体差异。毕竟地球上有几十亿人，每个人都不同嘛。"

"比如说，如果我老公跟我从谈恋爱到现在已经十多年了，他会不会觉得这日子越过越没劲呢？"

"这就要看你老公的性格了，不过我还没机会给他做心理测试，不好说。"

"不是说会哭的孩子才有糖吃嘛，我从小就是想吃自己拿，从来不会靠撒娇和哭去要，不给我就算了，忍着，连我妈都嫌我不招人喜欢。"杨翎叹了口气，"我要是个男人，可能也会嫌弃自己，太没情趣了，我要是会作一点，现在可能会过得好很多。"

"别担心，咱们发现问题解决问题就好了，总比以前连问题的存在都不知道要好得多。"202一边安慰着，一边掏出手机，开始给杨翎发链接，"我先给你发点儿东西，我跟我女朋友说了你的情况，这些都是她给你的建议。"

杨翎强打起精神，掏出手机查看这些链接，有美妆达人的化妆教程，也有健身公众号，还有一些购物软件的商品链接，内容除了衣物化妆品首饰之外，还有情趣内衣。杨翎的脸红了，怎么还有这种推荐？

"我觉得，除了她推荐的这些之外，其实立刻就能改头换面的就是换发型加减肥了。"202注意到杨翎看着手机屏幕脸却红了，"怎么了？不要觉得不正经啊，我跟你说，我女朋友跟我推荐这些的时候，我倒更感觉出她的聪明。你要知道，男人都是视觉动物，你首先要在视觉上能吸引姐夫才行，不然的话，他哪来的生理反应，没有生理反应就没有多巴胺没有各种激素，而爱情的真相，不就是这些化合物的产生伴随的条件反射吗？你是学医的，肯定能更清楚地理解。"

杨翎沉思了好一会儿："你说，如果我们的结合是在没有化学反应的作用下发生的，是不是意味着我们之间其实根本就没有爱情？"

202也愣了，一时间想不到如何回答。

"没有爱情的婚姻，就是为了搭伙省钱过日子，我突然觉得自己不对，这个婚结得不对。所以他现在对我的态度，其实是正常的，如果我这么想的话，我得到的待遇都好像理所当然。"杨翎越说越激动，有点控制不住肩膀都在发抖，"十多年了，他从没对我冲动过，没有什么化学反应，我原以为这是正常的，过日子怎么会跟电影里演的一样呢？"

"姐，你别着急，我说的也不一定对啊，不是每对夫妻关系都建立在这个基础上，也不是只有这样的夫妻才会幸福，凡事没有绝对，现在的婚姻模式很多。我觉得你这种情况……"202一看杨翎的反应有点着急了，想往回找补，却被杨翎给打断了。

"不，你说的是对的，健康的人怎么可能没有生理冲动呢？没有才是不正常的，没有只能说明不够爱，没有爱！但我原本以为，感情真的是可以日益加深的，合着我就直接奔亲情去了，这么多年的忍耐包容，到最后变成了跟他一起负担房租的关系，其实这不是我理解了他，而是误解了他。"杨翎的眼圈红了，突然像想起了什么，一把抓住202的手，"你说，会不会因为我没生孩子，所以我们连亲情都变得淡薄了？"

202被吓了一跳，他从没见过杨翎这个表情，她一直都是特别端庄沉静的人。"孩子？你们商量过这件事吗？是不想要，还是……还是要不上？"

"起先是他说不想要，没房子上学也不方便，说等几年攒够钱买了房子再生，后来他炒股，炒了多少年就赔了多少年。为了维持生活我也要忙工作，得努力争取护士长职位，全医院护士有大几百人，有的人走关系送礼，也有靠背景硬的，不是说人家都是凭这些啊，人家本身业务能力也很强，还有加分项，我就得更努力提高水平才行，得学习得工作得有成绩，我哪有时间去备孕怀孕？这一等，就拖到了现在，还是没有房子，还是不能考虑孩子。你说，这能怪我吗？"

杨翎因为太激动声音大了些，外边的小护士都听到了，敲门进来说："杨姐，你怎么了？"

"没事没事，聊电视呢。"杨翎赶紧掏出手帕擦擦眼泪，挤出一个笑来，又挥挥手，示意对方别进来。

小护士知趣地退了出去，杨翎擦干眼泪，意识到了自己的失态，有些不好意思："对不起，让你看到我怨妇的一面了。"

"没事，是个人都需要发泄、减压，你就是积攒太久了，没有出口。你平时是不是没什么爱好？"202松了口气，刚才那个突然闯进来的护士，打断了她的不正常情绪，沉浸在那种极端的情绪里没好处。

"爱好？我连睡觉时间都不够，哪有时间去爱好什么；另外，爱好不仅要花时间也要花钱，这两样我都没有。我就是一个乏味粗糙的中年妇女。"

"我建议，你在重新审视这段关系时，也试着重新找回自己，一个你真正想要成为的自己。可以慢慢想不着急，想得越清楚，对你越有帮助。当你重新找回自己之后，再看那个全新的你，是不是还喜欢这段关系，是不是还同样被姐夫无视，或者那个全新的你，是不是还会选择现在这样的生活。"

"我还有选择吗？我已经不年轻了。"杨翎的眼眶里还有泪，但已经不再流淌，像是被定在眼中，泛着莹莹的光。

"如果你已经不年轻了，就更得抓紧时间。时间太珍贵了，这是我住院以后的最大感受，我比你年轻几岁，可我就快要死了，我很后悔这辈子有些事情已经做不到了。只要你还能活着，那么从你找回自己的那天起，每天的生活都是崭新的，也是你喜欢的，这样的生活才值得你为之努力。"

杨翎被202说得眼中又重新燃起勃勃生机。对，应该为了自己喜欢的生活而努力！该花的钱就要花，这是为了找回自己需要付出的代价。

当然，杨翎并没有把自己所有的烦恼都讲给202听，比如说那张照片、那根头发以及那张昂贵的化妆品小票，也没有告诉202自己之所以想要买那些东西，很大原因是懊恼自己省吃俭用十多年太亏待了自己。而无论是找回自己还是善待自己，她都已经决定必须变好。此刻，让自己变好的原动力甚至暂时超过了去探寻林泉真相的被动力，而作为女人，变好一点的最直观表现就是——变美一点。

杨翎洗完头，坐在发廊里的大镜子面前。这是医院附近收费最贵的发廊，很多同事都是这里的常客，但她为了省钱，一直都是去离家更近的那家更便宜的小理发店，为此，每次都要忍受发廊小弟不厌其烦的推销。

此刻，她眼底澄明清净，似乎已经能够接受关于自己的真相，镜子里的自己看起来是个身材松松垮垮、脸也经不起推敲的普通中年女人。每个人受到的待遇都是公平的，付出多少努力就有多少收获，就像她把精力都留给了工作，所以在工作方面她得到了自己该得到的，而保养方面什么都没有付出，那么，如今这个身材变形、形容枯槁的自己也必须接受。想到这里，杨翎突然平衡了，原来问题的症结就在这里，是自己出了问题。

"您好，想做个怎样的新发型？"发型师走了过来，站在杨翎的背后。

"我要更年轻，更漂亮，更有女人味。"杨翎认真地说。

发型师给杨翎设计的新发型需要剪染烫全套，她为此在发廊里需要待上差不多五六个小时。杨翎已经很久没有白天待在外边了，虽然昨天没有睡好，又上了一夜晚班，但她一点也不困。她第一次留心身边的其他女人，各个年龄层的女人，看她们怎么打扮、是怎样的言谈举止，寻找同样适合自己的造型。另外，她有了大段空白时间可以看202推荐给她的那些链接，突然发现自己仿佛打开了新世界的大门。

曾经杨翎以为女人只要干净整洁，衣服不出错言行不逾矩，大方得体，就足够了，但这其实是七八十年代的人朴素的审美观。如今的年轻姑娘早就抛弃了这一套，她们武装到了牙齿和指甲，除了昂贵的护肤品化妆品之外，还需要专业教练的健身指导，坚持不懈地控制饮食、健康饮食。就算全做到了，这些也还只算小儿科，肯下本钱的还有各种整形和医美，精致点的还有半永久的各种文眉文眼线和漂唇，就算是卸了妆依然保持化过妆的美。至此，光是砸在脸上的钱就很可能是数十万甚至百万。这还不算完，除了约会前用各种口气清新剂或者口服胶囊，甚至上厕所也会用到特殊的除臭剂，确保上完大号厕所也花香四溢。

此外还要学习各种技能：烘焙、茶艺、花艺、咖啡、香道、绝非一般水平的家常小菜，至少每一样拿出来晒朋友圈都能赚到点赞连连。为了能让自己有更自信得体的谈吐，姑娘们当然还会看书，看最新的新闻，看一切可能涉及的谈资，绝不跟时代脱节，哪里有最新的最热的最好玩的东西，她们全都知道。

　　这一切，不仅能给男人留下更好的印象，更能充实女性的内心，丰富业余生活，在美容院美甲店和健身房瑜伽馆里，女人们越来越美，也越来越开心。当下的社会也推崇这样的生活方式，时代在进步，社会在发展，仅仅是因为美的需求就可以带动周边诸多相关产业，解决就业问题的同时也能推动经济发展，在这方面的消费就能支撑起一种规模庞大的女性经济。与此同时，这一切也让女人变得更加自信，愈发美丽。

　　走出发廊时，杨翎已经变成了利落清爽的短发，亚麻色的新发色衬得肤色更白了，日益稀薄的发量在烫过之后显得蓬松饱满，整个人十分精神。为此她刷掉了这辈子最多的一次做头发的钱，并在做头发的时间内在购物软件上花掉了更多的钱。

　　离开发廊后，杨翎去附近的健身房办了卡，又去买了运动所需的衣服和鞋。这天，她花钱如流水，却一点也不心疼，或者说还没来得及心疼，因为此时的杨翎，完全沉浸在对自己即将变得更新更好更美的亢奋中。

D

　　当杨翎带着大包小包的新衣服，以全新的形象回到家时，等待着她的是林泉做的满满一桌好菜，甚至还摆了红酒。林泉一反常态地热情，不仅没问她为什么突然换了发型，还夸她变漂亮了。

"当然漂亮,这个头发花了两千八呢。"杨翎故意说出了具体价钱。

"两千八?"林泉有点意外,绕着杨翎的头转了一圈,没看出哪里值这么多钱。

"怎么,你心疼了?"杨翎审视着林泉,酸酸地说,心里想着那张六千多的小票。

"你不是不爱烫头嘛,一年剪头也才百十来块钱。"林泉没想到杨翎会反问自己,而且眼神有点怪。

"我想明白了,往后得换个活法儿,反正也不买房,钱不花也会贬值,倒不如过得滋润点儿。我漂亮点,你看着不也顺眼点嘛。"杨翎来到餐桌前,看着菜色,全都是她爱吃的。

"挺值的。"林泉心里有点说不出的别扭,可他不想破坏今晚的气氛,赶紧去盛好饭,端上桌。

杨翎尝了一口菜,不咸不淡地说:"不仅换了新发型,我还去健身房办了卡买了课,还买了好多新衣服,今天花了快两万。"

"你高兴就好。"林泉话虽这么说,但对于这个数字还是有反应的,这差不多够他俩小半年的生活费了。但一想到后备厢里那个监听器,他又把情绪控制住了,根据今天杨翎如此反常的状态,基本上可以确定那监听器一定是她安的了。林泉竟有些释然,这样的话今天这顿饭就算没白做。他殷勤地给杨翎夹菜,那是她最爱吃的清蒸鲈鱼的肚皮肉,一点刺没有,还特嫩。

"你今天怎么了,太阳打西边出来了,无事献殷勤,是不是有什么名堂?"杨翎冷淡地吃着。

"哪有什么名堂,你看你这人,就爱瞎琢磨。"林泉习惯性的不耐烦语气又出来了，甚至很想起身走开。但看着杨翎脸上阴晴不定的表情，他还是压住了这股邪火，酝酿好情绪和语气，说："老婆，我知道你这几天都在生我的气。对不起，因为拒绝买房的事情，让你失望了，是我不好！"

杨翎以为林泉是因为出轨而愧疚，想要向自己坦白，本来还担心自己根本没做好如何面对林泉坦白的准备，没想到他居然拿买房子的事情当挡箭牌，更加生气了。她继续不动声色地吃饭，毫无表情。林泉却开始回忆当年他毛脚女婿第一次上门，见到杨翎家并不宽敞舒适的两间小屋，以及杨家人对林泉结婚这么多年都没能买房的抱怨。

"老婆，其实我是觉得买房是大事，以咱们的收入，一辈子也买不了几套，如果只有一套的话，要买就买个像样的，不让人笑话的，但咱俩都还没做好这个准备。说起来还是怪我，如果我有本事一点，能赚得多一点，也就不会委屈你这么多年跟我租房住了。"林泉说完举起酒杯一饮而尽，这番话发自肺腑，字字真心。

"你到底什么意思？"杨翎认为林泉在转移话题，女人的直觉是敏锐的，她能感觉到今晚林泉有别的话要说，并不只是房子。

林泉给自己又倒了一杯酒，主动跟杨翎碰了一下杯："前几天我去参加同学会，见到了初恋，这事儿我觉得还得跟你说清楚，不然你心情不好，我心情也不会好。"

杨翎放慢了咀嚼速度，虽没搭茬，但明显更认真地听着，不想错过一个字。

"当年追安琪——就是我说的那个初恋，追她的人很多，她是系花，从没承认过我是她男朋友，只能算单恋。所以我没跟你说过，这事儿提起来有点丢人。这次她来北京，同学会之后我们单独又见了一面,是她约我的,当时你还打电话问我来着,我只告诉你老同学约我,怕你瞎想,所以没说就是她,其实我也没骗你,对吧?我发现,你这几天不太高兴,所以我觉得,得跟你说清楚。"林泉一边说,一边注意着杨翎的反应。

"说呗,说清楚。"杨翎索性放下筷子,盯着林泉。

"她约我其实是想找我帮忙办贷款,说是打算开始创业。可你也知道我根本没这本事,所以我当时就非常明确地告诉她我帮不了她。她挺失望的,后来我们那顿饭也是她买的单,大概是不想欠人情吧。我们吃完饭就各走各的了,我都没送她,直接回了家。我对自己也挺失望的,我窝囊、没能力、被人瞧不起。所以,那天你去找我吃午饭试探我,我不高兴。我不高兴不是因为你怀疑我,而是因为我自卑。"林泉又喝了一杯酒,或许这些话如果没有酒精的作用,他没有勇气这么直接地说出来。

杨翎愿意相信林泉说的这一切,她也比任何人都了解林泉,他就是这样一个有点爱面子,却没多大本事的普普通通的中年男人。林泉的真诚感动了她,以至于她差一点就感动到拿出那张偷拍照片,当着林泉的面撕个粉碎。但她还是没这么做,因为即使相信林泉解释清楚了安琪的事,也就是那张照片的事,但还有头发,还有小票,这些事林泉只字未提。他到底在隐藏什么,又为什么要隐藏这些,杨翎想不明白,如果她想要明白,那就继续她对真相的探寻,既然林泉没提那些事,她也就将那些到嘴边的问题暂时咽了下去。

纵然还有诸多疑虑未打消,但这个夜晚,这次对话,对杨翎来说还是久违的、难得的美妙时刻。这也让她对自己,对她与林泉的婚姻增加了新的信心。

这顿晚餐杨翎吃了许多菜,看着杨翎好胃口的样子,林泉松了口气。他也颇为感动,一方面被自己感动,另一方面也被杨翎感动,她还是当年那个单纯善良温柔的女人,以至于他也差一点就感动到说出发现监听器的事,马上拉着杨翎去拆掉那玩意儿。

其实根本不用拆,因为自己什么出格的事都没做,经得起考验。林泉甚至想到,如果日后杨翎通过监听器发现马国明才是真正的居心叵测之人,大概就会瞒着自己悄悄拿走那玩意儿,并且从此之后更信任自己吧。至于马国明的事情,林泉倒不担心曝光,毕竟马国明是自己的领导,杨翎再较真儿也只能冲自己,不可能冲着马国明去。另外杨翎根本就不认识赵熙子,赵熙子从没参加过储蓄所的家属活动,她俩只要没有交集,这件事也就不用担心,也不会把马国明置于危险境地。

当然,单纯善良的杨翎根本没想过,也不会想到,今晚这一切会不会是因为林泉已经发现了自己对他的监听而做出的温柔回击。

第五章

A

病房里,昨天还跟家属一起吃饭的病人,三个小时前去世了。

那是一位肝癌晚期患者。老奶奶原本好些天吃不下东西了,只靠输液和流食维持着,昨天突然提出来想吃饺子。杨翎看着老爷爷欢天喜地地回家亲手包了饺子送来,她知道那是回光返照。

老爷爷七十多了,每天来医院都把一头白头梳得一丝不苟,身上也总是穿着精心搭配过的得体西装。老爷爷身材并不算高大,看得出来那些西装都是定制的,虽然不是崭新的,但永远干干净净,熨烫得笔挺。老爷爷的背也是笔挺的,良好的仪态令见到他的年轻人们都自惭形秽。无论刮风下雨,老爷爷都会掐着点来给老奶奶送饭。当着老奶奶的面,老爷爷从来都是微笑着,不露愁容,好像他们不是待在医院,而是在度假酒店。

杨翎能看出来,老爷爷是不想让老奶奶担心和惦念自己,他能把自己把家照顾得很好。所有护士都很羡慕老奶奶,说她有福气,有这样的伴侣相伴一生并走完自己人生最后一程,是多少钱都买不到的幸福。

"真没想到，昨天奶奶吃的竟是最后一餐，她还是有福气，吃上了老伴儿亲手包的饺子。或许我该想想，我的最后一餐，应该吃点什么。"202有些伤感地看着对面的病床，护士们刚刚给这张病床收拾完，新铺上了白色床单，看不出任何生离死别的痕迹。

"让我想想，"杨翎假装严肃地看着202，过了半晌，认真地说，"我算好了，你的最后一餐是五十年后的今天，所以你不必着急，慢慢想。"说罢两人都笑了，杨翎把体温计递给202。

"医生说我最多活到明年春天。"202笑着把体温计放进胳肢窝。

"这不是在努力挑战医学极限嘛，院里最近正在给你准备新的治疗方案。"杨翎给202打气。

"并不是谁都能选择和预知死期的。死在春天挺好的，多有福气呀，百花盛开，新鲜的各种小菜也都出来了，香椿炒鸡蛋、春笋煮火腿、凉拌西葫芦、花生拌毛豆，我的最后一餐没准都能赶上。我要去玉渊潭的樱花树下，边赏花边吃，一定很不错！"202眼睛望着窗口的一小片天空，憧憬地说着。

杨翎被他的乐观感动了，又为他本该青春勃发的生命就要终结而惋惜，忍不住叹了口气。

"你有没有想过，将来会怎么死？如果可以选，你想什么季节死呢？"202的声音变得有点微弱。

"你是在给我作心理分析吗？你们研究心理学的太可怕了，随便一点小事就能把人看透，在你们面前，一点隐私都没有。"杨翎不自觉地往后退了一步。

"我都快死的人了，你还担心这个？没有意外的话，你还有漫长的下半辈子，了解一下自己只有好处没有坏处吧。"202收回了投向窗外的目光，看着杨翎。

"倒是没有想过什么季节死，但我很羡慕昨天的老奶奶，老爷爷每天都陪着她，真幸福！医院里每天都有人去世，通过我多年来的观察和体会，我觉得什么时候死没那么重要，死的时候谁在身边比较重要。"杨翎很认真地说，"我们讨论这个会不会太沉重？"

"在医院讨论生死，最合适不过。"202笑了。

杨翎看着202的笑脸，悄悄地想，如此年轻的一个男人，笑起来也这么好看，如果不是在医院里，不是因为化疗头发变得稀稀拉拉，他披着一头长发，潇洒地骑着摩托车，一定能招不少姑娘喜欢。

"如果以后我有不明白的，真希望还能找你聊聊。你要是出院了，我们还能做朋友吗？"杨翎知道，202的病情挺严重的，能不能出院其实很难说，她这么说只是想鼓励他。

"别担心，姐，我应该能活到明年春天。"202对杨翎温柔一笑，虽然这句话本身带着深深的残忍，他却笑得云淡风轻。"我希望那时你也将迎来你人生的春天。"202突然努力地坐直了身体，细细打量着杨翎，"不对，姐，我觉得你的春天已经来了！"

"什么意思？"杨翎被202看得很不自然。

"自从上次我建议你改变形象之后，你最近的变化简直太大了，不信你自己照照镜子。"202用眼神向杨翎示意病房内的穿衣镜。

杨翎略带羞涩地站到穿衣镜前，虽然穿着标准的护士服，戴着护士帽，但身体的线条永远是诚实的，能绝对真实地反映身体状态。杨翎以前腰身的线条是弧形的，括号的那种往外弧，现在依然是弧形的，但括号的左右两边已经交换了位置，而就是这一点点区别，能让整个人看起来截然不同。腰臀比或许是女性身材最有魅力的细节，现在的杨翎不论是侧面还是背面,看起来都跟年轻姑娘相差无几。

杨翎的脸红了,站回到病床边。"这还要感谢你的建议!对了,还要感谢你的女朋友!说实话,我最近也确实感觉到身体状态比之前好多了。你不知道,前两天在健身房里,还有个小伙子主动跟我搭讪……"杨翎不由得笑起来。

"是你自己的底子好,加上努力。"202也笑了,"你最近变化这么大,跟姐夫的关系怎么样,好些没?"

"嗯……怎么说呢,我觉得是好了一点吧。我按照你说的看他不顺眼的时候,就把他当成病人,不要当成老公。没想到这个办法很管用,起先他也有些意外,紧接着他也慢慢发生了变化,上厕所不用我提醒也会自觉掀起马桶圈,出门上班也会顺手把垃圾拎出去。"杨翎顿了一下,认真地说:"我也是这几天才意识到,千遍万遍的叮嘱,也没有善意的沉默来得有用。有时候觉得自己作为妻子真的挺失败的,为什么对待最亲密的人比陌生人还要严格?如果对外人都能亲切热情,对亲人更应如此才对。其实从我记事起,我爸妈就天天为了鸡毛蒜皮的事吵架打架,搞得满院子鸡犬不宁,所以在我对婚姻的认识里,没有可借鉴的成功案例。多亏了你,如果我早点认识你,早点听你说这些道理,我的人生也会多美好几年。"

"姐,你是个好人,看到你过得幸福我特别高兴。"202一边说一边忍不住咳了起来,几乎要咳出眼泪来。

"别说了,你该好好休息了。"杨翎赶紧帮着202躺下。她突然有种感觉,这个病人该是老天爷派来拯救自己的。身为医务工作者,她是个无神论者,但冥冥中命运的安排总有妙处,她却是信的。

B

走廊里传来一阵嘈杂的声音，紧接着有新病人在家属的陪伴下进入病房。杨翎和202默契地没再继续说话，这是只属于他俩的一个秘密，她对此报以感激一笑。

杨翎走出病房，迎面却看到来给自己送饭的林泉，手里拎着个纸盒，表情带着些许不悦。他盯着杨翎问："他谁呀？"

"一个病人。"

"怎么聊这么久？"

"交代注意事项，快手术了。"

林泉显然不太信，没好气地把纸盒往杨翎手里一塞，头也不回地走了。旁边有经过的小护士，见到这一幕都有点尴尬。幸好小护士聪明，赶紧掏出手机假装接电话，杨翎赶紧走开了。

林泉怎么会突然来给自己送东西？这样的事情几乎从未有过，杨翎有点奇怪。回到办公室里，她打开了纸盒。那是一个略显粗糙的奶油蛋糕，蛋糕上边是几个红色的字："十一周年快乐！"

那几个字笔迹十分熟悉，一看就出自林泉之手，看来，这是林泉亲手制作的蛋糕。今天并不是结婚纪念日，那是什么周年？杨翎好一会儿才想起来，今天是7月18日。

那是2007年的7月，杨翎跟林泉已经不咸不淡地相处了半年，两人收入不多，决定找个便宜又不远的地方进行一次短途旅行。杨翎感觉林泉对自己并不是太上心，或许是没谈过恋爱的缘故，她完全不懂得吸引男生，相处起来也没太多话说。

杨翎一直在默默观察林泉，这家伙算不上帅，但还算顺眼，也不知在想什么,总是漫不经心的样子,就连逛公园也始终保持着五六米开外的距离,不像其他情侣,不是手拉手就是挽着腰,男的还会帮忙拎包打伞,不时说两个笑话逗趣,或者买个雪糕买瓶水献献殷勤。而他们两人一前一后地走着,除了要停下来上厕所,几乎没有交流,像两个素不相识的小型旅行团团友。

北京大妞毕竟不是北方大汉,感情的事需要姑娘主动掉价不说,还很丢脸,所以杨翎悲观地认为,如果这次旅行之后,林泉跟自己再没突破,就断了算了。

旅行目的地是济南,这不是个浪漫的地方,除趵突泉外,没什么有看头的地方。这个目的地简直跟他俩的感情一样,平淡到不能再平淡。

然而意外的是,旅行的最后一天。

杨翎至今都记得那天是7月18日。当时他俩正在街上走着,杨翎的心情如同迅速晦暗的天色,完全沉浸在消极的情绪中,思量着明天回北京的路上就跟林泉说以后别联系的话,连带着济南都再也不想来了。

暴雨突然而至,眼看着大水迅速漫过脚边,又漫过小腿,杨翎的心情糟透了。林泉突然伸出手来,要牵她。这个动作来得太突然,她没时间拒绝,冰凉的手像只湿漉漉的小鸟被林泉一把抓住。他手心微暖,有细密的汗,她的心便跳漏了一拍。两个人牵着手,在漫至膝盖的积水中来到路边的公交站躲雨,两只手像早就这样牵在一起那样,很自然地没再分开。身边满是狼狈逃窜躲避大雨的陌生人,陌生的城市令人举步维艰,倾盆大雨如天泼之水,除了彼此依靠,再无其他选择。

杨翎很意外,没想到这种戏剧性的事情会降临在自己身上。她认为这是命运善意的安排,就像泰坦尼克号上杰克和露丝在巨船沉没之前的瞬间,两人的感情浓度因危机降临而迅速到达了顶点。

"如果他牵着我的手直到酒店也不放开，我就嫁给他。"杨翎默默地作了个平凡而浪漫的决定。

林泉没放手。

水到渠成，就在这天，他俩回酒店后第一次亲吻，第一次拥抱。

再后来，水到渠成地走向婚姻。

这一切平凡得不能再平凡。连求婚都没有戒指，杨翎打开戒指盒时，里边放着一张卷起来的小字条，上边写着："如果你愿意，我们一起去买戒指。"

林泉不会说甜言蜜语，却写得一手好字，比他本人要潇洒飘逸得多，所以没什么感情经历的杨翎，当时被期待已久的婚姻生活冲昏了头脑，没有任何波澜壮阔，也没有任何跌宕起伏。

这段感情中唯一戏剧性的一天，就是7月18日那天。

后来新闻上说，当日济南遭遇的是有气象纪录以来最大的暴雨，共计死亡二十六人、失踪六人。对于整个济南城来说，这一天或许是悲剧的一天，但对于杨翎来说，却是她人生中为数不多的值得庆幸的一天。

洪水，末日般的天色，没有旁人的喧哗，整个城市充满危险的刺激。人在时间的流域中仿佛身处汪洋大海，有风平浪静，也有惊涛骇浪，她突然需要一个搭档，能跟她一起登上名为婚姻的小船，从今往后共同面对风云变幻。她终于有机会在毫无波澜的人生中发挥了一下对余生的想象力，甚至对命运感恩。老天其实眷顾自己，就连人生中唯一一次意外也有惊无险，还能收获相伴终生的人。从此之后，她对雨天有了好感，而718，成为杨翎更衣柜密码锁的密码。

杨翎的脸红了，心里突然暖烘烘的，在她心里，这个日子是美好而神圣的，但她从没跟林泉提过。只是每年的这一天，她会悄悄准备几个好菜跟林泉一起吃。没想到，在这段特殊的时期，今年这个几乎被自己遗忘的日子，却被他以这种方式记起并纪念。

也许他一直都很在乎我，在乎我们的婚姻，而并不像他表现出来的那么冷漠。也许从一开始我就不该去怀疑他，甚至是去调查他。不就是张拥抱的照片吗，他和老同学相见拥抱一下怎么了？不就是一根女人的头发吗，他每天辛苦去开顺风车，有个长发女乘客掉在车上不行吗？不就是一张化妆品的消费小票吗，他不能是替别人买的吗？他不能是为了工作送给客户的吗？是的，就是这样的，一切都解释通了，是我自己的问题，是我不仅对自己毫无自信，更加对他毫无信任。

想到这些，杨翎暗暗作了决定，就在7月18日这个特别的日子，就在今天晚上，她要去把那个监听器给拆掉，因为今年她想送给林泉一件最珍贵的礼物——信任。

C

林泉在医院生了一肚子气回到储蓄所，准备垫几口盒饭再开工，却偏偏遇到了赵熙子。赵熙子以往每次来都是直奔马国明的办公室，而今天，却直奔林泉的柜台。

"泉儿，能不能帮我插个队？我想问问你理财的事。"赵熙子彬彬有礼地笑着，很客气。她穿着一件花色很高级的真丝衬衣，头发也精心打理过，脸上是精致的妆容。

"啊，嫂子找我问理财？"林泉被问蒙了，他是储蓄柜台的，不办理财的业务，况且理财的事情她直接问马国明不好吗？

"对，就是理财，你可以帮我吧，我懒得上楼去找老马了。"赵熙子伸手捋了一下头发，指甲是一丝不苟的法式美甲，手腕上一块炫目的金表，十足的阔太范儿。

"要不您找朱迪吧，她是我们所里专门负责理财业务的同事，我在里边，也不方便给您拿相关资料，这方面她比较专业。"

"朱迪……是谁呀？"赵熙子似乎有点不满，回过头到处看。

"嫂子，就是那边的姑娘，我们所里新来的大堂经理，您应该见过吧？"林泉被赵熙子盯得极不自然，感觉她眼里飞出了无数小刀子，唰唰唰地扎在自己身上，"嫂子，别误会，我不是不想帮您的忙，是我真的不如她了解情况，最近又有两支新基金，是去年全国排名前十的金牛基金经理操盘，特靠谱，一买就肯定涨，具体情况您找朱迪了解一下准没错。"

赵熙子顺着林泉指的方向看过去，认真地看了好一会儿，脸上的笑容渐渐淡去，最终她收回了目光，说："算了吧，我下次再来吧，今天还有点事。"

赵熙子走了，但林泉心里很不踏实，感觉赵熙子眼里飞出的小刀子还在围着自己飞，他赶紧给马国明发微信，问他怎么回事。

马国明让林泉赶紧上去，跟他说个清楚。林泉借着吃饭的工夫上了楼，马国明脸上还贴着面膜，老虎图案的面膜，乍一看，吓了林泉一大跳。

"我这不正敷面膜嘛，麻烦你上来跑一趟，不方便下楼去找你。"马国明倒是客客气气。

"算了算了，我也不是第一次见你这德行，但今天这面膜还挺适合你的，你现在不就如狼似虎的嘛。"林泉跟马国明开了个玩笑。

"我这儿还有,买了好几盒呢,好使,你要不要也试试?来,拿一盒回去。"马国明更客气了。

"不用跟我客气,我才不用这玩意儿呢。你还是赶紧说说今天嫂子这一出到底是什么情况啊。"

马国明嘻嘻一笑,有点不好意思地告诉林泉,这几天因为回家太晚,差点被老婆怀疑,所以他就抛出了撒手锏,说是因为这几天下班后自己都在陪林泉吃饭,劝他不要出轨。

"什么?我出轨?"林泉惊呆了。

"哎呀,我实在是被她逼得没办法了,你是不知道她的厉害呀,不交代就不让睡觉,比国民党还狠。你好人做到底,送佛送到西,演戏就帮我演全套吧,所以我猜她今天就是特意来看你的。"马国明不好意思地说。

"不是,我这大帽子戴得太冤枉了吧!为了帮你,我连自己的名声都不要了。嫂子娘家可是有人在咱们系统的,万一……"林泉被马国明气得出了汗。

"万一什么呀万一,谁记得你呀!你少给自己加戏,她家的人连我这个正经主任都瞧不见,怎么会打听你?你就把心放到肚子里去,要还不行,就放到肠子里。再说了,我可没亏待你,你摸摸自己的良心,对不对?"马国明说着还冲林泉俏皮地挤了挤眼,贱兮兮地笑,"大不了,以后你真出轨的时候,我也帮你打掩护呗。"

马国明虽然混蛋,但事实上自打马国明和他换车以来,老马的确是没亏待他。揽储和基金任务,他全包了,从此林泉再也不用担心完不成任务扣奖金;时间上也给了林泉最大限度的自由,虽然是基于为了他自己的方便，但至少不用提心吊胆地请假了，请假全能通过；马国明甚至说，就算林泉用他的罗密欧去开滴滴专车都行，收入全算林泉的。另外，他还给林泉指了一条赚钱的安全小路。

马国明手里有全所的大客户信息，他让林泉自己弄了个VIP群，把大客户都拉进去，其中不少人手里的VIP卡都是带各种服务的，比如机场免费接送、免费电影、免费五星级酒店自助餐、免费高尔夫、免费酒店房间等，虽然这些服务都是有次数的，一年也就那么几次，但很多真正的VIP根本就不知道这些隐形福利，往往浪费掉了。所以，林泉可以利用这些资源，把这些免费服务折价卖给有需要的人，从中间赚个差价。一单也就赚个几十块，但只要每天花上不多的时间去网站发发信息，就能轻松完成两三单，一两百就进账了。如果努力一点，一天多做几单，一个月下来，万把块的外快还是有的。

马国明知道林泉缺钱，谁不喜欢钱呢？而且这路子既不违法又不败德，一年下来，攒个十万八万的，何乐而不为？

在老马的威逼利诱之下，林泉勉为其难地答应了。他自己也衡量过，这事儿其实不亏。一来确实自己也得到了一些利益，二来还卖了马国明一个天大的面子，马国明再不济毕竟是自己的领导，这个面子对自己以后在所里混下去还是有帮助的。所里还有其他好几个有车的男同事，可马国明不找人家就找了自己，说明什么？说明自己是马国明信得过的人。俗话说的"四大铁"，自己不需要跟马国明一起扛枪同窗嫖娼分赃，就能直接变成他的心腹，这是打着灯笼也找不到的好事。不外乎承担一点被老婆发现的风险，可就算真被她发现了，大不了敞开来说呗，反正出轨的又不是自己，怕个毛儿。

接下来就是实际操作阶段。马国明让林泉用他的身份证去开了一张新的电话卡，这个卡专门用来跟情人打电话和聊天使用。林泉觉得没这个必要，国产的某大牌手机就自带一个叫隐私空间的特殊功能，两个指纹密码能在解锁屏保时直接进入能给老婆看的系统，或者进入留给自己的秘密花园，设置之后就等于拥有了两部手机，可谓"渣男必备"的佳品。

你还是太天真了。马国明看着林泉直笑，当了这么多年律师的老公不是白当的，他不止一次听到赵熙子跟客户和同事说过，手机里根本没有秘密，一切都藏在大数据里，更何况他老婆是身经百战的资深律师，自己可不敢随便挑战她的职业水平。比较安全的做法，只能是用林泉的身份证去办这张卡，这样一来，大数据也分析不到他马国明的头上。

解决了通信问题，还有最关键的钱的问题，马国明说偷情这件事的刺激，不完全体现在这件事本身，还有为此承担的风险，以及在跟老婆斗智斗勇的过程中取得胜利的成就感。马国明虽然是第一次这么干，但在林泉看来已然是个经验丰富的老手，律师丈夫果然没白当，反侦察的能力超乎林泉想象。为了安全地隐藏私房钱，也为了更好地使用私房钱，马国明甚至借了林泉的身份证在别的银行开了一张银行卡，往里边存了几万块钱。就在前不久，林泉用这张卡帮他买了六千多的化妆品，当时他刷卡的手都在抖，心情也格外复杂，杨翎跟了自己十多年，从没用过这么贵的东西，马国明对情人却这么大方。

所有这些事情在脑子里迅速地过了一遍之后，林泉控制住了愤怒，但还是有点底气不足："你……你告诉我，到底是跟谁？我认识不？就算是死，你也得让我死个明白吧。"

"行，我满足你的好奇心。这样，你先去好好坐台，下班后我告诉你。"马国明嘻嘻一笑，把脸一抹，面膜摘掉，开始噼里啪啦地拍他的大胖脸。

这条贼船上去了就下不来，林泉现在可以断定，这家伙一定是早就想好了给自己栽赃这一套，就等着合适的时候抛出来。马国明也太狠了，直接先斩后奏，现在自己就算不答应，也没办法。

事情就是这么个事情，说白了，就是林泉被领导马国明给讹上了。

生活最伟大的地方就在于不讲道理，也不按规矩出牌。

现在，林泉想不到自己还能得到多少好处，也不知道命运即将发生怎样的改变，但接下来的生活一定会开始不一样了。而这一点点的变化，却让他感觉到微妙的刺激，或许对于现在的林泉来说，这渴望已久的刺激和变化才是他最急需的。他知道，死水一潭的生活已经开始泛起涟漪。

D

后来，短发大姐在做问询调查时，提了这样一个问题："林泉，除了跟马国明换车之外，你还帮马国明开了一张新的银行卡，专门用来帮他给朱迪消费使用。真实的情况，是这样的吗？"

林泉点了点头："是这样的，不过最开始我并不知道具体情况，马国明第一次是借了我的卡，刷完之后又还了我现金。我当时还挺纳闷的，为什么他明明有钱，却不自己花。"

"根据我们现在掌握的线索，除了你用自己的名义开了一张银行卡供马国明出轨使用外，你还以自己的名义开过好几次酒店房间，对吗？"

"是，但其实除了出事的那一次，其他每一次我都是在大堂把房卡交给朱迪或者马国明，然后就走了。具体他们之间的事情，我不在场，所以并不清楚。"

大姐显然没得到她想了解的答案，有点不耐烦了："最后一个问题，你为了帮马国明给自己惹了这么多麻烦，是为了钱吗？你有那么缺钱吗？"

林泉张了张嘴，显然是可以说出点什么来的，但他没把话说出口。

他有一个梦想，这个梦想需要很多钱，这个梦想就是买房。开顺风车是为了攒钱，帮马国明的忙赚点甜头也是为了攒钱，他只是希望能给杨翎一个像样的家，而不是凑合的家，能让她在娘家人面前不丢脸的家。这个梦想是卑微的，但它实现的时候会变成骄傲，这个隐秘而伟大的小秘密连对杨翎都没说过，现在更不会告诉陌生的大姐。

大姐放弃了对林泉的拷问，起身走出房间，临出门时又转过头，扔下一句话："你们这些男人啊，就为了瞒着老婆吗？何必搞得这么复杂！"

是，但其实也不完全是。

林泉很难跟大姐解释，这是男人才能理解的秘密战，起先他也不理解，是后来他在马国明身上看到了令人难以置信的喜怒无常，那种强烈的情绪波动，那种明目张胆的患得患失，原本应该仅属于年轻人。

下午下班后，林泉来到停车场取车，马国明上了他的车。

"实话告诉你吧，我跟朱迪好了。"马国明在说这句话的时候，眼中仿佛有一颗小火苗在闪耀，"不是你以为的那种肮脏关系，我们只是经常在一起聊聊天，喝喝茶，我不会伤害她，不影响她应该拥有的未来，她也一样，我们之间是纯爱，柏拉图式的。"

林泉听得放下了手里的保温杯,差点把刚喝进嘴里的枸杞菊花茶喷出来:"你不会是说,你们在谈恋爱吧?"

　　"差不多,很纯洁的关系,就像学生时代,我们单独见面,单独相处,但不会逾越雷池。你可别小看我,我自制力很强的,跟外边那些只想睡姑娘的渣男不一样,我对她是有感情的,也希望她能幸福,所以我不会影响她未来的一切。"马国明甚至有点得意,炫耀地说出这一切,期待地关注着林泉的微表情。

　　"你前阵子让我去刷卡买的化妆品,也是送给她的?"

　　马国明点点头。

　　"六千多的化妆品,您手笔可真大。"林泉嘴里有点酸。

　　"你不懂,一个男人能让自己喜欢的女人变得更美,这是多有成就感的一件事。"马国明轻轻地摇着头,满脸都是享受的表情。

　　"恕我直言,你真是个原味渣男,这不就是出轨吗?"林泉说话的态度,变成了数年前他刚来所里刚认识马国明时的调调,不再把他当成所主任,好像他还是当年那个跟自己同样坐柜台的小职员。

　　"什么原味渣男,没那么脏,你别说得那么难听!我跟朱迪是知音,是高山流水,她是我的伯牙,我是她的子期,只不过她恰好是个女的。这是我们的错吗?谁不想要一个知音?熙子不懂我,我也没办法。你呢?你敢说杨翎懂你吗?"马国明说得兴奋起来。

　　"去你的,怎么扯到我头上来了。"林泉鄙视地看着马国明。

　　"淫字在行不在心,论心千古无完人。有人这辈子没动过念想吗?你敢说你没有?我不信,我只不过在合法交往尺度内,又不跟她发生那种关系,我没做任何对不起老婆和家庭的事,问心无愧!"马国明拍着胸脯,拍得砰砰响。

林泉摆摆手，并不想跟马国明深入这个不会有结局的辩论："甭解释，你跟朱迪什么关系不干我的事，你是不是完人跟我也没关系，你就是我领导。说吧，你上了我的车，是想要我干吗？"

马国明乐了："爽快，那我就不跟你拐弯抹角了，你得继续帮我打掩护，打配合。"

"啥玩意儿？出轨这事还能组团？"林泉皱起眉头。

马国明换上了平日里所主任对待大客户时才用的笑脸："你就跟杨翎说，是我想跟你换车开，说你嫂子嫌我买这车太骚气，想让我卖掉，我最近要低调做人。这样我去跟朱迪约会，就不担心万一被交警抓到，或者在哪个酒店门口被拍到……"

"你不是只聊天吗，怎么还去酒店了？"林泉质疑道。

"你不懂，酒店安静，也不会有人看到我俩单独吃饭聊天。我毕竟是个有妇之夫，她还没结婚，我们都需要维护彼此的名誉。咖啡馆那么多人，万一被熟人看到了，怎么好解释？你是不知道赵熙子那个豹子脾气，万一她知道了，非扒了我的皮不可！"马国明一说到老婆，表情都痛苦起来。

"那你们去开房就不怕嫂子知道？这可是能查出来的。我相信，以嫂子的人脉，分分钟一个电话就能搞定。"林泉觉得马国明是在掩耳盗铃。

"所以嘛，这不才需要你帮忙打配合嘛，去开房的时候需要用你的身份证。最好呢，是你本人去前台开。"

"我说老马，亏你想得出来！我也是有妇之夫，这辈子都清清白白，我的名誉就不需要维护了？"林泉有点激动，也有点恼火，马国明对自己分明就是下套之后又下钩子，一步步升级，把他逼上了梁山。

109

"你先别急,我不会让你白帮。咱哥俩什么交情,这么多年了,知根知底,你就放一万个心,我保证让你满意,绝对不会让你吃亏,咱哥俩来日方长。"马国明脸上赔着笑,这次是只有遇到银行上千万存款的大客户才展露的专属笑容。

当事人马国明和林泉都不会知道,这番在林泉车上的对话,两个已婚男人的秘密,居然被杨翎一句不落地听到。她紧张到手都在抖,这辈子从没干过这么刺激的事情!紧张归紧张,杨翎听完还是松了一大口气,原来换车是真,头发是真,化妆品是真,出轨也是真,只不过出轨的人不是自家老公。

E

一切都来得太猛,一切又变得太快,杨翎需要稍稍平复自己都无法形容的复杂心情,这感觉就像是她已经吃到了林泉送来的十一周年快乐的蛋糕,甜,甜到心里。

因为林泉中午送给自己的蛋糕,杨翎已经决定等晚上林泉回来后,趁他睡着就去把监听设备拆掉,将自己的信任送给林泉。为了纪念她俩定情十一周年的纪念日,杨翎特意做了一桌子好菜。做好了菜等林泉回家的空闲,她想到毕竟花了四千块钱买的设备,一次也没用过,出于好奇就拨打了监听器上的号码,于是,就听到了这段足够劲爆的对话。

杨翎开心到想跳舞,看着一桌子色香味俱全的美食,牛油果鸡肉藜麦蔬菜沙拉,川香拌土豆,生爆盐煎肉,新鲜的三文鱼,搭配精心熬制的牛尾汤和海鲜芝士焗饭，她突然觉得缺了点什么。对，酒，红酒，于是她赶紧去附近超市买了店里最贵的一瓶红酒。再次回到家准备换上家居服时，杨翎眨了眨眼睛，她想起了202女朋友推荐的全蕾丝透明情趣内衣，还有吊袜带和黑色丝袜。

今天是个值得庆祝的好日子，杨翎把这些看着都脸红心跳的衣服，欲扬先抑地藏在朴素的家居服里，光是想到自己居然穿成这样，都能感觉到隐秘的兴奋和刺激。原来这些外在的东西，真的可以改变生活，虽然现在还没有改变林泉，但已经改变杨翎的内分泌了。在她换衣服时，已经明显感觉逐渐枯竭的身体里，有崭新的力量在生发。

杨翎带着美好的憧憬等待着林泉的归来。"这么晚回来，是加班了吗？"杨翎的声音，满含多年不见的温柔。

"今天是准备金结算日，加了会儿班。"林泉有些不习惯，心情也不太好的样子，脸色很臭。看到一桌丰盛的饭菜后，他想起了今天是个特别的日子，调整了一下语气，也尽量温柔地说："今天的菜这么丰盛，辛苦你啦！"

"辛苦什么，是你还记得这个日子，我特别高兴！"杨翎笑得眼波流转，忙去取碗筷。

"嚯，还有酒！"林泉看着杨翎的背影，虽然还是同样的家居服，可背影跟平时大不一样。

"你最近还好吗？是不是工作太辛苦了，都瘦了。"林泉一边说着，一边吃了口川香拌土豆，赞许地点了点头，味道还真不错。

"你也觉得我瘦了？我挺好的。"杨翎忍不住笑起来，想了想，又稍稍收起笑容，"今年护士长的人选已经公示了，现在是民主考评阶段，我得更努力才行。最近医院事情确实挺多的，要是我没顾上你，让你不痛快了，别怪我啊。"她顿了一下，脸上的笑容重新绽放，"等我把这阵子的事情忙完，一切都过去了，以后咱们谁都不许生气，咱们都好好的！"

林泉看着面前与以往截然不同的老婆，起初还揣摩她话里的意思，但杨翎的笑容太有感染力了，几杯酒下肚后，林泉的表情和身体也松弛下来，笑容和话也多了。两个人都有意挑选了对方爱听的话题，虽然有种略显生疏的生分客气在里边，但两人的默契说明对方都更喜欢这种愉悦的气氛。

林泉知道杨翎不爱喝酒，在医院看过太多喝酒喝坏身子的人，所以对酒很敏感，可今天她似乎情绪格外好。他不知道，这其实是杨翎需要借助外力放松一下多年来紧绷的神经，不然一会儿很可能拉不下老脸进行下一步。

伴随着二人难得一见的欢声笑语，一瓶酒已见底，林泉放下碗筷，心满意足地打了个饱嗝，准备起身离开餐桌。

"要不要泡个澡，我买了能缓解疲劳的进口入浴剂，给你试试？"杨翎低着头，红着脸，不敢看林泉的反应。

林泉有些意外，杨翎只在刚结婚那会儿这样温柔过，盛情一片，他就顺水推舟地答应下来："那一会儿就麻烦你帮我放水吧。"

过了一会儿，林泉进入卫生间时，浴缸里已经芬芳四溢，水面上还漂着不少玫瑰花瓣，杨翎还特意点燃了香薰蜡烛。整个卫生间，看起来跟平时大不一样。

"我帮你脱吧，看你今天怪累的。"杨翎等到林泉进了卫生间，也没有要走的意思。

林泉愣了一下，感觉很意外，但刚才吃饭那么愉快，又不好意思直接拒绝。杨翎帮林泉解开衬衣的扣子，低头的瞬间，她领口中的一片黑色蕾丝闪现，衬得肤色欺霜赛雪。

结婚多年，杨翎一直都只穿那种光面罩杯的最基本款内衣，跟修女没什么两样。林泉忍不住多看了一眼，再往下，看到了久违的蓓蕾已盎然于蕾丝之下。林泉有些恍惚，忍不住闭上眼睛，想要回回神，不料杨翎突然紧紧地抱住了自己，林泉愣了两秒，也伸出手去回抱她。或许是酒精终于起效了，杨翎感受到了林泉的身体在发生变化，她腾出一只手关掉了灯，开始脱衣服。

昏暗的烛光下，杨翎看到林泉的瞳孔在放大，她的视力突然敏锐，甚至能看到他眼球中反射的自己，不年轻却尚未生育过的身体依然美好，性感的内衣和吊袜带连她自己都觉得十分刺激。

没有音乐只有彼此的呼吸，越来越急促粗重的呼吸，反而更能让彼此集中注意力。在这个逼仄的空间里，毫无新意的熟练动作也必须重新设计不断调整，新的姿势引发新的刺激，杨翎没想到身体竟如此敏感，全身皮肤发烫，彼此触碰的地方隐约有火花在闪，最后她在冲撞之下绷紧了脚尖，闭上了眼睛，不再压抑自体内最深处发出的欢欣。唯一的遗憾是林泉溃败得有些早，不然这场精心策划的旖旎欢愉会更尽兴些。

尽管如此，杨翎还是很高兴，也很有成就感。林泉虽然什么都没说，但对于这场爱事他显然很满意，简单冲了个澡，就先上床休息。杨翎浑身酥软，流连在方才奋战过的浴缸里，觉得身体也像花瓣一样舒展开来，整个人由内而外都滋润极了。

结婚十一年，按照外国人的说法这就是钢婚之年。钢，曾是砂石之中的矿物质成分，经极高温度熔化后提炼，继而重新冷却成型，经过千锤百炼的锻打，方成优质的钢。钢，也分品种，有些容易氧化生锈，有些则耐腐蚀耐高温，甚至能作为医用。

杨翎不知道现在自己的状态算是钢的哪一个阶段，方才的炙热刺激，此刻的放松自然，至少不需要伪装，在最熟悉的男人身边，她可以做真实的自己。

收拾妥当，躺在林泉的身边，杨翎体会到从未有过的安心，脑袋里开始不自觉地回顾最近这段日子里的兵荒马乱。现在一切真相都已经水落石出，林泉虽然依旧有各种问题，但归根结底还是一个值得信任的伴侣。而想不到堂堂储蓄所主任马国明，那个看起来憨厚老实的胖子，居然出轨都出得如此曲折离奇。倒是可怜了那个马太，等等，她叫什么赵熙子还是赵曦子，或者赵西子？这名字怎么这么熟悉？这不是前阵子托人快递照片的女律师吗？

杨翎不知道这个马国明的太太，是否就是当年那位学姐，或者是不是那位律师，但大家都是女人，想到前几天收的不知哪位赵熙子寄来的照片，或许，也是她出于善意在提醒自己。女人应该帮女人，杨翎骨子里有着北京大姐的仗义，她想来想去，总觉得要提醒一下这位马太赵熙子比较好。

杨翎并没有马太的联系方式，也没见过她，幸好微信里有热心肠的程大姐，程大姐是储蓄所里的老资格，年纪比马国明还大，所里上上下下的事情她都门清，每年所里发放过年物资也都是她经手，所以马太的快递地址她一定知道。

杨翎找了个婉转的借口，说想送大家一点有机蔬菜，是网上下单的，可以直接发到各家，在程大姐感激连连之余，也要到了马太的电话号码。

令杨翎惊讶的是，马太的电话一输入手机电话簿，就自动匹配了"赵律师"，原来，马太竟然就是此前给自己寄过照片的人！

忙完了这一切，林泉那边已经鼾声一片。按照计划，杨翎本来是要在林泉睡着后去车里将监听设备拆掉的。但此时的她四肢瘫软，精疲力竭，实在无力起身再去做那么紧张的事情。这是转折的一晚，美妙的一晚，她多想时间永远地定格在这美好的时刻，安心睡去。

第六章

A

杨翎赶到咖啡厅的时候,赵熙子已经在等她了。两人第一眼便确定对方即多年前的学姐学妹,对彼此都有印象。虽然时隔二十来年没见过面,但赵熙子独特的气质和强大的气场一如当年,从头到脚名牌装身,珠光宝气,衬得杨翎像个中年灰姑娘。学姐学妹相认,又同为银行员工家属,两人之间少了许多寒暄,直接切入主题。

杨翎也顾不上客气了,拿出那张林泉和安琪拥抱的照片,率先提出了自己的疑问:"学姐,我想问问你,这张照片是你让人寄给我的吧?"

赵熙子抱歉地笑笑:"你一定很想知道为什么吧?我其实特别后悔,在没有搞清楚真相的情况下,就冲动地做了这件事,我得先跟你道个歉!"

杨翎一头雾水:"为什么道歉?"

"其实,这张照片是我故意让安琪去帮我寄的,她肯定想不到,我会让她去寄她和你家林泉的合影。当时我跟她说我走不开,这份快递的资料特别紧急,助理又不在,就麻烦她帮我去楼下的快递部寄出。事实上,我当时是想让她留下她的电话,希望你能知道这个人就是她。"赵熙子故意把拥抱说成了合影,给杨翎留了面子,"这个安琪你知道吗?她是林泉的大学同学。"

杨翎点了点头,虽然她已经从林泉那里听过解释,但没想赵熙子会给自己寄照片,更没想到电话里那个声音特温柔特嗲的女人,竟然就是安琪。

赵熙子解释了事情的来龙去脉,朋友推荐安琪找赵熙子咨询离婚的事,两人因此相识。言谈之间,赵熙子发现她似乎在北京有了相好的男人,这人还是老同学,她打算离婚后就跟这个男人正式交往。好巧不巧,马国明的新车是少见的牌子,赵熙子的朋友见到就留了心,误以为林泉就是马国明,见他跟别的女人拥抱,就拍了张照片给她。没想到照片上的男人并不是马国明,而是林泉。赵熙子知道林泉跟马国明不仅是同事更是好友,担心林泉会在外边有情况,她给杨翎寄照片就是想给一点提示,让她关心关心这件事,顺便,也想从旁打听一下到底为什么林泉会跟马国明换车。赵熙子觉得杨翎多少能知道些消息,出于为自己考虑,也为杨翎考虑,就让安琪寄出了那张照片。

"林泉来我家吃过饭,他人挺好的,老马跟他是好哥们儿,我也放心。当时我看到这张照片挺意外的,我怕正好这个安琪相好的人就是林泉,就觉得万一他要真有情况得帮他一把,不能让他走上歪路。"赵熙子坦然道,仿佛这并不是什么特别的事情,"没想到,是我误会了。就在给你寄出快递后的第二天,安琪跟相好的男同学请我吃了饭,那人姓邓,不是林泉。怪我,那么莽撞就给你寄了照片,给你增加了许多困扰吧?"

赵熙子说完,满脸歉意地笑着。

"还好,到目前为止,我没让林泉知道照片的事情。我得感谢你了,这么关心林泉和我的事情,虽然咱们素未谋面。"杨翎嘴上这么说着,心里却有点不是滋味。这算什么,没事找事吗?明明是她搞错了,还差点给自己带来天大的误会,要不是林泉主动坦白,没准现在都闹到要离婚了。

"其实后来我特别内疚,生怕你们因为这件事吵架,这种事情可大可小,万一真的有了误会,搞得你们两口子闹别扭,那就都是我的罪过了。我想找你解释,可咱俩没见过面,就觉得会唐突。前不久老马喝醉了,是林泉给送回家的,我还跟他说呢,让他带你来家里吃饭,他说你老上夜班,不方便凑时间。"

"是吗,他倒是没跟我说过这事儿。不过我的确上夜班,时间上不太方便,一个礼拜也就一两天的轮休。"

"现在好了,咱们见了面,以后可以常来常往。对了,你给我发信息,说的是你那边有老马的情况?我不明白,你是有什么发现吗?"赵熙子好奇地问道。

杨翎把自己从监听设备里听到的话,简单地说了,大概意思就是,马国明似乎在出轨一个叫朱迪的女人,为此才特意跟林泉换车,并让林泉帮忙打掩护。

"我觉得老马能走到现在不容易,得珍惜,不想他的家庭出什么问题。我能想象到如果是我遇见这种事会有多无助,女人应该帮助女人,所以虽然不知道马太就是学姐你,我也想要告诉她。"杨翎释然一笑。她仔细打量着赵熙子,这个浓妆美艳的妇人,厚厚的粉下其实已经有暗藏的色斑和细纹，似乎这些年过得并不是那么舒心，"另外，我也想见见你，想看看你的头发。"

"头发，为什么？"轮到赵熙子不解了。

"刚才我也说了，最近林泉跟老马偶尔会换车开，我在林泉的车副驾驶上，发现了一根头发，深棕色两尺余长的卷发，但到底是林泉还是老马或者谁用车的时候留下来的我就不确定了。"杨翎一边说一边又看了看赵熙子的头发，虽然也烫过，却是黑色的，"现在我可以确定了，那不是你的头发，但也不是储蓄所里那个叫朱迪的大堂经理的头发。"

"为什么不是朱迪的头发？"赵熙子敏感地问道。

"我其实特意去储蓄所看过，我看到朱迪的头发是黑长直。"杨翎叹了口气，"幸好不是她，不然的话，她那么年轻那么漂亮，身材还好，我会压力很大。"

赵熙子听完杨翎的描述转了转眼珠没说话，掏出手机，像是在发信息。

那样的头发，杨翎曾经见过一次，她在医院见过一位女病人，年轻漂亮，逢人就笑，十分讨喜，一头柔顺的大波浪卷发，平时用发卡扎起来，显得很利索，一旦拿掉发卡，把头发披散，会有不少没太见识过漂亮女人的男人看呆。

林泉基本上可以算是没太见识过漂亮女人的男人。

"我倒是觉得一根头发说明不了什么，老马也好，林泉也罢，都是身在职场的人，同事、客户、朋友、熟人……任何一类人中的某个女人都有可能留下一根这样的头发。哪怕这根头发真有问题，咱们也没办法以此作为有效证据，男人们有太多借口可以解释。"赵熙子不愧是律师,一下子就把杨翎口中一根头发上升到有效证据的高度。

其实相比于最开始的照片和后来的消费小票,杨翎也没有太介意这根头发,因为也确实有很多能够自圆其说的理由,只是当她身在情感旋涡中时,很难像赵熙子一样仍然可以缜密地理性思考。真正让她不爽的是只要一想到在自己跟林泉关系并不融洽的日子里,有另外的女人坐在本应该属于自己的位置上,跟林泉说说笑笑,她的心里就像被人碰倒了半瓶醋,酸得厉害。不过现在这些都不重要了,照片、头发、小票都不重要了,重要的是林泉重新获得了自己的信任。但如果那个女人坐在副驾驶上的时候,身边开车的是马国明,这半瓶子醋就不会倒了,甚至她还会有点得意。杨翎看了一眼安然端坐面色不改的赵熙子,不自禁地想:因为这瓶子醋应该倒在赵熙子的心里,貌似事业家庭都很成功的杰出中年妇女,并不会因为杰出而比自己更幸福,她老公该出轨还是会出轨,一样会瞒着她跟别的女人勾勾搭搭不清不楚。

杨翎内心活动极其复杂,但嘴上半晌没有说话,只是时不时看一眼赵熙子。

赵熙子像是发完了信息,收起手机。"咱们回到最有力的证据也就是你所说的录音上,"赵熙子清了清嗓子,十分严肃地问杨翎,"你确定没有听错?"

"我确定。"

"你有录音吗?"

赵熙子这么问了之后,杨翎心里咯噔了一下,她肯定是有录音的,而且那套本来昨晚就该拆掉的设备现在还安在自家车上。但赵熙子可不是一般人,她是名律师,这样的东西万一交给她,会不会把林泉给带沟里去可说不好，自己家的小日子千万别牵扯进赵家的豪门恩怨里去。况且，林泉本来就不知道自己安装了监听设备，万一赵熙子告诉了马国明，马国明又告诉了林泉，这不是自己往坑里跳吗？杨翎想清楚之后，摇了摇头。

"好，那我也必须得告诉你一件事。我特意问过老马，为什么和林泉换车，他解释说，是因为林泉要出轨，开着家里的车不方便，怕你查到，所以特意借了老马的车。"赵熙子冷静地看着杨翎，"朱迪的事，我早就知道，这姑娘我一瞅就不对劲，我的直觉特别准，所以对她留了心。我去所里试探过，还特意问了老马，老马说，朱迪跟自己绝对没关系，倒是跟林泉有关系。这不，林泉为了跟她约会，还特意跟自己换了车开。"

"什么，为了跟她约会换车开？林泉告诉我说，是马主任最近要去乡下，怕伤了他的进口车，开林泉的破车比较不心疼。"杨翎有点生气了，明明是马主任出轨，非得往林泉头上扣屎盆子，"我倒是觉得，这件事真相很明显，说白了，那个朱迪年轻漂亮，凭什么看得上林泉？图他穷吗？咱们都是女人，同样两辆车，一辆豪华进口汽车，一辆国产老破小，要怎么选，这不是明摆着的吗？"

"你别激动呀，来来来，喝口水。"赵熙子见杨翎沉不住气了，反倒更沉静了，"爱情这种东西是不可理喻的，也是不可预测的，没准人家就是喜欢林泉呢？他善良单纯，他要是不招人喜欢，你怎么会嫁给他呢？"

赵熙子不说这样的话还好，这么一说杨翎更生气了，明摆着瞧不起自己，也瞧不起林泉。她突然觉得自己没必要再在这里待下去，明明是好心好意来提醒赵熙子的，怎么反倒自己惹了一身腥，还被人瞧不起。

"你查过林泉的手机吗?"赵熙子见杨翎脸色不好,换了个话题。

杨翎注视着赵熙子说:"没查过,这种事我没经验,网上好多人都说,没事千万别翻老公的手机,没事都会出事。我一直觉得,既然是夫妻,就应该互相信任,他从来不看我手机,我也就不看他的。"

"看不出来,你还挺自信的。不查是对的,这些出轨的男人现在都很有心机,他们要么会有个秘密小号,要么会随时删掉那些见不得人的照片和聊天记录,不会随便留下把柄。"赵熙子对杨翎面授机宜。

"那你问我查手机是什么意思?我不太明白。"杨翎更迷糊了。

赵熙子露出微妙的笑容:"其实,这个问题很简单的,就是咱俩现在摸不准究竟是谁的老公出轨了,所以可以一起来查清这个问题。我知道老马,他表面上嘻嘻哈哈,其实贼着呢,他要是真出轨,肯定不会那么容易让我发现。所以我就想,没准咱们可以用反证法,比如说,你去查一下林泉,如果林泉没出轨,那老马就跑不掉了嘛。"

赵熙子这番话让杨翎心里很不舒服,她这是明摆着从心里就认为林泉才是出轨的那个人。杨翎很生气,顾不上照顾赵熙子的面子,直接顶了她一句:"你说得不对,我现在很确定,我们家林泉没有出轨。"

杨翎气冲冲地说出这句话,吓了赵熙子一跳,噎得半天说不出话。两人陷入了尴尬的沉默时刻。

"叮咚",幸好,一声信息铃声打破了这尴尬,赵熙子的手机响了,她拿起手机认真盯着屏幕看了半天,将手机对着杨翎推了过来:"你看一下吧!"

"看什么?"杨翎依然没有好气,但还是好奇地低头看了手机,屏幕上显示的是一张多人合照,差不多有十七八个人,还有几个小朋友,大家都穿得很休闲,背景是一座花红柳绿的小山。杨翎一眼就看到人群中的林泉,正傻傻地笑着,紧接着也认出了胖乎乎的老马,他身边的程大姐搂着自己的儿子……在林泉和老马中间站着一位年轻姑娘,头发正是披肩大波浪,发色深棕,这姑娘看着眼熟,但怎么想不起来了呢?

"这是?"杨翎已经消气了,抬眼看着赵熙子。

赵熙子接过手机,用两根手指将照片放大,屏幕上只有林泉、老马以及中间的姑娘三个人了,重新递给杨翎。

"朱迪!"杨翎接过手机只看了一眼便忍不住大叫出来。"她的头发……"

"对,是朱迪,留着两尺长深棕色卷发的朱迪。我之前偶然间在老马的手机上看过这张照片一眼,他说这是上上个周末他们所里所有员工还带着家属去郊外团建时拍的照片。刚才你说朱迪是黑长直发我就纳闷,因为我根本不记得这照片上有谁留着这种头发,于是我刚刚给程大姐发信息,找了个理由让她把这张照片发给我。果然,之前的朱迪一直是你所说的那根深棕色长卷发一样的发型。"赵熙子一口气说完了这些,略带得意地看着对面的杨翎。

此时的杨翎脑袋里一团乱麻,顾不上回话,依然仔细地看着照片。站在林泉身边的朱迪真漂亮啊,一身休闲服的她更显青春靓丽,旁边的林泉笑得太贱了。

"老马上上周末郊游前问过我要不要一起去,当然,我想他肯定知道我是不会去的,所以才故意主动邀请。林泉邀请你一起去了吗?从你刚刚看到照片的表情,我猜他可能没对你讲过吧!"赵熙子没有等杨翎的回话,一边注意着杨翎的反应,一边继续说下去,"不管是老马明知结果的主动邀请也好，还是林泉选择不对你讲也好，储蓄所里一年好几次带家属的集体活动，十多年来几十次机会，咱们俩却从来没有见过，你难道不觉得奇怪吗？这至少能说明老马和林泉是有意识不让咱们碰面甚至认识的，这还不能说明他俩之间肯定有问题吗？"

杨翎终于看完了照片，抬头看着赵熙子，眼神里满是迷惑。

赵熙子注意到了杨翎的表情，决定再加一把火："你看，这么多人，可这朱迪偏偏要站在林泉和老马中间，左拥右抱的。我也不敢说老马肯定就是清白的，但就从这照片来看，还是很难说到底是谁和朱迪有一腿啊。"

杨翎还是沉默，赵熙子接着说："所以啊，现在的情形是因为这个朱迪，咱俩谁都过不踏实，只有咱们合作，一起想办法查清真相，那么至少有一个人会踏实。"赵熙子盯着杨翎的眼睛，"说心里话，我希望这个踏实的人是你，而我，不论老马怎么样，我都能踏实得了。"

杨翎听得出赵熙子这句话是真心的，但怎么都觉得全身不舒服。"谢谢你，我希望咱们都能踏实地过日子。"

"好，你这么说我就明白了。你方不方便把林泉的身份证复印件给我一下？"赵熙子突然神秘兮兮地说。

"做什么？"杨翎皱起眉头，有点警惕。

"我可以拿去给做大数据的朋友从后台查一下，如果真的有暧昧的聊天记录，就算手机上删掉了，系统数据里边也能调出来。这样你不用查林泉的手机，我们也能尽快拿到证据。"

赵熙子言谈间流露出专业律师的气质，老神在在地微微抬起头，像是面对客户那样等待着杨翎的回应。见杨翎紧闭着嘴，表情看起来还有些不安和不悦，一句话也不说，赵熙子公式化地笑笑："怎么了,不方便吗?"

"这可能真不方便。对不起,我还有点事,咱们今天先聊到这里吧。"杨翎扔下这句话,拎起包起身离开了。

刚才赵熙子说话时的语气、眼神、姿态,都让杨翎心里很不舒服。在赵熙子眼里,自己大概还是当年那个没见过世面,弄折了她的口红就吓得大哭的小女孩。但就算她是阔太太,她脖子上的爱马仕丝巾比自己身上全套加起来都贵,就算她是储蓄所主任马国明的太太,而自己老公只是不争气的小柜员,那也不能因为这些就小瞧自己。从某种程度上说,刚刚在赵熙子身上感受到的挫败感,已经超过了赵熙子所提出的林泉出轨的嫌疑对自己的挫败感。更何况自己昨晚才刚刚决定,以后一定要充分地信任林泉,她凭什么咄咄逼人地让自己去查自己的老公,用来反证她老公的清白?

林泉到底是不是清白的?

B

这天中午,正准备吃午饭的林泉见刘景阳来办业务,就和他打了招呼。刘景阳是杨翎的姐夫,也就是林泉的姐夫。见他面色不佳,林泉就表示了关心。刘景阳唉声叹气,请林泉去咖啡馆坐坐,他现在心里一团火,很想马上喝一杯冰美式。

原本林泉是很少跟姐夫打交道的,两个人虽然都有对方电话,也都在一个家族微信群里,但私底下很少聊天。

不聊不知道,一聊吓一跳。刘景阳正跟杨燕,也就是杨翎的姐姐闹离婚,唯独不放心现在正上高三的女儿。为了高考后离还是现在就离,两人正闹别扭。

"今天我就是先跟你打个预防针,没准儿哪天我就不在群里了,你心里有个数就行,别跟杨翎说。咱们都是大老爷们儿,能彼此理解,对吧?"刘景阳端起咖啡,喝了一大口。

"姐夫,你跟我姐,到底怎么回事?我看你们一直都挺好的,怎么就突然要离婚了呢?宝南眼看要上大学了,你们车子房子啥也不缺,日子过得好着呢。"

林泉猜八成是有人出轨了,但谁出轨还不好说。跟马国明家女强男弱的情况不一样,刘姐夫自己就是精英,有硬本事,一直是公司的技术骨干,手底下一帮"90后",每年到手的工资是实打实近百万,还有不少公司股份。据说这两年公司就要赴美上市了,一旦上市,目前这些停留在账面上的股份就变成了实打实的巨额财富,足够姐夫一家完成阶层跨越。姐姐杨燕是全职家庭主妇,结婚后就一直没工作,生孩子照顾家里,再也没出去挣过钱。姐夫长得一般,甚至可以说有点磕碜,但姐姐年轻的时候十分美艳,是远近有名的胡同之花,所以他俩离婚的事儿,林泉不敢往深了想。

"日子要是能好好过,谁没事惦记着离婚啊?一言难尽……算了,你不是外人,我也不用跟你避讳,反正你别多想,我没出轨,我连出轨的时间都没有。是你姐最近一直跟我闹,起因是孩子出国留学的事,我反对,我觉得留在国内挺好,现在国际形势不一样了,国外连手机支付和网购都不方便,家家户户还有枪,有什么好的。宝南还这么小,真要送出去,出了什么事算谁的?你姐不答应,为了这个,就闹到了要离婚的程度。"刘景阳焦虑地用手撸着头发,看起来十分焦虑。

"我当为了什么呢,你跟姐好好商量呀。其实这说明你们的心思都在孩子身上,对不?宝南漂亮又聪明,成绩也好,没准儿她自己也有想法。都是一家人,什么都能商量。"林泉安慰着姐夫。

"不,还真不只是这么点儿事。我跟你说,我是明白你姐心思的,她哪里是想送宝南出国呀,她其实是想自己去陪读,跟着一块儿出国。然后扔下我妈和我,她出去潇洒快活,很可能就不回来了。"刘景阳气得喝光了杯里的冰咖啡,还不过瘾,又掏出冰块塞进嘴里,咯吱咯吱地嚼着,好像这样才能解恨。

"姐真这么说?"林泉有点惊讶了,没想到姐姐都四十多的人了,生活观念居然这么超前。

"当然没明说!但我肯定她就这意思。哼,我估计呀,她没准琢磨着分居两年好协议离婚?到时候我不答应都不行。正好孩子大了,也不用考虑跟谁了,娘俩都去了国外,肯定是跟她呀。她这一把年纪的老娘们儿,也就傻老外能看上。这要真离了婚,在国内谁还要她呀?除了做饭买衣服逛街,她还会干吗?"刘景阳满脸不屑,继续掏出一块冰塞嘴里。

"姐夫,你可别这么说,当初你也是喜欢这个老娘们儿才结婚的不是?还是你主动追的姐吧,我听说当年为了姐,你可没少费劲,就差抹脖子了。"林泉有点听不下去,杨燕虽然四十多了,可保养得不差,身材可能比杨翎还好,出门买个菜都认真捯饬,比杨翎精致得多,绝对算得上美艳妇人。而且对他这个妹夫没得说,从结婚到现在从没挑剔过林泉半点不是,每次杨翎跟娘家抱怨林泉,姐还老向着他说话,林泉打心眼里对姐充满感激。

"你呀,真是老杨家的好女婿!我算看错你了,跟你说这些也是

127

白说。"刘景阳不满地白了林泉一眼。

林泉一听就坐直了，赶紧摆手："姐夫，我也没有个兄弟姐妹，你和我姐就是我的亲哥亲姐，我打心眼里不希望你们离婚，所以我也有点蒙。你听我分析分析，结婚你不是突然决定的，离婚也不能冲动决定吧？咱们这么大的家业，这么高的收入，还有这么高的社会地位，这么厉害的学识，这么多年的感情，哪能说离就离，还得从长计议不是？"

"你少给我来这套。我就是个打工的，能有多大的家业？你这就是当和事佬，和稀泥。实话跟你说，我们已经分居了，杨燕回娘家住了，现在只有每个周末宝南从学校里回来，她才回家来演两天戏。"刘景阳说完，愤愤地哼了一声，"你都不知道我最近是怎么过的，这礼拜我换仨保姆了，没有一个能伺候我妈的，搞得我焦头烂额。她呀，就是明摆着撂挑子给我看，威胁我呢。"

"都已经分居了？"林泉没想到事情已经到了这么恶劣的程度。

"泉儿，你别跟我装清纯，我问你，平心而论，中年人谁没想过离婚？你就没想过？"刘景阳用手扶了扶眼镜。

"我还真没想过。"林泉这句话说得有点心虚。

他当然想过，而且想过不止一次。只是他跟刘景阳不一样，自己没有人家那样的经济条件，就算离了婚，跟现在又有多大区别呢？离了婚还能找到更好的老婆吗？有杨翎这样的老婆，能让老家的亲戚朋友都放心，让他继续当孝子不好吗？

刘景阳重重地叹了口气，看着林泉，脸上露出疲色："你知道离个婚有多伤吗？你知道离婚是最大的破财吗？离了婚，我得分多少钱给杨燕合适？多了我不合适，少了宝南又会怎么看我？她都十七了,我也不想当坏爸爸。所以我想,不如先不离,等宝南高考结束了再说。可你知道吗?现在你姐比我着急,说什么女人的青春还能剩几天,不能全在我身上糟践了。你说听了谁不生气?"刘景阳说话太激动,唾沫星子不小心飞出来飘到了林泉脸上。

林泉感觉鼻尖一凉,又不方便马上去擦,显得没礼貌,只能无奈地叹了口气,酝酿了半天,才憋出一句话:"会不会是姐更年期了,闹情绪?"

家家有本难念的经,而关于离婚的话题,永远都没有正确答案。林泉最终也没能提供行之有效的解决办法。刘景阳没吃东西,灌下了两大杯冰美式,嚼了不少冰,吐槽了许多不满后,赶回公司上班了。林泉等他走了,才想起来,姐夫来银行办的是什么业务?难道因为快离婚了,得来查个账,转移一下财产?可惜他是自助办理,在机器上就完成了操作,究竟是查账了还是转移钱,自己也无从得知。

而这件事,林泉最终还是决定不要跟杨翎讲。自己是杨家的女婿,但也是男人,帮谁说话都不合适,他也没有打圆场的本事,自己拿捏不好分寸和角度,随便插一杠子反而可能把事情搞糟。况且夫妻之间的事情外人其实没有发言权,处理不好,没准杨翎会更生自己的气。林泉这个年纪,已经懂得宁可不帮忙,也不能添乱。

C

女人的猜疑就像是夏日午后的雨云,一旦生出,便久久不退,终究会遮天蔽日,直至翻云覆雨。

杨翎花了两千块钱,等了两天,终于从文身男那里打听到朱迪居住的小区地址。小区在CBD边上，距离地铁站步行也就几分钟，旁边还有所不错的中学，闹中取静。杨翎上网查过，这个小区最小的一居室每月也得五千多，而林泉一个月的工资，扣掉五险一金到手也只有八千多。哼，杨翎越想越觉得不会是林泉，跟朱迪好的人肯定就是马国明。

杨翎之所以打听并来到朱迪居住的小区，是因为她想看到马国明跟这个朱迪一起进出，不管他们开的是不是林泉的车，最好还能拍一张照片，狠狠地扔到赵熙子的脸上，才能出了心中那口恶气。

小区保安穿着制服，身板笔挺，一看就是退伍军人，见杨翎在门口徘徊，负责地过来盘问她找谁。杨翎有点心虚，编了个借口，说自己来看房，在等中介。保安告诉她，必须跟业主通过电话确认了才能放她进去。

杨翎肯定等不到这个杜撰的中介，所以想了个办法，走到离小区门口大约两百米的路口，打了辆网约车，一辆豪华专车，运气很好的是，这是一辆宝马。上车后她告诉司机，去附近兜上一圈，然后从另一个有地下车库的门进入，她直接从地库下车。

小区临时停车收费也挺高的，但对进入的豪车不太防备，宝马直接进入了地库，杨翎终于踏入了这个小区，为此，她付出了四十八块钱的代价。

地库很大，停满了各种豪车，地面是自流平又刷过专用防滑涂料，跟杨翎租住的老小区只有地面停车位截然不同，所有车看起来都铮亮。文身男给杨翎的地址，是朱迪租住的房屋地址，杨翎从地库进入电梯，想要直达朱迪居住的楼层，可她发现摁了楼层按钮之后毫无反应。这可真是气人，这里的电梯应该是需要刷卡并自动跳到业主居住楼层的,就算是业主本人,也无法去其他的楼层。

杨翎不得不选择消防通道。十三楼,杨翎深吸一口气,一步一步地爬了上去。楼梯里非常安静,只有她自己沉重的呼吸声和脚步声。

说实话,杨翎并不知道一会儿到了朱迪家要怎么做,又能做些什么,总不能去敲门,真的见见这个朱迪吧?就算真的无意中撞见她,又能说些什么呢?朱迪应该根本就不认识自己。这一趟来得真是莽撞,连可实施的计划都没有,杨翎越往上爬心里越后悔,有好几次都差点折返回去。

走走停停,断断续续,杨翎爬了十分钟,十三楼还是到了。一梯四户的结构,根据门牌号找到朱迪租住的那间房,大门紧闭,楼道里很安静,从外边什么都看不出来。杨翎倚在门上大口地喘气,既是累的,更是紧张。

杨翎打开手机的Wi-Fi搜索,其中信号最强的Wi-Fi名字是JUDIBABY。现在可以肯定没找错地方了,朱迪一定就住在这里。突然,啪的一声,杨翎吓得浑身一抖,原来是声控感应灯灭了,走廊陷入一片黑暗,她听到外边电梯开门的声音,接着是高跟鞋嗒嗒踩着地板的声音,在空旷的走廊里突兀地回荡。声音越来越近,一盏盏感应灯伴随着有节奏的脚步声逐次亮起。

杨翎的心提到了嗓子眼,好吧,该来的总归要来,今天,我倒要见识见识这个让两个家庭都鸡犬不宁的朱迪。杨翎几乎是从门口跳到了走廊中间,直直地站住,紧紧盯着迎面走过来的女人,丰满,婀娜,香水气息浓郁,精心烫染过的头发,精致的妆容,考究的穿着。

当杨翎头顶上的感应灯也亮起来时,迎面而来的女人叫出声来:"杨翎!"

杨翎被吓了一跳，定睛看去："赵熙子……学姐，怎么是你？"

"咱俩还真是心有灵犀啊！"赵熙子略显尴尬地笑着，"甭说了，我猜你来的目的和我一样。"

杨翎坦然地笑了："要我说，如果这个事查不清楚，咱们两家，谁都甭想踏实地过日子。"

"对，咱俩现在绝对算得上是同一条战壕的战友。"赵熙子大方地靠近杨翎，伸手轻轻地拍了拍杨翎的肩膀。

"这可能是天意，命运让我们今天相遇。"杨翎也顺水推舟，对赵熙子回以微笑。

两个完全不同成长背景、不同职业身份、不同社会地位，甚至不同物质基础的中年女人，却在此时此刻，为了一个共同的目标，站在共同的敌人门前，只因为她们有一个共同的身份——妻子。

如果说一起嫖娼是男人们兄弟之情的见证，那么一起捉奸也足以让女人们形同姐妹。达成统一战线的二人一下亲近起来，赵熙子挽着杨翎的胳膊说："你知道吗，你跟林泉结婚的时候，其实我特想去参加你俩的婚礼，可老马找了各种理由偏不让我去，我真觉得特别遗憾。"

"是啊，咱俩要是能早点认识，早点互通信息，事情可能也不至于到今天这个地步。"杨翎叹了口气，"你说他们这些男人，平时看着傻了吧唧的，怎么一到对付自己老婆的时候，就这么深谋远虑呢？！"

"就是，那点儿心计都用在咱们身上了，没出息。"赵熙子一边掏出手机一边没好气地应道。

杨翎见赵熙子对着手机一顿操作，问："学姐，你捣鼓啥？"

"我试试能不能对上她家Wi-Fi密码，万一她用了他们俩之中谁的生日或者身份证尾号做密码,这不就明摆着了嘛。"赵熙子头也不抬地说。她试过了朱迪的生日,又试过了马国明的生日,还问杨翎要了林泉的生日,甚至把老马和林泉的身份证号码也掐头去尾翻来倒去地试了好几次,可惜,没有一个能连得上。

赵熙子手不停口不停,杨翎都看愣了,觉得赵熙子真是胆大心细路子野,自己甭管是在战略还是战术上都根本没法跟她比。二人做贼似的在楼道里捣鼓了半天,天色渐晚,眼瞅着越来越多的邻居开始下班回到家了。杨翎可不想被别人像看小偷一样打量,和赵熙子琢磨着要不要换个地方继续监视。

算起来如果朱迪下班直接回家,也应该快到了。赵熙子提议,既然马国明和林泉都有意隐瞒,那么朱迪离开储蓄所时的行踪可能是有欺骗性的,参考意义不大。但如果能看到是谁送朱迪回家,或者谁跟朱迪上了楼,那应该就能判断究竟是谁真的出轨了。

杨翎对此毫无经验,战略全由赵熙子部署,赵熙子大手一挥:"去地下车库,不论老马还是林泉,都会开车进来,只要守株待兔就准没跑儿。"

二人决定转战地下车库继续侦查。临走前,赵熙子不忘给朱迪家的门和门牌号码拍下了清晰的照片。

D

地库里有点阴森,虽然陆续有车开进来,但这里气温比较低,也很安静,如果是一个人的话,长时间待在这里还真有点害怕。

杨翎和赵熙子躲在柱子后边,努力不被人看到。这里手机信号也不好，没法上网。两个女人都是第一次亲自下场抓奸，不免都有点紧张。赵熙子来的时候买了点三明治和咖啡，原本是打算自己吃的，现在正好给两人当晚餐。

待了大概半个小时，杨翎饿了，开始吃赵熙子买的三明治，赵熙子却只喝咖啡。杨翎好心地招呼赵熙子："我不能挨饿，有点低血糖。你也吃点吧，别光喝咖啡，伤胃。"

"我不吃，我在减肥。"赵熙子冲杨翎笑笑。

"减什么呀，为了这样的男人，不值当。"杨翎感觉自己也不比赵熙子瘦多少。

"当年我上中学就有那么多化妆品，你是知道的，我有多在意形象。可为了给他老马家生孩子，为了怀孕，我吃了多少苦头，毁掉了身材，毁掉了健康。"

"我好像听林泉说过，你跟马主任是做的试管婴儿，为什么呀？"杨翎不由得生了八卦之心。

"哼，说出来人人都以为是因为我年纪大，怀孕越来越不容易，但其实，我告诉你，是老马精子质量不行。"赵熙子冷笑着，伸出手看了看自己无名指上的结婚戒指，"谁能想得到呀，他跟我同年呢，精子质量就不行了。当年他看起来可是生龙活虎、倍儿精神的小伙子呀，碍于面子，这事儿我还没法对外人解释，一直以来，大家还以为是我不能生。所以我们耽搁了好几年，一直等自然受孕。苦等了六七年，都没怀上，我都熬成高龄产妇了，实在是没法等了，这才去做的试管。"

"我理解你，我在医院工作，知道做试管婴儿要打多少针做多少检查，还有那些激素对内分泌影响有多大。"杨翎回忆着少女时代的赵熙子，虽然谈不上多漂亮，但绝对算得上苗条。

"生下我儿子之后，妇科就不行了，什么囊肿息肉子宫肌瘤从不消停，已经做了好几次小手术，现在内分泌乱得一塌糊涂。这些罪都是我受了，你看老马，过得多滋润，一年比一年胖。"赵熙子轻描淡写地说着，"对了，你呢，跟林泉怎么没要个孩子？"

"我们想丁克来着，林泉就是个大男孩，根本不是当爸爸的料儿。"杨翎心中泛起一阵苦涩，无法跟赵熙子敞开深谈，赶紧转移话题，"我今天其实特紧张，这是我第一次干这种事，幸好遇到你，不然，我都不知道接下来怎么办。"

"不用怕，我今天也算没白来，至少遇到了你，咱俩以后应该多沟通，多交流情报。但是我们也要向他俩学习，得战略性保密，假装我们还没见过面，还不认识彼此。"赵熙子突然凑近杨翎，认真地说，"这种事，我多多少少算是比你有点经验，老马这些年可没让我省心。不过不怕，以后咱俩联手，总会搞他个水落石出。"

两个人就这么干等着，时刻警惕着，来一辆车就看一眼，可等了两个小时，也没等到当事人出现。赵熙子特别招蚊子，没想到这地库里也有蚊子，她已经被叮了一腿的包。

"咱们这样耗下去不行，时间不早了，我还得回去照顾儿子，我家小马哥每天晚上都要我陪着睡觉，还得讲睡前故事。"赵熙子挠着腿，已经有点心浮气躁。

"那咱们这就撤了？要不你先撤，我继续盯着，人迟早要回来的。"杨翎不甘心毫无收获。

"你也甭受这累了，我刚刚想好了，咱们可以给保安点钱，让他替咱们盯着，只要是朱迪回来，就找机会拍个照。"赵熙子很有经验地说。

"啊,还能这么操作?"杨翎很意外,这种事她真是没有经验。

"我也不确定,不过可以试试,保安能赚多少?咱们好好跟他说,先给一千,事成之后再给三千,顶他一个月工资了。"赵熙子一边说一边翻出钱包,从里边拿出一沓现金,交给杨翎,"你先拿着,一会儿你去跟保安说说看。回头这个三千的钱我来付就行。"

"别,咱俩的事儿,怎么能让你一个人承担?"杨翎有点不舒服,这笔钱该给多少合适,赵熙子也没商量,就随口说出了这么大的数,她想掏有点不甘心,不掏又有点不合适,"另外,你觉得给四千会不会有点儿多?两千够了吧,我们小区的保安,两班倒包吃住才三千一个月,两千我觉得差不多。"

赵熙子目光复杂地看了杨翎一眼,笑了:"事情是咱俩的事,但这是我提议的,就该我付。你别多想了,就这个数,给少了人家怕是不上心。一会儿你先拿着钱,去找个看起来好说话的保安聊聊。"

杨翎心里有点不痛快,虽然赵熙子面子给足,但那一眼的目光她能看懂,赵熙子是知道自己不舍得花这么多钱。这大概就是有钱人办事的方式,可这种方式刺痛了杨翎,这么一来,她跟赵熙子就不再是平等的了。更何况现在这状态明显是她叫自己去跑腿,凭什么不能两个人一起去找保安?或者她自己去就好,她当律师的,能言善辩,说服力更强,自己就算找到了保安,这种事也很难说出口。

杨翎磨叽了半天,把钱又交给赵熙子:"要不,我陪你一起去吧,我嘴笨,怕说不好,人家不答应。我觉得你要是去说,人家准能答应。"

这番话说完,两人之间出现了短暂尴尬的沉默。杨翎脸红了,她也不知道为什么要脸红，就是不习惯也不喜欢这种相处状态。

最后，两人一同搭乘电梯，回到了小区地面。找来找去，赵熙子看中一个年纪比较大的保安，悄悄把他拉到一边没人的地方，跟他说了这件事。一开始，保安不愿意帮忙，说这样是违反纪律，万一被住户发现投诉会丢了工作，搞不好还要吃官司。赵熙子见他不情愿，马上拿出钱，并做了事后承诺。保安的态度有了变化，四下张望后小心翼翼地收下了钱，说："不过我丑话说在前头，这钱是你强塞给我的，不是我跟你要的。要是啥都没发现你们可不能赖我，也不能让我退这钱，你们就算去物业告我，我也不认。"

杨翎心道大概率这事就不会有结果了，赵熙子倒是觉得无所谓，让保安放心，自己才不会找他麻烦，只要他能提供任何有用的线索，就能拿到剩下的奖金。

见杨翎有点不安，赵熙子安慰她："别担心，我也知道这事成功概率不高，但只要有希望，我就愿意试试。"

看到赵熙子眼中流露出来的狠劲儿，杨翎真实感受到了自己跟她的差距，或许那些最终能够成功的人，尤其是那些成功的女人，都需要有这样一种为达目的不惜代价、不择手段的狠劲儿吧。

站在回家的地铁上，杨翎忍受着八通线已经过了晚高峰依然拥挤的恶劣环境，翻看着赵熙子一张张前期精心摆拍、后期精心修图的朋友圈照片，带孩子各国旅行的照片，一家三口一起做饭的照片，马国明和她牵手相拥的照片，好一派家庭和美、夫妻恩爱的景象。

杨翎觉得朋友圈就像电影预告片，热闹、精彩、吸引眼球、充满悬念，它吸引着人们走进影院，坐下来花上两个小时去了解导演真正的用意，而看过电影的人也都知道，电影真正的剧情走向往往却是预告片的反转。当电影散场，没人还记得预告片的内容，只会津津乐道于真实剧情中的那一幕幕反转。

现在，杨翎就像是看了一场赵熙子主演的剧情反转大戏，可就算是婚姻失败，丈夫出轨，她好歹也是个有钱阔太。而自己呢，如果最后证实真正出轨的那个人是林泉而不是马国明，那自己将只是个婚姻失败、丈夫出轨的怨妇，自己的人生，将是一部从头到尾都毫无悬念、毫无反转的无聊电影。

杨翎费解于为何自己最近会如此敏感和脆弱，甚至超过了她发现照片、头发、小票那些让自己怀疑林泉的特殊时期。思来想去，她突然明白了，是因为在这场婚姻保卫战里，突然出现了一个全新的模糊角色——赵熙子，她既是战友也是敌人。所以现在杨翎敏感的，其实不只是林泉到底有没有对不起自己，更敏感于自己和赵熙子的老公，谁会更靠谱，或者说自己和赵熙子，谁的眼光、判断和选择更正确。对于女人来说，这关乎尊严，是看不见的战线上进行的一场微妙战争。

对于杨翎来说，这是一场无论如何都输不起的战役。

E

桌上摆着外卖，一大碗乌鸡汤，杨翎本来想给自己补补身子，可直到放凉了也没有动筷子的欲望。她惊魂未定地回忆着这兵荒马乱的一天，尤其是聊天中赵熙子提起的关于孩子的话题，当赵熙子问她为什么不要孩子的时候，她撒了谎。她根本不想做什么丁克，反而无比渴望拥有一个自己的孩子，但是直到现在她也没有，可曾经，她跟林泉有过一个，几乎就有了一个。

十一年前,她跟林泉从济南回来没多久,就发现自己胃口大变,特别容易疲惫,嗜睡,还犯恶心。

那是她跟林泉的第一次,也是她自己的第一次。作为医务工作者,她很清楚怀孕是一件天时地利人和的事情,没那么容易,可偏偏就是怀上了。于是,原本打算继续谈一阵子恋爱再谈婚论嫁的二人,被迫加快了节奏,正常恋爱中的甜蜜被跳过了,他俩直奔结婚。

按林泉老家的规矩,订婚是要分别回家面见双方父母的,林泉在见过杨翎父母之后,就轮到杨翎跟林泉回老家见公婆。

出发那天二人就有点不愉快,林泉的脸一直板着,杨翎知道他心情不好,也知道他为什么心情不好。因为前两天去自己家的时候,二老都没什么好话,杨翎妈甚至还很不客气地说如果没有两万块彩礼,这个婚他们就绝对不同意。杨翎知道,这个彩礼钱其实是象征性的,就算在二三线城市,正常的彩礼钱也不止这个数。她是杨家小女儿,又是初婚大闺女,要点儿彩礼也应当应分。事儿是这么个事儿,可这话就这么掷地有声地扔到台面上,听的人还是难免会觉得别扭。

杨翎妈那天一直拉着脸子,还说日后她可不管带孩子,要么请保姆,要么让亲家母来帮忙,她身体不好,受不了这个累。这些话已经够直接的了,林泉的脸色越来越挂不住,老杨头又补了一刀,说结婚可以,但不能住在家里,家里拢共两间房,一间我们老两口住,另外一间得留着当客厅,否则客人来家,连坐都没地方坐,忒没面子。

"老杨家不招上门女婿,你们出去找房子住吧,有本事就买,没本事就租,别指着我们帮忙,我们本来还指望能找个有房子的女婿呢。"

老杨头原话就是这么说的,谁家的新姑爷听了能开心?

所以杨翎就感觉有些心虚和理亏,娘家不给力,却怨不得娘家,毕竟天下没有不是的父母。杨翎指望林泉能通情达理，自己消化掉这些不快。两人都要结婚了，她甚至都已经有了林泉的孩子，他要是成熟懂事，不仅能消化掉这些负面情绪，还应该反过来安慰安慰自己。

可事实是，林泉非但没安慰自己，他还一直摆臭脸，好像对杨翎也有意见，去林泉老家的路上一句话也不说。怀孕本来就让人敏感，容易焦虑，看到孩子爹这样，杨翎也很不爽，索性也不找话茬儿了。两人一路无话，闷着回到了林泉老家。

起初还挺好的，杨翎该说客套话就说，该笑就笑，新媳妇儿第一次上门不能落人口实，北京人最讲究礼数。

林泉的父母都还不错，公公是退休中学老师，婆婆以前在街道办工作，对杨翎客客气气，也没让她洗菜洗碗。杨翎本来有点担心没结婚就怀孕太自降身价，就让林泉先不跟家里说。结果老人见到杨翎很高兴，对她客客气气，十分热情，怕家里卫生间太小，杨翎洗澡不自在委屈了她，特意让林泉带杨翎去外边浴室洗个干净。

北方人都爱上浴室，先在大池子里泡泡，再花点钱搓个澡，搓净一身死皮，最后来个汗蒸，舒舒服服通通透透。住胡同的北京人，家里没像样的卫生间，也喜欢去浴室，所以杨翎打小也习惯了去外边浴室洗澡。

杨翎没多想，高高兴兴地跟着林泉去了浴室。事儿就出在浴室，不知道是毛巾不干净，还是水不干净，从林家回北京第二天，她就感觉下身隐隐不适。还怀着孕呢，杨翎也不敢随便吃药，就自己估摸着弄了点洗液，那几天正好赶上内部考核，光是应付考核就累得半死，没时间去做检查，于是就耽搁了三天。不适的状态演变成痒到无法忍受，她实在忍不住就挠了挠，这一挠就坏了，肿得吓人。赶紧化验吧,结果出来更吓人,急性细菌性阴道炎,还有三个加号的霉菌。

当时杨翎就知道坏了,产科的医生跟她说,现在已经有安全的药可以留下孩子,只是日后分娩最好不要顺产,不然孩子也可能感染。杨翎知道这个病不像别的病,病灶距离子宫太近,得孩子再大一些B超才能看出来是不是真没问题。另外怀孕期间免疫力降低很容易复发,到时候还得用药,指不定复发几次呢,万一等孩子大了才发现真出问题了呢?

孩子,多纯洁的一个词儿,还只是个小豆豆呢,当妈的就得了这种不干净的病,杨翎越想越难过。尽管医生一再告诉杨翎,孩子可以保住,她还是动摇了。她不想大着肚子住在出租房里,生下孩子还住在出租房里,反正年轻,等以后条件好些再要呗。虽然她是个没有野心的普通女人,但有套自己的房子也只是普通女人的普通待遇,不过分。这孩子本来就是意外怀孕,林泉没戒烟,她怀孕之前还吃过抗生素,叶酸也没吃过,完全没备孕。孩子来得太突然,打乱了一切计划,杨翎讨厌被打乱计划,人生所有重要的事情,都应该做好充分准备按部就班地来。

杨翎征求林泉的意见,本来还以为他会犹豫,会反对,还准备劝他来着,可他居然特爽快地答应了,说不要就不要,还安慰杨翎,说都怪自己,他会照顾她坐好小月子。事已至此,不要这个孩子就成了顺水推舟的事。做了药流,杨翎亲眼看到那一小团灰色的肉,软趴趴的,像半个坏掉的鸡蛋。

后来的十一年里,杨翎不止一次想过,如果当初听医生的话,把孩子留下来,现在都快上初中了。都说有孩子的家庭才是稳固的,孩子越多,离婚概率越低,孩子是婚后夫妻感情的重要填充。她其实从未想过丁克,但她也不知道,怎么一直到了这把年纪就再也没怀上。或许,是夫妻生活频率太低,或许,是这个租来的家不是孕育孩子的温床,或许,是还不到老天安排的时机。

手机屏幕亮了一下,是姐姐杨燕发来条信息。

"能聊聊吗?"

第七章

A

到底是亲姐妹,自己最近有烦恼姐姐可能会心有灵犀,杨翎心里有点甜,不过她还没想好,要不要对姐姐说她跟林泉之间的事情。姐姐的美貌随爸,性格火暴随妈,处理感情问题的方式,向来简单粗暴,如果说出来,没准事情会变得更糟糕。

一个小时后,杨翎和姐姐杨燕在玉渊潭公园里见面了。阳光和煦,空气清新,正是百花怒放时节,随处可见散步和拍照的人。两人并肩走在树下,微风拂来,花瓣散落,美不胜收。杨翎暂时抛开了自己生活中的那些烦恼,心情慢慢变得好起来,但还没来得及多享受久违的惬意,杨燕的话就打破了这宁静。杨翎没想到,姐姐找她是因为正在考虑离婚。

"我跟你姐夫第一次约会,就是在这里。"杨燕淡淡地说着,但杨翎能看出她内心其实很不平静。

"姐,姐夫是外边有人了吗?"说实话,杨翎得知姐姐准备离婚,并不十分意外,这些年来,并没有听她说过姐夫任何好,经常听见的就是埋怨。

"有没有人已经不重要了，重要的是，他心里早就没我了。是我太傻，等了他这么多年，我真后悔，如果早点作这个选择，或许我的人生还能够重来。而现在有点太晚了，我不年轻了。"杨燕抬头看看樱花，苦笑了一下，"这些漂亮的晚樱，开不了几天了。"

"宝南知道吗？"杨翎想起了孩子。

"我觉得她根本就不太在乎，现在都什么年代了，一个班上差不多有一半的孩子都是父母离过婚的，这也不是什么丢人的事，早就变成常态了。她现在忙着学习呢，哪有时间考虑我们。我早就想明白了，孩子其实都很现实，以后长大了谁能给她钱交学费送她读研读博去留学，谁能给她买房子买车解决生计问题，谁能对她的职业发展更好，她就会亲谁，养育之恩比不过现实的利好。"杨燕就像参悟得道的高人，颇为淡然地笑着。

杨翎有点难过："不会吧，宝南还小，别这么想她。"

杨燕叹了口气："她已经不小了，马上成年了，咱妈在宝南这个年纪都工作挣工分了。其实她要这么想才好，说明她够聪明，懂得生存法则，以后我也就不担心了。如果她跟你我一样，都那么不现实，那才叫人犯愁呢。咱爸妈这辈子没少打架，我们不一样早就知道嘛，那时候咱俩还盼着他俩离婚呢。"

"可他们打了一辈子架，也没离，要能离早就离了。我一直都想不明白，为什么他俩不离，我实在看不出他俩的感情在哪儿。"

"你不觉得咱妈其实特别爱咱爸吗？她争风吃醋了一辈子，都是因为在乎呀，也就只有她，都这岁数了还能把咱爸当个香饽饽。外边那些女人不过是过眼云烟，真能跟咱爸过日子的，也就只有咱妈了。

这点咱爸也明白，有几个老头这岁数了还能被老伴儿这么着急上心的？别人家的老头儿都是被嫌弃得不行，二老呀，心里都明镜似的。这几年，你没发现吗，咱爸其实特享受咱妈吃醋的感觉，用现在的话说，这就叫刷存在感。"

姐妹俩走到了长椅边，缓缓坐下。

"姐，你真是活明白了。"杨翎重新打量着杨燕，发现她来不及补染的头发根部，已经生出几丝白发，眼角的鱼尾纹，此刻看起来也更加深刻。姐妹俩这几年各自辛苦操持着自家的日子，偶尔见面也大多是在晚上回娘家吃饭的时候，像这样白天的相聚，竟已想不起上一次是什么时候。

"我都这岁数了，也该活明白了。"杨燕叹了口气。

"姐，你别这么说，你至今都是咱胡同里的一枝花，你还美着呢。"杨翎有些心疼姐姐，安慰着她。

"你甭恭维我，你自己都不年轻了，何况我还是你姐。"杨燕又叹了口气，声音里已经没了精气神，反倒显得比平日里温柔了许多，"反正，我是不想就这么过下去了。要么，就让我带着宝南出国重新开始人生；要么，就先离婚，我再想办法开始新人生。总之，现在这样的日子，我一天也过不下去了。"

杨翎心道到底是亲姐妹，心态也大概相仿，只不过，她现在还在犹豫和求证自己内心答案的阶段，远没姐姐这么坚决。

"我最近做梦，老梦见自己出意外了，不是被车撞死，就是掉河里淹死。我特别害怕，害怕如果有一天意外突然发生，我会后悔，后悔自己过着这样的生活。我也不知道是怎么了，今儿找你，一来是想跟你聊聊，二来就是想让你帮我问问医生，给我弄点吃了能好好睡觉的药。"

"姐，你做过激素六项的检查吗？"

杨燕摇摇头。

"你有没有想过，可能是更年期快来了？你最近的种种情绪，还有敏感和患得患失，很可能都是更年期造成的。"

"那我就更不能等了，我得尽快离婚才行。我都快不是一个完整的女人了，刘景阳会有多嫌弃我。本来就不想看见我，也不爱跟我说话，我要是再更年期了，他肯定更看不惯我。这么多年我除了是宝南的妈是刘景阳的老婆，是刘景阳老妈使唤的儿媳妇，我还是个什么人？我都快忘了自己是谁，我该过什么样的生活了，你懂我的心情吗？我花了这么多年，照顾他们一个个的，结果把自己给弄丢了。我心里憋屈，我不想再这样下去。"杨燕说着说着，情绪有点激动，眼中也泛起了泪光。

杨翎安慰地轻抚姐姐的背："姐，关于离婚，姐夫什么意思？他同意吗？"

"不，他是不同意现在离，他说等宝南高考完再办。他那么聪明，谁知道他打的什么鬼主意。可能是怕离婚影响他个人形象吧，他现在大小是个领导，手底下几十个人，还有偶像包袱。"

杨燕说完，俯身捡起地上的一朵落樱，手指捻着轻轻转动，又放到鼻子下边嗅嗅，就好像刚才所说的都是别人的事。

杨翎心疼姐姐，也心疼姐夫，虽说与姐夫见面的次数不算多，但这么多年来她早就把他当成亲人看待："我是觉得，结婚不是一天两天就能决定的事，离婚也不是。你先别急，咱们先想清楚，你和姐夫的感情，是真的不能挽回了吗？你俩从认识到现在，都二十多年了。

人这一辈子有几个二十年,你们这是电影里才有的感情,说散就散太可惜了,万一还有救呢?"

"什么救不救的,这些年我被他冷落得心都快死了,没得救了。你别帮他说话,我现在就想早点离婚,早点结束这一切,从头再来。"

"好好好,就算像你说的完全没救了,必须要离婚,但离婚可是需要考虑很多现实问题的,房子、车子、孩子、存款……这就更得从长计议了,咱们总不能到最后吃了亏吧?所以你给他一点时间,也给自己一点时间,好好想想。咱们这个岁数,真的要从头再来也不是那么容易的。"杨翎见姐姐不爱听,索性拉过姐姐的手,换了个话题,"你老做噩梦,可能是精神压力太大了,先别着急,我帮你约个大夫,咱们先好好做个全面体检,再开点药调理调理。就算真要离婚,得带着好端端的身体走,你说呢?"

杨燕勉强答应了,说是过两天就去体检,让杨翎帮忙安排。明明是赏花,却聊着这样煞风景的话题,姐俩心情都有点沉重,杨翎觉得有点辜负这大美风光。

姐夫和姐姐当年也算轰轰烈烈过,不像她,平平淡淡地恋爱,平平淡淡地结婚,又平平淡淡地过日子。

姐夫刘景阳虽然长得不怎么样,还是很有才的,也有抱负,做什么都要做到最好,当年就是学霸,班里永远排第一。姐姐呢,那时候就早恋,整天想着打扮,逃学,出去约会。偏偏那样的一个姐夫,却喜欢这样的姐姐,两人性格天差地别。

姐姐一开始根本看不上姐夫,姐夫却一门心思追求她,从高中到大学,从毕业到工作,没少来家里给姐姐送花送情书送礼物,也没少挨妈的骂,杨翎也没少吃他送的零食。因为心知姐姐从学生时代就没看上自己，姐夫一直熬到事业有了起色，才敢跟她求婚，两人里外里又分分合合地闹了好几年，姐夫才把又美又作的姐姐娶回家。

杨翎也知道姐姐不满的是什么。结婚后，姐夫忙于事业，冷落了她，后来又生了宝南，婆婆来家里帮忙看孩子，原本不错的夫妻感情，因为各种鸡毛蒜皮的琐事和婆媳之间的矛盾被消耗殆尽。再后来宝南大了，眼看着婆婆就要离开家里了，可偏偏又赶上公公去世，孝顺的姐夫实在不忍婆婆一个人生活，不顾姐姐的反对，**把婆婆留在家里照顾**。姐夫大概不算是一个好的双面胶，没能黏合好婆媳关系。而姐姐这些年来一直待在家里，上上下下地照顾老小，没朋友没社交，怨言越来越多，积怨久了，终于到了爆发的时候。

杨翎从小到大都羡慕姐姐，比自己漂亮，活得潇洒，又有那么多爱好，还有那么多追求者，一生轰轰烈烈，像在演电视剧，始终都是女主角。现在，这个女主角又要掌握自己的命运了，杨翎羡慕姐姐，也佩服姐姐，想做什么永远可以真的去做，她就无法做到。

而之所以今天杨翎没支持姐姐马上离婚，是因为她感觉姐姐的气色不对。

B

在肿瘤科工作时间长了，杨翎每天都能看到癌症病人，她对患者的形貌已经有了深刻的印象，所以一看到姐姐的气色就觉得有问题，但姐姐现在已经心情很不好了，只能先从更年期这个话题说起，借口查激素水平，劝姐姐做个全套体检。

不年不节的，姐妹俩难得地买了不少好菜，大包小包地拎回了娘家。

杨翎一辈子都是遵纪守法的好学生，好员工，好老婆。她做过最叛逆的事，就是一次叫两份外卖，不顾及糖分热量脂肪含量，一口气吃个精光。或者主任给她发工作信息后，故意等上十分钟再回。就这样，她已经觉得很刺激了。别看杨翎在医院工作时雷厉风行，要效率有效率，要质量有质量，没人说得出她半个不字，但内心深处，她其实也不过是个小女孩，而且是很乖的小女孩。从这一点说，她跟林泉是一样的人，所以她一直以来对林泉如此放心。

杨翎喜欢林泉经常给她带点吃的回家，有时候是一个橘子，有时候是几颗奶糖，有时候是一瓶酸奶，她倒不是真有多爱吃这些东西，而是很喜欢林泉从兜里往外掏东西给她这个动作。别的姑娘都要送名牌包包，送真金白银的首饰，送车送房，她却只要得了这么丁点儿的甜头就满足了。这事儿她从没说出口过，她爱面子，这事儿说出来太丢脸，显得自己眼皮子浅。

老杨头年轻的时候用现在的话讲算是个大渣男，仗着自己长得不错，又讲究衣着，特别招单位里的大姑娘小媳妇们喜欢，据说还真有以身相许的。那时候家里没熨斗，他用大茶缸子装满开水烫出裤线，的确良的衬衣也得烫得笔挺才上身。跟老杨头比起来，杨翎妈就糙多了，她白天忙工作晚上忙做饭，还得给一家人洗洗涮涮，根本没时间捯饬自己。原本年龄相差不大的父母，渐渐就有了差距，一个老往外走，一个老待在家里，老杨头又格外招姑娘喜欢，搁谁家都影响夫妻感情，于是大杂院里经常上演腥风血雨。现在老杨头老了，还经常有各种广场舞大妈大嫂为了他争风吃醋。杨翎妈是贫困又混乱的南城出身，平日里跟一众彪悍的大妈们在街道工厂混日子，身经百战敢打敢骂，什么话都能说出口。

小时候杨翎不懂那些话是脏话，也跟着学，经常有路过的不相识的大人听见杨翎讲脏话都直摇头。等到她上了学，才明白那些话的意思，于是羞愧不已，从此再也不说，也不爱听老妈说。在她从事了医务工作之后，洁癖从生理上升到了心理，特别厌恶家里的环境，一心想要早日离开这个吵闹不休的家，过上自己的安生小日子。

老杨头虽然渣，从不辅导孩子作业，从不带她和姐姐出去玩儿，更不陪她们看电视，但他每天回家都给孩子们带点零嘴儿。掏东西的这个动作，对别人家的孩子来说可能没什么特别，但对杨翎来说，这是她唯一感受到的父爱。往往老爸给完零嘴儿，要么就出去到别人家吃饭，要么早早扔下饭碗出门唱歌跳舞下棋打牌，要么就跟杨翎妈干仗。但杨翎只要能吃到每天这点零嘴儿，就觉得老爸心里还有自己和姐姐，还有这个家。

在杨翎看来，只要林泉记得给她带点吃的，就说明他心里有自己，他不吃独食，所以她对林泉的爱里，有一部分是像她对父亲的爱，那是关于家庭才特有的感情，格外亲切的感情。而这个动作本身也意味着这个男人愿意跟自己分享他所拥有的，这对于杨翎来说是无比重要的品质，只是，现在林泉给自己带吃的回来的次数越来越少了。

老杨头外边肯定有过不少傍尖儿，也就是相好，但杨翎能理解，毕竟她妈太彪悍了，男人说不出口的脏话她都能说，还能比谁都说得更字正腔圆，谁受得了这样的老婆？换成杨翎，她也不想在家待着。

打心眼里，杨翎是不喜欢这个家的，脏乱差吵闹，一回到这里，仿佛就回到了她永远不开心的少女时代。妈妈永远骂骂咧咧，爸爸永远哼哼哈哈，她和姐姐永远坐在沙发上看电视等着开饭。厨房里的事爸妈是不要她们插手的，怎么干都看不顺眼，索性就不干了。

杨翎看不惯老妈攒了一辈子都派不上用场的垃圾,塞在各种角落里,招惹蛇虫鼠蚁。无论她怎么说,老妈都不肯扔掉,也不清理,反而振振有词地说穷家值万贯,还指责杨翎看不起自己家,不孝顺。

杨翎忍不住再次吐槽,可一向挑剔的杨燕对这个家,却突然多了一份怀念和理解。

杨燕说,脏就脏点吧,乱也就随他们乱,这是爸妈的生活方式,他们习惯了这样过日子,他们就爱待在这样的窝里,咱们也没能力给他们更大的好房子,凭什么指责他们不讲卫生呢?那些扔不掉的东西里,不仅藏着他们对往昔生活的回忆,还有他们深藏内心的不安感。只有囤得更多一点,从物质贫乏年代走过来的老人们,心里才能踏实一点。

姐姐说的是对的,杨翎突然意识到,如果当初自己不是那么讨厌这个家,如果能早点与父母和这个家中的一切和解,或许,她也就不会那么着急地把自己嫁出去,那么现在,她的人生又该是怎样一种景象呢?

难得没有女婿在场,还是原来的一家四口坐在一起,时光仿佛倒流回二十年前。一家人四方桌上各占一边,四菜一汤,外加几色从巷子口老店里买回来的小咸菜小酱瓜,杨翎吃得很香。

"翎儿,你跟泉儿最近怎么样?"杨翎妈一边吃着,嘴里也不闲着。

"挺好的,过日子,就那样。"杨翎嘴里嚼着饭,含糊地回答。

"哼,还挺好的?好得了吗?你们俩这都结婚多少年了,十年了吧,你们俩一个银行一个医院的,到现在连个房子都没有,你说你这过的什么日子?好歹咱们也是老北京人,出门人家问起来我都没脸说。"杨翎妈不满地嘟囔。

"是十一年了，你这什么记性。"老杨头儿云淡风轻地补了一刀。

"对呀，都十一年了，你就是一年攒上三万，十多年都有几十万了吧，咱们再想办法凑点儿，怎么都能交个小房子的首付吧？不行咱们就买远点儿，最近房价都跌了。"杨翎妈继续嘟囔。

"知道了，我在看呢。"杨翎根本没抬头，这对话基本上每次回家都要进行一次，她早已习惯。

"哎呀，妈，你都说房价跌了，保不齐还能继续跌呢，中央都说了，这几年都要调控，上头还要压着呢，还会跌。着什么急，再等等，没准还能省个几十上百万呢。"杨燕帮杨翎接了一句。

杨翎知道姐帮自己说话，感激地冲她挤了挤眼，往她碗里夹了只鸡翅。

"等等等，等个屁，再等下去，黄花菜都凉了。你不上心，你男人就不上心，你说说，这过的什么日子？说出去都让街坊四邻笑话，两口子都快四十了还租房住。"杨翎妈的罗圈磕又聊了回去。

"你快闭嘴吧，这么多菜都堵不住你的嘴。难得一家人安安静静吃个饭，能不能消停会儿？"老杨头也帮杨翎说话了，一边埋怨，一边给老伴儿夹了块肉，直接塞她嘴里，"你们俩都给我听好了，都是我的闺女，我一定管到底，都别着急。甭管过得怎么样，有没有男人，咱们这个家，永远都有你们吃饭睡觉的地儿。"

"爸……"

杨燕放下筷子，眼圈一下子就红了，声音里带着哭腔，感激地望着老杨头儿。

"甭谢我，谁让我是你们爸爸呢。我什么本事都没有，就这两间破房子。我跟你妈都老了，还有多少年活头儿？回头我俩一蹬腿儿，这两间屋子你们姐俩儿一人一间，正好。戏里怎么唱的来着？寒窑虽破能避风雨。燕儿，翎儿，别为了男人委屈自己，甭管什么时候，你们兹要是不痛快了，就给我回来。"老杨头儿也放下碗，难得表情严肃了一回。

杨燕再也控制不住情绪，哭着扑进了老爸的怀里，老杨头儿像安慰小孩子一样，轻轻拍着她的头。

杨翎从未见过老爸这样说话，心头一暖，一滴热泪落进碗里。老杨头一见，把她也搂了去，两个闺女被一左一右地护在怀里，杨翎听着姐姐大声哭着，自己只敢小声抽泣。

杨翎妈大声抱怨着："你个死老头子，还让不让孩子们吃饭了？非得把人都给弄哭了，老娘辛辛苦苦做的热饭菜哟，可惜了了！"

这顿饭，没吃好，菜都放凉了才进胃里，可杨家的每个人，心里都暖烘烘的。临走时，老杨头正好去朋友家打麻将，顺路送杨翎去地铁站。

路灯把父女俩的身影拉得很长，就这么并肩走着，杨翎感觉很幸福。

就是这个不靠谱的老爸，常年啥事不管，啥活儿不干，出门就玩儿，回家就吃饭，把家当成旅馆，把老婆当成老妈子。一说家庭责任，他比谁都有理由，说把工资都上交了老婆，自己不当家，严重推卸责任。曾经的杨翎，对老爸很有意见，认为他特别自私，今晚，是她对老爸好感度最高的一个晚上。

"翎儿，你要是也想离婚，爸不反对。"老杨头冷不丁地冒出一句话。

杨翎惊讶地看着老爸,她今晚并没有说任何这方面的事,她以为老爸说的都是姐姐。

"我看出来了,这日子,怕是没过多好吧。"老杨头看了杨翎一眼,微微一笑,"我是你爸,有什么看不出来的。"

"爸,我挺好的,我和泉儿也真的挺好的。"杨翎不想父亲惦记,安慰着老杨头,"我姐本来脾气就不好,现在又赶上这事,最近她住家里,要是说话急了,你们也别上火,实在不行,让她上我那儿住几天。"

"你呀,还是不懂。脾气不好的人,发完脾气心里就痛快了,就跟你妈似的,所以你姐我其实不操心。我倒是担心你呀,你这孩子从小有心事就闷着,我就怕你长大了遇到什么难处,自己一个人硬扛,也不跟我们说。"老杨头难得地对女儿表露温情,说得动情,湿了眼眶。

杨翎不敢看老杨头的脸,她听出了他声音中的哽咽,她从来没有想过老杨头会在自己面前掉眼泪,而且是因为心疼自己。"爸,我真挺好的,您放心吧。"除了这句话,杨翎想不出还能怎么安慰他。

"你好就好,你好就好啊!"老杨头低声念叨着,趁杨翎不注意用手擦去了眼角的眼泪。杨翎瞥见了老杨头的动作,心里像是打翻了五味瓶。她没说话,只是有生以来第一次挽起了老杨头的胳膊。

在飞速疾驰的地铁上,望着窗外亮起的万家灯火,杨翎突然泪如雨下。

C

"我做梦了,还是个梦中梦,我梦见自己在睡觉,在一个陌生的房间,窗户外边有只甲壳虫嗡嗡地振着翅膀,不断撞上玻璃,就像一颗黑色的子弹。我身上的衣服都被汗水浸透了,可空调不论怎么调,都不凉。在梦里我醒过来,外边已经是傍晚,突然有闪电,还有雷声,那些电光把半边黑下去的天和红彤彤的夕阳镶嵌起来,屋子里只有我一个人,好害怕。"

杨燕躺在病床上,说完这些话,把原本看着天花板的头转了转,看向杨翎。她已经做完了入院检查,准备明天做手术。

杨翎正靠在病床边看姐姐的检查报告。"姐,你别怕,乳腺癌治愈率特别高。况且你这发现得早,只需要做个小手术,好好调养一下,什么都不影响。"杨翎抬起头努力笑着,"我今天来就是想问问你,要不要跟咱爸妈说,如果你接下来还在家里住的话,后续治疗他们是不可能不知道的。"

"你让我想想,妈最近身体也不好,她高血压又犯了,每天都在吃药。我觉着是我天天在家待着,让她着急了。"杨燕叹了口气。

听到姐姐这么说,杨翎心里大概明白了。在姐姐的检查报告出来之后,她第一时间找到了姐夫刘景阳。

姐夫性格上内向的部分跟林泉有点像,平时在家话也不多,没什么兴趣爱好,除了工作就是工作,挺闷的,但也挺靠谱的。姐姐仗着自己漂亮,从小到大都有点矫情,用现在的话说,就是有点作,连爸妈有时候都要看她的脸色,更别说姐夫了。这么多年来,姐夫一直包容着姐姐时不时地作一下闹一下,杨翎知道,要不是这次姐姐的大作实在是撑不下去了,他也不会真到了考虑离婚的程度。

得知姐姐生病,姐夫很难过,很担心,态度也特别好。他说,咱们这个年纪的人,有几个容易?父母相伴、公婆得力、配偶体贴、子女乖巧、家人健康，每一样都跟中彩票一样，要想全中，那得多大的福气？他自己也反省了，这几年为了事业让姐姐受苦了，他妈脾气大，宝南现在青春期，也不省心，家里家外的，得亏是杨燕在顾着，他才能安心去拼事业。夫妻本来就有互相照顾的义务，现在姐姐遇到难处了，他责无旁贷，欢迎姐姐回家，甚至愿意跟公司请个长假来照顾姐姐。

"姐，你有没有想过，其实姐夫不想离婚。"杨翎试探着。

"他不想就不离了？我还不答应呢。凭什么我好端端的人生，全都在他身上糟践了。我自己呢？我这都说不定什么时候就要死的人了，还做不了自己的主了？我得离，必须离，我得过几天自己想过的日子。"杨燕还是那么坚持，但语气已经没有之前那么硬，带着一点病人的体虚。

"你就嘴硬吧，说到底，追过你的这么多男人里边，也就只有姐夫最靠谱了。不就是不会哄你吗？可他也得有时间哄你呀？你们家一家四口，三个女的要吃要喝要穿，不全指着他一个男的吗？他的钱全都交给你管，工资卡都在你手里，辛辛苦苦工作，一点别的心思也没有，你还不知足，你还想要个什么样的？"杨翎开始为姐夫说话了，忍不住在心里又把林泉拎出来跟姐夫比了比，姐夫还真是各方面都比林泉强。

"我非得要个男人才行吗？我自己一个人就过不下去了怎么的？"杨燕反驳道。

"行啊，你一个人，回头手术的时候自己给自己签字吧。万一以后病危了，你也自己给自己签通知单。"杨翎斜着眼睛看了姐姐一眼。

"你还是不是我妹妹，怎么净咒我呢？！我还有女儿呢，我怎么以后就是一个人过了？"杨燕一听生气了。

"少年夫妻老来伴，宝南以后也要过自己的生活，她也会有自己的家庭和朋友，哪能天天在你身边陪着？你就是作，好端端的日子不想过，非得作这么一出。"

"你今儿是成心来气我的吧？你走，我自己手术自己签字！"

见杨翎不动，杨燕扯着嗓子让她走。

姐妹之间，姐姐撒气也不是第一次了，别人家的姐姐都是让着妹妹，杨家偏偏是妹妹让着姐姐。杨翎很清楚姐姐的脾气，她越是凶，其实越是没底气。

杨翎假装出门，在门外悄悄地看着姐姐，她像个孩子一样，一把拉过被子蒙住头，在被子里闷着声喊了一嗓子。

下午，手术时间到了，杨燕穿着住院服来到手术室门口，杨翎也来了。

杨燕看到妹妹，瞥了一眼："我自己能签字。"

"那你自己能回病房不？"杨翎听了有点想笑。

"我让护士送我去。"杨燕依然倔强着。

"巧了，我就是护士。"杨翎也不走，就在杨燕对面待着，玩手机。

正说着，姐夫刘景阳来了。

杨燕显然意外，瞪一眼杨翎，又白了一眼刘景阳，没好气地说："你来干什么？"

刘景阳手里拎着一箱进口牛奶，还有一篮水果，走到杨燕跟前，好脾气地说："我来照顾你。"

"我不需要你的照顾。"杨燕把头一偏,故意不看刘景阳。

场面有点尴尬,刘景阳不知说什么才好,只得先在杨燕身边坐下,然后用眼神示意杨翎,让她帮自己说说话。杨翎无奈地摇摇头,她能做的都已经做了。

幸好这时手术室里出来一个护士,手里拿着文件夹,冲走廊喊道:"杨燕,杨燕到了吗?"

"在,就是我。"杨燕站起来,以为马上就要进去了。

"病人家属呢?过来签一下字,马上就可以手术了。"护士接着说。

"在在在,我来签。"刘景阳赶紧过来。

杨燕抢过护士手里的笔:"我自己签。"

"还是我来吧。"刘景阳抢过护士手里的文件夹,从兜里掏出笔来,"至少我现在还是你丈夫,这是我的权利,也是我的责任。"

护士被说得愣了,多看了两人一眼,杨翎看了护士一眼,给她使了个眼色摇摇头,示意她不要问。刘景阳飞快地看完通知书,并签下了自己的名字。

杨燕什么也没说,跟着护士进入手术室,杨翎和刘景阳这才松了一口气。

两人等在手术室外,杨翎冲姐夫一笑:"放心吧,这不是个大手术。"

"谢谢你,要不是你找我,我恐怕现在还不知道她病了。你知道,我很爱你姐姐,所以我也愿意尊重她的选择。"刘景阳特别诚恳。

"姐夫,千万别这么说!你们什么感情基础我又不是不知道,多不容易。但凡是换个人,我也就不这么劝了。"杨翎看到姐夫紧张的表情,还不时回头关注着手术室里的动静。

"这几天我一直在想你对我说的那些话，我也在反省自己。是我忽略了她的感受，所以这些年她可能真的并不幸福。我决定以后多留些时间给家里，我妈那边，我也已经在找养老院了，等到你姐出院，我就把我妈送过去。其实住养老院对我妈也好，她也不用天天跟你姐互相看不顺眼，大家心情都好，还能有群老伙伴儿聊聊天。是我自私，总觉得把妈留在家里就是自己尽孝道了，却没想过老人也需要有自己的生活和社交，她天天关在家里，肯定也不开心，这气儿没法跟我撒，就都撒到你姐身上了。你姐不仅要照顾我照顾宝南，还得照顾我妈，所有大事小事还有各种应该不应该的情绪她都得照顾，压力真的挺大，我觉得肯定是因为这个，你姐才得了病。这都是我没考虑周全，怪我，等你姐回家，我就专心照顾她，好好陪她。本来我努力赚钱就是为了让你姐幸福，现在要是为了挣钱丢了你姐，得不偿失。"

"姐夫，有你这态度，我就放心了。姐这边我会常过来关照的，爸妈那边，我还没说，咱们就都先瞒着吧。这个病现在介入时间还不晚，后续治疗配合得好的话，基本上没什么问题。"杨翎算是卸下了心头重担。

"你放心，我一定好好照顾她！你和林泉都是好样的，林泉也劝我别离婚，我当时正在气头上，还让他别告诉你。"

杨翎有些意外，这些天，她跟林泉交流很少，认识赵熙子、调查朱迪，这些事已经搞得她心里乱得很，姐姐闹离婚也不是什么光彩的事，她不想告诉他。没想到，他竟然早就知道。

夫妻关系大概是世界上最复杂的关系，跟踪调查林泉的时候，拿他当敌人；娘家出事的时候，无论自己是否知情，他却站在自己这边；明明天天睡在一个床上，各自有着不同心事，却从不开口交流；

人前摆出恩爱亲近的样子，人后却马上变脸各行其道。爱里边掺杂着恨，恨的原因却是爱，再加上一些嫉妒、控制欲，以及对妥协的不甘心，每个人比例不同，呈现出来的状态也就不同，但归根结底，爱才是两个人继续并肩同行的原动力。

D

这几天病房里新来了一位神奇的病人，是名修道的居士，蓄着一头长发，在头顶上挽了个髻。检查报告显示他得了恶性黑色素瘤，需要做手术。居士与202同住一间病房，杨翎去查房的时候，这位居士正跟202聊得火热，两人一见如故，又都是一身白色的病号服和披肩长发，杨翎看着他俩，仿佛看到了两位古人。

居士对自己的病颇不以为意，连杨翎交代他的手术注意事项也没太认真听，倒是盯着杨翎看了半天，最后突然轻捻胡须，说了一句："大夫，我观你命中有一子，此子紧要，必能变你之人生。"

又是孩子。上次赵熙子问过之后，杨翎就心情低沉了好几天，这已经变成了她的雷区。现在病房里除了她还有其他医生和护士，杨翎颇为尴尬，笑笑就想走。但是居士居然拉住杨翎，小声说："我一定不会看错。"

杨翎几天没睡好觉了，躺在床上脑子也处于极度活跃状态，每天入睡不超过四个小时，然而工作时却丝毫不觉疲累，这种非正常的状态简直令她怀疑自己是否更年期提前了。

母亲在杨翎上大学时更年期到来，症状就是整夜整夜睡不着，心慌得厉害，白天却精神百倍。姐姐最近内分泌也有问题，她可能快到更年期了。自己又何尝不是？妇产科的杜医生前不久还说过，现在生活压力太大，化妆品和食品激素太多，早更已经不是偶然现象了。

杨翎很喜欢孩子，调到肿瘤科之前她曾在儿科，无论对多么喜欢哭闹的孩子，她永远有用不完的耐心，也赢得了家长们的一致好评，正因为在儿科的突出表现，才能够在人才济济、各有神通的医院里被调到最关键的重症肿瘤科。这么多年，杨翎一直盼着总有一天林泉会成熟起来，当他不再是个大男孩的时候，会跟自己说想要个孩子。

可按照现在好几个月才能有一次房事的频率，什么时候才能有孩子？

想到孩子就会想到房事，想到房事就不得不想到林泉。最近这几天杨翎忙于工作和姐姐，根本无暇顾及林泉，以及与赵熙子合作捉奸的计划，不知道朱迪小区的保安是否拍到了是谁送朱迪回家的照片。

这段时间林泉依旧每天早出晚归，无甚异常，正好赶上杨翎天天值班，两个人除了每天早上短暂的交集，根本没时间对话。尽管在赵熙子面前，她表现得那么信任林泉，那么自信，但其实心底也有点虚。要不然，也不会在上次听到林泉和马国明的对话之后，仍然一直没有拆掉原本打算拆掉的监听器。

说白了，杨翎心底最深处还是有那么一丝不确定，她还是想给自己加个保险，在百分百拿到证据之前，谁都不敢保证自己的丈夫没有问题。眼下正是刚下班的时间，也是林泉跟马国明最可能暴露问题的时段，杨翎抑制不住心底的疑虑和好奇，又用手机拨打了那个监听仪里的号码。

杨翎时间掐得很准，电话刚打过去，她就听到林泉上了车。虽然看不到画面，但杨翎听到林泉发动汽车之后，并没有马上开走，他手机响了，开始接电话。

"什么？现在去酒店开房？……行吧……还是老规矩，……那我还是在这等吧，在酒店等多别扭……得了，半小时后我出发，时间正好。"

杨翎听到林泉挂断了电话，车里传来窸窸窣窣的声音，像是调整座椅和姿势，紧接着响起了音乐声。

心怦怦跳，林泉的话杨翎清清楚楚一字不漏地听到心里，这说明了什么？从林泉的话里可以明显地听出是有人指使他去酒店开房的，这和之前自己偷听到的林泉与马国明的对话完全一致，这个指使林泉去开房的人肯定就是马国明。

看来关于朱迪的真相今晚就会水落石出，杨翎想起上次自己把偷听到的林泉与老马的对话讲给赵熙子时她的不以为然，赶紧给赵熙子打了个电话。她迫切地需要这个见证者，声音里有抑制不住的兴奋："熙子，你在哪儿？我从监听里边听到林泉要去酒店开房，而且是老马让他去开的。"

"你没听错吧？具体是怎么说的？"赵熙子那边听起来有点吵，不像是在办公室里。

"对！我确定，没听错。"看赵熙子还是不信，杨翎就把刚才所听到的电话内容，一字不落地对赵熙子讲了一遍。

电话那头陷入了片刻的沉默，过了一会儿，赵熙子终于开始说话："杨翎，你有没有想过，这个给林泉打电话的人，可能根本不是老马，而就是朱迪。"赵熙子这句话说得很轻很慢，一字一顿，确保杨翎可以完全听清和理解。

"怎么可能？这明明就是你们家老马……"杨翎话还没有说完，赵熙子就打断了她："对不起，我现在有事，先挂了。"

"这个人，怎么不知好歹！"杨翎嘴上嘟囔着，心里却不禁去琢磨赵熙子刚才的那句话。她试着把刚才听到的电话里那一头的人代入朱迪，重新复盘了这段对话，发现竟然也完全说得通。

杨翎的汗流了下来。等等，不对，赵熙子是错的，这个人肯定不是朱迪，怎么会有女人如此放荡、如此主动地要求男人去开房呢？况且这个女人还是那么年轻那么漂亮的朱迪，而这个男人还是那么普通那么无聊的林泉。不会是朱迪，肯定就是马国明，肯定是赵熙子接受不了这个结果，才会故意甩锅给林泉。杨翎的心里犹如千军万马混战一团，难分胜负。

杨翎无法从简短的对话中，判断赵熙子的真实情绪如何，虽然她一直就像个不动如山的将军，即便是地震海啸小行星撞击地球也能保持冷静。但这一次，杨翎觉得赵熙子应该是在硬撑着，保持最后的体面吧。杨翎突然有点心疼赵熙子，完全不像自己之前以为的，当关于到底谁的老公出轨的秘密真相大白后，自己会像个胜利者一样趾高气扬地对赵熙子说一句："你看，事实证明，是你错了！"当然，如果最后获胜的是赵熙子，她也肯定会对自己说出同样的话。现在，只有真相才能让这场注定无法双赢的零和游戏终结，杨翎无比希望林泉能为自己争口气，别让自己一败涂地，沦为笑柄。

杨翎决定去亲眼见证最终的真相，马上收拾东西，打了一辆网约车尽快赶往储蓄所。在路上她再次给赵熙子发了信息，说了自己的行动。杨翎赶到时，林泉和马国明的车都还停在储蓄所门口。她不敢靠近，让司机把车停在马路对面，远远地观察着。

"姑娘，这种活儿我没少接，都明白，想开点吧。"司机大叔年龄不小了，说的话倒是充满了善意。

杨翎没有说话，报以苦涩一笑。司机点点头，不再说话。干等着有点无聊，他顺手打开了广播。

"他说我是世上最美的女人，我为他保留着那一份天真关上爱别人的门，也是这个被我深爱的男人，把我变成世上最笨的女人，他说的每句话我都会当真……"过气多年的网络歌曲竟然十分应景，司机大叔跟着哼了几句，却从后视镜里突然看到杨翎正瞪着他，有点不好意思，又把音乐给关了。

杨翎被这首歌搞得心慌意乱，赶紧又发信息问赵熙子："你什么情况，出发了吗？"

赵熙子还是没回信息，这令杨翎格外忐忑，不知道她到底是什么想法。万一被林泉看到，或者被林泉同事看到，她还没想好怎么解释。

又等了五六分钟，杨翎看到比亚迪的车灯亮了起来，车里有个人影，看起来正是林泉。汽车启动，缓缓驶出停车场。杨翎赶紧催着司机跟上比亚迪，眼下正是晚高峰，路上车越来越多，司机心领神会，小心地保持车距，既没靠得太近被发现，也不会离得太远被红绿灯给拦住。

杨翎思考了一下，从包里掏出观鸟仪，对准比亚迪。刚开始只是隐约的音乐声，接着就听到了林泉打电话的声音。

"朱迪，你再过五分钟就可以出来了，我上车了，现在正在去酒店的路上，一会儿见。"

林泉的声音听起来那么熟悉，杨翎却立刻有了生理反应，那种全身血液瞬间涌入大脑的亢奋感觉再次出现，心跳也随即加快。是朱迪，这次的电话确实是打给朱迪的，难道真的如赵熙子所说，刚才的电话也正朱迪打的？杨翎不敢再继续想下去，不论结果如何，林泉到底是人是鬼，总之，马上就会有结果了。

大概跟了一个小时，比亚迪终于停在通州的一家五星级酒店楼下，林泉下了车，直奔大堂。

杨翎让司机把车开到停车场旁边的通道上，继续观察，自己的心跳越来越快。她看了眼手机，赵熙子仍然没有回复信息。杨翎突然不想再给赵熙子发信息了，因为那一刻她的心里开始隐隐有种不安的感觉，那感觉就像是四个人在打牌，而自己的队友出错了一张牌，那张牌落地的瞬间，你就清楚地知道，这一局，输了。

"姑娘，咱还等吗？这儿不让停车。"司机又发问了。

杨翎一把从包里掏出几张百元大钞拍到司机手边的扶手箱上。"够吗？"这两个字她几乎是吼出来的，然而她的眼神却根本没有离开酒店大堂的方向。

司机从后视镜里看了一眼杨翎，叹了口气，不再说话。

杨翎重新调整观鸟仪的方向，对准了酒店大堂，而且还开启了降噪模式。现在几乎可以清楚地听到林泉在说什么。

"您好，大床房一间。"

是的，他在开房，他居然在开房。淡定点，你早就知道他是来开房的，这不是重点。冷静，冷静下来，继续等待，像一只等待猎物的鳄鱼！杨翎不停地深呼吸，强迫自己冷静下来，内心却再次混战成一团。

拿到房卡后，林泉就站在大堂里等待，独自刷着手机。杨翎开始密切注视着每一个进入大堂的单身女性，大约七分钟后，一个背影窈窕的年轻姑娘出现在杨翎的视线中。

杨翎浑身的血液立刻翻涌起来，恼怒、愤恨和嫉妒，复杂地掺在一起，迅速将她的脑海占据。凭着之前在银行里见过一面的印象以及从赵熙子手机上看到的照片，杨翎确定这个姑娘正是朱迪！

耳机里很快就传来了林泉的声音："朱迪，十九楼，房间很好，可以看到夜景。"

虽然隔着玻璃看不到林泉的表情，但杨翎觉得他此刻一定是兴奋不已，他脸上洋溢着的笑容一定是未曾对自己施展过的。

这时突然有个穿着制服的人向自己走来，来到车边，咚咚地敲着车玻璃。杨翎吓得赶紧把耳机摘掉，眼睛却还是紧盯着大堂里的林泉和朱迪，两个人站在一起，像是在不停地讨论什么。

原来是酒店的保安过来提醒挪车，偏偏在这样的关键时刻。杨翎顾不上那么多了，耽误的这半分钟时间千万别错过什么重要信息，她迫不及待地再次戴上耳机，让司机应付着酒店保安。

大约有半分钟的时间，耳机里一片寂静，杨翎还以为是设备出了故障。终于，她听到林泉低沉的声音再次传来。

"那好吧，我先陪你上去。"是林泉的声音。

"电梯在那边。"是朱迪的声音。

伴随着二人的脚步声，最后是电梯关门的声音，信号消失了。

"走吧。"杨翎的声音就像一坨空洞的棉花，一点分量也没有，她脑海里已经自动脑补出林泉和朱迪一同走入酒店电梯后的画面，林泉抑制不住地开心，两人甚至进入电梯之后就手拉手，紧接着就抱在一起……然后他们走出了电梯，穿过走廊，他们走进房间……他们关上门，反锁……再往下的事情，杨翎不愿意再去想象了，从林泉和另一个女人一同走进酒店电梯的一刹那，杨翎觉得，自此之后林泉所有的事情都不再与自己相关。

司机没再说话，一路上都很安静，只是在杨翎下车时将她刚刚甩给自己的几百元又塞回给她。杨翎试图挤出一个感激的笑容，但她没有做到，虚脱一般浑身乏力。她用自己最后的理智向医院打了个电话请假，今晚本该是她的夜班。

这些天所有的猜疑、揣测、暗中调查，所有的高潮、低落、心绪起伏，所有的信任、感激、心存侥幸，以及十一年的婚姻和感情，所有的这一切，不再有任何意义，统统终结于此刻。

林泉，一个出轨的男人，一个让自己一败涂地、沦为笑柄的男人。

独自回到家，杨翎放下东西就开始大扫除。有好几次她拿起手机，想给林泉打个电话告诉他"我们结束了"。此刻他和朱迪共处一室，肯定在做不可描述的事情，就算打电话过去林泉也未必会接。电影里边有很多类似的情节，她觉得这时候妻子打电话过去不仅没有任何效果，还会失去最后的尊严。更何况，就算林泉接听了电话，自己该说什么？如果听到他声音异常，甚至旁边还有别人的喘息，难道他们会因此停下来吗？

杨翎第一次认真地想到了离婚。

赵熙子现在该是在偷偷地笑吧？她可能会挽着老马的胳膊，满脸堆笑地对老马说，你看那个女人，连自己的老公都管不好，还栽赃给别人的老公。你看那个女人，她失去了爱情，失去了婚姻，她一无所有……

杨翎拿着抹布站在镜子前，看着憔悴无光的自己，觉得自己糟糕透顶。家里的清洁剂有十余种类型，玻璃的、马桶的、瓷砖的、油烟机的，还有祛垢的、消毒的、净味的各种药水，每一种都能完美解决各种卫生问题，只要杨翎舍得力气和时间，就没有一个她打扫不干净的地方。可对于男人,她无计可施,明明已经花了全部的力气和时间,偏偏还是惹得一身污垢。

时间一分一秒地过去,杨翎脑海里全是林泉和朱迪在一起的场景。一整夜,杨翎拿起手机又放下,除了想要打给林泉,她甚至想过打给110,就举报卖淫嫖娼好了,最好警察去抓个现场,罚款加刑拘,否则难消这口恶气。

一直到天色微亮,杨翎一个电话也没打出去,当东方第一缕阳光照进房间,锋利地刺痛了她的眼睛时,她把手机砸向洗脸台上的镜子。"砰"的一声过后,无辜的镜片碎尸万段,她的手却被溅出来的玻璃划出一道伤口,鲜血淋漓。

第八章

A

第二天上午,手机铃声叫醒了杨翎。透过被摔得粉碎的屏幕,她模糊地看到来电话的人是赵熙子,犹豫了半天接还是不接。环顾乱糟糟的房间,林泉应该是一直没回来过。

电话终于接通了。"翎儿,不好意思,我昨天没回你电话。其实昨晚我也去了酒店,但我没看到你,我一直跟老马在一起,喂……翎儿,你在听吗?"

"我在听呢。"杨翎还没回过神来,心绪却越来越沉,这是林泉第一次夜不归宿,确切地说,是有史以来杨翎第一次抓到他夜不归宿,此前的记录已无法考证。

"咱俩见面说吧,我等你。"

赵熙子兴奋地约杨翎见面,杨翎心情极度恶劣,但仍强迫自己简单梳洗,换了身像样的衣服,奔赴与赵熙子的约会。

咖啡厅里,杨翎一眼就看到了赵熙子,因为此刻的赵熙子看起来整个人都在发着光,一双眼睛通了电般亮闪闪的。她喝了口咖啡润润嗓子,进入正题。

作为律师,她不难得到朱迪的个人信息,昨天是朱迪的生日,所以她算准朱迪一定会跟"正主"约会,所以她踩准了点,赶在下班前去找马国明。杨翎给她打电话的时候,她已经在开车去储蓄所的路上了。到了储蓄所之后,原本林泉是要跟马国明换车的,结果看到赵熙子去了,就没再换,而是开走了自己的比亚迪。

赵熙子其实是为了试探马国明的反应,拉着他去停车场,故意说今天就一起跟着林泉,看看他和朱迪到底搞什么名堂。

马国明起先很反对,满脸的不乐意,嘟囔着:"看什么看,跟咱们有什么关系吗?这还都是同事,万一被人家发现了多尴尬!"

赵熙子就瞪了马国明一眼:"怎么,看到林泉和那个朱迪在一起你不爽吗?

马国明心虚了,不敢回应。

"喊,那你紧张什么?"赵熙子嘻嘻一笑,着急地帮马国明拉出安全带帮他系好。

马国明挺不自在的:"老婆,我不是小孩子了,自己能来。"

"我高兴,我乐意。怎么着,我还不能帮自己合法老公系个安全带了?"赵熙子白了马国明一眼。

马国明一时间也不知道如何是好,忙指着前边的比亚迪提醒老婆:"泉儿都走了,要跟咱们就跟紧点儿,路上堵着呢,别给堵丢了。"

赵熙子才不管马国明的情绪,已经把车开了出去,隔着几台车的距离,跟着林泉。

赵熙子一边开车一边开始给马国明上课:"我倒要问问你,你哥们儿借你的车去泡小三儿，你既不反对也没意见，还明里暗里地支持他，你这算哪一出？这也太不道义了吧！你要真为泉儿好，不该劝劝他别这样吗？万一人家这事儿闹开了，离婚了，你算什么？算他杀人你递刀，是协同犯好不好？宁拆十座庙，不破一桩婚，你帮人出轨，这种事是缺大德的，我今天正式提出来，我对你这种做法很有意见。"

马国明偷偷看了一眼赵熙子，支支吾吾地，没敢大声："我也劝他来着，可他就跟老房子失火了一样，火势太大，一下子灭火也不现实，得慢慢儿劝不是。"

赵熙子越说越来气："甭跟我扯那些没用的，你们这些男人就是进化不完全，管不住自己的下半身。"

马国明马上变了个笑脸："老婆，你这话说得不严谨啊，严重不符合你大律师的职业素养，一竿子打翻一船人。我可没管不住下半身，这么多年来，我就只跟你睡过。"

"去去去，我跟你说正经的，你别跟我嬉皮笑脸。我说话你可能不爱听，但我还是得说，做人要讲良心，你自己是领导，又是林泉的好哥们儿，这么多年的感情了，真不能看着他堕落。他一个北漂也不容易，在北京唯一的亲人就是他老婆，要真离了婚，我看他还能剩个啥？你当他跟这个朱迪真能走到结婚去？做美梦吧，你们老男人脑子不灵光，年轻时候都没本事拐到小美女，凭什么现在肚子大了头发秃了就能拐到？人家小美女是瞎还是傻？"赵熙子的话虽刻薄现实，但道理是没错的。

等红灯的当儿，赵熙子又看了马国明一眼，语重心长："我问你，你有没有想过找小三儿？"

马国明有点慌，连忙摆手："我哪儿敢呀？"

赵熙子望着前方的红灯,叹了口气:"你知道我爸妈的情况,他俩性格不合,都太强势,这么多年都是婚内分居的状态,一人一层楼,谁也不管谁,话都说得少。可你知道,他们为什么不离婚吗?"

"不是为了个人形象吗?都是有头有脸的人,离婚不好看。"马国明大着胆子回了句。

赵熙子微微摇头,目光柔软起来:"很多年前,咱们还没结婚的时候,我爸就跟我讨论过这个事情。他问我,为什么结婚一定要结婚证?我当时年轻,不懂。我爸跟我说,结婚证是契约,说白了就是有法律效力的合同,是两个人约定要共同遵守一些条款,并一起为了这个家打拼的合同。做人应该有契约精神,他跟我妈是有感情的,即便是不说话了,那份感情也并没有消失,而只要他们不离婚,这个家就还在,对于我也好,对于他俩的事业也好,甚至对于我跟你的这个小家,都是只有好处没有坏处的。所以这么多年来,我爸妈虽然感情不好,但可以肯定的是他俩在外面都没有别的人。你可以说他们古板,也可以说他们守旧,可他们遵守这份契约的结果就是,现在我们这个家还没散,虽然他俩没住在一起,但各自的事业和生活还不错。这是一种自律,也是一种成功,这辈子守住了,老天爷就会给他们这个奖励。"

红灯闪烁,绿灯亮起,车流开始继续前行。

马国明的表情有点凝重,可以看出来赵熙子的话对他起了作用。

"要是人人都为了心理上或者生理上的一时冲动,想做什么就做什么,这个世界会变成什么样?你觉得真有可以为所欲为的人吗?别说是你我这样的普通人了,就算是美国总统、英国女王、联合国秘书长,也不是想做什么就能做什么的。"

"老婆，你这话说得太有水平了。"马国明看了眼窗外路边的宣传标语，跟着念道，"富强！民主！文明！和谐……我一定不忘初心，坚守社会主义核心价值观，好好做人，好好做事！请老婆大人放心。"

赵熙子终于被马国明给逗笑了，马国明也开始转移话题，主动表演最近刚从网上学到的段子，赵熙子也很知趣地配合，气氛慢慢变得好起来。

一路开车一路堵，足足一个小时才抵达酒店楼下，赵熙子现在的面部肌肉已经完全松弛下来，被一路上马国明的说学逗唱逗得合不拢嘴。她把车停在酒店地面停车场，两人坐在车里一边听着音乐，一边远远看着林泉，他已经走到前台开始办理入住。

"老公，咱俩多久没来酒店开房了？"赵熙子突然问道。

马国明仔细想了想："嘻，刚结婚那两年，咱俩还为了搞搞情趣经常来，自打你生了小马哥，咱们就没再单独来过了。"

赵熙子冲马国明温柔一笑，甜甜地望着他："老公，其实你在我心里，一直都是那么帅气。"

马国明似乎内心有点触动："老婆，谢谢你，一直那么瞧得起我，我真是上辈子修来的福气！"

两人把手握到了一起，然后远远地看着林泉已经办完入住，站在大堂里，似乎在等朱迪，表情有点焦虑，拿着手机在操作着。

马国明忍不住用另一只手掏出手机，悄悄操作。

"你干吗呢？"赵熙子马上就发现了他的小动作。

"我想给儿子打个电话，看他吃饭了没。"马国明连忙笑着掩饰。

对于一个已经成为母亲的女人来说，也许没有什么事是比孩子更重要的，包括老公以及老公的清白。所以赵熙子有点犹豫了，她支吾着："对啊，儿子！老公，要不咱们走吧，我感觉林泉跟朱迪的事儿十有八九是真的了。算了，咱不看了，还是回家陪儿子去吧。"

"别介啊，好不容易堵了一个小时跟过来的，好戏马上就要上演了，看戏要看全本嘛。"马国明说的话有点出乎赵熙子的预料。

"你真这么想？"赵熙子目光锐利，审视着马国明。

"当然啊，不然呢，我还骗你不成？我骗你这玩意儿图个啥呀。"马国明笑嘻嘻地说，再一次拿出手机，"看儿子随时可以，来，我马上拨视频。"

不一会儿，视频接通了，阿姨把镜头对准了餐桌，上边摆好了几道小菜，小马哥也坐得端端正正，正在吃饭。两口子儿子长儿子短地说了几句，跟阿姨说了今晚可能要很晚才回去，让她加个班今晚就别走了。

电话挂断之后，眼看着一辆出租车停在了酒店大厅门口，一个女人下车后径自进入大堂，正是朱迪。她在大堂里跟林泉说了几句，紧接着两人就一起进了电梯。

赵熙子的余光，不时瞥一眼马国明，他略微有点紧张，也有点尴尬："我去，这孙子真进去了，他真他妈进去了，王八蛋！不行，我明天必须得劝劝他，这么做太不地道了！这要是让人给举报了，那麻烦就大了。"

赵熙子似乎在欣赏马国明的表演："我看你怎么有点不高兴呀，是不是看到小美女下属跟了林泉却没跟你，有点嫉妒？"

马国明的表现更激动了："拉倒吧，我嫉妒他？他有什么好嫉妒的，他嫉妒我还差不多。我大房子住着，好车开着，儿子可爱又活泼，老婆能干又漂亮，他哪点比得上我？要嫉妒也是他嫉妒我！"马国明越说越气愤,手舞足蹈,突然意识到赵熙子就坐在旁边,赶紧恢复平静。"其实这跟嫉妒不嫉妒也没啥关系,关键是我根本就没有想过这种事情,我有老婆你一个人就足够了!"最后这句话,听起来情真意切,但貌似也略含着几丝哀怨。

感动之余,赵熙子骄傲地昂起头:"老公你说得对!咱们俩都应该知足感恩现在这么美好的生活。对了,什么时候咱们也再来酒店开个房吧,结婚这么多年,我们也该重新找找感觉了。"

B

"就这样?"杨翎听得心潮翻涌,但脸上强作波澜不惊。

"对,就这样,我们后来在酒店外边守了大半夜。"赵熙子招招手,又让侍应生来一杯咖啡。

"一整夜,他们都没下楼?"杨翎难受极了,恶心极了,一想起朱迪和林泉孤男寡女共处一室可能会做的那些不可描述的事,就血压上升。她已经气到头疼了。

"你别激动!说真的,我也没想到事情会是这样。"赵熙子有点不好意思地看着杨翎。

杨翎不知该说什么,闭上眼睛揉着太阳穴。

"其实我停车的时候就选好了位置,我停车的那个地方,是整栋楼的客房都能看到的,那个朱迪肯定也能看到我把车停在那里了。我这么做,其实不是冲着林泉去的,是冲着朱迪,我在跟她示威。万一,我是说万一她就像你说的,看上的人是老马而不是林泉,我可是合法妻子,她呢?她算个屁!"赵熙子喋喋不休地解释着。

"我想知道，他们什么时候走的？"杨翎加大力度揉着太阳穴。

"这个，我也不清楚。"

"你们不是一直守在那吗？"

"我们……我们后来开房去了。"赵熙子居然红了脸，有点扭捏，"晚上车里很热，油也不多了，要是空调开一整晚，怕是第二天早上不够开回家了。"

"你们几点去开房的？"杨翎追问。

"大概是……晚上十一点半吧，那时我们已经在停车场守了四个小时，中间还叫了外卖和饮料，我好想上厕所……"

"好了我知道了，就是说，至少你们守的这四个小时里，他俩都没出来。要发生点什么，四个小时已经足够了。"杨翎说完双手插入头发发根，用指尖按摩着头皮，头上像是已经套了个看不见的紧箍咒，头疼欲裂。

"亲爱的，真是抱歉，我不是想刺激你，但这些确实是我昨晚上的亲身经历。我很理解你现在的心情，这一切太突然了，信任了多年的丈夫，居然做出这样的事情……"

"行了，你不要再说了！"杨翎几乎是吼出了这句话，喘着粗气站起来。赵熙子被惊到了，怔怔地望着杨翎。

杨翎平复了一下呼吸："不好意思，我有点不舒服，我要先走了。谢谢你告诉我这一切。"说罢，她扔下发愣的赵熙子，拎起包向外走去。

赵熙子反应过来，在后面叫着杨翎："翎儿，你别这样……"

听到赵熙子的劝解，杨翎一股邪火冒了出来。她停下脚步，转身回到赵熙子身边，双眼冒火地对她道："学姐，你有没有想过，昨天你们家老马很可能是因为你去了,而且还是坐在他身边盯着他,所以才没有机会去找朱迪,然后在你面前演了一出好戏。即使昨天老马没有和朱迪一起开房,那也不代表之前没有过,更不能保证以后不会发生!"

"你……你怎么能这么说……"赵熙子也气得站了起来。

"你先别打断我,我还没说完。其实你一直也在怀疑你们家老马,你根本就不相信他,不然你昨天也不会兴师动众地直接跑到单位去找他,又是跟踪,又是示威的。咱们明明说好了是暗中监视,你这样一搞,就算原本朱迪的正主是马主任,他也不敢表现出来了。你这是拿林泉当了试纸,一方面逼着马主任跟你走,对你表忠心,一方面逼着那个朱迪看到马主任上了你的车,吓得退出。你这么做,等于把我们之前辛辛苦苦做的铺垫工作毁于一旦,失去了找出真相的意义!"杨翎一口气说完了想说的话,面对怒目圆睁的赵熙子也丝毫没有退让,凛然相对。

"你说完了吧?"赵熙子纵然见过无数大场面,还是被突然暴走的杨翎吓了一跳。

"说完了!"

"好,那现在该我说了。首先,你还是怀疑老马跟朱迪有关系,不可能,如果真有关系,那他怎么可能亲眼看着她跟林泉上楼?那可是酒店,不是餐厅。其次,如果林泉跟那个女同事真的没什么,他们根本没必要去酒店,更没必要一起上楼,甚至是在酒店待一晚上。最后,咱俩难道不是因为不想被欺骗,才走到一起,联手调查这件事的吗?可现在一切都已经明摆着了,你这不是自欺欺人吗?"赵熙子不愧是大律师,这段话说得有理有据有节,刀刀刺在杨翎的死穴上。

"有时候咱们女人真的是低估了这群男人,咱们觉得他们肯定干不出来的事,他们偏偏就做得出来!就像你认为老马不可能亲眼看着林泉和朱迪上楼,但老马能干出这样的事来;同样,我认为林泉不会做的所有事情,昨晚他都做了。"这句话像是耗尽了杨翎的所有精力,到最后声音已经小到她自己都听不见了。她扔下这最后一句话,转身走了出去。

虽然已经进了七月,可杨翎手脚冰凉,匆忙来去的路人,没有谁多看她一眼,她掏出手机想给林泉打一个电话,直接提出离婚,但手在发抖,怎么也摁不到拨出键。杨翎拖着双腿,实在走不动路,索性蹲在地上,抱着头哭起来。没有人因为杨翎停下脚步,她像一块阻挡了水流的顽石,拦在人流中央。人流遇到她主动分至两边绕着离开,直到赵熙子递给她一块手帕。

杨翎抬起头,一看是赵熙子,赶紧抹了抹眼泪:"你怎么还不走?"

赵熙子蹲下来,怜惜地看着杨翎。

杨翎冷冷地摇着头:"别管我,你走吧!"

"别说傻话,我陪你。"

赵熙子说着轻轻揽住杨翎的肩膀,拍了拍她:"要不要去我车上哭?没人能看见,你更自在一点。"杨翎接过那块手帕,顿时泪如雨下,捂着脸跟赵熙子上了停在路边的车。

十分钟后,杨翎才控制住情绪,赵熙子马上递给她一瓶水。杨翎不好意思了,那是一块纯白色有精美绣花和水钻的大牌手帕,现在被弄得皱皱巴巴,上边沾满了泪水和鼻涕。"这手帕很贵吧,对不起,我回头赔给你。"

"又说傻话。你呀,我看出来了,是个实诚人。男人实诚是好事,女人实诚就不是好事,太吃亏了!咱们都多大岁数了,还要为了男人伤透心?不值当的。"赵熙子安抚着杨翎,像个大姐姐。

杨翎深吸一口气,望着车前匆匆而过的人流,疲惫地说:"我想回去了,我想睡觉,好累。"

"你家住哪儿,我送你。"

"你不用上班吗?今天可是工作日,别耽误你的正事。"

"没关系,你现在这样,我怎么能放心你一个人回去。"

杨翎抬眼望着赵熙子,眼睛又开始湿润了,她从来没想过在这种时刻,陪在身边照顾和安慰自己的竟然是亦敌亦友的赵熙子。"对不起,刚才我说的那些话……我太生气了,所以……"

"我理解,我都理解!其实我刚才态度也不好,怪我。"

"你怎么命那么好,一切都那么完美,就连这次这个事也是一样。其实我心里很清楚出轨的人肯定就是林泉了,跟你比起来,我就是个人生输家,是女人里边最没本事的那种。"

"你别抬举我了,家家有本难念的经,你是只看到了我好的一面。"赵熙子苦涩一笑,"我这辈子好强任性,什么都爱挑自己最喜欢的,但自己挑的就要付出代价,有时候,人家可未必稀罕被我挑上。"

"怎么,难道你家马主任还敢不乐意?要是林泉被你挑上,我怕他要回家给祖坟烧高香了。"

"可别这么说你老公,泉儿的心气儿高着呢。他来我家吃过饭,我印象里,他虽然话不多,但跟老马不一样,老马是个容易被诱惑的人,但是我感觉你家林泉其实是有原则,也有底线的。"赵熙子倒是反过来又劝杨翎。

"可现在这事实明摆着呢,而且你也是一直怀疑他的,现在这话又是什么意思？"杨翎不解了。

"俗话说得好，捉贼捉赃，捉奸捉双，而且这捉奸不只要捉双，还要捉奸在床才算确凿。确实，咱们是看到他和朱迪见了面，开了房，也进了电梯，但进了电梯之后的事呢，谁不都没看见吗？不是经常有明星被拍到男男女女的一起进了酒店，被爆料后说是什么一起研究剧本、一起探讨演技什么的。咱们先不论真假，但是这种可能性还是有的。总之啊，这种事情一定得万般确证后才能定案，我们做律师的，这种事情见过不少，也确实有很多案例当真是没发生什么，闹到最后发现是误会一场。"

"你不用安慰我，我现在已经哭完了，最难受的阶段已经过了。"杨翎翻下遮阳板的化妆镜，看了看自己的脸，"你放心，我不会想不开的，为了这么个男人太不值当。我也不是一点阅历没有的小姑娘，咱们这个年纪，不管遇到什么事，总得扛下去。"

"你能这么想我就放心了！"赵熙子欣慰地看着杨翎。

"真是羡慕你，事业那么成功，婚姻家庭也经营得这么好！"

赵熙子笑了："经营？别说，你这个词用得不错。但对于我来说，所谓经营的方式就是天天查岗，他只要不在家里吃饭，我就给他视频电话，他不敢不接。我也知道自己这样很烦，可我不能不打，只要他还知道接我的电话，在场就算有不三不四的女人，也会知道我的厉害，也会知道老马在意我的感受。我的目的并不是真想看看老马是不是在跟别人约会，而是敲警钟，我家的警钟已经敲了至少十年。我要跟你坦白一件事，其实，上次我告诉你说是我的朋友碰到老马的车在饭店门口，误会是他跟别的女人拥抱，特意拍照给我。其实，我骗了你。"

"你骗我?"杨翎有点诧异。

赵熙子深吸一口气,坦诚地望着杨翎:"其实没有什么朋友,那只是我花钱雇的私家侦探,就是特意去调查老马有没有情况的。"

"你这是没有安全感,而且控制欲太强。"杨翎皱起眉头,"我从来没给林泉打过视频电话查岗,从来没有。"

赵熙子听得直摇头:"那你觉得这样好吗?他既不害怕你,也不担心你,更不在意你的感受,对不对?"

杨翎沉默了。

"控制欲是什么?就是要控制局面引导事态朝我们需要的方向发展呀。你不引导,可不就放任自流了吗?只要把这个事情往对的方向控制,把男人的心留在家里,这个大方向总归是没错吧?所以小手段就不用计较了,结果最重要。男人呀,一点不管是不行的。你也怨不得林泉,我毕竟是你学姐,我可以批评你,太不关心他的私生活了,被人乘虚而入,你也是有责任的。"

杨翎听得心悦诚服,开始认真琢磨这番话。

"我跟你讲一个秘密啊,就只跟你讲,其他任何人都不知道。"赵熙子神秘兮兮地压低了声音,"你可千万给我保密,不许告诉你家林泉。"

杨翎的胃口被赵熙子吊了起来:"我都快离婚了,跟他说这些干吗?你放心,他都不知道我认识你。"

"我,曾经雇了个姑娘勾引过老马。"赵熙子盯着杨翎的眼睛,看她惊讶地张大嘴,满意地笑了,"幸好,老马通过了考验。"

"怎么勾引的?"杨翎惊呆了,这简直匪夷所思。

"那是我最胖、最累、压力最大的时候,为了做试管婴儿,我已经失败了三次，当时是第四次了。我觉得，老马那时候也一定压力很大，他是有传宗接代需求的，如果这一次我再失败，很可能以后也不能再尝试了。所以，如果他真的被人家勾搭成功，那我就放弃他，我会直接离婚，然后去国外买一个优质精子，生个孩子。"赵熙子眼角流露出一丝淡淡的遗憾，"没想到，老马竟然通过了考验，说实话，我有点意外。所以，现在的我，尤其珍惜这份感情。"

明明就在半个小时之前，因为知道赵熙子昨晚截和马国明破坏了公平的调查，杨翎很愤怒，可现在她的心情没那么糟了。她说不出自己究竟是因为赵熙子身为律师有着神奇的话术，还是因为被赵熙子与马国明的婚姻方式吸引，总之，这是跟她的生活截然不同的方式。看着赵熙子诚意满满的眼睛，杨翎感觉她把自己当成了自己人。

"我在考虑离婚，你是律师，能帮我吗？接下来，我该怎么办？"杨翎说完这句话，又有点后悔，"我得先说实话，我可能给不起你那么贵的律师费。"

"别说傻话了，这不重要。只要你需要，我很愿意帮你，绝对免费。但你真的想清楚了吗？如果你还没想清楚，最好先别让林泉知道你已经发现了。"赵熙子经验丰富地教导着。

"为什么？"

"你需要时间，为自己考虑，离还是不离，究竟怎么选，我们女人都需要为自己准备退路。如果决定好了要离，你摊牌就摊牌无所谓，但是摊牌之前也要考虑很多现实的问题，比如搜集相关的证据，比如财产，等等，你都要提前计划并开始行动了。但如果最后不离，你又把这件事摊开了，你们之间就会多一把刀，以后你们共同生活的每一天，随时都可能被这把刀伤着。"

赵熙子真是一个让人又爱又恨的女人，刚才对她的愤怒是真的，此刻对她的感激也是真的，短短的时间内，杨翎对她的态度一变再变。不论她做的事情究竟是好是坏，但此刻她说的话很有道理，杨翎长长地吸了口气，终于冷静下来。

C

生存还是毁灭，困扰着哈姆雷特；离还是不离，困扰着杨翎。

林泉毕竟跟别的女人夜不归宿，在酒店开房了，亲眼所见的事情容不得她怀疑。这种事她不能忍，更何况林泉对她的感情也并没有那么深，至少她感受不到。想想姐姐，再想想赵熙子，她俩才是率性的成功女人。这种成功不仅仅是财富上的，还是人生上的，再有钱的人如果过得不开心，又何谈成功？同理，如果没钱的人还是过得不开心，那又何必？这个婚，离定了。杨翎在心中暗暗下了决心，赵熙子劝她的话是对的，得想清楚再作决定，有很多现实的因素要考虑，现在还不是摊牌的时候。

前不久，医院刚刚进行了今年内部晋升名单的公示，杨翎毫无意外地再次被推为肿瘤科护士长，现在正是民主考评的关键时期，领导特意嘱咐过自己绝对不能出岔子。爱情所剩无几，婚姻即将结束，现在的自己也只剩下这份工作了，就像一根救命稻草，绝对不允许再出现任何差错，而离婚无疑是很大的差错，杨翎第一次学着用现实一点的视角去审视问题。

回到家，杨翎又把家里上上下下地收拾了一遍，并联系了家具店，把清晨砸碎的镜子也换了新的，就像什么都没有发生过。

哼，等我确定当上护士长就马上跟林泉离婚，杨翎暗下决心。或许这样的日子并不需要度日如年，只要把重心全放在工作上就好，科室里每天有那么多忙不完的事，照顾不完的病人，她可以更安心地全情投入其中。

在那天晚上跟朱迪开过房后，林泉第二天特意打电话给杨翎，东拉西扯地闲聊，问她最近要不要回娘家，有没有跟姐姐见面。

杨翎其实明白林泉的意思，他应该是想试探她昨晚是不是上班了，有没有发现他没回家过夜。

林泉见杨翎言谈间情绪正常，就觉得自己不能太神经过敏，不然更显得做贼心虚，欲盖弥彰。为了掩盖自己的不安，林泉逼着自己忙碌起来，上班忙着反复清点账目和现金，不断核查数目，到了下班的点又忙着赶紧回家，连马国明请他吃饭、朱迪请他休息日喝咖啡，也一并拒绝。他当然不是真的忙，有那么多事情做，他只是需要一个保护色，把自己隐藏起来，最好隐藏到让马国明和朱迪都忘了自己的存在。现在的他只想躲回家，想要为杨翎做点什么，弥补自己的愧疚感，可偏偏家里什么都不需要他做，每一个角落都干净得发光。

开房那晚后的第三天，马国明就很巧地被抽调去参加总行系统培训了，这一去就是三天。这三天内，他都没跟林泉联系。而杨翎在医院里也是忙得根本无暇理会林泉，所以实际上，在林泉与朱迪开房那晚的之后几天，林泉原以为会面对的腥风血雨全都没来，他难得地度过了几天对外无压力、对内无人理的平静生活，平静到他以为一切都已经过去，甚至一切根本从未发生。

这样短暂的宁静平和时光，也就持续了两天。

这天医院通知大家下午开会，会议内容就是关于今年新的人事调整，其中有一项就是杨翎翘首以待的护士长的认命。早上交班后，杨翎就听到了这个消息，激动得不行，十几年的小护士终于要熬出头了，她也不回家休息了，就待在医院里希望可以第一时间听到这个好消息。

中午，林泉给杨翎打电话，他收到了父母从老家寄来的特产，想给老丈人送去尝尝鲜。杨翎现在根本没心思回家，更不想和林泉一起回娘家，于是说了自己这边的情况后，打发林泉自己送去，甚至在交代林泉回自己娘家的注意事项时，她还在想着只要今天下午得到升护士长的确切消息，明天就跟林泉摊牌离婚。

林泉这天正好轮休，带着一箱子大枣、两瓶核桃油，兴冲冲地去了老丈人家。不知道今天是什么日子，姐夫刘景阳竟然也过来了，赶在他前一脚先进的屋，老两口正笑得花枝乱颤，把提着大包小包礼物的姐夫迎进门。二人全都热情洋溢地招呼着大女婿，扔下手里拎着两样土特产的林泉站在门口，进也不是退也不是，十分尴尬。

待大女婿进屋落座安稳后，杨翎妈这才不冷不热地招呼林泉："又不是什么外人，杵在门口干吗？"

"呦，小刘，你这樱桃怎么那么大个儿呀，真招人喜欢。"老杨头美滋滋地开着刘景阳送来的箱子，箱子里全都是圆鼓鼓、亮铮铮红得发紫的车厘子。

"爸，这国产的叫樱桃，进口的叫车厘子。"刘景阳解释道。

"嚯，我说呢，都快赶上乒乓球大了，我活这么大岁数，还没见过这么大个儿的樱桃。"杨翎妈笑着把车厘子在围裙上一擦，就塞进了嘴里，"甜！真甜！"

没人看林泉。

老杨头又打开另一个箱子,里边是两只硕大的进口大龙虾。

"瞧这大龙虾,嚯,比我胳膊还粗!"老杨头掂量着大龙虾,笑得合不拢嘴。

"前阵子燕儿不是回家住了几天嘛,给爸妈添了不少麻烦,我也想着自己好久没来了,今天正好有空,就来看看你们。"刘景阳客客气气地说着,也冲林泉笑了笑。

林泉能领会到,姐夫那笑容里,暗示着他已经跟姐姐和好了。

"来就来呗,还带这么多东西。你买的,肯定都艄老贵的,又浪费钱。"杨翎妈话虽这么说,脸却笑出一朵花来,又往嘴里塞了一颗车厘子。

"这些东西没多少钱,但是对您二老的身体有益,只要你们喜欢就好,吃完了我再送过来。"刘景阳看着二老满意的样子,说话也自在。

这下林泉有点不好意思了,他叫了声爸妈,然后也拿出了自己带来的东西。原本就是土特产,包装自然也比较粗陋,老杨头随便看了一眼,就把东西搁在桌子底下,嘴里倒还算客气:"我们也享到亲家的福了,每年呀,这枣儿啊核桃啊都不少吃,泉儿你替我们谢谢你爸妈,跟二老带个好。"

杨翎妈就没有那么客气了,阴阳怪气地冲着大女婿道:"小刘,我可得批评你啊,你看你老这么破费,你看看咱们泉儿,多好,送的都是绿色环保有机的。我们泉儿呀,这么多年我就没见他身上有过进口货,不忘本。"

"您说得没错,这核桃油可是好东西,是不饱和脂肪酸,对身体特别好。泉儿有心了。"刘景阳假装没听出丈母娘言语中的挤对,还冲林泉笑笑。

刘景阳说完，大概是感觉到家里气氛不佳，自己再待下去很可能成为引战的罪人，让林泉难堪，于是借口还有事，水都没喝就走了。临走的时候林泉冲他感激一笑，他知道姐夫的用心良苦。

刘景阳走后，老两口儿也没了刚才热情的笑声，家里顿时冷清下来。杨翎妈去门外洗车厘子和大龙虾，剩下林泉跟老杨头两个人大眼瞪小眼，十分尴尬。

"泉儿，你看你，都快四十了吧，每年挣那么点儿钱儿够干吗使的？难怪翎儿不敢要孩子，连房子都没有，怎么要孩子？你就上点儿心吧，再不买房，房价又要涨了。实在不行你跟你姐夫打个招呼，让他帮帮忙，没准去他们公司当个会计财务的，挣得比现在多。"

老杨头又开始哪壶不开提哪壶，林泉只能苦笑着点点头，赶紧转移话题："爸，妈，跟您们说个好消息，翎儿可能要当护士长了，现在医院里正在开会，一会儿开完会应该就会宣布了，她现在就正在医院等通知呢。"

"哎呀，这可是个大好消息啊！翎儿混了这么多年，终于能当护士长了。"老杨头终于高兴起来，马上冲杨翎妈喊了一嗓子，"老婆子，你赶紧准备点儿好菜，翎儿今儿要升护士长了。"

"是吗，这回能确定了？"杨翎妈从门口探出个头来，也挺兴奋。

"翎儿说应该没问题，这都第三年了，再怎么轮也该轮到她了，老护士长快退休了，跟院长力保她。"林泉解释道。

"泉儿，不是我说你，你说你要是多点路子，能跟领导打个招呼，再不济，你多赚点钱，去送送礼，多走动走动，跟人搞好关系，翎儿不早就当上护士长了嘛。她年年都是先进，可这个护士长，就是年年轮不到她，可苦了我这小闺女哟。"老杨头没高兴上一分钟，就又把话题扯回林泉身上,里外里就是瞧他不上。

林泉对此无话可说,他和杨翎都不是那种能抹下面子去送礼走关系的人,杨翎从未责怪过他,但现在岳父这么一说,倒好像真是他的不是。他只能解释说,去年因为把名额留给了一个即将退休的老院长的外甥女,杨翎落选的时候副院长就已经跟她私底下保证过,今年一定能让她当上,差不多就是内定了;再说杨翎在工作上向来兢兢业业,一丝不苟,没有任何理由再次落选了。

片刻后,杨翎妈已经洗好了一盆车厘子,端进屋来,老两口也不招呼林泉,自顾自香喷喷地吃着,林泉也不好意思吃,三人坐着显得格外尴尬。林泉看了看时间,医院会议应该已经结束,结果也该出来了,于是给杨翎打电话,特意开了免提,让岳父母也能第一时间开心一下。

电话接通,林泉急切地道:"翎儿,我在爸妈家,爸妈也都在边上听着呢,你那边怎么样,这回确定了吧?"

电话那边半晌没有动静,过了一会儿隐约传出杨翎小声的抽泣。

一听情况不对,杨翎妈一把抢过手机,自己跟杨翎说起话来。杨翎也没太多解释,就说还是没当成这个护士长,心情不好,很快就挂断了电话。

"这都什么事啊,"老杨头一屁股坐在了椅子上,愣了半天。缓了一会儿,他转身埋怨地看着林泉:"你不是说这次一准没问题吗?"

林泉无言以对,但他心里比谁都清楚为了这个护士长,杨翎付出了多少心血,而现在她又该有多沮丧和不平。他越想越不是滋味,猛地站起来:"爸、妈,我现在就去医院,我今天倒要看看到底怎么回事,他妈的没有这么欺负老实人的。"

林泉扔下这句话，匆匆离开了这间不止一次令他备感羞辱的屋子。他不用回头也能想象出来，岳父岳母在他走后，会怎样继续数落他的无能和不是。这积攒了多年的怨念，化作了林泉的一腔激勇，当时他脑子里只有一件事——杨翎是我老婆，谁也不能欺负我老婆，今天，必须替她出了这口恶气。

D

林泉找到杨翎时，她正躲在护士休息室里哭，李川医生陪着她，正在安慰她。杨翎满心委屈，她不知道自己究竟还要怎样努力，才能得到这个在别人看来可能根本不算什么的护士长身份。一个受了委屈的年轻小护士如果躲起来哭，大家都会同情她，可如果一个年近四十的中年妇女还这样，大家会觉得她太脆弱，很没面子。尤其是为了这个护士长，杨翎甚至强迫自己克制情感洁癖，做出了暂时不跟林泉离婚的重大决定。她忍辱负重承担了那么多的痛苦，可现在看来，这一切都是无用功，这些委屈化作眼泪奔流而下。

林泉没敲门就冲进了休息室，有点意外地看到了李川，恰好李川在拍杨翎的肩膀，安慰她。

"你怎么来了？"杨翎意外地看着林泉。

李川敏感地意识到自己和杨翎靠得有点紧，向后退了半步，手也赶紧缩了回去。

"我不放心你，过来看看。"林泉的话是冲杨翎说的，眼里却怀着浓烈的醋意怒视李川。

"这是……这是我丈夫，这位是我们科的李副主任，他刚开完会回来，消息就是他带给我的。"杨翎看出气氛有些别扭，赶紧打圆场介绍双方。

"李副主任你好！请问今天的会上护士长的认命是谁决定的？"林泉审视着李川，又看了看杨翎。

李川略微紧张，忐忑地回答："这个嘛，具体的职位任命肯定都是领导们内部集体商议的……"

林泉打断了李川的官话，盯着他的眼睛："那你告诉我这决定是谁宣布的！"

"孙副院长！"李川脱口而出。

"我一猜就是他！"林泉扔下这句话，头也不回地冲了出去。

杨翎跟李川有点惊诧，对望一眼，也赶紧跟了出去。

林泉冲进副院长办公室时，孙副院长已经收拾好东西准备下班了。他看到一脸怒气的林泉和他身后哭红眼的杨翎，吓了一大跳。

"孙院长是吧，您好！我是杨翎的爱人，我想问一下，为什么我家杨翎今年又没当上护士长？"林泉径直走到孙副院长办公桌前，怒视着他，提高了声调又问了一遍，"我今天就想知道，这到底是为什么？"

"呃……请您先冷静一下，这件事是有原因的，是我做得不好，我欠小杨一个解释。"孙副院长汗都下来了，他想去关门再聊，可林泉堵着他，不让他关门。

"不用关门，也让大家都听听，到底为什么，杨翎凭什么不能当护士长？这十多年的工作她干得怎么样，你应该比我清楚吧？论资历，论能力，论态度，她哪点不配？今年这都第三年了吧，你们一而再地每年给她希望，然后又再而三地每年让她失望，你们是不是觉得我们家杨翎人老实好欺负啊？没有护士长的名分，却让她干着护士长的工作，每天累得要死要活，你们这群人是眼瞎看不见还是心黑没人性啊？"林泉越说越激动，一把抢过孙副院长收拾好的包用力扔到地上，"今天不给我们一个交代，谁都别想下班。"

林泉几乎是怒吼着把这番话喷了出来，杨翎吓坏了。结婚十一年，她从没见过林泉发这么大火，她想上前劝止，但又觉得林泉做的是对的，自己也确实需要个说法，而且她被林泉的架势吓得有点不敢动了。

副院长显然被镇住了，门外已经有人在探头探脑，他小心翼翼地绕过林泉，赶紧关上办公室的门，拉着林泉和杨翎坐下。"消消气，先消消气，请听我解释。"他压低了声音对二人道，"说心里话，今年我们确实计划升杨翎做护士长的，但计划赶不上变化。你也知道这人事任命好多人都在盯着，有些还是我们医院的主管部门的领导，这些事不是我们自己就能做得了主的，你们都懂的，对吧。"

"得了，你的意思是今年这护士长又被哪个领导的女儿还是侄女给顶了呗？来，你告诉我是谁，我自己去找她，我倒要看看她比我们家杨翎强在哪儿？"林泉来之前大概也能猜到应该就是这种情况。

"对不起，真是对不起！小杨，也请你劝劝你爱人，请多多理解我们的工作，这个决定也不是我作的，我上面也有领导，领导的上面还有领导啊。你们这样只找我负责，对我也有点不公平。"副院长抹了把额头上冒出来的冷汗，好声好气地对着杨翎说，"小杨，我知道，你是资深护士，在咱们医院也算是元老了，这么多年一直表现突出，这次的事情确实对你有点不公平，你有情绪我能理解。我孙某在这里可以给你们保证，明年！明年的人事调动安排，我一定支持你！

你们二位请先消消气，我说话算数，明年小杨一定能当上护士长！"

"呸！你们去年就这么说，哄小孩儿呐！"林泉显然不满意他的答复。

孙副院长看到二人已经对这样的承诺毫无信任了，咬了咬牙："这样，虽然这个护士长的事今年肯定是没办法了，但我答应你们，今年科里院里所有的优秀员工、先进个人，各种表彰，只要是能推的，我都推小杨，而且力保小杨。对了，这些表彰可都是有奖金的，七七八八加起来，不比护士长赚得少，怎么样？"说完期待地看着二人。

"谁稀罕你们这点臭钱！走，老婆，咱不干了！回家，我养你！"林泉猛地站起来，杨翎来不及回过神，已经被林泉拉走，只好忙不迭地回过头对副院长报以歉意的一笑。

门外已经聚集了不少凑热闹的同事，见到二人突然出来，赶紧不好意思地转过身去假装离开。杨翎看着这些熟悉的人用陌生好奇的眼光打量自己，觉得心中的郁闷一扫而光，竟有点莫名的痛快。

杨翎上了林泉的车，这会儿的林泉，像是刚刚把全部能量都放光了，此刻有些疲软地靠在驾驶位上。看得出来，他也在努力平复自己的情绪。

杨翎看着这个熟悉又陌生的男人，他从未在自己面前展现过这样的一面。结婚十一年来，林泉第一次如此爷们儿地当众跟人发飙，而且还是为了自己，她第一次感受到自己被在乎，被关心，被保护。杨翎的心头涌出汩汩暖流，这个男人是爱着自己的，虽然他可能真跟别的女人上床了，但他心里，还有自己。杨翎就是这么单纯，单纯到只要别人对她好一点点，她就知足到感激涕零。但是杨翎又是复杂的，复杂到一想起林泉跟朱迪走进酒店电梯的画面，刚才的感激与感动又立刻打折了一半。或许，这恰恰是他心虚，才在自己面前这样夸张地表现。

"你怎么能那样跟我领导说话？"

听到这话林泉也愣了，没料到这会是杨翎对自己说的第一句话。他沉默了片刻，显然也觉得自己刚才是有点冲动了。

"对不起，刚才确实是有点冲动，我没有想那么多，我就是想给你出口气。这么多年来，别人不知道我还不知道吗？你为医院尽心尽力，这个护士长是你应得的。"林泉并不知道杨翎心中的百转千回，其实他心里有点虚，老丈人说得没错，但凡自己有点本事，也不至于让杨翎吃苦受累还遭委屈。

"你倒是出气了，可我呢？你想过没有，我以后怎么在医院做人？人家可是副院长，要是给我穿小鞋，那是分分钟的事情。"

"刚才我说的是真的，你要是干得这么不痛快，就别干了。北京医院那么多，大不了咱换一家。"林泉恢复了以往说话的常态。

杨翎气不打一处来："等等，你刚才那句话可不是这么说的，你不是说要养我吗？怎么，现在又让我换一家了？"

"你要不嫌粗茶淡饭愿意让我养，我就养着，养多久都行；你要是觉得在家太闷，想出去上班就上班，都随你，只要你开心就好。"林泉诚心诚意地看着杨翎，淡淡一笑。

"这还像句人话。"杨翎其实很喜欢看林泉的笑，有点羞涩有点纯真，这把年纪了还像个孩子，"开车呀，愣着干什么？"

"去哪儿？"林泉不解。

"吃粗茶淡饭去。"杨翎说罢，给自己系上了安全带。

193

第九章

A

那天晚上,杨翎跟着林泉去吃了一顿豪华大餐,中国大饭店的招牌自助。杨翎吃上了她很喜欢却又不舍得吃的进口牛排,林泉吃上了他最喜欢的海鲜大餐,并且很没水准地添了一次又一次菜,最后杨翎笑话他是不撑到嗓子眼,不放下刀叉。这顿饭,两人一共消费一千多,林泉去买单时,悄悄用上了马国明给他的免费券,没让杨翎看见。

后来林泉回想起自己在副院长办公室里怒吼的画面,就像一个梦,一个壮怀激烈的美梦,成就了他人生中充当一次英雄的幻想,换个时间,这样的事情他肯定做不出来。

马国明培训回来,就开始明里暗里地找林泉了。林泉心里清楚,马国明肯定是想问他那晚究竟发生了什么。这一切,他也迟早要跟马国明交代,否则他将寝食难安。

"泉儿,你快跟我说说,你跟朱迪那天晚上到底⋯⋯到底发生了什么,她生我气没?"马国明又敷上了面膜,他的脸被面膜遮盖,完全看不出表情，就连说话的语气也难以分辨情绪。

林泉感觉头皮一紧，终于到了这一刻。关于那个荒唐的夜晚，林泉记忆清晰的部分只有上半夜，但他决定还是从酒店大堂开始说起。

当时他已经用自己的身份证办好了房卡，但用的是马国明让他办的那张银行卡，刷掉的也是马国明给他打进去的钱。当朱迪脸色不佳走到他面前时，他原本以为自己的任务已经完成了，可以撤了，但朱迪告诉他，现在还不能走，马国明老婆的车就在外边停车场停着，而他们两口子正在车上坐着呢。

林泉有点儿纳闷，什么情况？

朱迪告诉他，马国明被他老婆控制了。

朱迪用上了"控制"这个词，这个词通常只会出现在国家机关执行任务的时候，那是谍战片、警匪片里才有的剧情，林泉顿时备感压力。朱迪不让林泉现在离开，告诉他演戏就要演全套，让林泉陪自己上楼，假装他俩进房间。

林泉是不愿意上去的，和朱迪周旋了很久，可朱迪说，都已经走到这份上了，如果林泉不帮这个忙，她跟马国明精心隐藏了这么久的秘密很可能就要前功尽弃，她求林泉帮帮自己，也帮帮马国明。马国明的老婆就守在他身边，现在肯定连电话都不能打，信息也不能发。

林泉心软，最见不得别人难过。眼看着朱迪的眼泪就跟断了线的珍珠一样往外蹦跶，他就没忍心再拒绝，心想只要陪她上去待一会儿就走，应该没事。

两人就这样进了电梯，出了电梯又在走廊里站了很久，来往的客人看他俩的眼神就像看不正经关系的人一样，这令他俩都觉得尴尬，总不能一直站在走廊里吧？最终，他俩还是进了房间。朱迪端坐在客房窗边的沙发上，透过窗帘的缝隙，用手机摄像头的长焦，监视着马国明两口子。林泉觉得好笑，这简直跟无间道一样，彼此监视，真有意思！朱迪看着马国明一会儿给老婆收外卖，一会儿下车去给她扔垃圾，屁颠屁颠的，殷勤至极。两人的车一直在酒店的露天停车场不挪窝，似乎真要等到林泉和朱迪离开。朱迪看得心堵，把冰箱里的酒全都打开来喝。

林泉跟朱迪平日里很少交谈，但毕竟是同事，每天都能打照面，虽然没什么交情，但在这个特殊的夜晚，因为这个共同的秘密，突然有话可说了。

林泉问朱迪，到底喜欢马国明什么。朱迪白了林泉一眼，说你管不着。

林泉又问朱迪是不是真打算跟马国明结婚，以他对马国明的了解，他家的房子和钱，都是婚前财产，离婚的话很可能净身出户，他还有个孩子，就算朱迪肯当后妈，孩子亲妈也不会答应。

怎么？我就不能喜欢他这个人吗？非得图他点什么？你们这些人太现实了，自己身上没有真爱，也不相信世界上有真爱。哼，朱迪对林泉嗤之以鼻，口吻跟马国明在阐述自己跟朱迪的关系时，如出一辙。

但说归说，林泉觉得朱迪只是嘴硬，或许是真相刺激到了朱迪，又或者她其实早就知道结局，只是不想提醒自己。她起先还是喝啤酒，后来干脆开了瓶威士忌，还叫林泉陪自己一起喝。

两人都没吃晚饭，林泉担心朱迪这样空腹喝酒身体会受不了，就帮她叫了酒店客餐，自己也吃了点儿。

朱迪醉眼迷离，说爱情之美好就在于一个原本冷静理性的人，会为了爱，突然彻底改变自己，放弃理性变得疯狂。现在的她，已经被马国明搞得有点疯狂了,不像原来的她。可这件事她也无法控制,所以这一定是真爱,只有真正的爱情才会让人冲昏头脑。

林泉同情地望着朱迪,说这事儿得看结局,通常爱情电影里大团圆结局的,就是真爱,就是喜剧;而结局不好的,往往是犯傻,是作践,是冲动后要付出沉重代价的悲剧。

朱迪白了眼林泉,说你这人特没劲,老这么现实有意思吗?我就没见过比你更冷静更无趣的人。

林泉微微一笑,说我见过,我不算最冷静最无趣的。

朱迪问,谁?

林泉大笑起来,我老婆。

朱迪也笑了,那你们可真是天生一对。

二人笑成一片,朱迪却在这笑声里感伤起来,说我知道,其实马国明跟他老婆,也是天生一对。

林泉对马国明的交代就到此为止,最终的结果是朱迪没少喝,她又骂了一会儿马国明就走了,具体几点走的他不记得了,因为喝多了。他觉得花了一千多开了这么贵的房间有点浪费,反正也喝多了,回家也得叫代驾,于是没挪窝,就在酒店睡了,第二天一大早就起床去上班了。

马国明对此没有表示满意,也没有表示不满,他的面膜还没够时间,只是告诉林泉他知道了,谢谢林泉帮自己扛了这么大的雷,捎带着又给了他一张超市购物卡,想要打发他走。

林泉没要那张卡,他下了决心,让马国明今后别再找自己帮这种忙了。而事实上,他交代的事情还有后半段没说。

男人都容易怜香惜玉,见貌美如花的姑娘为情而困黯然神伤,林泉也于心不忍，就陪朱迪喝起来。酒越喝越多，两个人都喝高了，朱迪就开始骂马国明混蛋王八蛋，林泉也跟着骂，只不过骂的是自己，骂自己不争气辜负了老婆。骂着骂着，朱迪就去了卫生间，听着稀里哗啦的水声，林泉知道她在洗澡。卫生间有一面墙是毛玻璃的，隐约能看到优美的身体轮廓。

这就尴尬了，林泉的脸一下子就红了，大家还是同事，抬头不见低头见的，他赶紧扭过头，回避这个香艳的画面，甚至想要悄悄逃走，把车扔在这里，明天再来取。这么想着，林泉本来半倚在床上的，赶紧起来收拾东西，准备撤退。

"林泉，你要是敢走，我明天就告诉马国明你对我动手动脚。"

卫生间里传来朱迪的声音，这个女人太聪明了，仿佛能看透林泉的心思。

林泉的脑袋都快爆炸了，他感觉自己真的喝醉了，脑子和嘴都有点不听使唤，他听见自己说："我没走，我就是起来拿酒。"为什么要这么说？就是害怕朱迪跟马国明乱讲话吧，他现在完全受制于人了。可一会儿朱迪出来怎么办？这里是大床房，只有一张床，她洗完澡可能要睡了吧。那自己呢？睡沙发还是睡地板？灯还要不要关？

林泉从没想过，自己好端端的一个人，竟会卷入这种事情，说好了只打酱油当个配角的，怎么突然镜头就对着自己来了个大特写？这不是属于他的剧本，更不是属于他的角色，他也完全不想在马国明的人生里抢戏。

酒真是个好东西，可以醉人，也可以醉己，无疑是当下最便利蒙混过关的利器。为了消除不久之后朱迪洗完澡出来的尴尬，林泉又灌了两杯威士忌，虽然动作已经不那么利索，但他脑子里很清楚，必须先把自己喝倒,这样就不必面对即将出浴的朱迪,以及可能会不知所措的处境。

林泉原本就不好酒,对高度酒更是不了解,两杯威士忌下肚后在胃肠里炸裂般发热,只觉周身滚烫,天旋地转,上头几乎是瞬间发生的,就连心跳也前所未有地更具存在感。两分钟后,他连爬起来喝口水的力气都已经失去,蜷缩在房间最角落的窗帘后面。隐约中,最后的记忆就是看到朱迪穿着浴袍来到自己面前,她眼圈还有点泛红,带着点哭腔地问:你是不是觉得我挺贱的?

林泉记得自己似乎说没有,可又不太确定,他真的醉了,直到次日清晨才再次恢复意识。他醒来时仅穿着一条内裤躺在床上,而朱迪已不在这个房间。至于昨天晚上到底发生了什么,朱迪对他做过什么,抑或他对朱迪做过什么,他就全都不知道了。

这个问题纠缠着林泉,折磨着他,在他一次次地试图回忆却一次次的失败中,始终得不到答案。他也没脸去问朱迪,究竟发生了什么。

幸好当晚的事情变成了秘密,朱迪后来再见他依然是原来的态度,不冷不热,就跟对待普通同事一样,只是每天都在找机会跟他单聊,但他害怕尴尬,每次都在逃避。而马国明的老婆似乎也真的消除了疑心,一连数日都没再出现过。

这反而更折磨林泉了,他不是个没良心的人,心里也藏不住事儿。终于他忍不住去问朱迪,"那天晚上⋯⋯"话才刚开了个头,朱迪如剑一般的目光就刺了过来,她冷笑着,眼神复杂。

林泉悬在心头的大石头不仅没有落下,反而更大更沉了,朱迪到底为什么会这样做?为了报复男人,报复马国明吗?还是为了报复自己?毕竟自己是马国明的帮凶。如果是这样,朱迪会不会有一天告诉马国明？如果她说出来，自己就完蛋了。

真相究竟是什么？林泉每天处在焦虑中，连胃口都变坏了，他也不知道这样的日子什么时候才会到头。

而就在这段日子里，杨翎突然开始发生了变化，对自己一天比一天冷漠，话也极少，近乎到了视而不见的程度，仿佛前段日子的温存和体贴都是一场梦，现在只是梦醒了。

B

洗头的时候，杨翎一闭眼，眼前就浮现出林泉在副院长办公室里咆哮怒吼的热血场景，然后再一睁眼，画面就迅速切换到那晚林泉跟朱迪走入酒店电梯的暧昧画面。

之前那些天她都在很努力地控制着自己的情绪和言行，为的是平稳度过自己升职护士长的考评期，可现在愿望已经落空，按理说自己应该依照之前的计划立刻找到林泉跟他摊牌，把自己知道的所有糟心烂事一股脑地甩给他，在他惊诧愧疚泪流满面跪求自己原谅时，平静地对他说上一句"咱们离婚吧"，然后转身潇洒离去……但在经历了林泉到医院替自己出气的事后，杨翎竟突然有些犹豫了，甚至有点享受最近林泉对自己处处小心翼翼倍加呵护的感觉。她自己也说不清楚为什么，她还是恨林泉，怎么可能不恨呢？只是觉得这恨意竟悄无声息地变得越来越淡了。杨翎自己给自己找理由，赵熙子都说了，离婚是一件需要从长计议考虑现实的事情，自己不能太着急地摊牌，另外，熙子还说捉奸捉双、捉奸在床才能确证，而自己现在毕竟还没有捉奸在床的证据，一定要铁证如山，让林泉哑口无言才行。

就这样，杨翎自己也不知道自己在搞什么，究竟是为了离婚而忍辱负重，还是为了不离婚而委曲求全。总之，生活还是要继续，只是在没有做好下一步明确打算之前，她不想太过极端地做任何事情。当然，她不会给林泉好脸看的。

杨翎再睁开眼时，恰好看到身边另一个洗头位置上躺的人，竟然是李川。

杨翎跟李医生共事两年，他虽然年轻，却是北大医学院博士，还在美国深造过，是院长亲自高薪挖来的台柱型人才，无论是仁心还是仁术在院内都是没得挑。外形也跟院里其他老专家不一样，高大帅气，坚持健身。拿医院跟影视公司做类比的话，李医生绝对是一线实力派小生，多少院内的小医生小护士都对他明送秋波暗投桃李。

这家发廊的洗头间天花板是镜面的，杨翎看到了自己在洗头穿的罩衫下隐约浮现的轮廓，也看到了李川的，紧致的身体透露出修长的肌肉线条，他的腿很长，肩膀也宽，胸肌浑厚，甚至完全可以想象到衣服下面的八块腹肌和人鱼线。两个人都是躺着的姿势，身上是洗头专用的防水袍子，在镜子里看起来像躺在一张床上，杨翎莫名地脸红了。

"呦，杨姐。"李川也恰巧睁开眼，看到了杨翎。

"你好，李医生。"杨翎微微一笑，有点紧张。

"还真巧，这儿我常来，但还是第一次碰到你。"李川爽朗一笑。

"没准以后我们要经常碰到了。"杨翎也报以温柔一笑。

两个人就这样打开了话匣子。李川告诉杨翎，林泉去医院闹完之后的第二天一大早，副院长当着科里所有医生护士包括新来的护士长的面，重点表扬了杨翎工作认真，还让新来的护士长以后多跟杨翎学习。

杨翎笑说，其实她的气也已经消得差不多了，没当上护士长的事就算是过去了，工作还是得继续。

最后，李川还提到了杨翎姐姐杨燕的术后情况，手术很成功，后期恢复得也不错，尤其表扬了姐夫刘景阳，对杨燕的照顾真心是无微不至。

杨翎这几天烦恼于工作和林泉，去探望姐姐的次数不多，只知道为数不多的这几次见到姐姐时，她已经不再像之前那样言必谈离婚了。也许是姐夫的真心实意感动了她，也许是人在最脆弱的时候更需要陪伴，总之，如果他俩最终选择继续走下去，那也算是因祸得福了。

杨翎不禁想，如果自己也有面对死亡的那一天，或许也会对林泉和朱迪的那一夜选择性失忆吧。毕竟在生死面前，婚姻就显得没那么重要了。

同样的事情如果发生在医院里"90后"的小姑娘身上，她们可能根本不会有如此多的纠结折磨，直接放弃，说拜拜就拜拜，下一个更乖。可杨翎不是"90后"，如果真的跟林泉离婚，重新寻找人生伴侣，再进行考验磨合与了解，需要的时间和精力她耗费不起。

网上有铺天盖地的关于新时代独立女性的文章，或长或短，每一篇都在说女人离开男人可以活得更好，如果一段关系不能让你开心就应该立刻结束，不要犹豫。

杨翎忍不住想，说这些话的人真的都是经历过爱情与婚姻的女人吗？女人有千百种，并不是每一个女人都是同样的性格，对于情感的需求也并非完全一致。强者才有选择权，比如赵熙子。而杨翎不是强者，她只是个至今都在为护士长而奋斗的普通中年女人，仅仅是应付工作和家庭就已经身心俱疲，对于爱情她早已失去了幻想，她很清楚，这很不可爱，甚至有点残酷，但这就是现实。

爱情这玩意儿就跟鬼一样，大家都听说过，但见过的人不多。在王子与公主相遇的激情过后，除了产生一些荷尔蒙，接下来会发生什么？还不是跟自己一样会走入婚姻，柴米油盐烟熏火燎鸡飞狗跳？最终，王子在日子过久了之后，也会成为公主眼中的普通男人，一样拉屎放屁打呼噜，上厕所也可能不抬马桶圈。

"姐，姐！"热情的理发师打断了杨翎的思绪，"我都跟您解释了这么久，也给了您最大的优惠，还友情附送您两张电影票，您怎么就一点都不动心呢？"不知道是叫托尼老师还是皮特老师的小哥哥坐在杨翎身边，已经有些失去了耐性。

"我今天真的只是来修个头发，没有冲动消费办卡的计划，很抱歉，电影票其实我也可以不要的，我很久不看电影了。"杨翎面无表情地看着这位小哥哥。

"姐，如果本店最帅的我送您回家和陪您看电影呢？您也不考虑一下吗？"小哥哥依然不甘放弃。

杨翎忍不住笑了，虽然很久没有人陪着回家，更没有人陪着看过电影，但她已经不奢望也不需要这些了。年轻人还是经历得太少，真的不是帅就可以为所欲为，况且他对自己的颜值太自信了，她马上意识到这笑可能会被对方误会为不屑和嘲笑，赶紧摇摇头。

小哥哥最终还是放弃了，满眼不甘和抱怨地望着杨翎。

杨翎走出理发店准备回医院，竟发现李川正站在门口抽烟。李川头发很短，简单地打理一下，应该是很早就出来了，难不成是在等自己吗？

李川发现杨翎看到了自己，赶紧把烟掐灭，满脸难为情地笑道："呃……我偶尔抽一根。你完事了吗，一起回医院？"

杨翎有点意外，尴尬地赔着笑："没关系，偶尔抽一根不碍事的，现在医生的压力太大了。"

两人就这样有一句没一句地聊着天，眼看到了医院门口。

李川突然在门口站住了，有点犹豫："杨姐，你什么时候有空了，我请你吃个饭吧，有点事想跟你聊聊。"

"怎么了，遇到什么问题了？现在也可以说啊。"杨翎想不出李川会找自己聊什么事。

李川想了想，看着门口来来往往的医生病人说："等你有空了吧，我请你吃饭聊。"

C

男人总归是要栽在女人手里的，如果还没栽，那就是还没遇到属于自己的那个坑。而现在，林泉已经栽了。

朱迪质问林泉，为什么马国明冷落了自己，是不是林泉跟他瞎说什么了。林泉无法解释自己都搞不清楚的事情，所以想把马国明和朱迪约在一起，三人当面说清楚。可这个提议被马国明拒绝了，这也令他很头大。而更令林泉烦躁的是，他渐渐感受到杨翎似乎发现了什么，自从她落选护士长之后，态度越来越冷淡，甚至发信息都爱搭不理，懒得回复了。这可不对劲，他明明记得当天晚上请杨翎吃五星级酒店豪华自助餐的时候，她胃口挺好的，怎么突然就变了呢？

林泉自认自己没做过什么对不起杨翎的事情，而即使是自己与朱迪说不清道不明的那一夜，杨翎也根本不可能发现。直到再次去后备厢取东西时，他突然想到了，打开尾厢垫，果然，那个监听器还安静地放在车里。抱着自己不做亏心事不怕鬼叫门的态度，他都忘了自己车里还有个监听器这码事，所以与马国明换车也好，还是自己在车里打电话也好，根本就没什么顾忌。现在看来杨翎八成是从那里边听到了一些模棱两可，却又让她不得不怀疑自己的内容。为了帮马国明，结果把自己给搭进去了，他已经开始后悔整件事，要是从一开始就拒绝马国明换车，事情也不会变成现在这么复杂。

林泉努力让自己冷静下来，告诉自己出现问题解决问题就好了，但他想自己不能明着跟杨翎解释，这样的话，他需要解释的东西太多了，况且有些原因，有些想法他现在还不想告诉杨翎，这容易让她产生解释就是掩饰的想法，反而被质疑的问题就会更多。怎么办？

林泉不停地挠头。突然灵光一现，他竟笑了起来。

下班后，林泉在停车场等着马国明。马国明笑呵呵的，跟没事人一样，看到他这副表情，林泉更郁闷了，当事人啥事儿没有，自己这个帮忙的倒是惹了一屁股麻烦。

"老马，朱迪最近老问我，为什么你不搭理她了，这样下去不是个事儿。你赶紧想办法解决啊，别让她总是找我麻烦。"林泉开诚布公地说。

马国明面露愧色，态度很好："这事儿确实怪我。其实今天你不找我，我也想找你来着，我得请你喝一顿，替我扛了这么大的雷。"

"你又要搞什么事情？我发现你每次请我喝酒就没好事。"

"不搞事情啦，这次彻底不搞了！"

"你是说你打算和朱迪分了？"

"是这么计划的，但估计没那么快，先冷处理吧。让她冷静冷静，她应该也能理解我现在的处境，等她情绪稳定一点，我再好好跟她说说，彻底断了。"

"赶紧的吧，别一拖再拖、藕断丝连的了，我实在是扛不住了。"

"放心吧，我心里有数！"马国明叹了口气，拉着林泉准备去喝酒。

"你先等等，我这还有个事，你等我说完了再决定要不要请我喝酒吧。"林泉一脸似笑非笑，搞得马国明有些发毛："听着不像好事啊！"

林泉拉着马国明来到自己比亚迪的车尾，先冲他做了个嘘声的动作，然后打开后备厢，拉开尾厢垫，指着露出来的像充电宝一样的设备让马国明看。马国明看得一头雾水，不明白林泉在搞什么。刚想张嘴问明白，林泉一把捂住他的大嘴，赶紧关上后备厢，把他拖到了一边。

马国明长出了一口气："啥意思？你让我看的那东西是啥？"

"监听器！"

"我去！"马国明做贼心虚，自然能意识到监听器与他所干的勾当之间是怎样的逻辑关系，所以一听到这三个字立马就炸了，吼了出来。但他马上意识到现在最不该有的反应就是声音，于是赶紧捂住嘴，压低了声音对林泉说："这怎么回事？你安的？"

"我有病啊，我安这玩意儿干吗？我估计是杨翎安的。从咱们俩换车开始她应该就对我有怀疑了，最近更加不对劲，肯定是从这个监听器里听到了什么。"

"这什么时候的事？你怎么不早说啊？"马国明急得脸都紫了。

"我要早知道能不说吗？我也今天早上才看见的。"林泉被马国明埋怨急了，说话也不客气了。当然，他没告诉马国明自己很早就发现了，也没告诉他自己这段时间忘记了监听器的存在，更不会告诉他为什么没在刚发现时就告诉他。

被林泉怼了之后，马国明渐渐地平静下来，声音里也没了底气："这种事要是我家赵熙子干，我还觉得情有可原，毕竟当律师的套路多，可谁能想到你们家救死扶伤的杨护士也能干出来？我真是服了女人了，一个比一个能作。"

林泉一看时机到了，开始转移矛盾："你还有脸说女人作，明明是你最能作好吗？要不是因为你的破事我至于掉坑里吗？杨翎至于搞这高科技吗？现在最大的受害者是我好吧？里外不是人，你还好意思跟我这一肚子埋怨。"

"是是是！都怪我，可我实在是没想到会有这一出啊！太大意了！"马国明被林泉引导着开始反省自己了，但还是心存一丝侥幸，"泉儿，你好好检查过吗？那设备是正常的吗？别就是一摆设，咱们自己吓唬自己。"

"我检查过，正常运行的。我今天按型号上网查过这东西，非常智能。待机一个月，智能人声识别，录音自动启动，可以实时监听也可以录音回听。我也不知道你跟朱迪在我车上时都说过什么，我自己经常在车上打电话说的啥也早忘了，至于杨翎到底听到哪一段，没听哪一段，我也完全没概念。"林泉顿了顿，拍拍面色铁青的马国明以示安慰，"其实你不用担心，我们家杨翎就算听到你的什么动静也会在心里屏蔽的。"

"为什么?"马国明不解。

"一来杨翎是我老婆,肯定更关注我到底有没有不轨,顾不上别人,她的性格我了解,绝对不会多管闲事的。二来你是我领导,她肯定也不想我在你面前落个不仗义的名声,毕竟我上班挣钱也是为了这个家嘛。再说了,杨翎根本就不认识嫂子,这么多年所里那么多活动,她俩就从没同时参加过,所以即使杨翎真的听些关于你的问题,最多也就是像听评书一样,听过就算了,既不会想说出去,更不可能对嫂子说。"

"你说的倒也有理。"马国明的脸色终于恢复了正常。

"可就是苦了我喽!"林泉一边叹着气,一边看着马国明的反应,"杨翎就是听到你和朱迪真的在乱搞也不会有什么反应,但是只要听到一丁点跟我相关的值得怀疑的动静,那就没完没了了。所以,我现在一天天的简直是度日如年!"

马国明惭愧感越来越重,搓着手哈着腰:"泉儿,我是真没想到会给你添这么大的麻烦,本来想着挺简单的事。这么着,你说怎么办会让杨翎消除顾虑,我肯定配合,反正我也决定要跟朱迪断了,以后也没什么可隐瞒的了。"

林泉忍不住偷偷笑了一下,清了清嗓子:"三十六计,将计就计。"

D

杨翎第二天早上下班回到家,林泉已经起床,正在洗漱,并且上厕所的时候自觉抬起了马桶圈,刷完牙刮完胡子也把台面上的胡碴和泡沫都给清理干净了。

杨翎有点意外，没想到林泉真的做到了这些小事，但她表面上不动声色，只是洗脸刷牙，自顾自地准备休息。早餐她已经在外边吃过了，自从她发现林泉跟朱迪进酒店之后，就再也没有买过早餐回家。

林泉也抱怨过，但杨翎已懒得解释，只说自己累了，然后就上床睡觉，一句话也不跟林泉多讲。

"老婆，今天周末休息，我打算去4S店给车做个保养，你要不要一起去呀？"林泉一边换衣服，一边问道。

"我不想去。"杨翎冷冷地回道，这口气和之前的林泉一个样儿。

"4S店说这次能送咱们一个全车精洗，再加上保养，时间不短，咱们正好可以趁这个时间去边上电影院看个电影，最近有个新电影还不错。"林泉继续说着。

"我累了，想休息，你自己去吧。"杨翎一边说一边上床，躺了下去。

林泉已经换好了全身的衣服，来到卧室，依然没放弃："这次4S店送的全车精洗真挺不错的，不只是车漆冲洗打蜡，就连车里内饰包括后备厢都会打理得干干净净，据说前前后后得两个多小时呢。你要是不愿意看电影，咱们也可以去附近公园转转。"

"我都说了我不想……"杨翎一下子从床上弹起来，突然意识到了什么，洗车、后备厢、监听器，"对了，4S店边上那个公园好像确实不错，今天天气不错，可以去看看。"

"那行，你换衣服吧，我等你。"林泉笑着走出了卧室。

杨翎以最快的速度换好了衣服，出门前没忘记换了个大点的包。

"咦，你早上回来的时候那个小包不挺好的吗？干吗换大的，多

209

沉啊。"林泉还多问了一嘴。

"回来的时候,还能买点菜。"杨翎略微紧张地回答,并敏感地看了林泉一眼。他倒是没在意,人已经先出门了。

二人上车后,林泉设定好导航目的地,距离不到十公里,只需要大约十五分钟。杨翎开始紧张起来,留给她的时间不多了,万一,要是在4S店里当众打开后备厢,被他发现了,那该如何解释如何收场,本来完全是自己占理的事,立刻会变得名不正言不顺。

林泉心情不错,播放了一首轻松愉快的歌,杨翎却陷入焦虑,她盯着车载电脑的屏幕,时间一分一秒地过去,可仍旧想不出该如何在避开林泉的情况下取出后备厢的监听器。

眼看两首歌唱完,行程已经过半,杨翎越来越紧张,那感觉就像是高考时老师提示还有五分钟交卷,可自己还有一整面的大题都没有做,越着急就越没招儿,后背心都出了一层汗。

"我去前边加油站加点油,你要上厕所吗?"林泉突然开腔了。

杨翎一听机会来了,心内大喜,但极力克制自己的激动:"我不用,你要是想上你就去吧,我等你。"

林泉很快就把车开进了加油站,结果,车还没停稳,旁边的工作人员就在打手势让林泉把车开走。林泉降下车窗,问怎么回事。

"我们的系统出问题了,上午都加不了油。"工作人员一边说,一边猛打手势。

林泉有些失望,只好把车开了出去。杨翎简直要崩溃了,眼看着到手的机会,就这么没了。

"一会儿去4S店上吧。"杨翎提醒林泉。

"嗯,肚子还真是有点不舒服。"林泉皱着眉头咧着嘴开车奔向

4S店。

杨翎的心继续绷着，一直绷到了4S店，林泉把车开到了营业大厅门前的停车场，因为一会儿要开去车间，就没进到停车位。

"你先等我一会儿，我先进去登记办手续，几分钟就出来。"林泉冲杨翎笑笑，下车后走向营业厅。

杨翎一直笑着目送林泉走进营业厅。大厅是玻璃门，三面都是透明的玻璃幕墙，杨翎看到他站在柜台前开始登记，赶紧下了车。

杨翎像做贼一样，在自家车上还如此提心吊胆。她一边不断关注着林泉的动向，一边赶紧绕到车后打开了后备厢。黑色的尾厢垫就在眼前，监听器就塞在缝隙之中，她哆哆嗦嗦地伸出了手。

"嘀嘀……嘀嘀……"身后突然响起刺耳的鸣笛声，杨翎被吓得一激灵，赶紧缩回了手，回头去看。

"大姐，这儿是行车通道，别挡着路行吗？"一个穿着碎花衬衣扎着小辫儿的男青年胳膊挂在车窗上，没好气地喊着。

杨翎来不及回话，赶紧按下电动后备厢按钮，惊魂未定地上了车，后备厢门缓缓向下，发出"啪"的一声闭合的声音。林泉正好开门上车，他也是听到有人摁喇叭，拿着单据跑了过来，上车前还跟人说了声对不起。

"你怎么了，脸色这么难看？"林泉一边把车开走，一边看了一眼杨翎。

"没事儿，空调有点凉。"杨翎控制着情绪，掩盖着自己哆嗦的声音。

林泉把车直接开到了保养车间门口，停好车，看了一眼杨翎腿上的包，说："车钥匙给你，我先去上个大号，实在憋不住了，一会儿你看到有工人过来，就把车钥匙和这张单子给他们，他们会把车开进去。"

"放心吧。"杨翎终于松了口气，还从包里给林泉拿了包面巾纸。

杨翎保持着注意力高度集中，暗暗盘算时间，估计着林泉已经进入卫生间，并正式进入状态，才飞快地下车，再一次打开后备厢，拉开尾厢垫。这一次，她只用了大概不到十秒钟，就拿到了那个监听器，并把监听器塞进了自己的大包里，整套动作行云流水，一气呵成。神不知鬼不觉取回监听器的杨翎，就像终于夺回了阵地的士兵，可以彻底安心地坐下来歇会儿了。她突然有种感觉，婚姻就是一场战争。

林泉看了一眼时间，对着洗手池前的镜子，笑了。

第十章

A

天气很热,最终杨翎和林泉并没去附近的小公园遛弯儿,而是去了趟超市。流连在琳琅满目的货架之间,两个人和以往一样默契地拿了各自喜欢的食物和饮料,并和以往一样排队买单,最终回到了和以往一样的家里。

这天的激情温馨,仅限于短暂的取回监听器之前的时刻,一旦危险解除,杨翎就又恢复到最近已经越来越习惯的冷漠疏离。

晚上,杨翎带着监听器来到医院,确切地说,从4S店开始,这个装着监听器的大包就没有离开过她。忙完黄金档最多病人呼叫的时段之后,她找了个安静的角落,开始回听部分录音,对于她来说,这可能也是她最后一次如此窥探林泉的生活了。

"去哪儿?"这是林泉的声音。

"'江与湖'吧!今晚上我请客,正好有个事跟你说。"对话的人正是马国明。

"又有什么事？你先说吧，不然你这酒我可不敢喝。"

"我打算和朱迪分手，我想明白了，我跟她好纯粹就是脑袋一时发热，放着家里那么好的老婆不要。"

"这还像句人话。"

"我跟你说，你跟朱迪进酒店那天晚上，我跟我老婆一直在楼下盯着。幸亏你俩上楼了，不然的话，我都不知道怎么跟她解释。"

"你是不用解释了，我替你扛了多大的雷，再说我跟朱迪根本就不熟，你知道我俩在一个房间里有多尴尬吗？"

"那你俩那天晚上在酒店里都干啥了？"

"老马，你什么意思啊？我还能干啥？好歹我也是有妇之夫，跟这么个大姑娘孤男寡女共处一室算怎么回事？要是让杨翎知道了，不定多伤心呢。为了避免尴尬，我一进屋就把自己给灌醉了，醉得不省人事。你知道我的酒量，反正我醉倒了，一觉醒来天就亮了，连她什么时候走的都不知道。"

"你说的是真的？你俩什么事都没发生？她就没说点啥，不抱怨我吗？其实那天是朱迪生日。"

"这种事我敢瞎说吗？咱俩什么关系，你的女人我能碰吗？不信你自己问她。我也是那天晚上才知道自己胆儿多小，我一直在害怕，万一遇上警察查房，我他妈说不清啊，这辈子都完了。我真是特后悔，不该助纣为虐，帮你这么个忙，这件事是你的错，也是我的错，当初我就该拦着你。"

"都赖我，一开始就不该动这邪念。现在也不用你拦了，我自己悬崖勒马。其实当时我就后悔了，特别想做点什么，弥补一下我老婆。所以，后来我们也去开房了。"

"什么？你在哪儿开的房，就在同一家酒店？"

"是，我们是合法夫妻，这种安心的感觉比我跟朱迪在一起那种提心吊胆的刺激更适合我。跟朱迪的这段经历也不是白白没有收获，至少在对比之后我才明白，我更喜欢跟你嫂子在一起的踏实放心。"

"那你自己跟朱迪说清楚呀，大哥！我以后是真不想再掺和你跟她的事儿了，我就是想在外面正常上个班，回家后跟老婆正常过个日子，没那么多弯弯绕。"

"你就放心吧，我一定跟她说清楚，这事儿就算是了了！"

"今儿晚上我必须好好吃你一顿！"

……

这段录音，杨翎听了三遍，确保每一字每一句都清清楚楚明明白白。她把监听器锁在自己的衣柜最里边，甚至觉得这个监听器都充满了纪念意义，纪念这一段猜疑、冷漠、无助、崩溃的时间，不，更应该纪念的是这一段让自己尝试体谅、学会信任、重燃爱情的时间。

杨翎已经无法抑制激动的心情，林泉没问题！他并没跟朱迪搞三捻四，真正搞事情的人是马国明！难怪这些天以来林泉对待自己的态度还是一如既往的正常，是自己不该那么冷淡他，以至于他还想要跟自己去小公园散心，想一起去看电影！

这四千块钱真是没白花！这就是赵熙子想要的证明！这就是物证！律师讲证据，好的，现在已经有了，这不仅说明了事发当晚的全部真相，更充分证明了林泉的无辜，原来自己看到的只是阴影，林泉是白的，马国明才是黑的。在自己与赵熙子之间，自己才是对的，赵熙子全是错的。

杨翎兴奋地给赵熙子发了个信息，约她见面。赵熙子提议明天早上可以来接她下班，甚至还提出一起去吃个Brunch。杨翎果断地拒绝了，那种华而不实的东西除了更衬托出赵熙子的阔妇形象，只会增加自己的心理负担，她更愿意吃大众口味的豆汁和焦圈儿。

第二天一早，杨翎在医院停车场见到了赵熙子，她虽然依然画着精致的浓妆，依然珠光宝气，但杨翎在她面前已经有了自信的本钱，甚至有点沾沾自喜。上了赵熙子的车后，杨翎也不卖关子，一股脑地把她其实购买过监听器材，并在林泉车里安置了监听器的事情，以及最新的发现全说给了赵熙子，甚至还把监听器里的录音传到手机上也都播放给赵熙子听了。

赵熙子不发一语，认真地听完了杨翎的所有讲述，凝重地望着车前方，一度令杨翎感觉自己在给领导汇报工作。

直到二人来到早餐店，点好了东西，坐在门口的小马扎上，赵熙子才终于开口："你有没有想过，他俩会不会已经发现了这个监听器，所以，这是在演戏给你看？"

嗯？杨翎没想到赵熙子会这么说，就这么一句话，马上完全逆转了整个事件。

"你花了多少钱，在那家侦探所？"赵熙子像是在询问案件当事人，冷静地望着杨翎。

杨翎本来不想说的，可不知道怎么，话就自己溜出口来："设备花了四千，后来买朱迪的地址和背景调查，又花了两千。"

赵熙子沉吟片刻，淡淡地说："我花了五万，就是他们替我去盯梢跟踪的，可他们并没有给到我相同的答案。就是说，他们并没有查到老马跟朱迪真有一腿的实锤。早在我第一次见你之前,这件事我就开始做了,这不是什么光彩的事情,我觉得丢人,就一直没跟你说。"

杨翎沉默了,她没想到,赵熙子也对自己交出了底牌,更没想到,自己以为确凿的一切,竟会如此经不起推敲。

B

"我想过,有两种可能:一种可能是,那些人收了钱没有用心办事,敷衍我,就是骗钱的;另外一种可能,老马收买了他们,或者他们拿着证据去威胁老马,让他付出更多代价,吃两家。你能理解吗?这种情况我在工作中遇到过,但这两种可能都是我的猜想。"赵熙子分析得特别冷静。

"那你明知道未必能确认结果,还要花这五万块?"杨翎觉得赵熙子真是钱多到没地方花。

"我也只能试试看,万一他们能给我答案呢?"赵熙子叹了口气,"所以后来他们给不了我答案,我只能自己去想办法了,然后才在朱迪家门口遇到了你。"

"有必要这么复杂吗?"杨翎听得皱眉头。

"男人,可能越麻烦越危险越刺激。生活太平淡了,他们的荷尔蒙每年都在减少分泌,不搞点事情出来,有什么意思?"赵熙子冷笑着,喝了一大口热乎乎的豆汁。

"对了,上次给了一千块的那个保安,有信儿吗?"杨翎一直惦记着这件事,毕竟是一千块现金,给一个陌生的保安,说给就给了,总不能没个音儿吧。

赵熙子摇摇头:"并没有,当时人家也说了,如果没盯到我也不能把他怎么样。同样还是两个可能:一种是这个保安根本就没当回事,就当我是个傻子愿意塞钱给他,另一种是朱迪也行事谨慎,没让保安有机会赚我的另外三千块。综上所述,在保安和侦探所那里,都出现了一种可能,那就是如果老马真的出轨了,那他出得够用心的,用心到我都查不到。但我觉得这种概率不高,毕竟他不是一个聪明人,至少在我看来,他不算聪明。"

杨翎听得愣了,合着刚才赵熙子这么细细分析,想表达的都是她家老马没出轨,在帮林泉演戏的意思?刚出锅的焦圈吃在嘴里,瞬间不香了。

"我感觉你这根本不是在捉奸,简直就是在创作推理小说。"杨翎心里有点不是滋味。

"对我来说,这些事情是我工作中经常遇到的,你别忘了,就连林泉的初恋安琪也来找我咨询过离婚的事情。从业十多年,我算是专业人士。"赵熙子微微一笑,喝下一大口豆汁。

"那是不是也有一种可能,就是他俩确实不知道我放了监听器,监听器里听到的这一切也都是真的呢?你之前跟我说过,那晚后半夜你和老马也去了同家酒店开房,录音里老马也是这么说的啊,时间地点和你说的都完全吻合,如果是故意演的,他根本没必要让我知道这种事情嘛,又不是什么光彩的事。而且最近林泉一切都很正常,他要是真发现了点什么,我肯定能感受到。"

"如果真是老马出轨,他的情人就在同一家酒店里和别的男人在一个房间,老马那天晚上怎么会跟我那么激情?他不会因为朱迪跟林泉共处一室吃醋吗?哪个老爷们儿能接受这样的事?"赵熙子立刻又否定了杨翎的分析。

"我不是跟你说了嘛,录音你也听了,你家马主任亲口说的,我也是亲耳听到的,他觉得内疚了,他觉得对不起你,你对他这么好,他还这样辜负你,所以那天晚上是他愧疚最深的时刻,得用实际行动弥补你……"杨翎的口气已经有些不耐烦了。

赵熙子打断了杨翎的话,脸色变得有点阴沉:"够了!你怎么非要把我家老马想得那么坏?他没出轨,事情已经很清楚了,如果他真的跟朱迪有关系,那天晚上就不会陪我一起去跟踪了。这个逻辑是对的,你到现在都不肯面对现实,还在为林泉找补呢。"

杨翎怒了:"不是你说有什么进展我们互通有无,我们会彼此信任、共同探讨真相的吗?我觉得你才不肯面对现实,我好心好意跟你分析呢,你不信也就算了,还非得说是他俩合起来骗人。我家林泉虽然没什么本事,但他人心不坏,这么多年了,我就没见他干过出格的事情。他胆儿小,也没钱,人也长残了,你自己想想,你要是个年轻姑娘,你是跟林泉好还是跟马主任好?况且我了解他,我们家林泉是个眼睛里容不得沙子的人,如果他发现了我安的监听器,他肯定第一时间跟我爹毛,根本不像你把他想的那么城府深。"

赵熙子也生气了,重重地放下豆汁儿碗,半碗汁水溅出来淋了一桌:"你这都是妄自揣测,你要看不上林泉,当初为什么嫁给他?"

杨翎大声道:"我当初嫁给他跟他现在有没有姑娘喜欢是两回事!你敢说你家老马真的没出轨?你敢去查他的账吗?如果我听到的都是真的,那林泉不过是帮老马打掩护,所有跟朱迪约会买东西的钱就都是老马花的,原因很简单,因为林泉没钱,根本没那么多闲钱去养小三!拜托你先去查清楚,再来跟我说老马绝对干干净净没有出轨！另外，请你下次不要再回避这个事实，也别再利用林泉当试验品，他虽然是老马的下属，但也是我的丈夫，是个堂堂正正的男人，不是你们夫妻之间可以随便指使、随便利用的小白鼠！"

杨翎的声音吸引了旁边不少食客的注意，大家都好奇地望着这两个看起来剑拔弩张马上要撕起来的中年妇女。

赵熙子大概从来没有这样当众被人指责过，看热闹的路人和食客都好奇地盯着她，等待着她的反击。她胸口不断起伏着，看得出来她在深呼吸，努力控制情绪，但最终控制失败，脸都气红了。她噌地一下站起来，把所有不满和愤怒都融在眼神里，狠狠地瞪着杨翎。

杨翎几乎从未跟人发生过争执，也不会吵架，要不是今天实在气得够呛，也不会这么冲动，刚才的话几乎是没经过大脑组织就脱口而出，说完也有点后悔。她看见赵熙子的手攥成了拳头，这是要打人还是要掀桌？以赵熙子的身份是不会干这样的事的，可保不齐被气坏了，实在忍不住。说出去的话泼出去的水，刚才说的话的确有点过分，她在并不了解赵熙子的情况下，就直接给出了刺激，也许人家根本受不了。

赵熙子气呼呼地瞪着杨翎，大约三秒钟后，她一扭头，扔下杨翎走了。

杨翎看着她有些踉跄的背影，突然有点心疼，抛开一切外在身份，赵熙子也只是个中年女人，一个妻子，一位母亲，摊上这样的老公本就够让人难受的了，自己还这么刺激她。这才建立不久的姐妹情，算是掰了。以后应该也不会再主动联系赵熙子了，杨翎很郁闷，明明不是她俩造的孽，凭什么最终结束时要让她俩如此难堪？

就这样结束吧，关于赵熙子，关于朱迪，关于所有那些猜疑，现在的杨翎只想快点回到家，舒服地睡上一觉，然后起来打扮得漂漂亮亮，做上一桌好菜，等待着自己的丈夫回家。

C

过几天就是赵熙子和马国明结婚十一周年的纪念日，她和马国明已经好几年没有像样地庆祝过结婚纪念日了，当然，今年看来更没有庆祝的理由。

见完杨翎回来后，赵熙子就一直瘫坐在豪华的办公椅上，双眼没有一点生气。作为一名律师，她每天要面对堆积如山的各种法律条款以及大量数据图表，对于马国明的感情，在她心里也有个数值曲线，这条曲线随着马国明的颜值体重和对家庭孩子的投入程度也在不断变化。

早些年马国明颜值巅峰期，赵熙子对他的热情度最高，随着他体重不断增加，热情度逐年递减。在最没热情的阶段，赵熙子图的就是个基因不错的孩子，所以还保留着这段婚姻。赵熙子对于马国明的依恋，在孩子诞生的第一年里再次恢复到最高水平。因为在对待孩子的问题上，马国明做得确实不错，赵熙子甚至因此而对他增加了许多好感。马国明对儿子没的说，耐心细心加贴心，比赵熙子跟儿子的关系还好。这大概也是赵熙子偏偏选择了马国明当丈夫的终极原因，她在很早以前就预感他会是个很好的父亲。虽然没有太多男女之爱存在，但对于马国明的感情，作为亲人的部分在这几年儿子成长的过程中，逐渐深厚起来。

但马国明不知道是月子菜吃太好了，还是开始自我放弃，这几年足足胖了五六十斤，人也完全没了原来的精气神。除了陪孩子，马国明就只会玩手机游戏和看各种无脑短视频，他也知道赵熙子不喜欢，所以有时候在厕所里一待就是一个小时。有时候半夜醒来，看着身边这个呼噜震天皮光肉滑肤如凝脂的白胖子，赵熙子完全想不起当初自己为什么会跟他结婚。

其实最近两年，赵熙子已经对马国明不太放在心上了，一个只会贴面膜，自己都对自己没要求的男人，还能活出什么名堂？她把精力都放在事业和孩子身上，对于事业型中年女性来说，这才是真正靠谱的选择。要不是这个朱迪突然出现，赵熙子对马国明甚至都没了占有欲。是的，她是个很有占有欲的女人，她自己都快忘了这件事。比起占有欲，同样重要的还有面子，作为一个自认为高知高能的事业型女强人，最不愿承认的就是一身武艺十项全能的自己，居然会输给一个仅仅是有漂亮脸蛋和年轻身材的小姑娘。难道，这一次自己真的输了吗？

"咚咚咚"，敲门声打断了赵熙子的思绪。

赵熙子喊了一声请进，门开了，是律所领导张总。

赵熙子有点意外，马上收拾好心情，坐直了身体，换上平日里的公式笑容："张总，什么大事啊，麻烦您亲自来找我？"

"我来给赵大律师送咖啡。"张总笑眯眯地从背后拿出一杯咖啡递给赵熙子，在办公室里的沙发上坐下，"最近还好吧？听行政说你今年的年假还没休，你也别太操劳了，该休息就得休息，劳逸结合。"

不知道张总葫芦里卖的什么药，赵熙子也笑眯眯的："有话就直说吧，您肯定不是特意来我这儿提醒我要休假的吧。"

"熙子啊，你总是这么爽快……关于咱们律所晋升高级合伙人的事情，刚刚开过董事会了。"张总的表情稍微有点不自然，被赵熙子看在眼里。

赵熙子心里咯噔了一下，有种不好的预感："怎么，不是我？"

"熙子，你先别着急，你脸一黑，我腿肚子都要哆嗦了。咱们共事这么多年，说真的，我最怕你了。"张总赔着小心，很聪明地先示弱。

"你甭跟我来这些哩个啷，要是我能晋升，你现在就不来找我了，直接在外边跟所有人宣布了。你找我，就是你心虚，你不好意思在外边说。我也不跟你来虚的，我就问你，我这两年的工作你也是看在眼里的，要成绩有成绩，要态度有态度，为所里挣了多少钱，那也是有目共睹的。我就想知道，我是哪一点不配晋升高级合伙人了？"赵熙子激动起来，噌一下站了起来。

"你别激动，先别激动！算我求你了，这不是我的意思，是董事会开会大家讨论的结果。"张总赶紧把咖啡递到赵熙子面前，"你先喝一口，冰美式，压压火，你听我慢慢跟你说呀！"

赵熙子对张总双手奉上的咖啡看都不看，根本不领情："有什么好慢慢说的，你直接说，这次是谁升了？我倒要看看，公司里还有谁比我更有这个资格。"

"是小欧。"张总小声说。

"他？他才进律所三年不到，我可是从你刚出来打天下就跟着你干了，论业绩论合作论忠心，我比他差在哪儿？凭什么？"赵熙子声音更大了，玻璃墙外，好几个下属都投来好奇的目光。

"你先别着急，别急坏了身子，咱们都不年轻了，血压和心脏都要紧。"张总忙去把门关上。

"因为我不年轻了？没有小欧有前途？"赵熙子敏锐地察觉到了张总随口说出的话里的重点，她知道人从来不会随口说话，说的都是心里有影子的。

"算是吧，董事会上，他们有提到这一点。"张总又回到赵熙子面前，继续小声说，"你也知道，董事会那帮人都五六十了，老古板，他们很看重年纪，都觉得你这几年很不容易，家里公司两头挑，什么都靠你，你一个女人，压力太大了。"

"所以，我有家有孩子，就是不晋升我的原因？那小欧也结婚了，孩子才刚一岁，他老婆还没工作，是全职家庭主妇，你们怎么不担心他更累？"

"男人还是不一样的，正因为他老婆没工作，孩子还小，所以他赚钱的压力更大，一定会在业务上更拼。而且他是外地人，为了能留在北京，以后还要供养全家人，他的心气儿跟你就不一样了。你什么身家什么背景，老公又对你那么好，还是银行的铁饭碗，你要哪天不开心了，不想干了，也有清福随时等着你去享。"张总耐着性子，好脾气地解释着。

"真有意思，我第一次听说家里条件好居然也能成为被淘汰的理由，难道不是家里条件好的人才能更心无旁骛地投入工作吗？你们的理由我没法接受。"赵熙子冷笑着说完，背过身去不愿再面对张总，"好了，你不用再说了。给我请年假吧，我明天就开始休假。"

"这没问题，我去帮你请假，你先好好散个心，想什么时候回来就什么时候回来，千万别把自己给气坏了。董事会的主我做不了，这点事我还是能帮你的。"

张总说完，又等了一会儿，也没能等到赵熙子说一句谢谢，讪讪地先行离去，又小心地关上了门。他并不知道背过身去的赵熙子哭了，她不想让多年的老同事看到自己脸上的泪，那会更让他觉得董事会的决定正确。

D

马国明仰面躺在他的办公椅上敷着面膜，每天这个时间是他的"打坐"时间。他挺纳闷的，为什么好端端的老婆，前一天还跟自己打视频电话，问他选哪件性感睡衣更好，后一天突然就变得消沉起来，说话也爱搭不理。

马国明还特意去赵熙子最喜欢的蛋糕店，定了个外国师傅亲手做的超贵的抹茶蛋糕，兴冲冲地准备跟老婆孩子一起好好庆祝这个结婚十一周年的纪念日，又特意预约了赵熙子提过好几次，还没来得及去的普希金文学餐厅，正宗的俄罗斯口味，不仅环境高雅，端盘子的还一水儿的金发碧眼俄罗斯姑娘小伙儿，特有异国情调。

关于这家餐厅，此前朱迪跟他提过好几次，她还没去吃过，一直很想去，马国明却一次也没带她光顾过。这家餐厅一共有两家店，一家在顺义，一家在三里屯。马国明家离顺义不太远，他知道赵熙子最喜欢这种洋气的店，就想着找机会一家三口去光顾，所以不想带朱迪去这家。而三里屯的那家，人气最旺，搞不好就会遇到熟人，他跟朱迪一起去就更不合适了。

跟朱迪在一起的这段时间，马国明没少带着她去外边下馆子，但去得最多的目的地，不是宋庄就是远离市区的各种农家乐。

宋庄可能是他在北京最不容易被熟人撞到的理想活动区域了，因为活动在宋庄的人群基本上和自己认识的人群是两个完全不同的圈子，而且距离储蓄所只有半个小时车程，交通方便。庄里全是各种农民的宅子，还有被改建的小型美术馆博物馆咖啡馆，可供闲逛闲话闲坐，各种口味的饭馆消费不算高又别有情趣，随处可见穿着打扮都跟市区内上班族迥然不同的艺术家，玩音乐的、玩油画的、玩国画的、玩雕塑的，走走逛逛看热闹也挺有意思，有种能抽离北京的错觉，仿佛身在千里之外的大理或者丽江。在这样的心情下再跟朱迪聊聊天，一度令马国明很享受其中。

马国明自己都觉得事情变化得有些快，现在他再见到朱迪就已经完全愉快不起来了，不仅不愉快，还得小心翼翼地躲着她。

办公室恋情就是这样，好的时候，时刻能看到对方，想想都甜；不好的时候，对方也能时刻找到自己，想想都烦。为了躲避朱迪，马国明昨天借口拉肚子，今天借口拉肚子还没好，只要一看到朱迪离开一楼大堂，踏上二楼的楼梯，不论她是不是来自己办公室，都会提前钻进卫生间。就连平日在办公室里吃外卖午餐，也开始提前躲出去，在附近的餐厅解决。

朱迪也还算知趣，至少没有撕破脸让所里的同事们都知道，给马国明留了最后一点面子。但这也架不住她每天无数个电话和微信短信的轰炸，最后的一点好感全被磨没了。

早先两个人好的时候是说定了的，这就是地下恋情，两人纯聊天，心灵交流灵魂伴侣，不会做任何真正影响彼此家庭和未来的事情，不踩线，安全第一。朱迪也是答应的；可现在马国明要回归家庭了，她却不愿意了，发来的微信也不外乎同样的内容：

"你说不玩就不玩了？"

"凭什么你要结束就结束？"

"我不答应，我不接受，我还没同意呢！"

马国明开始感觉到朱迪的失控，这个曾经温柔似水的小娘子已然变成了脱缰的野马，而且随时可能采取更难以想象和控制的手段，这令他为难，也更担心起来。身为律师的老婆，如果要调查马国明的所有聊天记录，就算是被他删掉的那些，她也有本事在APP系统服务器中恢复那些数据。

马国明还没想明白赵熙子怎么突然就不高兴了，更没想到她居然在晚餐时突然问儿子，如果有一天爸爸和妈妈离婚你会跟谁这种奇怪的问题。今天熙子还毫无征兆地开始休年假，平时每天都容光焕发的她突然像被抽走了元气，蔫得像霜打的茄子，马国明的心里隐隐有种不祥的预感，越来越觉得不安。

朱迪见马国明对自己完全不管不顾，无奈之下，就又折回去找林泉的麻烦。前几天她的牢骚都是在微信里，仅限于在线交流，问林泉马国明是怎么回事，但现在眼看事态不断恶化，她决定扩大尺度。朱迪和林泉都在一楼工作，林泉想躲都没地方躲，已经连着两三次，中午客人少的时候，朱迪走到柜台前，一言不发地盯着林泉，盯着盯着，眼圈就红了。

其他同事也都盯着林泉，不知道他俩什么情况。平日里储蓄所的工作每天都是重复重复再重复，大家也都无聊得很，难得有个新鲜事，于是一个个开始问：泉儿，你怎么人家朱迪了？

这话林泉没法答，能怎么答？难道对每个人都讲一遍我一醉不醒第二天醒来后浑身精光但我确认我什么都没干吗？于是答案就变得更加扑朔迷离了，虽然同事们嘴上不说，但再看林泉和朱迪的眼神就不是那么回事了。

林泉也遭不住，再这样下去，这乱搞男女关系的帽子怕是戴定了。这天中午，林泉找机会抢在旁边柜员同事吃饭之前，先去吃饭。他找到了躲在一公里之外韩国料理店吃饭的马国明，问他该怎么办。

马国明正吃着朝鲜冷面,帮林泉也要了一碗。林泉哪有胃口,把碗一推,直接问他到底打算怎么处理,不如早点跟朱迪讲个清楚明白,长痛不如短痛,这么一直躲着也不是事。

马国明叹了口气:"我现在才知道,世界上根本没有好桃花烂桃花的分别,所有桃花最后都会变成烂桃花,曾经有多愉快,现在就有多麻烦。"

"别抒情了,赶紧想想具体的解决方案吧!"林泉懒得听他抒发感慨。

"你是不知道她都给我发了些啥!每天微信、支付宝、淘宝账号,一句句地跟刀子似的飞过来,简直就是索命连环镖,深更半夜也发,手机都快变成炸弹了,我这几天晚上睡觉都要关机了才敢躺下。最近你嫂子心情不好,我可不敢在这时候搞出什么名堂,不然咱俩之前折腾那么复杂就都前功尽弃了。"马国明放下筷子,抹了把嘴上的油,"要不,你去帮我跟她说清楚?就当你帮我个大忙了,我一定记着你的情。这回真的是送佛送到西,这一切就要结束了。"

"我跟她说,我怎么跟她说?说你真心不要她了,让她死了这条心,以后再也别骚扰你?"林泉感觉自己又要沾上大麻烦了。

"对!是这意思,但你婉转点说,就说是我的意思,告诉她只要她不闹,以后还能是好同事。"马国明嘻嘻一笑,拍拍林泉的肩膀,"放心,我不会亏待你,回头请你再去喝好酒。"

"得了吧,我缺的是酒吗?你把酒钱折现,我更高兴。"林泉嘟囔着,斜了马国明一眼。

"没问题呀,酒是酒钱是钱,都不会少你的。"马国明嘻嘻哈哈地说。

"你送我我可不敢收啊,嫂子太厉害,回头这种不明不白的钱,万一被她查出来我有嘴都说不清。你就帮我记着,今年行里的优秀员工、先进个人什么的,你帮我报上去就行,单位里发的奖金可不一样。"林泉心里明白,马国明开了口,自己拒绝也说不过去,索性卖个人情还落个好。

"你就把心放在肚子里,这事儿我给你保了!"马国明殷勤地把冷面碗推到林泉面前,冲服务员又喊了一声,"老妹儿,再加个糖醋里脊。"

这家店的糖醋里脊做得地道,吃得林泉嘴角流蜜。得了马国明的人情,他就得帮马国明擦干净屁股。

林泉跟马国明一起回到所里,经过大堂时,朱迪看到他俩,眼睛顿时就绿了。马国明小声地冲林泉说:"你瞧见没有,看见我就跟看见狼崽子一样,恨不能把我给吞喽。"

林泉小声回马国明:"你赶紧上去吧,不让她吞你,要吞也先吞我。"

另一位柜员同事也正眼巴巴地等着他回来好换自己去吃饭。林泉这一趟吃饭时间长了些,耽误了人家的时间,赶紧道了个歉,让人别着急,慢慢儿吃。

客人依然不多,零零散散的午间业务,也没有存取大钱的,林泉得空给朱迪发了个微信,告诉她下班后马国明有话让自己转达给她。整个下午,朱迪暂时消停了,没再来柜台前红着眼圈看他。

第十一章

A

后来,朱迪在万念俱灰的时候,接到了行里打来的电话,说话的人是位大姐,声音很稳重,问她什么时候来行里协助调查。朱迪冷笑,说我都辞职了,没义务配合你们的调查,要查你们自己查,我不管。

大姐叹了口气,说她能理解此刻朱迪的心情,但她还是很想知道,关于她和马国明的一切究竟是怎么发生的,确切地说,她想知道是谁先主动的。

朱迪握着手机的手微微颤抖,沉默良久。其实关于这一切,她记得很清楚。那是在她第一天来储蓄所报到,她第一次见到马国明的时候。是在大堂里,当时她还没领制服,穿着一件胸前有飘带的白衬衣和粉色小短裙,所里的人都在自己的工作岗位上各司其职,没人顾得上她,她有点不知所措。突然有一个人站在她背后,把一件风衣披在她身上,并悄悄提醒她去卫生间看一下。她惊讶地回头,正好看到逆光中的马国明,他带着善解人意的微笑,温和又体贴。后来她去了卫生间,发现自己来例假了,弄脏了小短裙。

好感，大概是从那天就开始了，并随着后来的相处，酝酿发酵。原本她期待这份酝酿最终会成为一坛好酒，没想到，最终却变成了糟粕。

好不容易熬到下班，熬到运钞车来取完钱，无惊无险又是一天，同事们各回各家陆续离开，朱迪磨蹭到最后，等林泉出来跟他上了比亚迪。

林泉上了车却不开，他没打算请朱迪先去喝茶吃饭烘托气氛，就想在车里跟她把话说开了。按照马国明的意思，林泉也没拐弯，并没有像他所说的尽量把话说得婉转一点。林泉可不是马国明，跟朱迪之间也没必要兜圈子。

"说白了，老马就是要回归家庭了。你们之间具体的感情啥的我也不了解，但我感觉，这事儿本来就有点荒唐，早点结束也不是什么坏事。老马有老婆孩子，他儿子来之不易，老婆吃了多少苦受了多少罪才怀上的，辛辛苦苦把孩子拉扯到这么大，人都结婚十一年了，不容易。我也看过电视剧，好多电视剧里男的都跟女的说，我跟老婆没感情，你信吗？真住在一起十一年，一点感情没有，那肯定是人渣，没良心，这样的男人送你你敢要吗？所以我觉得，你也就别找他了，你们俩早点结束了你也好安心找对象，你可是'90后'，还年轻，才二十五六吧，老马比你大上一轮还多。你现在还没有太多恋爱经验，所以可能老马一哄你你就高兴了，可真要结婚不是他哄你就行的事。你想过没，他可是眼瞅着四十出头奔五十的人了，再过十一年，他都奔六十了，你才三十多岁，还花容月貌呢，你俩就算真的在一起了，能幸福吗？对不对，我要有你这么个亲妹妹，我要知道她找了个老马这样的男人，我也反对到底，这是打心眼里为你好，也是为老马好。

要不为你俩考虑，我倒是可以关起门来看热闹。毕竟咱们是喝过酒的人，我也就没把你当外人，说的都是心里话。"

朱迪冷眼瞅着林泉，一句话没插，等他把话说完，定了定神，这才开始说话："不关你的事，你就别管了。"

"你当我想管这事儿呀？是老马非让我来，他实在不好意思跟你说，所以求我来帮他说。我今天也是鼓起勇气才敢来跟你说这些话的，再说了，你最近把他逼得也够狠的，就差上门堵了。你越这样，他越怕你，越是不敢跟你说话。"

林泉的这番话，朱迪倒像是听进去了，良久没有说话。林泉见她若有所思，给她拿了瓶水，又体贴地把瓶盖拧开才递给她。

朱迪接过水，没喝，语气柔和了许多："我不知道马哥对我有多少感情，但我对他是有感情的。我过五关斩六将好不容易才得到这份工作，实习期要不是马哥选的我，我就去了别的所。当时我就觉得，他对我也是有好感的，所以才会选我。我还记得他看我的眼神，跟别人不一样。"

林泉赶忙往回拽，不让朱迪继续说下去："你就别想这些了，你这么漂亮的小姑娘，走大街上谁看你的眼神都不一样，谁不爱看美女，对不对？但不能因为人家多看了你一眼，你就对人家死心塌地，咱不能这么掉价。"

"不，你不懂，他的确是喜欢我的，我们也很聊得来，彼此欣赏，彼此信任。我觉得他现在只是有点迷茫。但我能确定，我跟他之间是会有结果的，而且我也需要这个结果。"朱迪突然转过头来，镇定地看着林泉。

林泉端着自己的茶杯，正准备来一口枸杞水，听完朱迪的话，感觉不太对劲,这分明在暗示她非但不甘心,还有更多的目的。"什么结果?你想要什么结果?"

朱迪已经自顾自地下车,半边身子留在车内,扔下一句话:"你甭管了,我不会为难你。这几天,我也不会再去烦他。你放心,我的事自己清楚。"

说完,朱迪爽快地扭头就走。

合着刚才的话全白说了,林泉赶紧下了车,想要叫住朱迪,可朱迪回头瞪了他一眼:"你是老马的朋友,你就应该衷心祝他幸福,别当他的枪,也别当搅屎棍。你以后别再替他传话了,也别再操我们的心,对你没好处。"

这一眼吓了林泉一跳,他从没见过朱迪这样,眼中透着股狠劲儿。

朱迪也没想到自己会对林泉说出这样的话来,此时的她是失控的,气得浑身发抖。

从刚才林泉的话里,她能听出林泉的态度,说来说去那么多废话,不就是指责自己不该再去找马国明吗?他就是把自己当成臭不要脸的小三了呗,他打心眼里就鄙视自己,从他说话的表情神态都能看出来。

之所以把跟马国明的关系处理得小心翼翼,朱迪就是不想面对众人的非议。感情的事情,除了当事人之外,任何人都没有资格评判孰对孰错,他们什么都不了解,没资格批评自己。

马国明是喜欢她的,他不止一次说过,如果能重来,他不会选择赵熙子结婚,曾经他的理想状态就是找一个朱迪这样的漂亮姑娘,两人一起努力打拼,共创未来。朱迪的容貌性格甚至爱好,都是马国明最喜欢的，他忍不住对朱迪关照，在她刚上岗不久，还没有能力完成业绩任务时，马国明就主动利用自己的资源把业绩给了她。一个真心喜欢自己的男人，对自己雪中送炭，并不求回报，没有任何轻佻和失礼，虽然他是已婚身份，但他君子举止不越雷池。朱迪相信，换做任何一个年轻姑娘，都很难不对这个男人产生好感。

朱迪无数次在跟马国明结束约会后，看着他离去的身影，心中彷徨而痛苦，她真的爱上他了，他却要回另一个家。当马国明想出跟林泉换车并利用林泉的身份做幌子跟朱迪继续交往时，朱迪表面上答应，心里却有如刀割，每次她上了林泉的车，甚至看到林泉，都会更确认一次这段感情的悲剧属性。明明是你情我愿，明明是两情相悦，她也是有尊严的，只是这尊严被马国明以爱的名义践踏得尸骨无存。

朱迪从马国明那里辗转听到了赵熙子和杨翎的事情，她们的出身及秉性，也从马国明口中听说他认为的这两个中年妇女都已开始中年危机，回到家里，总感觉进入了步步惊心的沼泽地，行差踏错一步就可能坠入无限循环的纠葛之中。

这大概是马国明的一面之词，至少在朱迪看来，这两个中年妇女要么有钱有势，要么有家庭有北京户口，而自己，除了年轻一无所有。选择在北京工作和生活是需要勇气的，这勇气的背后是能在这里证明自己的实力，以及获得在此生活的资格。她并不觉得两个中年妇女会真有什么中年危机，反而觉得自己才是正处于更加焦虑的青年危机之中。

已经二十六岁的朱迪并非没有谈过恋爱，论恋爱的资历，她可能比赵熙子和杨翎两个人加起来还要深厚，从高中的初恋，到大学交往过的男生，再到工作后这几年的追求者，加起来相比同龄人只多不少。只是这些同龄人看起来虽然青春有活力,可要么脑中空空,要么钱包空空,这样的男生对她最热忱,可她需要的不仅仅是热忱,交往一阵子看出对方的外强中干后就没兴趣再继续下去了。

来北京后,她也曾遇到过三两个又聪明又不缺钱的优质男青年,可他们要么不着急结婚,要么没时间关心她呵护她,无法满足她的心理需求。上一任男友,聪明多金人帅,对她也好,只比她大三岁,各方面都是优选,可两人谈了一年,就在谈婚论嫁之际,对方劈腿还被她抓了现形,伤透了她的心。那段感情终结后,朱迪痛苦了很长一段时间,最后她告诉自己,要用正在加速流逝的青春,换取留在北京的资格,并找到一个真正能跟她相伴一生的人。而这一切,她相信马国明都可以满足。

刚跟马国明交往之初,朱迪没有奢望过能跟他有个什么好结果,但随着交往深入,她越来越爱这个油腻的中年男人。她一度以为就这样也挺好,只要现在拥有,先不去想天长地久。可现在他又想凭一己之力单方面终结这段关系,这反而令她生了好胜之心,凭什么他把自己引入了玫瑰囹圄,还能独善其身弃之不顾?

不甘,是一种难以自我消解的情绪,可以转化为愤怒,也能转化为动力,一旦任其支配,朱迪知道,自己可能要做出一些原本想都不敢想的事情。

B

李川医生约杨翎吃饭这事已经过去了半个多月,虽然一直尚未成行,但一点也没有影响杨翎越来越好起来的心情。工作充实,家里踏实，身体结实，作为一个普通的中年女人，哪里还能要求更多呢？

这段时间里，杨翎总感觉李川看自己的目光有些异样，是夹带着某种期待的目光，这令她还有点小激动。从小到大，貌不出众的杨翎没有太多被男生主动追求的经验，小时候的她是个胖丫头，圆乎乎的脸和同样圆乎乎的身材，尚未长开的五官不对异性构成吸引力。同是杨家的女儿，姐姐是花，她只算草，姐姐从小到大情书收到手软，甚至连看都懒得看，她在明艳的姐姐旁边黯淡得像株三叶草，所以对待自己的爱情也有点草草了事。

自从那天和赵熙子在早餐店闹翻之后，两人都没再联系，善良的杨翎时常想起来都会觉得有点对不住赵熙子，当然，这也可能是胜利者对失败者的怜悯。总之，杨翎去买了一支新的纪梵希小羊皮口红，她准备每天揣在包里，万一哪天能再跟赵熙子遇上，就第一时间送给她，一方面能表达自己的歉意，另一方面也算是偿还高中时代的亏欠，了却一个心愿。做完这件事，杨翎心情好了许多，正赶上李川又来找自己约饭，于是欣然答应。

中午下了班，两人去了附近的一家必胜客。一落座，李川马上跟杨翎道歉："实在是不好意思，我本来想请你吃顿像样的饭，可下午还有台手术，不能走太远。你要是不介意，下次我再请你吃大餐。"

杨翎乐了："这就是大餐了呀，有牛排，还有比萨和甜点。都是同事，你何必这么客气？你又不是医药代表找我来卖药，哈哈！"

李川欣赏地望着杨翎："杨姐，你跟其他同事不一样，从不爱占小便宜，特别磊落大方。"

杨翎心里很美，但脸上还是有点不好意思，赶紧催着他点菜，一会儿吃完了他还得去准备下午的手术。

杨翎要了杯奶茶，美滋滋地喝着，李川的目光却一直没有离开她，看得她更不好意思了："李医生，你怎么了？今天怪怪的，是不是有什么事要我帮忙？"

李川被杨翎看出异样，也有点不好意思起来，承认自己是有事找杨翎帮忙。这件事，他已经慎重考虑过很久了。

杨翎要李川直接说，不用请吃饭也没事，嫌他跟自己见外，说只要她力所能及的，一定帮到底。

李川让杨翎先吃，吃好了他才敢说话。杨翎也就不跟他见外了，两人说说笑笑，倒是吃得十分愉快。这还是他俩第一次单独吃饭，杨翎能感受到餐厅里有好几个女顾客，忍不住多朝她和李川看了好几眼。也难怪，李川长得实在一表人才，而且一看就比她小不少，大家可能都在猜测他俩的关系吧。杨翎心中坦荡，倒也吃得十分自然，原本就不太饿，吃了个六七分饱就放下了刀叉。

李川似乎没吃多少，杨翎知道他下午还要赶回医院，也就不再寒暄："李医生，我吃好了，你现在可以说了吧？"

"杨姐，我……其实有个比较苦恼的事情，也不知道找谁商量合适。我觉得你人特别好，从不跟同事们八卦，又比我年长一些，对生活是有阅历和经验的，所以想来想去，决定让你帮忙参谋参谋。当然，这纯属我的私事，占用你的私人时间了，有点冒昧，还请你原谅。"李川放下了刀叉，诚恳地望着杨翎。

"你要是信得过我，或者想找个树洞，没问题，我比你大，你就当我是你姐吧。都是同事，你还是我领导呢，你信任我是我的荣幸。"杨翎微微一笑，心里暖洋洋的，她喜欢照顾人，也喜欢被信任。

李川知道自己找对人了，苦笑一下，开始讲述关于自己的秘密。

这个秘密是难以启齿的，因为它不光彩，尤其是跟李川的形象相比，简直是天差地别。

李川是家中独子，父母都已退休，父亲因为慢性病，多年卧床休养，平日里由母亲照顾。李川忙于工作，便在医院附近买了个小公寓独居，大概半个月或者二十天，会回家探望二老。大概半年前，他无意中发现了母亲的秘密，那天他回家探望，工作临时需要查询资料，就打开了家里的电脑。电脑开机后自动登录QQ。一条令他意外的信息自动弹出，那是一个男人发给母亲的，说他想她。

李川当时就蒙了，又不敢问母亲怎么回事。翻看了聊天记录后，他发现母亲其实跟这个男人已经有了两年的感情，他俩定期约会，甚至有了不该有的关系。两人大概是为了保密，平时从不用微信联系。

话说到这里，李川颇有些难为情，他垂下眼睑看着手里的饮料，眉头深锁。"我不是没想过该怎么办，可真的很难。亲戚朋友们都以为我父母恩爱，说我母亲善良尽责，说我父亲有福气，但在我看来这是天大的讽刺。只有我知道父母感情一直不算太好，父亲年轻的时候不是个称职的丈夫，现在母亲老了后也很难说是个称职的妻子。但自从父亲卧病在床，这么多年来，一直是母亲在照顾父亲，至少当着我的面，他俩的关系还可以。我分析过，母亲的退休工资只有父亲的三分之一，父亲的收入是维持他们晚年生活的重要来源。我知道母亲独自照顾父亲辛苦，如果她跟父亲真的离婚，很可能也不会再婚了。那个跟她相好的男人，也有个瘫痪的妻子。发现这件事后，我开始觉得父亲很可怜，很想告诉他真相……"

杨翎听着听着，从惊讶到难受，最后还多了几分思考，但她没能马上说话。

"这件事在我心里憋了很久,我也分析了很多次。从现实角度来看,父亲需要母亲的照顾,他离不开她,即便是请了护工也不可能像母亲那样无微不至地照顾他。而母亲也需要父亲的退休工资,年轻时被父亲冷落疏离,我还记得父亲年轻的时候打过她,这一切可能都是母亲出轨的原因。她是个女人,她不仅需要钱,也需要爱。父母都是我至亲的人,我实在是左右为难。"

"其实我觉得,你父亲可能早就已经知道了,只是没有点破。"杨翎叹了口气。

"我也想过,但也有可能他并不知道,他现在连下床方便都需要母亲帮忙,已经没有独立生活的能力了。良心折磨着我,现实也在考验着我,说句自私的话,杨姐,你别对我太失望啊!我想过如果他俩真的离婚了,母亲就不会再照顾父亲了,那么这个责任就只能落到我头上。我现在还没结婚,有一个这样的父亲,再有一个出轨的母亲,我根本没法想象对方要是知道了,会怎么看我。"李川说到这里,眼圈红了,杨翎递给他一张纸巾。

杨翎没想到李川竟然会如此坦诚地剖析自己,所以自己也就怎么想怎么说了:"是啊,如果是谈恋爱还好,可如果真要结婚,女方多少也会顾虑。其实,你是有女朋友的吧?医院里,大家经常讨论你的个人问题,都很关心你。"

"我是有女朋友,是我在国外读书时的同学,她现在还在读博,过一阵子就要回来了。我没敢跟她说这件事,我害怕说了之后,她会跟我分手。就算不是她,是别的姑娘,谁会愿意跟我一起照顾一个脾气不好还常年卧床的老头子呢?这么多年来,其实喜欢我的姑娘也有过不少,但我在这样的家庭长大,对于爱情对于家庭,真是没什么信心。"

"别这么想,父母是父母,你是你,你跟他们不一样。"

"可我该怎么办?这件事我要告诉我女朋友和父亲吗?"李川显露出平时完全不会出现的脆弱,此刻的他就像个无助的孩子。

杨翎想了想,认真地说:"我觉得,这件事你应该告诉女朋友。你们是同学,对彼此有了解,也有深厚的感情基础,不出意外,未来会是你跟她一起面对这一切,所以我觉得她应该知道。关于这件事是否告诉你父亲,你需要参考她的想法。"

"如果你是我女朋友,我是说如果,你会怎么选?"

杨翎深吸一口气:"如果是我,我会劝你保密。可能你会承受痛苦,但老人家会有自己的选择,为了眼下这种微妙的平衡他们已经付出了太多的代价。"

吃完饭快回到科室时,李川再次对杨翎表示了感谢:"谢谢你,杨姐,现在我心里舒服多了,也有了方向,多亏你了!"

"别这么客气,其实我什么都没做。"杨翎说完,看到李川隐约有点期待的眼神,说出了他想听到的话,"你放心,这件事我从现在开始就已经忘了,不会对任何人说。"

李川放心地笑了:"以后,我就把你当成亲姐吧。"

他转身走向手术室,一个专业、冷静、果断的医生回到了他的工作岗位。

C

亲姐!杨翎突然想到杨燕,她也得看看亲姐去,姐姐今天该出院了。

姐姐杨燕手术后，姐夫请了假，每天守在病床前，把姐姐照顾得无微不至。杨翎没有总跑过来探望，她想把照顾姐姐的时间多留点给姐夫，只私底下详细地叮嘱他各种注意事项。她经过病房时总会悄悄瞅一眼，看到姐夫跟姐姐之间说话一天天由少变多，姐姐脸上的笑也越来越灿烂，她也就放心了。

现在，杨翎再一次悄悄地来到病房门口，姐夫正在给姐姐喂粥，像在喂孩子一样。他先把病床摇起来，仔细调整好背后枕头的位置，又在姐姐的胸前搭上自己的旧T恤，以免弄脏了她的衣服。姐夫每舀起一勺粥，都小心翼翼地吹一口，再用嘴唇碰一碰，确定不烫了之后，才送到姐姐嘴里。姐夫一边喂一边说，这锅粥，是他用熬了一晚上的筒骨汤煲出来的，此外还准备了姐姐最爱吃的温泉蛋。姐姐要做的只是张开嘴，其他的连看都不用多看一眼，明明心里美得很，脸上却绷着，只说味道还凑合。

老话说，亲莫过父母，近莫过夫妻，病床前的这一幕，真正印证了这句话。至今，杨翎的父母都不知道姐姐得了乳腺癌，更不知道她已经做了手术。父母已经老了，他们能照顾好自己和彼此已属难得，做子女的，不给二老添麻烦就是最大的孝敬。

这一点，杨翎很清楚。虽然她还不敢指望林泉能对自己做出同样的事情，但现在至少可以确定林泉是一个值得托付的人。刚才李川说的家事，给她带来了许多思考。每段夫妻关系可能都不一样，有些人恩爱多些，有些人怨毒多些，甚至有些夫妻之间根本没有爱情，那么到底是什么能够绑定两个原本没有血缘关系的人，在长达数十年的人生中携手同行呢？杨翎自己也无法回答，甚至都说不出究竟哪种夫妻关系更好，她只知道自己与李川一家相比，真的已经足够幸福了，应该懂得知足与感恩。

姐夫先发现了杨翎，忙让她进来帮忙喂姐姐，自己要赶紧去缴费处，把出院前的所有费用都结清。他怕姐姐一会儿等急了，自己先去排队。

杨翎从姐夫手里接过碗，正准备喂呢，谁知姐姐看姐夫一走，立马从杨翎手里把碗端了过来。她自己也笑了，说不演一下，姐夫哪里会喂自己？这把年纪，还有几次能让老公喂饭的机会？

这就是姐姐能拿捏住姐夫的技巧，除了美，她还很善于把控姐夫的心情，能让姐夫不仅做出努力还能持续不断努力，并且毫无怨言。同样的事情如果换林泉去做，杨翎一定感激得五体投地，即使他熬的粥很难吃，即使他打扫的房间并不干净，即使他送自己的礼物总没那么让人满意，但只要他尝试去做，杨翎就会努力称赞，并把这点好放在心里，日后一定想办法回报，不敢辜负半点。

杨翎看着姐姐大口大口吃起来，很快把粥给吃完了，不由得感叹："我真是自愧不如！明明是一个妈生的，这些手段我怎么就学不会呢？"

"急什么，你就用心点，跟着我学，以后什么都懂了。别心疼你家林泉，男人就得多使唤，不论是时间还是精力还是金钱，你只有让他多投入，才会让他增加感情。就像养猫和养狗，做女人，得让男人当猫养。"杨燕笑着，伸手戳了杨翎一指头。

杨翎听完，若有所思。

"我刚才听小护士说，中午你跟李川医生一起出去吃饭了吧？"杨燕突然笑嘻嘻地看着杨翎。

"是呀，怎么了？"杨翎不以为然地说。

杨燕笑得更诡异了："你老实交代，李医生是不是喜欢你？"

"对呀，他就是喜欢我。"杨翎故意逗姐姐玩儿。

杨燕盯着杨翎上上下下打量了好一会儿，分析道："我觉得吧，这事儿你可别太当真，高兴高兴就得了。"

杨翎莫名其妙："为什么呀？就不许有个大帅哥真的喜欢上我？怎么，你妹妹不配吗？"

杨燕见杨翎误解，马上解释："我不是这个意思。我杨燕的妹妹可是个宝，又踏实又老实，干起活儿来还任劳任怨。只是林泉那个傻瓜不识货，现在有识货的人当然是好事。"

"那你这么说是什么意思？"杨翎有点不满。

"李医生比你小十来岁吧？"杨燕眨巴着大眼睛，看着杨翎。

"什么呀，他也三十多了，就是保养得好，看起来显小。"杨翎不服气地说。

"你都说了，他保养得好，看起来显小，跟不到三十似的。我告诉你呀，就他那样的状态，再过十年还是现在这样，差不了多少。可你想想，你再过十年什么样？"杨燕把杨翎给说得不敢接话了，事实摆在面前，男人就是不显老，"而且现在他是你们医院里最受器重的骨干专家，这么年轻就是副主任了，十年后，没准当上院长了。可你呢，十年后，你不还是个护士，最多是个护士长，你们这行的职业天花板已经到头了。你想想，十年之后，他什么样你什么样？就他那模样那能力，每天主动扑过来的小姑娘拦都拦不住，你倒是正好更年期，还嫌自己不够心烦？"

杨翎叹了口气："哎呀，我在逗你玩呢，你就别为我操心了！人家李医生有女朋友。人家说的喜欢，是把我当成亲姐一样喜欢，是把我当树洞，家里有点家长里短的烦心事儿跟我说说而已。你呀，想多了。"

"姐俩儿聊什么呢，这么开心？"姐夫办完了所有出院手续，回到病房。

"女人的事，你一个大老爷们儿瞎打听什么？"杨燕故意板着脸教训姐夫，讲到一半没忍住，扑哧笑了。

姐夫也笑了，杨翎看着眼前笑得如此甜蜜的两个人，悄悄地退出了房间。

D

自从劝朱迪跟马国明分手之后，林泉一连几天都在偷偷观察她的动向，上班时，他从柜台里可以一眼看到大堂经理的工作台。只要是工作时间，朱迪还是挺稳定的，偶尔还会有男客户盯着她偷看，甚至主动搭讪。林泉也不知道朱迪究竟有没有把自己的话听进去，但他感觉朱迪暂时不会继续骚扰马国明，即便是她已经感受到了林泉的注视，也只是故意扭过头转过身，没多看他一眼。

上午客人特别多，林泉忙到连手机都没时间看一眼，临近中午才发现了马国明发来的一条信息："干得漂亮，中午好好犒劳你。"

中午吃饭时间，马国明主动给林泉也叫了一份外卖酸萝卜老鸭汤，两人一起吃。这是方圆十公里内口味最好的汤了，打完折一份也要一百多，林泉吃得挺香。

马国明说，朱迪给他发了信息，说最后再跟他开诚布公地聊一次，这一切就可以画上圆满的句号了。

林泉听了点点头，这就说明自己去找朱迪没白说。

马国明给自己分了碗汤，一边晾着，一边长吁短叹，说自己真没精力折腾了。熙子这几天一直不太对劲，律所一直没去，问她怎么回事也不说。康儿在幼儿园传染了流感，咳嗽得厉害，昨晚高烧到三十九度五，他在医院陪了一宿，又是抽血化验又是扎针打点滴，心疼得不得了，再加上腰酸背痛，比上了一整天班还累。

林泉终于见到马国明恢复正常，不再像发了情的公狗似的每天找他安排约会，那种令人不安的兴奋也消失了，关于爱情激情的心得也不分享了，终于松了口气。

两个四十上下的老男人吃饱喝足，松开一格皮带扣，以各自最舒坦的姿势歪在办公室的沙发上，双目微闭老僧入定。唯一不同的是，马国明躺了一会儿，马上又爬起来给自己贴了张面膜，然后再次躺回去。许久未曾有过的片刻宁静，令两个中年男人都身心舒泰。马国明说得没错，折腾不起了。

马国明整个背反弓着靠在沙发上，头冲天花板，闭着眼睛像是在说梦话："我挺感激朱迪的，跟她在一起的这段时间，我好像重新回到了二十岁。这份美好，足够抵抗今后日益衰老，并且会越来越快衰老的乏味人生。"

林泉睁开眼，看了眼马国明，这个大脑袋大肚子的中年男，眼角竟然有点湿润。他本想说出朱迪最后跟他说过的话，她还在指望一个结果呢，她根本就不甘心。可此刻的马国明就像一只躺在地上肚皮朝天的老狗，他是信任自己的，他此刻需要的是有一只手温柔地胡噜胡噜肚子上的毛，安抚他，而不是一脚把他踢醒。

林泉不是个擅长给人惊喜的男人，也绝不是个煞风景的男人。他决定什么也不说，宝贵的午休时间是他们隐秘的欢乐时光，至少现在这一刻，沉默是金。

林泉把刚才半张开准备说话的嘴又重新闭上，但他没再闭眼睛，像马国明一样，抬头看着天花板，开始对自己懊恼起来。

林泉从小就缺乏一种重要的能力——取悦自己。身为教导主任的儿子，他有着非常重的规矩包袱，所以从小到大他都活得很不开心，也不痛快。这一点，杨翎也有，虽然从未说出来过，但他相信杨翎和自己有同感。他俩是同类，不仅意味着两人更容易彼此理解，也意味着更容易把日子过得加倍乏味。马国明已经有了用来抵抗衰老的秘密武器，在今后的沉默岁月里，这段日子的经历会像一坛上好的酒，酝酿发酵弥足珍贵。而自己呢？除了那一夜荒唐的醉酒断片，可供日后猜测回忆，但说到底也不过是个注定无解的推理游戏。

世界上如果只有一种成功，那就是以自己喜欢的方式生活一辈子。虽然以前林泉有点瞧不上马国明，总觉得他人头猪脑还好色，但其实人家根本就是人生赢家，他以自己喜欢的方式活到了今天。人头猪脑的是自己，林泉不屑地哼了一声，哼的是自己。

"欸，小朱，刚才那个男客户，跟你说什么了？"

热心的程大姐等着林泉吃完饭回来替班，她叫的外卖也刚好送到，眼睛却一直瞄着朱迪。

"他问我能不能加个微信，想咨询理财业务，买基金还是买国债。"朱迪漫不经心地回答。

"那我看你没拿手机呀，你怎么不加他呢？"程大姐又抛出一个问题。

朱迪觉得程大姐真的很鸡婆，这干她什么事？如果程大姐是个网友，就把她拉黑，可她不是网友，还每天抬头不见低头见的，不回她又不好意思。朱迪只好挤出一个塑料笑脸，对程大姐说："我怕他骚扰我，要是每个男客人都要加我，我全都加上，那我下了班也等于加班了，对不对？"

"哎呀，你个小姑娘真是傻！加班就加班，他要真能买了你推荐的理财，这不也是完成任务吗？奖金就当加班费不好吗？"程大姐还挺没眼力见儿的，看不懂朱迪已经不想继续聊下去的脸色，还在唠叨。

朱迪这次没接话了，只是点点头。

"小朱，你还年轻，又没对象。其实从优质客户里边挖掘挖掘，发展发展，也蛮好的嘛。"程大姐嘴里嚼着黄焖鸡，还在继续说。

朱迪有点敏感了，前几天她明明看到自己在找林泉，有时候还红着眼睛，明着不问自己，难道是想暗着套自己的话？老老实实吃饭不好吗，大家不要干涉彼此私生活不好吗？听说程大姐离婚之后，在什么网站交了一两万的会员费，一休息就去见老头儿，这事在同事中都传遍了，朱迪从来也不会主动去问，非得礼尚往来彼此透明吗？既不是亲戚也算不上朋友，凭什么管自己的隐私？

程大姐真没看出她的脸色，还在继续说："要跟你加微信的这个男生人真不错，我给他办过业务，每个月收入四万多呢，搞IT的，最近正在看房，北京的房哦！别看他长得挺普通，这样的男人呀，你搁家里头放心。"

看来程大姐还真是个有心人，不知道是替她自己留意还是帮朱迪上心，可惜朱迪现在完全没心情去想跟男客户搞关系的事情。为了堵住程大姐的嘴，她敷衍地说如果下次这位客人再找自己，一定加他微信。

事实上，这名男客人在问能不能加微信的时候，朱迪感受到了他目光中的局促。这个小伙子看起来比自己还小，戴一副黑框眼镜，穿一件格子衬衣，牛仔裤配耐克运动鞋，涨红的脸上甚至还有几颗隐约可见的青春痘。要不是距离比较近，能看到他头上几根初现端倪的白头发，朱迪很可能把他当成一个在校大学生。

可惜现在朱迪心里全是马国明。她耐心地等到下班，等马国明最后一个走出储蓄所时，信步款款走上前，冲他温柔一笑。

"咱们能不能改天聊？我今天实在太累了，一会儿还得去医院看孩子，还输着液呢。"马国明面露疲色。

"我不耽误你时间，孩子要紧，咱们车上聊吧。你直接去医院，到地儿了我就下车。"朱迪也不拖泥带水。

马国明看了朱迪一眼，看起来不像是要搞事情的样子。他放了心，让朱迪上车。

朱迪从包里掏出两瓶红牛放在扶手箱里："你晚上要是熬夜照看康儿，可以喝点这个。"

马国明感激一笑："你有心了。咱们之间不用客气，你有什么想说的，就直接说吧，开到医院大概半小时，我还没吃晚饭，一会儿还得给康儿和他妈带饭，陪不了你。"

虽然马国明的态度是委婉的，但这话意思已经很明显了，留给朱迪的时间只有半小时，多一分他也不会给。这个男人真是薄情，朱迪心头一凉，面上却完全没表现，反而笑了笑，柔声道："我挺感谢你的，今天能给我这个机会。你原本就不属于我，我很清楚。我们这段感情，其实也是我运气好才能得到，我真的非常非常非常感激！"

朱迪的话说得很慢，字字泣血，声声含泪。

马国明一听，也不能再继续冷冰冰了，方才脸上还有点绷紧的肌肉现在也松弛下来。

"我这些天其实脑子很乱，长这么大，从没有这么认真地爱上过谁。这一点，我相信你是有感觉的。原谅我前几天那么失控，我太害怕了，害怕失去你。你还记得吗？我能来咱们所工作，就是因为你从那么多实习生里选择了我。对你来说可能是小事一桩，而我却视其为命运的安排，从那天起，我就喜欢上你了。再后来，你对我那么关照，那么耐心，我能感觉到，你也是真的喜欢我。"

"千万别这么说，相知一场，我不想让你伤心。咱们之前都说好了的，你忘了吗？咱们不影响彼此的家庭和未来。所以现在真到了该结束的时候了，做回同事不好吗？我还会记得你的好，咱们把这一切都结束在意犹未尽的时候才是最好的。"

"我不是不接受这个结果，我只是不接受我们今后只是普通同事。这样的话，我跟程大姐对你来说有什么区别？你觉得我真能把你当普通同事？"

"不做同事，我们还能做什么？我们现在的关系就是同事呀。"

"我……我要当你的妹妹！"朱迪咬着嘴唇，一双眼睛水汪汪的。

马国明扑哧一笑，松了口气，这不是他恐惧的纠缠："都什么年代了，我都什么年纪了？"

"我是独生女，从小就想要一个哥哥，我爸去世得早，我妈一个人把我拉扯大，家里就只有两个女人，我妈身体又不好，所以我现在是家里唯一能扛事的人。我希望你能当我的哥哥，当我遇到拿不准的

249

问题时，能来问问你，当我低潮疲惫的时候，偶尔也能跟你诉诉苦，仅此而已。我不要你的钱也不要你的人，你就把我当成妹妹，我们之间依然是干干净净的，我也绝对不会影响你的家庭。作为回报，你在偶尔疲惫的时候，如果需要一个信得过的人诉诉苦吐吐槽，也可以选择我。可以吗？让我当你的妹妹，仅此而已。"

车开到了国贸桥下的十字路口，前方遇上红灯，停下了。这是北京著名的一个堵点，最快也要七八分钟才能过得去，现在晚高峰，要等多久谁也说不好。

马国明整个人松弛下来，他靠在椅背上，注视着朱迪。她如此真诚，眼中泪光盈盈，双手握在胸前，宛如诚心祈祷的少女。马国明的心再次沦陷，明明张开了嘴，却无法吐出一个不字。

第十二章

A

赵熙子不耐烦地看着眼前正在跟她"忆往昔峥嵘岁月稠"的老同事琳达，真想起身走掉。人到中年混得越好，就爱跟人聊年轻时的不堪和坎坷；混得越不好，反而越爱提当年的风光。

琳达比赵熙子还小一岁，两年前晋升合伙人失败，从律所离开，这两年却一直没找到合适的新公司。她去国外冻了个卵，说明年再找不到合适的公司和男朋友，就去国外买精子生孩子。

琳达喋喋不休地诉说当年她在律所的彪炳战绩时，赵熙子只看到她眼角清晰的鱼尾纹，以及T区开始脱妆的粉底。琳达倒是没撒谎，她当年最风光的时期跟赵熙子比起来还略胜一筹。只不过两年时间，再求职的琳达就面临着诸多公司嫌她年纪略大、尚未生育、薪酬太高等多种问题，想找家称心如意的公司做专职太不容易了，所以现在只是兼了几家小公司的法律顾问。琳达曾经收入丰厚，可前几年的股市大灾令她损失惨重，赵熙子猜她现在最想要的，大概还是能有一份收入稳定的固定工作，如果能再进入某家高级律所当合伙人，那就最好不过了。

这些问题中的大部分,赵熙子也有,比琳达好一点的是,赵熙子的父母没让女儿太过费心。琳达父亲和赵熙子父亲年龄相仿,高血压冠心病糖尿病,最麻烦的老年病全都赶上了,这两年一直离不开人照顾。琳达不可能每天都守在身边,老父亲肝火旺脾气躁,已经换了几十个保姆,她为此没少操心。

"熙子,你比我幸福,有老公可以依靠,凡事还有人能帮忙搭把手。我这把年纪还没结婚,今后也很难有机会结婚了。我爸一个老病号,搞得我妈也神经衰弱,家里事情完全搭不上手,都得靠我。我这两年快被家里烦死了,有时候也真想找个人帮帮自己。可话又说回来,没有人找我当对象是为了学雷锋做好事的。有时候觉得幸亏没孩子,不然我更得忙死,这辈子就全都为了家里人发光发热,自己算白活。有时候又想,总有一天爸妈都得走,他们这岁数现在也该开始倒计时了,到时候我一个人怎么办?年纪大点的吧,四十奔五了,没几年该退休了,合着用不了几年又得伺候老人了,我可不乐意。再说咱们这个岁数的肯定离过婚了,我也不想当别人后妈,凭良心说,不可能视如己出。比我小的,我倒是喜欢,充满活力,能玩儿能聊能带着我变年轻,可真要是过日子,太没安全感。放眼望去,漫漫下半生,我可能真要一个人过下去了。我羡慕你,不仅有个好老公,还有个好孩子,你的人生算是完满了。"

赵熙子可不是来听朋友诉苦的,她自己还憋了一肚子苦水想找人吐,听得有些心不在焉。末了,赵熙子终于提出结束这次会面,琳达也终于提出让她帮忙留意一下新的工作机会,这应该是她这次见面最主要的目的了。

这就是成年人的社交，曾经的同事也好客户也罢，虽然相识多年来往密切，可大多数时候很难跟对方交心。琳达已经不是赵熙子见的第一个老同事了，可她发现，这么多年的工作下来，自己一个真正的朋友都没有。这些职场上认识的人，都是希望能借由见面，聊点工作方面的事情，如果不涉及彼此利益，对方显然也没什么兴趣。毕竟，大家都挺忙的，见一面也不容易，宝贵的时间应该用来创造效益。

赵熙子知道，如果自己愿意的话，至少还有莫西林愿意当自己的倾听者，也会愿意真心帮自己分析问题。可莫西林毕竟是个男人，而且他现在是离异后单身，如果找他倾诉夫妻感情问题会更容易产生暧昧。更何况，莫西林平日里表现出来的状态，也让赵熙子感觉他其实是对自己有好感的。不是工作方面的认可，而是男女之间的那种好感。赵熙子虽然生马国明的气，但基本的尺度心里有数。

这几天，赵熙子不止一次地想过跟杨翎联系，她大概是自己唯一能说说心里话的人了。可笑的是，偏偏是她发现了老马的秘密，拆穿了她其实早已察觉却不敢确认的真相。老公有没有出轨，她这个做老婆的怎么会完全没感觉？如果没有，那也不用花钱花时间去抓奸了。赵熙子觉得自己挺失败的，做人做到这个份上，特没劲！

如果她没有钱，没有家庭背景，没有今时今日拥有的一切，只是个普通的中年妇女，估计这些朋友一个都不会见她。如果没有这一切，甚至连马国明她都不会拥有。这个吃意大利面也要就着一瓣蒜的男人，其实并不是因为她的外表或者内心而跟她结婚的。一想到这里，赵熙子就不免想起了早慧的儿子回答问题的情景。

就在钢婚纪念日的那晚，马国明特意定了赵熙子喜欢的餐厅，还送了她一盒漂亮的永生花。可是对于婚姻和事业受到双重暴击的赵熙子来说，美食和花都提不起她的兴趣。她当着马国明的面问儿子，如果爸妈有一天要离婚，你选择跟谁？

康儿嘻嘻一笑，歪着头看看赵熙子，又看看马国明，说工作日跟爸爸，周末跟妈妈，因为平时妈妈工作忙，晚上也没时间讲故事。

对于这个聪明的儿子，赵熙子是一万个满意，当初吃苦受罪冒险生下的这个孩子，真是老天爷给自己最大的奖励。康儿的容貌挑了父母最好的地方，虽然才刚上幼儿园大班，却已经能看出是个非常聪明的孩子，年纪虽小，却已经十分老成持重，说话明显比同龄的孩子成熟。

有一次赵熙子晚上应酬后回家，发现康儿跟马国明一人一杯啤酒在阳台上看星星聊天，聊的是康儿在幼儿园里被好几个女孩子喜欢，都说要跟他结婚，还差点吵起来的事情。当时赵熙子马上就要发飙，康儿这么小，怎么能喝酒？康儿委屈地解释，爸爸给他喝的是格瓦斯。爸爸还告诉他，对待女孩子一定要认真，千万不能伤了人家的心。当时赵熙子的心里，沁出来一滴蜜，甜到了心窝里。马国明跟康儿的关系，恰恰是赵熙子梦寐以求的父子关系，她自己没能得到，儿子得到了，她也感同身受。

一想到康儿对马国明的亲热劲儿，还有男人之间才有的信任感，赵熙子就开始怀疑真离婚了，康儿会选择马国明。而就算康儿选择了跟自己生活，她恐怕也找不到能像马国明这样对待康儿的男人了。

赵熙子很了解自己，她是个骄傲的女人，婚姻对她来说不仅仅是生活，也是面子，和谐幸福的家庭是她展示给社交圈的最佳名片，也是她能获取信任的重要因素。自从发现马国明不对劲后，这段时间内的所有调查与试探其实都在为是否离婚作准备。她已经留给马国明机会与时间了，她只是没有明着提醒他，也没有点破他，给他留了面子。身为律师,她很清楚,有些话一旦说出口,一定会在对方心里留下伤口,这是她为日后还要继续的婚姻,留下的挽救余地。他如果自己再不珍惜这个家庭,她也有作好万全准备说离就离的勇气。

所谓医者不自医,虽然自己就是律师,但此刻赵熙子迫切需要找人商量一下是否离婚,以及如何离婚的事宜。明明有律师伙伴可以咨询,可她脑子里第一个想到的,竟然是杨翎。杨翎是中学校友,彼此知根底,还没有社交圈的重叠,不怕她把自家丑事给传出去。可上次明明翻了脸,赵熙子可抹不开面子去道歉,这辈子,就连对父母她都没道过歉。

赵熙子已经把车开到了自家小区地库,四周很安静,这个点还没有人下班,她自己也很少在这个时间点回来。如果不是前阵子忙着捉奸和见杨翎,她一年到头也不会迟到早退。她现在还不想回家,回家就又要面对马国明。对于自己好几天不上班,马国明其实是想问来着,可他小心翼翼地迂回试探,就是不能大大方方地直接问出来。他越是这样,赵熙子就越是瞧不起他,觉得他是心虚和猥琐。坐在车里考虑良久,赵熙子决定去见一面莫西林,虚弱和迷茫的时候,尽管提到离婚原因会很没面子,但选择理性总不会错。

赵熙子正拿出手机想拨电话给莫西林,正好有个电话进来,来电显示是杨翎。

赵熙子完全没料到会是杨翎给自己打电话,她有点小开心。

"喂,翎儿。"赵熙子故意让铃声多响了两声才接听,显得自己并不闲。她已经想好了,一会儿干脆叫杨翎出来吃饭,请她吃大餐,然后在吃饭时诚心诚意地道个歉,说句上次失礼了,这事就算翻篇了。

"熙子,你爸是不是叫赵沅屏?"杨翎的声音里透着焦虑。

"嗯，你怎么知道他的名字？"赵熙子很惊讶，显然杨翎不是冲着自己来的。

"沅是三点水旁一个公元多少年的那个元，屏是屏幕的屏，你先跟我确认一下是不是他？"杨翎的声音特别认真严肃。

"是呀，怎么回事？"赵熙子已经有了不好的预感。

杨翎接着说："老人家在路上晕倒了，幸好有好心人帮忙打了120，送到我们医院来了。我刚去急救科送东西正好看到，还好他随身带着身份证，我记得当年他给学校捐赠过三台钢琴，学校大会时提过这个名字，也不知道记错了没有，所以跟你确认一下。你要是方便，赶紧过来。"

赵熙子惊呆了，眼眶马上就热了，好一会儿才反应过来，忙不迭地赶往医院。

B

这整个礼拜，林泉发现马国明都不太对劲，一下班就看不见人，神叨叨的，也不知道在忙什么，只是每天来上班都打着哈欠，眼圈也是黑的，无精打采。中午休息时，林泉端着饭盒想去他那蹭点菜吃，分明外卖送餐的时候看到他拿了一大包，结果敲办公室的门没人答应，正想走，又听到里边传出呼噜声。

林泉忍不住推开门走进去，发现马国明四脚朝天地躺在沙发上，衬衣下的大肚皮还露出一块，那肚皮白白嫩嫩，随着呼噜声此起彼伏。

天已经热起来，办公室里冷气开得很足，出风口正好对着马国明。林泉怕他着凉，把椅背上搭着的制服西装小心地盖在了他肚子上。

这一动弹，马国明醒了，眼神竟然有点惊恐，见是林泉才恢复了平静。"我的老天爷，你刚才救了我。我做了个噩梦，梦见被一辆车狂追，要撞死我。我一边跑，一边回头瞧，可怎么都瞧不出追杀我的人是谁，只能没命地跑。眼看跑得筋疲力尽，再也跑不动了，那车还在加速，朝着我冲过来……幸好你把我弄醒了。"

"那你还不好好谢谢我这救命恩人，快请我吃点好的？"林泉一边说着，一边去桌上打开饭盒看菜色，"你最近忙什么呢，被嫂子给榨干了？"

"想什么呢，满脑子黄色糨糊。"马国明坐起来，白了林泉一眼，脸色还没完全从噩梦中恢复，"岳父大人中风了，这几天一直在医院里陪床。累死我了。"

林泉正搛菜的手停了下来："怎么样？不要紧吧？"

"没有生命危险了，但这种病就是磨人，看后期恢复。我跟你嫂子轮白班晚班看守，我去的时候她也累够呛，这么熬都快吃不消了。"马国明揉了揉太阳穴，面如菜色，"我现在真是站着都能睡着。"

"没办法，老人病了就是这样的。要不，你们雇个护工？日子长了都吃不消呀，中风也不是一时半会儿就能恢复的。"

"我也说了，可你嫂子不同意呀。我也不知道熙子最近是怎么了，总感觉她不太对劲。不仅要求我每天晚上亲自陪床，只要我一离开医院，就开始查岗，上班上到一半，随时发视频通话过来。我出门见个客户，她还要我报备，去哪儿，去多久，回来了吗？说话也没好气，凶得要死。我现在是肉体精神双重疲惫，还没处诉苦。"马国明疲惫不堪地揉着太阳穴，松开手时，露出一双布满淡淡血丝的眼睛。

林泉嚼着菜，目光里对马国明的同情浓度急剧升高："看来，你这个驸马爷也不好当啊。"

"女人呀，要是有一天突然不作不闹了，那才可怕！我告诉你，不在沉默里爆发，就在沉默里灭亡。"马国明定神看了一眼林泉，也开始拿筷子吃饭。

林泉敏感地问："你刚看我那一眼什么意思？我又没做对不起老婆的事情。我可是除了帮你的忙惹了朱迪这个麻烦，其他什么事情都没有。"

"真没有？"马国明坏笑着，盯着林泉，"你没约过？"

"天地良心！"林泉拍着胸脯。

"你没见过女网友？"马国明继续坏笑着，端起桌上的枸杞茶喝了一大口。

"我什么人你不清楚？当然没有。"林泉认真地说。

"你什么人？男人呗，还是能被安琪那种女人给玩得团团转的傻男人。你说你没约过我可能相信，但你敢说你从没有在网上聊过骚？"马国明似乎来了精神。

林泉被马国明弄得有点烦了，索性把筷子一扔，道："老马，你什么意思？今天要针对我吗？我不过是来偷口菜吃，还好心好意怕你着凉帮你盖肚皮，你倒好，没完没了？"

马国明乐了："对呀，我还真是没完了，我发现我现在有把柄在你手里，你没把柄在我手里，特没安全感。"

"滚滚滚，没个正形，我去坐台了。"林泉不搭理马国明了，径自离开。

马国明独自在办公室里吃了几口饭，没胃口，嗓子干，人也没精神。午睡那点时间根本不够补觉的，但距离下午上班时间只有十几分钟了，再睡也来不及。

他正打着哈欠，门外响起了敲门声。

门开了，门口站的是朱迪，手里还拎着一个沉甸甸的袋子。

"你怎么来了？"马国明马上就精神了。他已经好几天没跟朱迪说话了，两人在微信上也没联系，朱迪却突然主动来找自己，谁知道是什么事。

"哥。"朱迪笑眯眯的，大大方方走进了办公室，"你答应了要当我哥的，我是叫你小马哥好呢，还是叫你亲哥好呢？"

"别开玩笑，马上开工了，你有什么事？"马国明无心跟朱迪多说。

"我哥还真是现实，不需要我了，马上就翻脸。哼，你可别误会，我不是来占你便宜的，也不是来要好处的，不知道你这几天忙什么，黑眼圈一天比一天重，哈欠连天的，我给你买了这个——"朱迪轻声细语地说着，打开了手里的袋子，里边是好几瓶进口的功能饮料，"外国人爱喝这个解乏，我看过，主要成分是牛磺酸和矿物质维生素，能抗疲劳的，还能调节血脂，我特意买给你的。"

俗话说，伸手不打笑脸人，更何况是带着礼物来的人。马国明有点不好意思，尴尬一笑："对不起啊，我最近太累了，刚刚说话态度不好。"

"别见外。就算我们做不了真正的兄妹，也是比其他普通朋友更了解彼此的好朋友吧。"朱迪释然一笑，倒是很敞亮。

"对，我们是好朋友。"

"那好朋友就应该跟好朋友说说烦恼呀，你最近怎么了？"

朱迪一边说着，一边打开一瓶功能饮料，递给了马国明。

马国明吃人嘴软,看还没到上班的点儿,就宽了心,跟朱迪说起最近家里的各种糟心事。朱迪冰雪聪明,不需要马国明多提点,就猜到最近赵熙子把马国明折腾得够呛。她不仅认真地安慰马国明,还说愿意当垃圾桶,如果马国明想找人诉苦,随时可以找自己。

马国明有点感动,但他也小心提防着朱迪是否还对自己不死心,于是解释说是他对不起朱迪也对不起熙子,所以老婆最近怎么折腾他都没话说,她折腾就说明她还在乎自己,这样反而更安心了。

朱迪夸马国明真是理解女人,表面上看是个糙汉直男,其实心思细着呢。

马国明最不禁夸,忍不住又多说了两句,说他其实挺理解老婆,家里家外都要她操心。自己不过是出力,老婆不仅要出力还得要出钱,有些社会关系只有她出面才好使,像孩子上学、老人看病这些事,他也帮不上忙,所以,她其实才是有操不完的心。这几天老婆都瘦了,他有些心疼。

朱迪眼里闪着小星星,满怀憧憬地望着马国明:"我不羡慕嫂子有钱有能力又有家庭背景,我只羡慕她能有全世界最好的老公。"

"你真这么想?"马国明被说得有点飘飘然,"其实我自己也觉得,别的地方我不知道,至少在咱们所里,我觉得我还是能排第一的。"

朱迪眼中含笑:"我去开工了。"

朱迪飘然而至,又飘然而去,马国明注意到,她离开时眼中闪现出一丝隐隐的失落,这令他心里有点痛。

朱迪关上办公室的门,温柔瞬间消失,嘴角浮现出一丝冷笑。只要还有来往,就有机会了解他的现状,只要能了解他的现状,就有可能发现机会，重新粉墨登场。

刚才的对话给了她莫大信心，马国明开始烦了，开始对老婆有怨念了，很好，一切刚刚开始。等到这些怨念积攒发酵，用不了多久，就是她重新入场参战的日子。

C

年轻人的生活真是丰富，杨翎科室里有个小护士最近开始做直播。小护士年轻漂亮，活泼可爱，每天在家唱唱跳跳说说话，现在也有了几百个粉丝，偶尔还有人刷个礼物打个赏。小护士像是打开了新世界的大门，不再满足于自娱自乐，充分认识到这个时代流量的力量，于是开始极力地扩充粉丝数量，在工作群中发了大红包，求双击求关注。

这种事杨翎以前是从不参与的，也极少关注，手机里干干净净，除了微信、支付宝和必要的买东西的APP，没有别的社交软件，网络生活与她相距甚远。没想到，现在她不想靠近也不行了。大家都在抢红包，抢完后还主动去关注，并马上在群里截图反馈。这么一来，杨翎这个大姐姐要是不抢不关注就显得不合群了，她想了想，不过是举手之劳，就特意下载了这个直播软件。

杨翎无疑是新用户，刚刚完成注册，就跳出来一个"您可能认识的朋友"页面，页面里出现的用户全是通过她手机通讯录里的号码注册过这个软件的人，杨翎的交际圈不大，手机里存的号码也不多，但推送的七八个电话关联用户几乎都是杨翎没见过的头像。杨翎有些好奇，这些人都是谁，他们都在关注什么，网络上的身份从姓名到头像都是新的，可她偏偏在现实生活中认识他们。

值夜班的几个护士都兴致勃勃地在聊直播，据说如果粉丝多，看的人也多，以后还能打广告带个货赚点小钱，是条不错的副业财路。杨翎觉得有意思，一边饶有兴趣地听着，一边按照直播小护士的网名，与她的手机号码对上号，一键关注，还特意去她发布的视频下点赞并留言支持。聊着聊着，有人问小护士为什么会想做直播，小护士突然变得神秘起来，压低了声音，说她是因为前男友。原本小护士准备年底跟前男友结婚的，两人已经恋爱三年了，感情一直挺不错，她也一直以为前男友是个值得托付的老实人。上个月月底，她无意中下载了一个直播软件，本想看看热闹，却意外发现前男友不仅早就注册了账号，还关注了一大堆性感女主播，并给其中一个女主播打赏了许多真金白银，两个人的关系也很是暧昧。

"这个渣男每天陪我吃外卖、坐公交，一转身就去给女主播刷火箭、送游艇，气死我了，婚是不可能结的了，当天就跟他分手了。分手之后我还是很生气，原本是想在直播平台上骂骂渣男解解恨，没想到关注我的人越来越多，这不，就玩起来了。"小护士敢爱敢恨说放就放，虽然说的是不愉快的事，但一点也不沮丧，也不需要同情。这令杨翎对她多了几分欣赏，真是个自信的姑娘。

闲聊没有持续多久，陆续有病人呼叫，大家就分头去病房了。杨翎也忙碌了一阵，重新回到护士休息室时又拿出了手机，她突然也想学学小护士，看看林泉是不是也会在另一个虚拟世界里风花雪月，挥金如土。于是她打开了软件中"可能认识的朋友"。

只花了不到两分钟，杨翎就找到了林泉，通过一张"帕杰罗"越野车照片头像，因为她知道帕杰罗是林泉的Dream Car。没想到林泉册了账号，不仅关注了一堆乱七八糟的美女，还给其中不少人点赞过。杨翎现在还搞不清楚怎么看林泉是不是也给这些美女刷过钱，但目前为止的发现已经足够令她心潮翻涌、气愤难平了。她不想就这件事咨询小护士们，转而上网搜索类似的情况，没想到，跟她有着同样境遇的女网友很多，而这些女网友的各种真实"侦破案例"更加精彩纷呈。其中有一位男网友回复说，过日子又不是查案子，何必搞那么清楚？没人经得起近距离观察和审视，看得太清楚就失去了美感，睁一只眼闭一只眼得了。更多的女网友则回复，美感没有真相重要……

对呀，美感怎么能有真相重要？杨翎认可这个回复，继而又再次回到了对真相的探索和追寻之中。最近这段时间，虽然她和林泉的关系有所改善，但怀疑的种子已经种下，她已经越来越习惯于自己动手去探寻真相，不论是技术手段还是心理建设都变得熟练起来，并且欣喜于自己所探寻到的真相，所以，她知道接下来该怎么去做了。

杨翎办了一张新的手机卡，用新号码注册了一个微信号，然后又下载了几个社交软件，就是传说中的各种"约"的软件，紧接着又从网上搜集了一些美女的日常照片，没有面部特写，大多是远景或者侧面，给新微信号发了几个朋友圈。下班时，社交软件上已经诞生了一个全新的姑娘了，年龄和工作都是杜撰的，名字也是新的——裘真真。

完成了这些，杨翎在这个新号码的联系人名单里，只保存了林泉的电话号码，所以当她用这个新号码开始各种"社交"寻人时，系统会自动推送联系人名单里同样使用过这个号码的联系人，也就是林泉。

大概只等了半小时，杨翎就有了更惊人的发现——林泉几乎在市

263

面上比较流行的每一款社交软件上都注册过,而且根据上边的注册资料,他是从一年前就开始使用这些软件的,甚至还发布了一些连杨翎也没见过的照片。但是,最近一两个月,他登录的频率明显降低,有的软件已经有半年多没有登录过了。

杨翎看得血压都升高了,林泉果然有不为人知的另一面。虽然现在还无法判定林泉通过这些社交软件做过什么见不得人的勾当,但仅仅是注册过这么多无聊软件这个动作本身,就已经其心可诛。

恼火归恼火,杨翎却在这种混合了愤怒和不甘的复杂情绪下,强迫自己冷静下来,试着像福尔摩斯那样分析起来。通过林泉所发布的照片和日常动态,在网络社交世界中他呈现出的是一个热爱生活热爱运动、喜欢电影和音乐的文艺大叔形象,凭借精心设计过的摄影构图和镜头角度,他甚至看起来是个清瘦有型的男子。

没错,是"男子",那种多年前文艺腔调浓郁的女作家笔下才有的人物,而非现实生活中经常一周不洗澡三天不换鞋、吃饱就犯困躺下就打呼的中年油腻男。

杨翎简直忍不住不屑,"切"了一声,这跟美颜到亲妈都认不出来的轻浮女网友有区别吗?真不要脸!明明林泉曾嗤笑过那种千篇一律的网红照片,可他自己在做的事又在啪啪打脸,真是虚伪虚荣虚假。联想到林泉在发这些照片和动态时那种字斟句酌精心设计的矫揉造作,杨翎只想立马就把林泉那些埋汰丑陋邋遢粗鲁的照片一张张贴上去,方能解心头之恨。

杨翎感觉脑子咕噜咕噜的,像是刚煮开的沸水,甚至感觉头顶上都有热气冒出,已经很久没有这样开动过脑筋了,在压力和愤怒之下竟然有种莫名的"燃"。她很清楚身体发生的变化,内啡肽和多巴胺开始分泌,这是人体正常的应激反应,带来兴奋的感觉,而这两种激素居然是因为看到老公不怎么光彩的另一面而激发的,这绝对是个笑话。

杨翎已经来不及嘲笑自己,在虚拟平台上验证真实世界里林泉对爱情和婚姻的忠诚,这才是她最重要也是最根本的目的。她顺手就给林泉的社交ID打了一个招呼,接下来,只需要耐心等待猎物上钩。运气好的话,她就能看到林泉不为人知的另一面,当然,这本不是杨翎希望看到的。此时此刻,她无比希望林泉能够一如既往表里如一地坚持做一个乏味、冷漠、木讷的普通中年男人。

当晚,杨翎发现自己的新账号收到了林泉的回复。

杨翎已经躺在了床上,正无聊地再一次刷着林泉社交软件上的个人资料,一个笑脸符号突然出现,紧接着是一句毫无客套的问话:"你也喜欢新疆吗?"

什么意思,喜欢新疆?杨翎看了一眼卫生间的门缝里露出来的灯光,甚至能听到林泉刚放了一个响屁。这是她第一次在社交软件上跟陌生人聊天。当然,对于"裘真真"来说,林泉是陌生的;对于杨翎来说,林泉简直熟悉到腻烦。

杨翎突然想起自己在朋友圈里发过的那几张"裘真真"的照片,其中有一张就是美女穿着一袭白裙站在新疆的火焰山山脚下,大概林泉是特意去看过了自己的朋友圈。她不禁感觉林泉这聊天方式果真是不落俗套,没有那些你好吗你吃了吗类似的多余寒暄,根据对方的资料背景投其所好,实在是老到而不老套。于是她回复:"是呢,你也喜欢?"

"向往多年,苦无机会。"林泉这次的回复明显快了很多。

呸,装什么文化人,酸了吧唧的。杨翎看着林泉发过来的话一阵反胃，但还是保持着耐心回复："为什么没机会去，是工作太忙了吗？"

紧接着两个人的话题就从新疆和旅行延展开来。网络上的林泉是健谈的，甚至可以说还有那么一丁点神秘的魅力，当然，杨翎目前为止是讨厌这神秘的魅力的。关于新疆，关于旅行，那些诗词、电影、小说、歌曲，林泉信手拈来、侃侃而谈，不了解他的话，会以为他是个特别浪漫又温柔的文艺男，这样的他是可爱的，与现实生活中的他截然相反。不过多年前的林泉好像是有这样的魅力，杨翎也曾跟他一起听歌看电影，畅想未来每年的年假，都一起去旅行……是时间还是现实带走了林泉的这一面？或者是自己？不论答案是什么，都改变不了林泉的现状，他已经不再对自己展露这一面。

杨翎并不想第一次跟他聊天就聊得太久，这样会显得"裘真真"有点不矜持，于是，她打算结束对话。

"认识你很高兴。"杨翎打完这句话，忍不住自己都笑了。

"谢谢你这么说，这是我的荣幸。"林泉保持着礼貌与克制。

"你好了没有？我也想上厕所了！"杨翎冲着卫生间喊了一嗓子。

"你忍忍吧，我还得一会儿呢。"林泉的声音从门缝里传来。

杨翎轻蔑地朝卫生间看了一眼，心中不悦，随手在软件上回了一句："我困了，先睡了。"

软件里，林泉几乎是秒回，已经不记得有多少年了，林泉对杨翎的短信基本上是爱搭不理。可见，他并不是没有时间，也不是没有速度，只是对杨翎已经没有了热情。大概是没得聊了，林泉在卫生间里待着也没劲，一会儿就出来了，还提醒杨翎去上厕所。

杨翎懒得搭理他，闭着眼睛装睡。

林泉躺在自己身边，很快就发出震耳欲聋的呼噜声。杨翎睡不着，又重新睁开眼，望着窗外。她不想起来拉窗帘。一轮弯月寂寞地挂在半空中，月光如水，洒了满屋。

杨翎手脚冰凉，整个人像是泡在冰水里，胸口发闷，喘不上气。她现在也不明白自己究竟在做什么，是想要试探林泉的真心，还是想让自己彻底对林泉死心。新注册的社交账号就像潘多拉的魔盒，一经打开，便难以自持。

D

林泉已经不止一次看到朱迪趁着午休单独跟马国明待在一起了，有时候是帮忙送外卖，有时候是送一杯咖啡，总之每次都有借口。而且为了这些借口，她不惜请所里所有人一起吃蛋糕和喝咖啡。算下来，下单一次成本至少要两三百，林泉心道，朱迪为了马国明还真下了血本，不过她自己入手不到一万块的月收入，不知道还要交多少房租，够不够自己生活。

朱迪对马国明要么是掏心掏肺的真爱，要么就是有不可告人的目的，林泉只能分析出这个结果。马国明是禁不起诱惑的家伙，虽然年纪不小，可情场经验未必有朱迪丰富，林泉总感觉朱迪简直是把马国明玩弄于股掌之间。这样有心机的女人，是危险的。林泉有种奇怪的感觉，自从那晚他跟朱迪在酒店里共处之后，朱迪似乎变了，她身上开始释放邪气，只有林泉能感觉到的邪气。

在林泉看来，现在的马国明就像被聂小倩勾了魂的宁采臣，稍不留神，就会被拖到阴间变成鬼。

林泉午休，想去找马国明聊聊，好好劝劝他，没承想又被朱迪抢了先，正跟马国明在办公室里说话。

门没关严实，林泉在门口听了一耳朵。

"天哪！简直不敢相信，嫂子居然会做出这种事？"

"你还年轻，根本想不出来，她曾经雇过一个女孩来勾搭我，看我上不上套。当年，我跟她结婚之前，还是她主动追的我，当时全行的人都知道。"

"嫂子一定很爱你，所以才会这么做。"

"屁，她是占有欲太强。我已经看透了，她就是自私，根本不顾及我的感受。"

"我相信，她也是爱你的。不过如果是我的话，我可不会这么做，太不信任你了。感情里边，如果没有了信任，还有意思吗？"

林泉已经听不下去了，这很显然是朱迪在给马国明洗脑。她说话的语气，让林泉想起了初恋安琪。用马国明的话说，安琪就是个绿茶婊。可他自己却偏偏看不出朱迪也是个绿茶婊，这绝对是当局者迷了。

林泉假装咳嗽几声，给办公室里的朱迪和马国明提了个醒，什么也没说，转身去了二楼的卫生间。等到他再从卫生间出来，朱迪已经离开，马国明的办公室大门也敞开了。

林泉进了办公室，还没说话，马国明就埋怨起他来："你刚才搞什么鬼，咳嗽什么？搞得好像我在这里做了什么见不得人的事情，你还要给我暗示。"

林泉也没好气："我不想直接撞到你和朱迪共处一室。上次是你让我去跟她打招呼，劝她结束这一切，现在你又跟她好了，我变成什么人了？"

"就你事多。说吧，有什么事？"马国明对待林泉没好气，也没耐心。

林泉吸了口气,耐着性子说:"我就是想提醒你,好不容易刚刚拔出腿,现在别又陷进去。"

"什么呀,我没有。我跟朱迪现在只是好朋友,就像我跟你一样,是朋友,没有那种关系。我们不过中午说说话,聊聊天,门都没关,这怎么了?碍着你了?"马国明像吃了枪药,口气很不好。

林泉也有点怨气,觉得自己好心没好报:"你凶我做什么?我是为你好,才特意跟你说这些的。咱们这个年纪,有个家,能好好过日子多不容易,别不珍惜!尤其是你,现在拥有的一切,我不知道你是得来得太容易,所以不珍惜,还是真的不当回事儿。反正,你要不想要了,分分钟就没了。"

"泉儿,我记得你以前不这样,是不是爱上朱迪了?那天晚上,你们俩在一起,我还没追究过呢,你们之间到底发生了什么?怎么你突然就对我跟她这么上心、这么介意?"马国明突然换了眼神,细细审视着林泉。

"你有病吧,狗咬吕洞宾!"林泉怒了,扔下这句话,气呼呼地走了。

整整一个下午,林泉的心情都很糟糕。他是个性格温和的人,工作这么多年来,就连遇到最难应付的客户也没吵过架。唯独今天,他跟马国明翻脸了,但他一点儿也不后悔。

好不容易熬到下班,林泉决定去洗个车,祛祛霉气。洗车的人还挺多,需要排队,林泉看旁边正好有家浴室,一边等着洗车,自己也去搓个澡。

澡堂里人不多,很安静。搓澡的时候,林泉脑子里突然冒出一个念头，今天的事情或许说明，今后自己跟马国明之间，已经无法回到从前的关系。

无奈又无聊，林泉按摩完毕不想回家，躺在休息大厅里索性刷起了手机。想起最近刚加上的女网友"裘真真"，这个女孩挺有意思，和自己也能聊到一起，于是打了个招呼："忙吗？"

没想到，女网友不仅在线，还很快就回复了他："闲着呢。"

林泉有点意外，如果女网友的头像是真的，她的确那么漂亮的话，那自己能得到这么快的回复简直算得上是幸运了。他实在太憋屈了，索性把自己跟马国明之间的事情以委婉的方式吐了个槽，说自己好心帮哥们儿的忙，结果却落了埋怨。

"你觉得，我做得对吗？"

正在护士办公室值夜班的杨翎，看到林泉提出了这个问题，捧着手机，心中猜测：林泉说帮朋友的忙，大概就是帮马国明吧，因为除了马国明，林泉也并没有其他熟悉的朋友，没想到他居然跟马国明闹翻了。

杨翎想了想，打了几句话，又全删除了，最后"裘真真"发出这样一句："我们昨天才认识，看来，你很信任我嘛！"

林泉回复得很快："抱歉，是我唐突了，今天心情很不好，就想找你吐吐槽。"

"我觉得你做得对，不仅能明辨是非，还试图帮助朋友，你是个三观很正的男人。"杨翎撇着嘴摁下了发送键。

"谢谢夸奖！你也是个三观很正的女人。"林泉回复完，又补了一个微笑的表情。

发完这句之后，两人之间有几分钟的沉默。杨翎在猜，林泉是去上厕所了吗,为什么不继续跟自己说话了?难道他找女网友,就纯粹是为了吐槽和减压吗?

杨翎想把话题延续下去,又发了一句:"你在干吗呢?"

"我在洗浴中心呢,今天不想回家,就在这里睡了。"

看到林泉的回复,杨翎怒了,好端端地不回家,在洗浴中心那种地方睡觉,他到底在干吗?但她还是忍住怒火小心翼翼地回复:"洗浴中心?传说中这可不是什么好地方呀。"

杨翎发出这句话之后,林泉没有马上回复。等待期间,护士站那边的呼叫灯亮起,是那位神奇的居士病人,杨翎去病房一趟,帮他检查并调整了氧气开关,等她再回到办公室,林泉还是没说话。杨翎有点沉不住气了,颤抖着双手发出她的关键问题:"你结婚了吗?"

第十三章

A

"你结婚了吗?"

这个问题让林泉有点难受,无从回答。告诉女网友真相,可能毁掉他刚刚找到的树洞,可明明已婚却在网上跟女网友掏心掏肺又算怎么回事,人家刚刚还夸自己三观正来着。

为什么杨翎不能充当这个树洞的角色,而必须是另一位陌生女网友呢?

林泉反问自己,但他很快就知道了答案。因为她的洁癖,不只是作为一名医务工作者生理上的洁癖,更是作为一个真挚善良传统的中年女性心理上和感情上的洁癖。她的三观正到令林泉有压力,她似乎不愿相信这世界上所有的人都有两面性,有体面的一面就会有卑劣的一面,更何况林泉只是个普通人。她就像一面鉴别人性美丑的镜子,不说,不怒,只是静静地立在那里,就足以让林泉每看一眼,都会深感自己心灵深处的丑陋与邪恶,更何况让林泉对她直接说出那些他自己都觉得不怎么光彩的事情。而问题的关键就在于,林泉又没法说杨翎是错误的,她明明是那么正确,却总是正确到让人难以亲近,难以表达。

林泉在浴室迷迷糊糊地待到天亮,突然很想去接杨翎下班,不能跟她说心里话,至少还能为她做点事。他换回衣服,赶紧开车去了医院,心想没准还能跟杨翎一起去吃个早餐。

杨翎最近睡眠很不好,总感觉浑身乏力,犯困,特别容易累,昨晚夜班到了三点多的时候,她已经扛不住了。这个时间段,有护士台的小护士在守着,她这样的老资格是可以先休息的。护士休息室里有两张上下铺的床,是医院提供给夜班护士休息的地方,杨翎疲惫不堪地进去,想要找个位置睡一下。没想到另外一名休息的小护士正在给男朋友打电话,两人聊得热火朝天,还有点肉麻,杨翎都觉得不好意思听下去了,再就是小护士嗓门大,她戴着耳塞也很难入睡。

杨翎困得不行,离开休息室去大厅买咖啡,打算熬到天亮交班再回家补觉。没想到李川医生也在买咖啡,看到杨翎满脸倦容,说他正打算去办公室看资料,医生休息室里没人,让杨翎去他那屋休息。

杨翎知道医生和护士走得太近容易传闲话,加上李川又是全院女性关注的焦点,一开始她是拒绝的。但李川很真诚,看着他手里一摞厚厚的文件和医学书籍,再想想林泉此刻竟然在洗浴中心那种地方睡觉,她突然有点想报复他。虽然这报复根本没有任何实质性意义,但杨翎能做到的最过分的事也不过如此。

医生休息室只有一张上下铺的床,比隔壁的护士休息室更宽敞些,杨翎暂时抛开了关于林泉的那些烦心事,头一沾到枕头就睡着了。这是一段久违的高质量深度睡眠,虽然只睡了三个钟头,却连梦都没做,清早李川进来叫醒她的时候,她感觉精神已经恢复了大半。

杨翎跟李川一起从医生休息室里出来，两人有说有笑，准备去查房，并没注意到林泉已经来了。两个实习的小护士见到这一幕有些惊讶，窃窃私语。

"杨姐真是豁出去了，为了能当护士长，这么跟李主任搞关系。"

这句八卦杨翎没听到，林泉却听到了，他气不打一处来，两步冲到小护士面前站定，大声地吼了起来："你们瞎说什么，有证据吗？什么叫搞关系，你看见了吗？"

其中一个小护士认识林泉，惊恐地瞪大了眼睛："对不起，对不起！我们瞎说的。"

"以后说话注意点！"林泉更大声地冲着小护士喊道。

两个小护士都被吓坏了，不敢再出声，逃也似的溜走。

杨翎和李川听到林泉的声音都看了过来，杨翎有点蒙："你怎么来了？"

林泉却不看杨翎，他的目标是李川。男人看男人不一样，看着杨翎跟李川并肩而立，两人都穿着白色制服，最近减肥成绩斐然的杨翎跟年轻帅气的李医生竟十分登对，他的脸色越来越阴沉。

"走，我有事问你。"林泉黑口黑面地走到杨翎面前，拉住她的手。

"我现在要去查房。"杨翎也有气，挣脱了林泉的手。

"你走不走？"林泉脸色更难看了。

杨翎见病房和办公室门口探出一个个好奇的脑袋，病人和同事全在朝着自己看，顿感难堪。

"姐，要不你先去吧。"李川帮杨翎解了围。

"你闭嘴！没你事！"林泉对李川的解围毫不领情。

杨翎心里也窝着火,家务事要在这里撕破脸,自己以后也没法见人了。她狠狠地剜了一眼林泉,什么也没说,径直朝着电梯走去。

清晨的天台上没有人,朝阳刚刚升起,微风拂面,气温怡人。杨翎环抱双臂,摆出一副防御姿态,不悦地问林泉刚才在发什么神经。

林泉冷笑:"我发神经?请问哪个正常男人看到自己老婆跟别的男人在一起有说有笑搞暧昧,会拍手叫好?"

杨翎面色微变,马上又恢复了正常,反问道:"你凭什么说我们在搞暧昧?现在才六点半,一会儿就要早班查房,我们是正常工作。"

"正常工作个屁,你跟他一起从医生休息室出来也正常吗?你昨晚在哪儿睡的?"林泉质问道。

"你管呢?"杨翎更火大了,敢情刚才林泉在护士面前说的那些话都是假的,他根本不信任自己。

"我当然要管,我是你丈夫,我有权知道!你敢做不敢说吗?"林泉气得脸都红了,他第一次扯着嗓子吼杨翎。

"我有什么不敢的?我是去了医生休息室,因为护士休息室太吵了。而且医生休息室只有我一个人,李医生一直在办公室工作,直到早上才过去叫醒我,就是怕你们这些小人传闲话。你可以去查监控,走廊上有摄像头。"杨翎觉得林泉简直荒谬,他自己在洗浴中心过夜就可以,自己光明正大地在医生休息室睡一觉就不行。只可惜现在她不能把这件事说出口,否则的话,林泉的脸就要掉到地上了。

林泉其实也明白杨翎大概不会有什么乱事,自己确实有点理亏,但偏偏不肯就此示弱:"我问你,你最近又是减肥又是打扮的,每天出门前还描眉画眼,你想给谁看?"

杨翎不屑地哼了一声:"笑话,请问哪条法律规定已婚女性不能减肥不能打扮不能化妆?"

"行,杨翎,我就知道你不是给我看的,你最近……你最近变了,我越来越看不懂你,咱们在一起这么多年了,就消消停停过日子不行吗?"林泉按捺住怒火,其实他想说的是最近在后备厢里发现了监听器,虽然他没做错什么,也不在乎杨翎会发现什么,可做出这种事的杨翎居然在外边跟男同事不清不楚,这让他很意外,进而是强烈的不安。

"谁不想消停过日子,可你让我消停了吗?你一天跟我说几句话,你关心过我吗?你想过我的感受吗?你有心事跟我说吗?我要是还不变一变,我在你眼里都快成透明人了。"杨翎觉得特委屈,尤其是昨晚目睹了林泉向"陌生女网友"掏心掏肺之后,深感疑惑,为什么他那些话那些事不能跟自己说?如果他与马国明那些破事都对自己说清楚,哪还会有现在这种尴尬局面。

"哼,还需要我说吗?你不都了解了吗,我有什么是你不知道的?你在后备厢里放的东西不就是用来了解我的吗?我真是越来越佩服你,高科技都用上了,你当我上次是真要去4S店做保养?我那是给你机会,让你把东西自己拿走!我给你留着面子呢!"林泉见杨翎还觉得委屈,越说越有理,更来气了,一冲动就把底给兜了。

"你……"杨翎惊了,她完全没想到事情会是这样。

"你什么你,你根本不信任我,打心眼里怀疑我,我跟你过日子,你跟我玩潜伏!"林泉吼完这句话,留下失望的一瞥,带着他的怒气离开了天台。

杨翎从没见过林泉如此愤怒激动,像只全身羽毛奓起的斗鸡。

可他又凭什么如此理直气壮？杨翎手机里还藏着他在网上的另一个身份，如此虚伪还有脸骂自己？虽然心里愤愤不平，但杨翎知道用小号去试探林泉的做法是理亏的，就像是通过非法手段取得的证据，你虽然明明知道事情是那个样子，但这证据却无法登上法庭成为呈堂证供，只能自己看着糟心，想着委屈。换一个角度，如果林泉用同样的手段对付自己，就算没做任何对不起他的事，自己也会跟林泉翻脸。这一切其实都是自己挖坑自己跳，只能沉默地忍受林泉的指责。

虽然林泉发了一通脾气，但至少安放监听器的事排雷了，可杨翎马上想起了赵熙子之前说过的话，如果林泉早就发现了那个监听器，那会不会是他和马国明联手给自己演了一出戏呢？而根据昨晚的聊天来看，除非林泉再次识破了自己的伎俩，发现"裘真真"就是自己，否则他没理由生生编造一个关于马国明和朱迪的秘密说给一个陌生人听。

这些推理用掉了杨翎的大部分脑力，她从无兴趣看推理小说和电影，更不擅长这件事。但她清楚，上次林泉发飙是因为她没当上护士长，这次竟然是因为吃别的男人的醋，一直以来林泉都是个性格温和的人，能让他大动肝火说明他还在意自己。而如果按照林泉自己所说，她取回监听器是他故意给自己创造的机会，给自己留着面子，无疑也说明林泉还是非常在意自己感受的。虽然刚刚经历过这么一场火星四射的争吵，但杨翎竟前所未有地感受到了林泉对自己的感情。

奇怪的女人。

今晚杨翎轮休，没去医院，林泉下班后也径直回了家。

杨翎做了晚饭，还特意买了林泉最爱吃的小凉菜和啤酒，想让他消消气。结果，酒菜都摆在餐桌上，林泉看也不看，自顾自地煮了速冻饺子。

杨翎本想找机会跟他说话，给他个台阶也给自己一个机会重新沟通，但林泉看起来毫无沟通的想法，煮完饺子直接端到书房，还把门关得死死的，这令杨翎非常尴尬，看着桌上的饭菜也没胃口。

手机提示音响起，屏幕显示是社交软件上收到了林泉新发来的消息，杨翎敏感地看了一眼紧闭的书房门，确认他不会出来之后才打开了信息。

"对不起，回复晚了。"

"昨天睡得早，今天心情不太好。"

"我结婚了。"

林泉分了三条信息发过来，杨翎没想到他会这么坦诚地告诉女网友自己已经结婚了，心里一颗悬着的石头落了地。她马上回复了一个笑脸，自己脸上也露出了笑容。想了想，她开始输入："我也结婚了。今天心情也不好。"

杨翎一边吃饭，一边跟林泉聊天。林泉还真是个实诚人，对一个虚拟世界里完全陌生的女人毫无戒备，什么事都能说，不仅吐槽老婆监听自己，还说老婆跟男医生搞暧昧，甚至怀疑她跟男病人也有点不清不楚。

杨翎简直气坏了，但她还不能因为生气就关闭这扇好不容易打开的沟通窗口，为了能跟林泉继续聊下去，她也说出了自己怀疑丈夫出轨的事情。这一下，两人找到了共同话题，在软件上聊得热火朝天掏心掏肺，一聊就是两三个小时，杨翎的手机都快没电了，只好回到卧室，一边充电一边坐在床上继续聊。

林泉说："水至清则无鱼，得过且过吧。一辈子不长，能走到一起都是缘分，只要两个人可以你哄哄我，我也愿意哄哄你，事情就过去了，较真只会扼杀感情。"

"可问题是，他现在根本不愿意哄我。我们已经开始冷战了，今晚他甚至不愿意看我，连我做的饭都不愿意吃。"杨翎觉得林泉的态度真的有点讽刺，为什么可以循循善诱地开解女网友，自己却一丁点都做不到。她决定不再绕弯子，抛出最后的撒手锏："跟你聊天真的很痛快，我现在心情好多了。很好奇现实中你到底是个什么样的人……"

不知道为什么，此刻的杨翎对纠结婚姻中谁对谁错的热情，竟远没有对探究林泉的热情大，这个相伴了十一年的枕边人，究竟是怎样的男人，究竟还有多少自己不知道的秘密？

等了好几分钟，其间杨翎听到林泉走出书房，脚步声一直蔓延到厨房，他把吃完饺子的盘子和筷子自觉地洗了，哗啦啦的水声之后，脚步声又去了卫生间。

杨翎陷入焦虑的等待。如果林泉不答应，是否可以推测他此前可能没见过别的女网友，那些杨翎上夜班无从察觉的夜晚，他又有没有做过过分的事呢？

不知道这次林泉有没有掀起马桶圈，最终冲过水后，杨翎听到他的脚步声又回到了书房。

"等忙过这阵子，咱们可以见面认识认识。"

手机屏幕上跳出这行字，杨翎眼前一黑，倒在床上。

B

夫妻没有隔夜仇，这句话本身是对的，但这句话得建立在床头打架床尾和的基础上。

而自从林泉跟杨翎在天台上大吵之后，他就没睡过卧室的床，而是睡沙发。

这日子是越过越不像样了，杨翎躺在床上，听着客厅里传来的呼噜声，辗转反侧，怎么也睡不着。天知道这次冷战会持续到什么时候，但杨翎已经打定了主意，无论如何自己都不会先主动说话。不回家还好，在单位还有人能说说话，只要一回家，两人就都没心情了，不约而同地各自在外边吃完晚饭才回家。家里冰箱是空的，锅灶是冷的，心也是凉的。

杨翎平时为人低调，从没有任何关于她的八卦，因为这次林泉去医院闹了一场，医生、护士、病人，甚至病人家属都关心起杨翎来，就连工会主席也特意来了一趟办公室，关心杨翎的家庭问题。到最后，不知道姐姐杨燕怎么听到了风声，特意打电话来询问，还说如果林泉敢欺负人，她绝对饶不了他。

杨翎自然是没办法对别人说出所有实情，如此一来，倒是落了一堆旁人的关心和闲话，没有真相自然会引发大家更多的猜测，她因此更恨林泉了。但就算是憋了这么一肚子的火，一见到林泉她也瞬间冰封，不想解冻。

社交软件里的林泉，显然比现实生活中热情有趣得多，总能轻易就让女人愉快，这一点，在杨翎跟林泉相处的十多年来，从未真切地感受过。而且他也更容易接近，在"裘真真"主动提出见面的暗示后，他对她就更热情了，不仅频繁主动聊天，还掏心掏肺地展现内心世界，在杨翎看来林泉真是幼稚得令人发指

令杨翎稍感错愕的是，在林泉向"裘真真"展示出的内心世界里，他表示对现在的生活十分失望，也觉得自己非常失败。他想过换一种活法，然而男人的责任心和世俗的价值观令他无法真的放手去做，他内疚，既是对老婆家人，更是对不能率性而活的自己。如果可以，他真想尝试抛下一切重新生活。

杨翎看到这些时，不知该哭还是该笑。一方面，她心疼林泉内心竟如此沉重，每天担负着这么多负面情绪，现实生活中怎么可能开心起来；另一方面，又愤恨他竟如此没有担当，想要逃避现实，逃避人生。但无论如何，也不管以什么样的身份和方式，她终于开始走进了丈夫的内心世界。

这样的日子一过就是好几天，杨翎也不知道什么时候才是个头，她陷入了前所未有的自我怀疑中。如果不是林泉老家的亲戚要来北京看病，这种僵局还会持续下去。

老家亲戚因为路线不熟，让林泉去车站接他们到医院，杨翎暗自庆幸他们并没有去自己工作的医院。

林泉提前给杨翎发了微信，让她一起去接亲戚。杨翎还在生气，根本不想去，可林泉在老家是个大孝子，所以只要在老家人面前，杨翎也得配合他当好媳妇儿。这是两人在十一年的婚姻生活中早已达成的默契。

杨翎能顾全大局，小家庭里可以闹别扭，但只要有外人在，她总

会给林泉留足面子。

亲戚坐的高铁抵达时间是周五傍晚，北京最堵的时间。北京南站有两个地下停车场，一东一西，林泉开着比亚迪，把车停在了东边停车场，然后就去接人。杨翎坐地铁过去，林泉让她先去找车，然后接上亲戚们一起去吃晚饭。

林泉也没说清车停在哪个停车场，杨翎给他电话也接不通，在偌大的地下停车场里转来转去，怎么都找不对地方。林泉带着老家来的表哥表嫂，在停车场等了半个多小时，表哥表嫂在车上就没吃饭，早就饿坏了，于是林泉通知杨翎自己先带表哥表嫂去找家快餐店垫垫，让杨翎也去快餐店会合。

杨翎跑到一家店，才发现没找对地方，没想到这家快餐店在南站竟然有四家分店，又浪费了半个钟头。最后林泉怒了，当着表哥表嫂的面，打电话的时候口气很不好，大声命令杨翎去出站口外的路口等着他。

这一等，又是半个小时，好不容易终于见到了林泉，他的脸色已经十分难看。在地下停车场和车站里奔走了近一个小时的杨翎，为了表示重视这次见面，特意穿了双新鞋，脚指头都磨出了血泡，她心里也攒着气。表哥表嫂已经疲累不堪，虽然脸上还是客气的微笑，但林泉再也忍不住了，当着表哥表嫂的面就开始责备杨翎，一个北京本地人竟然在南站找不到地方，太不像话！

上了车林泉还是没完，杨翎被骂得涨红了脸，始终忍着没说话。林泉却越说越过分，说杨翎不把自家人当回事，不尊重他的亲戚，表哥表嫂难得来一次，她竟然没有提前来接站。正在气头上的林泉，见车就超，急驶急停，把表哥表嫂晃悠得脸色煞白，再也不敢吭声。

杨翎被刺激得再也忍不住了，大声让林泉停车，然后跟表哥表嫂说了句对不起，看也没看林泉一眼，下车就走。

林泉索性把这口气赌到底，冲她吼："怎么着？错了还不能说两句了？甩脸子给谁看呢？"

林泉一边说着，一边发动车，气冲冲地往前开，在后视镜里看到杨翎招手拦了一辆出租车。

"泉儿，这才像咱老林家的爷们儿，带种！"刚刚忍着没吭声的表哥也舒了口气，冲林泉竖起了大拇指。

看着杨翎的背影，林泉其实心里挺不是滋味，甚至有点内疚。杨翎已经给足他面子了，可他没给人家面子，这么做有点不地道。但如果不这样做，这阵子在网上沉溺于跟女网友的深度交流，就会让他更愧疚。此前发现杨翎在车上安监听器，他其实没有特别恼火，因为那时候自己没情况。而这次不一样，有情况了，他就更得在舆论和面子上先占领道德制高点。这么做未免有点卑鄙，他很清楚，所以心里难受。

他把表哥表嫂送到了医院，自掏腰包在医院旁边租了个小宾馆，找此前约好的黄牛给拿到了专家医生明天的号，又买了一堆吃的用的送到小宾馆。

表嫂被林泉的飙车弄得有点晕车，蔫蔫的，都没说个谢字，表哥脸色也不太好。林泉以为他们累了，就不陪他们了，让他们好好休息，自己先回家。林泉到了停车场才发现手机好像落在宾馆里了，转回头去找，人在门口，却听到表哥表嫂在议论自己。

"我看泉儿混得不怎么样，他爸净吹牛，说他在北京多好多好，什么事他都能办，结果你看，连挂个号还得找人买，这个北京护士媳妇儿屁用也没有。"表嫂一边吸溜着林泉买的面，一边抱怨，"你说咱们大老远来一趟，也不知道请吃个饭，还懂不懂点礼数？两碗面条打发叫花子呢，亏得你还盼着他请吃烤鸭。这下傻了吧，人家根本没想过这码事，拍拍屁股就走了，也没说请咱们上家里坐坐，你还说想去家里瞧瞧，想得也忒美了，人北京人的家是随便能去的吗？"

"你少说两句吧，没见他不容易，跟媳妇儿吵架了。这会儿去他家，你让他难堪不是。"表哥倒是帮林泉说了话。

表嫂不以为然："你这大表弟我可得说说了，外边有没有本事没关系，家里头可不能没本事吧，怎么能让媳妇儿甩脸子，这还当着我们的面儿呢，下了车甩门就走，真牛。我看呀，他就是怕媳妇儿，毕竟人家是北京人，泉儿是个外地的，不敢跟人理论。"

"咱们来的时候，他爸还让咱帮忙劝劝他俩赶紧要孩子，看现在这阵势，咱也别多嘴了！"

"你说，会不会是因为泉儿不行，所以媳妇儿对他有意见，他又没办法，所以才窝窝囊囊的。"

"我看八成是，不然老林家的儿子，怎么能活成这个德行。"

"这叫啥毛病来着，对了！性功能障碍，不孕不育！"

"你说，泉儿媳妇儿就是医院的，咋就不能治治？"

"要是能治那不就早治了，估计是治不了呗。"

……林泉站在门外，进也不是，走也不是，心里又愤怒又委屈。

念在亲戚的分上，他花了不少钱帮忙找黄牛挂号，这一个号得五百多，还搭上时间特意去接送；临了，怕他们俩实在太累了，就想着先凑合一口，明后天再好好请他们吃顿饭，可表哥表嫂非但不领他的情，还在背后如此议论是非。以他对表嫂的了解可以断定，自己在老家的人设以后算是毁了，这事儿还没法解释，越描越黑。这些人根本不知道，并不是每个在北京的人都可以手眼通天，摆平一切的，更不会理解自己仅仅是在北京生存下来就已经需要克服万难竭尽全力了。

林泉现在更觉得愧对杨翎，尤其是居然为了这么两个白眼狼和她吵了一架，太不值当了。

林泉咳嗽了两声，摆起笑脸，走进房间。

C

赵沅屏老爷子躺在病床上，喝完虫草乌鸡汤之后，赵熙子小心地帮他擦着嘴边的汤汁，听见老爸口中喃喃："熙子呀，你长大了……"

老爷子住院十来天了，舌头还不听使唤，才刚刚能说话，但赵熙子已经挺开心了。这些天来她守着父亲，才突然意识到父亲已经七十岁了，她印象中的父亲永远都山一般强大，在商场上叱咤风云数十年，遇到过无数困境和打击，什么样的压力都承受过，但从未展露出此刻脆弱的状态。如果不是这场突如其来的病，她根本没意识到父亲也已经到了轻易倒下的年纪。

赵熙子给父亲喝了口水，漱漱口，见他眼中神采慢慢恢复，也就放心了许多。

老爷子望着未施粉黛略显憔悴的女儿，有些怜惜："这些天，辛苦你了。"

赵熙子笑笑："爸，您跟我还见外啊，我可是您亲女儿。"

老爷子眼睛半眯，嘴还不能自如活动，看起来是在微笑，有点含糊地说:"这些天躺着,迷迷糊糊半梦半醒,我想这人活着呀,最大的智慧其实是妥协。"

赵熙子不明白,问爸爸什么意思。

老爷子咳嗽两声,清了清嗓子才说:"妥协的结果是双赢甚至多赢,而竞争和对抗,很大程度上都是零和博弈。"

赵熙子琢磨着父亲的话,不知道他是在说事业,还是在说家庭。

老爷子叹了口气,期待地望着窗户,似乎想要出去,又似乎盼着谁来。

病房里消毒水味道太浓,赵熙子知道父亲有过敏性鼻炎,为了让他舒服点,起身去开了窗。老爷子望着窗外的绿树成荫,突然说今年的荔枝该上市了,他还没吃过。赵熙子更开心了,难得父亲好胃口,赶紧在手机上下单生鲜外送的荔枝,又陪着说了会儿话,派送员已到楼下。赵熙子下楼去取荔枝,再回病房时,老爷子嘴半张着,涎水也淌了出来,只能发出哼哼声了。

赵熙子手里的荔枝落在地上,赶紧叫医生过来。医生再次抢救,并重新安排了脑部CT。入院检查的结果就不好,医生说脑血管里边有一块不小的血栓,一旦进入狭窄的细小血管就麻烦了。结合上次的影像结果,医生判断现在很可能就是这个血栓出事了。

赵熙子急坏了,忍不住给老妈打了电话,电话一接通她就哭了:"妈,我可能要害死爸爸了。"

没多久,马国明也来了,赵熙子哭个不停,她说自己有种不好的预感,总觉得这次复发会很危险,是自己不该去开窗,不该让老爸吹风,一定是自己把爸爸给害了。

马国明搂着赵熙子,一遍遍地安慰她。他第一次见赵熙子如此脆弱，认识她这么多年，只在生康儿的时候看她哭过。

安慰归安慰，现实归现实。抢救结束后，命暂时保住了，但老爷子仍处在昏迷之中。而且暂时还不知道要多久才会苏醒，如果一直不醒，很有可能转而成为植物人。

赵熙子没想到的是，在这个最艰难的时刻，母亲来了。至少二十年，父母在同一栋楼里过着分居的生活，每人一层楼，从来不在一起吃饭，更不会一起出行，万一有事需要联系，也从不打照面，电话了事。

赵熙子的母亲退休多年，她曾是优秀的学者，在专业领域做出的贡献不亚于父亲取得的成绩。赵熙子看过多年前他们拍摄的结婚照，虽然从外形上来说，母亲跟父亲相比稍逊一筹，父亲更高大，年轻的时候绝对称得上玉树临风，但母亲腹有诗书气自华，气质出众。赵熙子从少女时代就已经发现了自己的父母跟别人家的父母不一样，但她不敢问，也没机会问，父母总是很忙，父亲在国内事务繁多，母亲则常年全球飞行。平日照顾赵熙子生活的人是保姆阿姨，帮她处理学校事宜的人是父母的秘书和助理，上了这么多年的学，父母没有一个去参加过家长会。赵熙子打电话给母亲，并没有要她来医院的意思，只是出于家人的责任告之于她。

"怎么，见到我跟见到鬼一样。"母亲很冷静，虽然是快七十岁的人了，但气场比赵熙子还强大。

"妈，我没想到你会来。"赵熙子说话差点咬着舌头。她上次跟母亲面对面讲话，还是春节带康儿去拜年时。

"他是我丈夫！"母亲叹了口气，幽幽地看着已经无知无觉的父亲。

"妈，你要是不想留下来也没关系的，这里有我和国明。"赵熙子知道母亲的脾气，她孤傲清寒，就连对待自己也从未有过热乎气儿，虽然已经退休，但坚持在家工作，每年出版一本学术书，对她来说，事业比家庭更重要。虽然这样很没人情味，可赵熙子从小就理解，也能接受，毕竟一样米养百样人，她出生在一个不是普通父母的家庭，所以注定拥有非同一般的家庭生活。

"我得留下来，照顾重病的丈夫是妻子应尽的义务，我们虽然分居多年，但并没有正式离婚。更何况，我并不恨他。"母亲一边说话，一边轻轻地抚摸着父亲的头发。

第十四章

A

赵家的父母和孩子,难得地出现在同一个房间。

这些年即使是过年,赵熙子也总是先给住在二楼的父亲拜过年问过好,再去三楼见母亲。赵熙子原以为母亲早已不爱父亲,甚至会有恨意,但没想到母亲一连数日悉心照顾,竟比护工还要贴心。

父亲的颈椎不好,母亲从家里取来他床上的枕头;父亲爱听老歌,母亲特意带来一个蓝牙小音箱,每天轮着播放各种怀旧金曲,有时候还跟着一起哼唱;病房里空气不好,母亲还准备了各种香型的精油香薰……

关于父亲的种种细节,赵熙子都不知道,她本以为母亲也不会知道。六十多岁的老母亲,每天在医院和家之间两点一线,废寝忘食,肉眼可见地憔悴,人也瘦了一圈。赵熙子想劝她别来了,自己多花点钱雇高级护工,一样可以照看好。可母亲不同意,依然每天都守在床边,温柔地帮父亲擦脸清洁,活动手脚,不时试探一下父亲的额温。这些事赵熙子也做,可总觉得做得不如母亲好。

晚上，赵熙子来给母亲送饭，看到母亲坐在床边，轻轻地握着父亲的手，长久地凝视着。母亲似乎在哭，她的另一只手，抬起来在眼角拭过。赵熙子看呆了，这幅画面如果出现在恩爱的夫妻、挚爱的情侣身上十分和谐，自己的父母可是婚内分居二十多年的关系。

"妈……"赵熙子没忍住唤出声来。

母亲发现赵熙子来了，自觉有点失态，赶紧放下父亲的手，擦干眼泪。

母女并肩而坐，赵熙子把父亲昏迷前关于"妥协"的那番话说给母亲，母亲若有所思，良久才说："他可能是在说我和他之间的关系。"

赵熙子疑惑地望着母亲，母亲微微一笑，继续问赵熙子，是不是觉得自己跟她父亲之间早就没了爱情。赵熙子想了想，诚恳地承认了。

母亲再次一笑："我知道你会这么想，大概所有人都会这么认为吧。可你们都忘了，这几十年来，我跟他虽然不见面也不说话，却共同生活在一个家里。其实我爱他，他也爱我，我们之间的感情已经超越了爱情，我们是至亲。如果今天躺在这里的人是我，他也会像我照顾他一样照顾我。"

"可是，既然你们都爱着彼此，为什么不早一点和好，或者以一种更融洽的方式相处呢？"

"因为，我们都太骄傲。"母亲的目光重新回到父亲身上，这话像是说给赵熙子，更像是说给父亲，"我们都很要强，都很骄傲，对我们来说，自尊心跟空气、阳光和水一样，是我们生命最重要的组成部分。"

赵熙子握住母亲的手："妈，我喜欢你跟我讲这些，这让我更了解你和爸爸。"

母亲微笑："所以你爸爸说，妥协才是最大的智慧，我们都等了这么多年，为了面子为了自尊浪费了这么多年，结果是个双输的局面。熙子，你记住，夫妻之间面子什么的并不重要，重要的是别有心结，有什么问题要主动想办法尽快解决。对于夫妻来说，最重要的就是相互陪伴。"

"妈，你后悔过吗？"

"后悔，其实我早就后悔了。人生苦短，就算活到一百岁，也不过是沧海一粟，更何况我们都已经这个年纪了，还能有多少可以相守的日子？"

"我相信，听见这些话，爸爸一定会醒过来的，我们会一起回家，一起吃饭，一起散步。"赵熙子冲母亲笑笑，像个孩子。

母亲也笑了，笑得不像她在行业核心期刊照片里的精神矍铄，也不像接受记者访问时的意气风发，不施妆发的她此刻就像个寻常家庭的老年主妇，绵软和煦。

母亲最后告诉赵熙子，伴侣之间是否相爱一生并不重要，爱情原本就是有生命周期的，会发生，就一定会结束。一生挚爱的故事绝大多数都存在于文艺作品中，能够得到这样的爱，仅仅依靠自身努力是不够的，还需要命运的恩赐。芸芸众生的普通人，能得到相伴终生的伴侣已是难得的幸运，所以不要去计较，谁爱谁多一些，谁付出的更多。而相互陪伴，比起年轻时候看重的大部分事情都重要得多，比如身材样貌，比如是否多金有权，比如是否会玩会聊能提供情绪价值，这些事情带来的情绪高峰体验太短。母亲的人生思索往往带着科学分析的归纳总结，她认为年轻时候看重的这些都是0，每多一个优势就多一个0，但是否能陪伴终生却是1，如果没有这1排在0前边，那么后边再多的0都没有意义。

母亲几乎从未跟赵熙子分享过她对人生的看法，但她说的话，总能给赵熙子带来极大启发。在母亲的这些话中，赵熙子抓住了一个重点，她必须确保自己能有一个1，而这个人最终到底是1还是10还是100就显得没那么重要了。

赵熙子去了趟肿瘤科病房，找到杨翎，正赶上杨翎下班。

自从上次闹了别扭之后，两人再在医院里碰面都略显尴尬。杨翎见到赵熙子来找自己有点意外："你怎么来了？"

"翎儿，谢谢你，我爸的事要不是你告诉我，我不会第一时间就知道。那天我到医院时，你已经离开急救室了，这几天一直忙，也没顾上来跟你道谢。"赵熙子真诚地看着杨翎。

"你跟我客气什么呀，用不着见外。"杨翎释然一笑。

"我请你吃个饭呗。"赵熙子见杨翎笑了，心里的石头放下。

"真不用客气，还吃什么饭呀，没事没事，你别往心里去。"

"你要是不让我请吃饭，那我可就往心里去了。"

"你可真是讨厌，请就请吧，我先说好啊，不许超过人均一百。不然的话就见外了，我又不是客户，咱们当朋友的，下次我还得回请你，你请太贵的，我可吃不下去。"

"好，我们绝对不超过一百，咱上鼓楼吃卤煮去。"

赵熙子主动挎上杨翎的胳膊，杨翎亲切地靠了过去。

B

赵熙子的职场信条是效率，她不是最聪明最有天赋的，这么多年能在公司保持自己的地位，靠的就是效率。别人还没意识到问题可能存在的时候，她往往就想出了解决办法。

女人之所以会为了男人而痛苦，根本原因就是对结局无法承受。发现男人不忠，不再爱自己，要么继续忍受痛苦过下去，要么干脆放弃重新来过。大部分女人无法放弃，所以只能忍受不忠与不爱继续折磨，但对于赵熙子来说，她不存在这个困扰。离了婚，她依然可以过同样水准的生活，麻烦只在于日后面对亲友同事们的疑惑，需要就离婚原因解释一番。现在，赵熙子决定把对工作的效率用到婚姻上，父母的例子表明，她不能再浪费宝贵的时间。她比父母小不到三十岁，这意味着就算马国明不变心，能相伴一生，彼此身体状态都好的有效陪伴时间，也不过剩下二三十年。现在能留给马国明的，就是最后的考察期。

这番话，赵熙子并没有对杨翎透露，她发现杨翎似乎对自己有点客气，而在这客气的背后，她应该也有属于自己的秘密。秘密是无法共享的，哪怕是同为女人，各自的立场不同，也会带来不同的理解和判断。

赵熙子依然擅长处理各种人际关系，这顿卤煮吃得很愉快，两人之间那层看不见的薄冰已然消融，鲜为人知的默契后知后觉地滋生，今后关于各自丈夫的事情，绝不再多说多问多提。每个人都有自己的敏感点，每个人也有自己不为人知的私情，谁也没有权利干涉，大家都守住各自的界限，不越过，就相安无事。

马国明每天都来医院，白天是岳母守着，一整晚都是他。虽然他并不知道自己正处于赵熙子对其设定的最后考察期，但他对岳父的照顾可谓事无巨细,毫无怨言。赵熙子对他这方面的表现颇感欣慰,而对他其他方面的表现就很不满意了。

有一次,赵熙子在马国明来接她的班之后,假装先走,等了几分钟,又重新折返回来,从病房门口偷看着他。马国明坐在床边刷手机,脸上笑眯眯的,手指频繁点击屏幕,显然是在跟别人聊天。

赵熙子敏感起来,这样的笑已经很久没在马国明脸上出现过了,这么晚了,他会跟谁聊得那么热乎?她敏锐的第六感亮起了红灯,在走廊给马国明打了个电话,说自己今晚不想一个人回去,想跟他一起陪着爸爸。可马国明心不在焉,说两人都在这里的话,康儿今晚就得让保姆阿姨陪他睡了。

赵熙子没想到马国明会搬出儿子这个大杀器,无论如何,家里确实得有个人陪康儿才好。赵熙子鼓起勇气又跟马国明撒了个娇,说这样下去,不知道什么时候才能再跟老公亲热亲热,这都大半个月了,两人每天就跟交班的同事一样,太没劲了。

马国明并没有感觉到赵熙子的诉求,更没有体现出对赵熙子的热情,只说老爷子现在这个情况,哪儿还有那个心思?劝熙子也消停点,自己最近也累得够呛。

挂断电话之后,赵熙子又回到了病房门口,发现马国明还在刷手机,依然在聊天,不知道聊些什么,但他又笑了。

作为一名资深律师,赵熙子擅长冷静地判断,以及果断地抉择。在离开住院部大楼去停车场的路上,她冷静地思考了要不要把自己再次怀疑马国明的事跟杨翎说,向她寻求帮助,让她去找林泉问个明白。毕竟杨翎知道此前马国明跟林泉在车上的谈话内容,她是林泉的老婆,如果真有负面消息,以杨翎的性格,以她学妹的身份,很可能会再次提醒自己。这将成为自己信息的准确来源。

但当赵熙子走到停车场,坐上车后,已经冷静地否定了这个选择。原因很简单,如果她去找杨翎,那么自家的丑事又要进一步曝光;如果不是丑事,马国明没事,也说明自己其实外强中干,根本就不幸福也不自信。普通女人示弱很正常,甚至很多女人擅长拿示弱当武器,可赵熙子不同于其他女人,她继承了父母双份的骄傲,绝对不能在杨翎面前丢这个脸。

发动了车之后,赵熙子已经迅速想到了新思路,她决定跳过杨翎直接去找林泉。

四十分钟后,赵熙子已经跟林泉通过电话,并来到他家小区对面。

林泉对赵熙子的来意有些摸不着头脑,赵熙子招呼他上车,两人就在车里聊了起来。

"我今天来是请你帮忙的,如果你肯帮我,可能会拯救我跟老马的婚姻。作为老马的朋友,我想,你不会拒绝我吧?"

赵熙子一上来就直奔重点,从林泉惊讶的表情里,她看到了希望。今晚的她,把自己摆在了职业律师的位置,来见林泉就当来见一个客户,她只需要运用自己的专业能力,从林泉身上得到想要的信息即可。

"我知道,你跟老马是好哥们儿,又是校友,你们这么多年的感情,我不能让你做对不起他的事。这样吧,我不为难你,我问你问题,你不用回答,如果不是,你可以否认,如果是,你就什么都不必说。这样,你就等于没跟我说过任何事,也就没有对不起他。"

赵熙子的话术产生了作用,林泉被绕了进去,点了点头:"嫂子,感谢你的理解,我知道怎么做了。"

"第一个问题,马国明是不是跟你们所里的朱迪好过?"

赵熙子问完,牢牢盯住林泉的反应,林泉先是张大了嘴,像是尴尬又像想要说是,他左右为难地犹豫着,张了好几次嘴,却没能说出一个字来。

赵熙子已经明白了,脸色略阴了一层。

"第二个问题,马国明跟朱迪是不是现在还在好着?"

赵熙子的目光更锐利了,就像一把锋利的刀子,直接刺向林泉。

林泉更紧张了,咽了口唾沫,不知所措。

"你的表情告诉我,他们现在还好着,对不对?"

"不,跟你想的不一样。我必须得否认,他们之间现在是朋友关系,而且老马不是主动的一方。你明白我的意思吗?他没有主动,我觉得是朱迪有问题,她明明知道老马有家庭,也知道他不想继续下去,还这么缠着老马,分明是动机不良。"林泉磕磕巴巴地总算把意思表达出来了,他尽量不想损伤马国明。

赵熙子冷笑,眼中流露出一丝"我早就知道"的意味:"你不用为老马解释了,一个巴掌拍不响,跟男人比起来,女人的底线还是要高一些的。如果不是得到了老马的默认,人家不可能这么上赶着。哪有什么动机不良?不过是看上他了,想要得到他罢了。"

"不不不,老马不会这么做的,他是重视家庭的,也是很在意你的,你在他心里非常重要,这一点我可以保证。"林泉担心赵熙子马上就要说出"那我就成全他俩"的话来。

"在意?他怎么在意了,他拒绝了朱迪吗?如果一个男人真心拒绝一个女人,这个女人是不会有机会的,这种事你们男人最擅长。

如果男人不真心拒绝，就意味着你可以有机会更进一步，甚至再进一步，可能一开始还只是同事，后来变成了朋友，再后来称兄道弟，或者兄妹相称，最后还不都是滚到一张床上去了？"赵熙子来气了，放弃了她的矜持和职业态度，突突突地就像扣下了机关枪的扳机。

"你怎么知道他们现在是兄妹？"林泉有点惊讶，他被赵熙子的话给吓到了，但话说出口马上意识到自己失言了，人家刚才根本不是这个意思，是他太敏感了。唉，都怪这张嘴，林泉忍不住扇了自己一耳光："我对不起老马，刚才瞎说的，你别信。"

赵熙子再次冷笑了一下，但那笑转瞬即逝，她严肃起来再次正色道："第三个问题，他们已经到什么程度了？"

林泉听了脸都白了，赶紧摇头："这我真不知道，我也不可能知道。我只能告诉你，老马跟我说他跟朱迪什么事儿都没有，绝对碰都没碰过她，他们之间只有精神交流。"

赵熙子审视林泉完毕，收回了目光："好了，你可以回去了，我请你最后答应我一件事，今晚我跟你说的这些话，请务必保密。"

"你放心，我不跟老马说，你回去也别骂他，他最近也挺累的。你家老爷子不是正病着吗？这个节骨眼上，可能想让自己放松一下。他会有分寸的，我们都应该对他有信心。"林泉争取一切机会想要再帮马国明加点分。

"我们的事，你别管了。今晚的事，你对谁都不要说，包括你老婆。我管不好自己的丈夫，让他爱上了别的女人，这是我作为女人最大的失败。"说完，赵熙子指了指车门，"谢谢你，你回去吧。"

林泉下了车，让赵熙子早点回家。赵熙子点点头，开车离去。当林泉消失在后视镜里时，她给莫西林发了条语音信息："西林，麻烦你找人帮我查一下马国明最近几个月的消费情况。"

"嗖"的一声，信息发送成功，赵熙子忍不住对着后视镜里的自己笑了笑，是自怜的笑。

一直以来她都是个积极主动敢于追求的女人。喜欢好东西，她就努力赚钱自己买；渴望爱情，她就去追求自己喜欢的男人；想要一个孩子，她就鼓起勇气敢冒风险一次次去尝试。她所拥有的这一切都是凭着努力换来的，没走过捷径，没耍过花招，没伤害过任何人，不畏艰险从不抱怨，拥有的也心安理得。可现在的问题出在哪儿？马国明出轨是自己的错吗？世界是荒谬的，总会有人跳出来说女人没能力没钱是错的，女人能力太强太有钱也是错的；不温柔是错的，太温柔也是错的；工作不努力是错的，太有责任心也是错的。都怪女人把属于男人的担子抢了去，显得自己多能干，以致丈夫不思进取闲得发慌，才会去外边解闷。天底下男人都可以犯同样的错，可谁想过女人呢？男人犯的错全要女人来承担，凭什么？

想到这里，一切都变得索然无味，去他的，她突然就不想要了。

等红灯的当儿，赵熙子觉得前边的车灯太晃眼，视线都变得模糊，忍不住用力擦了一把眼睛，手背上顿时温热一片，全是泪。

C

"只是一点小……小心意。"戴眼镜的年轻人脸红红的，连痘痘都红了，他捧着一个精美的盒子，盒子里是几朵进口鲜花，"我也不知道送……送什么花好，店里的人说，这些比较贵……我没别的意思，就是想让你开……开心。"

年轻人说到后来声音越来越小，发现朱迪在盯着自己，脸就更红了。

朱迪愣了一会儿，才回忆起这个年轻人就是前不久提出想加她微信的男客户，当时他说想要咨询理财的事情。

"既然你这么有诚意，我就谢了！你品位不错。"朱迪微微一笑，收下了这盒鲜花，拿在手里看了看。她发现盒子上有一个小小的logo，那是一家以高价闻名的花店。

"谢谢！我其实也不懂……不懂花，就是觉得这些花看起来挺特别的，像……像你一样。"年轻人松了口气，高兴起来，但说话依然结结巴巴。

朱迪飞了个眼风，娇嗔道："我不是说你选花的品位不错，我是说你喜欢我，品位不错。"

年轻人没料到朱迪会这么说，一时间竟不知如何接话，只是羞涩地看着朱迪的样子，有点痴了。

这是上班时间，很快还有别的客户来找朱迪，年轻人这次没再跟朱迪要求加微信，说不打扰她工作，屁颠屁颠地走了。

朱迪顺手把花放在咨询台上，这一整天的忙碌，也因此而愉快起来。正是这个年轻的男客户，上次试图加微信并没有引起朱迪的注意，唯一记得的就是他说话有点结巴，跟她要微信的男客户很多，所以她印象并不深，但给她送花的这还是头一个。朱迪回想起上次同事程大姐透露的信息，这个年轻人月入四万多，正在买房，是个IT男。单看人来说，虽然外形并不出众，但他的诚意和个人能力已经给朱迪留下了深刻的印象。

这几天来，朱迪虽然在工作时间跟马国明没怎么联系，话都刻意地少说了许多。可同事们谁都不知道,每天晚上,她跟马国明的聊天已经比原来两人偷偷约会的时候还要火热。想到这,朱迪甚至心里暗暗感谢过赵熙子的父亲病得那么及时,不然马国明也不会有那么多的夜晚可以和自己聊天。

朱迪绝不是只有外表没有头脑的姑娘,凭她的容貌,怎么也算是个资深小美女。资深是从小就漂亮的意思,小美女是区别于大美女。她很清楚自己的姿色在普通人里算不错的,化个美美的妆,再配一套像样的衣服,走出去也挺像样的。但这美的程度也仅限于普通人的圈子,在诸多普通人的衬托下才能有效果,如果她想凭此考北电、中戏还是差点意思。朱迪为什么会知道?因为她真的去考过,并因此复读了一年,连续两年都报考了北电、中戏和上戏,结果两次都没过初试。站在诸多跟她同样做着明星梦的同龄人中,她也曾见过只一眼就挪不开视线的大美人。大美人曾经跟她同一个考场面试,朱迪亲眼见识了她音乐舞蹈表演方面的天赋。两年后,这个大美人还没毕业就已经开始拍戏了,后来还被娱乐记者扒出她出身巨富。

从那时候起,朱迪就开始明白美貌只是一张小牌,必须结合家境运气或者智慧与超凡的能力一起打出来才有效,否则出完了这张小牌,下一轮,她就没牌了。

朱迪家境极为普通,上小学时还做过自己不是这个家亲生孩子的梦,上课时老走神,幻想着有朝一日,特有钱的父母突然找到她家,告诉她这些年的苦衷,然后给家里一笔巨款,把她带走。后来,她越长跟酒鬼老爸越像,这个梦想也就破灭了。

现在回想起来,那时候真幼稚呀,还偏偏不自知。年轻时太傲娇,追她的人多,她谁也瞧不上,结果得罪过不少人,后来还因此遭了不少绊子。看多了言情小说她还不会说人话，经常口无遮拦，总以为这样或许能吸引到真爱白马或是霸道总裁。再后来，真的开始谈恋爱了，又一脑门子相信爱情，甚至幻想过男朋友有朝一日真的会化身盖世英雄，踩着七彩云霞来接她。

但如今的朱迪不一样了，她成熟了，在数次恋爱过程中她渐渐懂得爱情不是万能的，男人是会变的，现实比她看到的更残酷。

许多个不眠之夜，她的大脑就像一部精密的计算机，在衡量着关于马国明的一切。这算爱吗？爱是能计算和推敲的吗？朱迪不知道，她只知道在这段时间里，她看到的马国明为赵熙子所做的一切，都是她渴望得到的。

朱迪的老爸不靠谱，除了喝酒就是打老婆，死得早是他对家最大的贡献，结束了母亲的噩梦。马国明特靠谱，除了偶尔喝点酒，特别疼老婆，老婆的话他一定照做，老婆家里的事情也随叫随到，除了工作，就是回家看孩子，去医院照顾岳父。越分析越推敲，除了马国明是有家有孩子的这件事之外，其他全部条件都符合朱迪心中理想伴侣的样子，对他的念想就更多，对他的态度也更好，从她嘴里说出的所有夸马国明的话，全出于真心，她的确就是那么想的。她也越来越清楚马国明想听什么，爱听什么，又喜欢什么，她的心里全是马国明，他每天受累奔波于医院和单位之间让她心疼，每次听他吐槽老婆颐指气使她开心，马国明对老婆的不满每多一点，她的机会就多一分。

这一次，她一定会稳扎稳打，无论如何也要把马国明争取到手。此番心事，被朱迪小心翼翼地收藏在心底，她不能再对任何人泄露半分，尤其是林泉。这家伙最近看自己的眼神越来越邪性，他一定是猜到了自己的心思。

情场上吃过无数次亏的朱迪，这次无论如何也不能走错半步，如果林泉再敢妨碍自己，她手里还有撒手锏，能搬走这块绊脚石。

D

眼看快到午休时间了，朱迪特意给男客户送的花拍了张美美的照片，并发了朋友圈。朱迪把这条朋友圈设置成只给马国明一个人看，隔了几分钟，又在下边加了一条评论："是客户送的啦，不是男朋友。"

朱迪的这一招果然有效，以往马国明经常让保安大叔帮忙把他的外卖送到楼上办公室，今天中午却亲自下楼来取。

一楼的营业厅里，刚办完业务的大妈，站在咨询台前询问朱迪这是什么花，在哪儿买。朱迪原本懒得解释，但看到马国明出现，马上假装不好意思地跟大妈解释，是别人送的，自己也不知道是什么花。

马国明从保安大叔手里拿到了外卖，并没有马上回办公室，而是主动找其他同事一起搭菜吃饭。马国明很少这么大方，他的外卖通常都比其他人的贵，今天也一样，他竟叫了日料套餐，有刺身、寿司，还有海胆。

马国明把好吃的摊开来，五颜六色的，占了半张办公桌，叫其他同事都过来尝尝，而其他同事也顺便叫上了朱迪。

因为昨晚赵熙子找过来，林泉今天一整天都心事重重，不知道要不要把这件事跟马国明讲。还在犹豫着，只见马国明若无其事地跟大家一起吃饭，席间，热心肠爱八卦的程大姐又主动问起朱迪，那花是不是上次找她要微信的男客户送的。朱迪不好意思地点点头。程大姐很高兴，赶紧跟大家汇报男客户的各种信息，以及上次就对朱迪有好感，还主动要加她微信。

马国明有点敏感，特意瞪了一眼朱迪："你可不能随便让男客户加微信啊，万一是个坏人怎么办？"

"我看人不会错的，人家分明就是喜欢朱迪，才不是奔着理财来的呢。咱们所里就只有朱迪没结婚了。让人家多个机会怎么了？万一还真成了呢。"程大姐也是爱管闲事，说起闲事来就兴致勃勃。

朱迪嘻嘻笑着，给程大姐夹了菜："谢谢程大姐关心我的终身大事！要是真成了，回头我请大家吃喜糖。"

程大姐美滋滋地笑了，夸朱迪懂事，众人也纷纷附和。唯独马国明，听着这番话特别不是滋味，却又没法明说。

众人都还不知道朱迪跟马国明的关系，林泉冷眼旁观，发现马国明看朱迪的眼神不对劲，故意说了句："呦，老马你这个寿司是不是蘸料放错了，怎么有点酸呀？"

马国明回过神来，一筷子拍在林泉的筷子上："不爱吃别吃。"

朱迪跟大家嘻嘻哈哈，却悄悄把这一幕看在眼里，嘴角的笑也更肆意了。

尽管朱迪已经放了个小招，但马国明似乎没有别的表示，整整一个下午，没有微信，就连路过大堂也没有说一句话。鲜花再娇艳，朱迪也没心思看了。

说来也巧，临近下班，一位久违的大客户来办业务。这位大客户是钻石VIP客户，朱迪对他有印象，此人是赵熙子介绍来的，跟赵熙子很熟，也认识马国明。人来了之后，朱迪殷勤地引他直接去了贵宾室办理业务。

朱迪算好了时间，客户一进去，她就马上给马国明发了条微信，说自己有点头晕，不知道是不是中午吃太少了，感觉低血糖要发作了，如果马国明那里有糖或者小饼干，给她送一点下来就好。朱迪是知道马国明办公室里有糖和饼干的，所以她很清楚，一会儿马国明就会下楼来。

马国明殷勤地拿了一块巧克力和一盒还没开封的曲奇饼，噔噔噔地跑下楼来，朱迪听到他的脚步声，头也不回计算着距离，听到脚步声靠近，把眼一闭，口中嘤咛一声，软倒在地。

正在办理业务的客人吓了一跳，纷纷惊呼。顿时所有大厅里的人都看向朱迪，马国明赶紧冲了过去，又是掐人中，又是要打120，紧张得不行。

被马国明掐人中给掐得狠了，朱迪幽幽转醒，小声地让他不用打120，让他扶着自己到旁边坐坐就好。

此刻的业务大厅里，除了马国明就是保安大叔，其他同事都在柜台内，也不方便过来帮忙，所以马国明当仁不让地把朱迪搀扶起来，朱迪虚弱地打虚了脚步，走得跟跄跄，一副随时都要再次晕倒的样子。大厅里等着叫号的客户们也纷纷看了过来。朱迪眼角余光看到，那位钻石VIP客户也从VIP室里出来，微微诧异地看着这一幕。

马国明什么都没发现，此刻他的眼里只有朱迪，忙着倒水，拆开巧克力的包装递到朱迪手里，见她难受地捧着头还没回过神来，索性塞到了嘴边。朱迪张开嘴，巧克力入了口。她一边吃，一边看着大客户缓缓走到储蓄所门口，还特意回头看了一眼马国明。

此刻的马国明，正好背对着大门，对此全然不知。

第十五章

A

"马哥，真得谢谢你！低血糖还是挺危险的，要不是你救了我，我可能现在都休克了。"朱迪小声地感谢着，表情特别认真。

"你跟我客气什么，以后不许吃减肥餐了，那玩意儿没营养，你又不胖。"马国明嗔怪地说着，抹了把额头上的汗。

"我还不胖呀。你瞧你，只是扶了我一下，都满头大汗了。"朱迪说得更小声了，眼波流动中透着别样的情意。

马国明最吃温柔这一套，每次只要朱迪小声温柔地说话，他就像吃了蜜一样甜。赵熙子说话永远都像演样板戏，一身正气底气十足，她从来就学不会温柔。

马国明的表情被出来上厕所的林泉尽收眼底。联想起赵熙子来找他时对马国明的态度，他觉得有必要再给马国明提个醒，但眼下不是时候，得避开朱迪。

次日早上，林泉特意赶到医院停车场去等马国明。

马国明在病房守了一夜，却并不憔悴，昨晚他跟朱迪在微信上聊天聊得很开心。他一见林泉有些诧异,问林泉怎么来了。

"我今儿限号,特意来蹭你的车去上班。瞧你这容光焕发的,不知道的还以为你在热恋呢。"林泉不想一上来就把气氛搞僵,此前两人已经有些不愉快了。

"放你的狗臭屁,胡说八道!"马国明脸色很臭,似乎有点忌讳这个话题,"你这早高峰打个车来找我就为蹭车?干吗不直接打到单位?"

"我来就是关心关心你,怎么,无产阶级兄弟情都不要了吗?"林泉说着,拿出一份煎饼果子,还有一杯绿豆粥,"特意给你买的,加了俩鸡蛋呢。"

伸手不打笑脸人,更何况林泉还带了早餐,马国明不好意思继续摆臭脸,就让他上车再说。

还是这辆罗密欧,林泉好久没开过了,今天马国明要吃早餐就坐上了副驾驶,让林泉开车。

"老马,我先声明啊,我来找你,不是要干涉你的私生活,只是想尽到哥们儿的义务。我是希望你好,也希望你幸福,我的出发点也是在为你好的基础上,所以接下来我要说的话,你可千万别生气!"

"屁话少说,捞干的。"马国明咬了一大口煎饼,没好气地说。

"我就是想提醒你,跟朱迪打交道还是要注意点分寸。"林泉见马国明忙着咀嚼,没来得及发声,马上紧接着就说,"别觉得朱迪年轻就小瞧人家,我觉得你我真要跟她斗起来,未必玩得过。你自己也说过,她有她的未来你有你的未来,大家互不干涉,我觉得这样是对的,希望你现在也别忘了。"

"我没忘,我最近就是有点郁闷。你知道吗,婚姻这东西真是日久见人心,一年两年的还看不出来什么,我这是结婚第十一年了,才发现我跟你嫂子其实没什么共同语言。以前我不觉得这玩意儿有多重要，说得糙一点，原本我觉得床上大家都睡得下去，桌上大家能吃得过来，看着也都还顺眼，就行了。可现在我发现，说不到一起去，真是难受！"马国明降下车窗，透了口气。

"怎么了，跟嫂子吵架了？现在是非常时期，她父亲病了，心情肯定不好，换谁都一样，这不是正常状态。"

"不是，是一直都这样，我以前只是忍住了。你嫂子说话永远是命令，大事小事都不跟我商量，全都她说了算。我也是个男人，堂堂七尺男儿，一点存在感都没有。连康儿都知道，家里有什么事得他妈说了算，我说了不算。你说，我这个爹当得还有什么意思？朱迪就不一样，以前我只在书上看过解语花这个词，现在算是明白了，世界上真有解语花，朱迪就是，我们不论聊什么都能聊到一起，光是跟她聊天，那种舒服和快乐就是多少钱都买不到的。"马国明感慨万千，倒是跟林泉敞开了心扉。

林泉开车间隙还白了马国明一眼，显然不认可他的这番理论："你刚跟嫂子在一起的时候不开心不快乐？你没跟朱迪过日子那肯定风花雪月，什么都能聊得来，你们之间也没有生活中的小摩擦，没有柴米油盐，距离就能产生美。你要真跟她结婚了试试看，我就不信你俩结婚十一年后，你还能说出这些话来。"

马国明一口气把绿豆粥喝了半杯，说："你小子，搞得好像婚姻专家一样，我就不信了，你跟你家杨翎还天天有话说，不吵架？你小子别光教育我，你也想想你自己。对了，我可告诉你啊，你家杨翎跟我家熙子认识，今后回家说话，你可得小心着点儿。"

林泉一听就惊了："什么，她俩怎么认识的？完了，上次咱俩在

307

车上说的那些话，杨翎可应该都听见了，嫂子该不会都知道了吧？"

马国明继续啃了一口煎饼果子，一边嚼一边说："我已经试探过了，她俩好像也只是在医院认识的，没有那么熟，再说，这种事儿也不是谁跟谁都能说的。"

"不管她俩熟悉到什么程度，咱们还是都小心点。尤其是你，消停点吧，跟朱迪就算了，连带着我也提心吊胆的，这夜路走得多，迟早遇到鬼。再说以后你也不能跟我换车了，既然她俩都认识了，随便一对，就能知道情况，这事儿也藏不住了。"林泉真可谓是苦口婆心。

"你少教育我，先管好你自己。你家杨翎不也给你车上安窃听器吗？她对你也不放心。"

"不是因为你换车，她才不会怀疑我呢。我跟杨翎肯定也有我们的问题，但我们的问题是内部可以解决的，也是小问题。再伟大的爱情，就算是罗密欧与朱丽叶，梁山伯和祝英台，真结婚还不是吃喝拉撒地过日子。这日子有劲没劲，其实都跟自身有关，自己没劲，换个人也一样没劲。我嫂子本来就是人尖子，女中豪杰活宋江，江湖救急第一名。朱迪呢，也是个人精，女中龙井碧螺春都让你赶上了，我跟你可不能比，对不对？"

林泉这番话像是拍马屁，又像是说实情，马国明倒是听得熨帖，加上早餐也合胃口，跟林泉的关系也恢复了，两个人都忘了上次的不愉快，有说有笑开开心心。到单位的时候，马国明才发现办公手机居然落在岳父的病房里，忙打电话给赵熙子，让她中午给叫个闪送。

此时林泉跟马国明并肩走进储蓄所，马国明对着手机叫了一声"老婆"，林泉突然感觉身后如芒在背，一回头，发现隔着十来米的距离朱迪正瞪着自己。

朱迪身上带着煞气，直盯着林泉，仿佛在质问什么。

林泉刚劝完马国明要跟朱迪注意分寸，此刻有点心虚，被朱迪这么紧盯着，不自觉有那么一个瞬间眼神闪烁。就是这一个闪烁，被朱迪尽收眼底，她脸上呈现出来的怒气值显然更高了。

这几秒钟的眼神相接，仿佛两把看不见的兵器正面对抗，林泉心中一凛，脚步也放慢了些。马国明已经走到前头，径自打着电话上了楼，朱迪已经带着强烈的质疑快步朝着林泉走来。林泉一时间有点慌张，不敢看朱迪，赶紧转身也加快脚步走进柜台。

B

一整个上午，林泉都处在紧张中，朱迪不时盯他一眼，隔着厚厚的防弹玻璃，林泉都能感受到朱迪目光中射来的寒意。

临近中午，热心八卦的程大姐带来一大把车厘子，忙不迭地跟大家汇报上次送花给朱迪的男客户又送来水果礼盒，整整一大盒进口车厘子，又大又圆，看着就甜。朱迪心情好，分给大家吃。

林泉把程大姐分给自己的一捧车厘子放在电脑旁，动都不敢动。那紫红色浑圆饱满熟透了的果子在他看来，像是狼外婆送给小红帽的毒药。

中午，林泉连吃饭都没敢去找马国明，就怕遇到朱迪。

吃完饭，好不容易看见朱迪没在大堂了，他终于憋不住跑去二楼上了趟厕所，刚一出来，就看到朱迪站在厕所门口等着他。

"林大哥，麻烦你跟我来一下，我有话跟你说。"朱迪扔下这句话，径自转身去了二楼的VIP客户接待室。

林泉咽了口唾沫，躲得过初一躲不过十五，反正这里是办公场所，对面就是马国明的办公室，他把心一横，走进了接待室。

朱迪双手环抱，歪着头冷冷地看着林泉："林泉，我不想跟你兜圈子，你最近是不是总在老马面前说我的坏话？"

"我没有呀。"林泉心虚地回答。

"你就别骗我了，老马都跟我说了。你不觉得，你现在管的闲事太多了吗？我跟老马好碍着你什么了？你是他的什么人？我拜托你搞清楚自己的地位和身份，别狗拿耗子多管闲事！"朱迪狠狠地盯着林泉，脸上是毫不掩饰的强烈不满。

"你这么说就没意思了。老马是我哥们儿，我关心他难道有错吗？你根本就不是真爱他，你也不适合他，你只是不甘心他回归家庭把你给甩了，所以现在千方百计接近他，满足你自己的好胜心与占有欲。"被一个比自己小十多岁的小姑娘指着鼻子骂，林泉挂不住了，说出的话也越来越有力。

朱迪在声音上压倒了林泉，比他的音量更大："你根本不了解我，也不了解他，你以为你是谁？你怎么知道我不是真爱他？你凭什么说我不适合他？"

"如果他一无所有，你还会像现在这样说吗？你一个大好单身未婚女青年，愿意嫁给他给他儿子当后妈？"林泉也更大声了，甚至挺直了腰，俯视着朱迪，从气势上也要压倒她。

朱迪气得脸都红了，有话在心里翻来覆去，却说不出口。她张着嘴，气得嘴唇都在发抖。

"我说错了吗？我是要拆散你们吗？我这是为你好，也是为老马好。狗咬吕洞宾，不识好人心！"林泉见朱迪哑口无言，心里畅快了许多。

朱迪哼了一声，凝视林泉几秒，掏出手机操作起来，片刻后，她翻出一段视频给林泉看。视频里光线幽暗，镜头一晃而过，可以看到一个男人和一个女人光着身子躺在床上。那个男人是他，女人正是朱迪，虽然镜头并没有拍到两个人全身赤裸，也只有短短的三四秒，但仅凭呈现出来的内容已经足够让人浮想联翩了。

林泉大惊失色，伸手就想把手机抢过来。朱迪似乎料到他会这么做，迅速把手一缩，把手机收了回来。

"你怎么能这么干呢？我们明明什么都没发生！"林泉又气又急，头都要炸了。

"你确定是什么都没发生吗？"朱迪冷笑。

"我……我记不清了，但我不可能对你做什么过分的事情，我醉得太厉害了，要做也是你对我做。"林泉声音明显弱了许多。

"那又怎么样，谁对谁做重要吗？你猜猜看，如果老马看到这段视频会怎么想？你老婆呢？其他人看到呢？会相信你还是相信我？"朱迪得意地把手机揣进制服口袋，往后退了两步，准备离开，"我警告你，别给脸不要脸，再管闲事我可什么都干得出来。"

朱迪转身准备离开，林泉深知机不可失，心急地扑了过去，想要夺过她口袋里的手机。他都没想好究竟是把视频删掉，还是直接把手机拿走，脑子里两个念头同时冒了出来，他只知道不能让朱迪带着这段视频离开。

朱迪也没想到一直以来性格温和好说话的林泉，居然跟自己动起手来，看他的架势简直是不抢到手机誓不罢休，手底下丝毫不让。两人一个抢一个躲，扭成一团，突然，玻璃门外传来马国明的声音：

"客户送了点特产,我给你拿点带回去……"

林泉和朱迪都还没来得及反应,门开了,马国明和杨翎竟然同时出现在门口,直直地盯着扭抱在一起的两个人。

林泉和朱迪赶紧分开,林泉更是慌张地望着杨翎和马国明,想要解释,张了张嘴,却说不出话来。

还是朱迪反应快,张口就来:"我跟林大哥在练习呢,行里运动会要比二人三足。"

这个解释显然毫无说服力,四个人面面相觑,场面尴尬无比。

杨翎愣在原地,一言未发,复杂的目光在林泉和朱迪身上扫过。但她最终什么都没说,头也不回地转身离开,马国明在后边叫她也没回应。林泉迟疑了片刻,马上去追杨翎。

"她怎么来了?"朱迪不好意思地问马国明。

"我昨晚手机忘在病房了,本来想让熙子闪送的,结果她已经回家了,就叫杨翎帮忙跑了一趟。"马国明没好气地解释着,然后严肃地看着朱迪,"我说,你俩到底在干吗呢?"

朱迪一点也不怕马国明的样子,大胆地盯着他:"你管呢?"

马国明觑下脸,声音放低了些:"告诉我嘛,你哥担心。"

朱迪扑哧一笑,眼泛桃花,笑意弯弯地看向马国明:"我的亲哥哥,你吃醋了!"

林泉终于追上了在路边等车的杨翎,气喘吁吁地解释:"老婆,你别误会,朱迪老是纠缠老马,我看不过眼,就说了她几句,她一生气就要跟我动手。"

"所以,你们刚才是在互殴了?"杨翎嫌恶地看了林泉一眼。

林泉继续解释:"算扭打吧,不是互殴,我没有出手,我也不好意思对女同事出手。"

杨翎冷笑,不置可否,扭头不看林泉。

林泉见杨翎不信,索性站到她面前,直视她:"是真的,你别不信。为这事我已经劝老马好几回了,不信你自己问他。"

杨翎心情很复杂,方才林泉和朱迪的姿势,怎么看也不像扭打,可明明马国明就在隔壁办公室,他俩要真的做点什么,何必就在那间随时会有人进去的接待室?这件事疑点众多,光凭林泉的解释很难令杨翎信服。

"好了,你别瞎想了,晚上回家我好好炒俩菜给你送去。"林泉主动挽住了杨翎的手,挤出一个笑脸。

杨翎已经很久没见过林泉笑的样子了,她想过很多次自己会在什么情况下跟他结束冷战,万万没想到居然是在这种情况下林泉才重新示好,简直讽刺。

"不必了。"杨翎说完就挣脱了林泉的手。正好一辆空乘的出租车路过,她招招手,车马上停下,然后她看也不看林泉就上了车。

林泉望着出租车离去,舒了口气,虽然明显感觉到杨翎根本不信自己的话,可他不敢想她会怎么乱想,更不敢想她要是不走,继续站在这里,自己接下来还要说什么,还能说什么。

出租车开远了,林泉郁闷地转身回所里,经过大堂时,朱迪正好在接待客户,但她还是瞪了他一眼。

林泉敏锐地感受到那眼神似乎在说:你给我小心点,否则,我就把视频发给你老婆!

C

赵熙子看过一场演讲，嘉宾说，男人无法承担女人的一生，这其实不只是男人的问题，在当下的社会里，女人不容易，男人也不容易，没有谁能够承担另一个人的人生。

婚姻注定会有无穷无尽的拷问，要么是问对方，要么是问自己。如果连问题都没有了，那大概就是到终结这段关系的时刻了。而赵熙子现在只剩下一个问题。

赵熙子回到家，趁着马国明还没下班，特意叫康儿过来，想要试探一下他的态度。

她打算先铺垫一下，先问康儿班上有多少同学的家长是离过婚的。康儿想了想，说差不多一半吧，其中不少家长已经再婚了，还有些家长都再婚有二胎了。赵熙子又问，怎么看待那些离婚的家长，会不会觉得他们都是不够称职的父母呢？康儿想了想，小大人似的叹了口气："妈妈，世界上真有完全称职的父母吗？"

这个问题把赵熙子给问倒了，她想了半天，古今中外竟然找不到一个可以称得上完全称职父母的例子。每个人标准都不一样，对于有些孩子，衣食无忧就算是好父母了；对于皇家子弟，就算把天下都给他，也未必算得上称职。这句反问的背后，意味着康儿并不要求自己当完美的母亲，这令她松了一大口气，即便是真的离婚，她相信康儿也能够接受这个事实。

赵熙子很惊喜，困扰自己很久的问题，竟然被儿子的一个反问就解决了。她欣喜地看着宝贝儿子："我的好康儿，妈妈问你，你想过要当一个称职的孩子吗？"

"妈,你这样说是不对的,称职是用来形容你们大人的,小孩就只是小孩,小孩子不做坏事,好好吃饭,好好上幼儿园,就已经是好小孩了。你不能要求我太多,我还小,我做不到。"

赵熙子一把搂住康儿,轻轻地摸着他的头:"我的好儿子,我的宝贝儿,你真聪明!"

康儿的答案让赵熙子很放心。康儿知道自己只是个孩子,他不会去考虑超乎孩子能力范畴的问题,无论父母是否离婚,他都会继续当一个好孩子,不做坏事,好好吃饭,好好上幼儿园。同样是男人,儿子比爸爸更懂做人的基本道理,让人不知道该高兴还是失望。

赵熙子心里已经有了底,对于是否离婚,也有了答案。等到马国明来医院时,她特意跟护士打了个招呼,托她关照一会儿父亲,把马国明叫出了病房。

"什么情况,有什么话不能在这儿说,还得出去?"马国明还不知道自己要面临的是什么,嘻嘻哈哈地跟着赵熙子进了电梯,来到天台。

住院楼附近并无遮挡,能看到一大片城区,万家灯火如繁星点点,天台上没有别人,只有几个圆形的通风帽幽幽自转。赵熙子酝酿着该从哪里讲起,背对着夜色,走到了天台栏杆边。

"到底什么事呀,老婆,整得怪浪漫的。"马国明还在打哈哈。

"我还是从头跟你说吧,整件事说来话长,得从我跟杨翎重逢说起。"赵熙子深吸一口气,开始跟马国明摊牌,从她两个月前跟杨翎见面,到发现马国明跟朱迪暧昧不清,甚至最后还拿出了银行账单。

"就差通话记录和微信记录没有查了,不过我相信,你想到让林泉帮你打掩护,想必你跟朱迪联系的电话卡也可能是用林泉的身份证开的吧。林泉是杨翎的丈夫，我查他的通信信息就没必要了，不过我相信，你转了这么多钱给林泉的账户，应该不是送给他的，而是从他那里过桥用来跟朱迪偷情用的。证据已经很充分了，你费尽心机地做这一切，因为你爱上了别的女人。"

赵熙子冷静地陈述着这一切，就像是在说别人家的事情。她眼看着马国明的脸色一点点难看起来，到最后，他仿佛被抽掉了脊梁骨，整个人都塌了，站都站不直。

"一场夫妻，我们在一起共同度过了人生最美好的十一年，可能……"说到这里，赵熙子也有点哽咽，但她很快就调整了状态，"可能对我来说是最美好的，对你来说并不是吧。"

"不，不是你想的那样，事情不是这样的！你听我解释。"马国明想要申辩，他已经感觉到，现在是夫妻关系甚至是自己人生中最危险的时刻，"你是不是听杨翎和林泉瞎说了什么？"

"我这人坏毛病多，说话最讨厌被人打断。现在，我请你最后也尊重我。"赵熙子没料到自己居然会眼眶湿润，用手背擦了一下眼睛，"你别瞎猜，这事跟他俩无关，我不傻也不瞎，更没有认知障碍。作为夫妻，你有什么变化我会是第一个发现的。婚姻中如果其中一个人爱上了别人，应该就是对另一个人不爱了，或者不够爱了。我的丈夫爱上了别的女人，这是我身为女人的失败，承认这一点，对我来说很伤自尊，但我尊重你，所以我也愿意尊重你的选择。你是真心喜欢朱迪，我愿意成全你们。我们，离婚吧。"

马国明仿佛被一颗看不见的子弹击中，只觉得心脏深处多了个窟窿，那窟窿产生了痛感辐射，随即蔓延至四肢百骸。他两条腿发软，一屁股坐到了地上，还得背靠着围栏，才不至于瘫倒在地。他半张着嘴，良久也说不出一句话来。

"别表现得很惊讶，从你跟朱迪好的那天开始，就应该想过可能会有今天。咱们之间是我先追的你，我开始的这一切，现在也由我来结束吧。"赵熙子不断调整着自己的情绪，让自己看起来更淡定一些，她低头看着彻底说不出话的马国明，"康儿比我们预想的都要聪明，我觉得他能接受，也能理解。更何况现在离婚也很常见，很多这样的家庭，你不用担心他。离婚之后，你的工资负担不了他的学费，康儿跟我。其他的，你想要什么，家里的东西尽管拿，我都给你。"

马国明用尽全身力气才抬起头，眼中的赵熙子竟然有点重影，他这才意识到，是泪水模糊了视线。他眨了一下眼，泪水无声地滚了出来，滑过他的脸，落在手背上，冰凉。

"另外，我可以请你再答应我一件事吗？帮我个忙。"赵熙子走近马国明，在他面前蹲下。

马国明整个人还处在心神不定中，他花了一点时间才回过神来，忙不迭地点点头，还是说不出话来。

"你知道我最爱面子，离婚终归是丢脸的事情，我这辈子，还从没丢过脸。我请求你，离婚后先不要马上跟朱迪公开在一起，至少过上几个月，最好是半年，然后你们再结婚，或者到时候再公开，好不好？"赵熙子注视着马国明，想等到他肯定的答复，可他不知道该点头还是摇头，一句话也说不出来，"这不仅仅是为了我自己考虑，也是为了康儿。离婚后无缝衔接显然就是婚内出轨，你应该不希望康儿以后被人议论有个这样的父亲，也不希望有人议论朱迪，说她是个勾引别人老公的小三。别为难我，我对你没别的要求，我们在一起这么多年，就算不做夫妻，朋友的情谊也是有的，你就当帮朋友一个忙，请你务必答应！"

马国明终于鼓起勇气开口了："熙子，我很抱歉。这件事我没想到会走到这一步，说实话，我没想离婚。你能不能再给我点时间？"

"给你时间考虑什么时候离，还是考虑怎么分配财产和孩子？"赵熙子冷笑。

"不不不，是给我点时间消化你说的这一切。我真是蠢，我还以为你什么都不知道，没想到你其实早就知道了一切。我现在心里乱糟糟的。离婚毕竟是大事，我们都得慎重，很抱歉我现在不能答应你。"马国明真诚地看着赵熙子的眼睛。

"我不是没给过你机会，此前我早就发现了端倪，也给过你暗示，就是想看看你会不会是一时冲动，会不会迷途知返。现在看来，你并没有。信用是有额度的，你已经在我这里把你的额度刷爆了。"赵熙子有点不耐烦了，俯视着马国明，"别担心，这是好事，你以后再也不用偷偷摸摸了，更不用费尽心机找林泉帮你的忙还欠人家情。只要离了婚，你就自由了，从今往后正大光明地跟朱迪相爱吧。"

"我错了，我真的错了！但我现在心里，脑子里，全乱了，我觉得我现在连话都说不好了，我……"马国明再也控制不住，哭了起来。

赵熙子看着眼前这个脆弱、失落、痛苦的中年男人，他的头顶已经日渐稀疏，身上的肌肉像发酵后的面团变得松软混沌，眼角也有了明显的鱼尾纹和眼袋。这个男人，真的是自己的丈夫吗？他怎么会变得如此不堪？唯独他的眼睛，他被鱼尾纹和眼袋包围的眼睛，黝黑的瞳仁中尚且闪烁着一点盈盈星光。一如当年，只要看一眼，赵熙子的心就会跳漏一拍。

"对不起，老婆，我对不起你！所有这一切，都是我的错，我对不起这个家。"

马国明张开双臂,期待着赵熙子能同以往那样接受他的拥抱。他等待着,等待着,他看到了赵熙子眼中泛起泪光,百感交集。

赵熙子朝马国明走去,然而,就在两人最接近的瞬间,她走快一步,错过了他的双臂,努力控制住情绪不去看他,更不想碰他。

马国明从未见过赵熙子这样对自己,他转过身拦腰抱住赵熙子,赵熙子试图挣脱,他绝不撒手,扑通一声跪在了地上。

"熙子,我知道,我伤了你的心,但我保证,我从未有过离婚的念头。我糊涂,我犯贱,我错得离谱,我求你,再给我一次机会,就算学校开除学生也要先留校察看。你就当,就当再给我一次留校察看的机会,我保证以后再也不伤你的心了。"

"我在心里给过你留校察看的机会,但是你没有通过我的考察。"赵熙子冷冷地说。

"这个家,没有你不行,康儿,没有我不行,你就当为了康儿,给我这个机会。"马国明哽咽着,一直抱着赵熙子的腿。

赵熙子百感交集,她不想让马国明看到自己垂泪,闭上眼,深深吸了一口气。

D

自从被杨翎撞破跟朱迪在接待室里的纠缠之后,林泉饭也吃不香,觉也睡不好,内疚就像超强的病毒,迅速在他体内繁衍扩张,令他时刻想着该做点什么弥补杨翎。平心而论,林泉从没想过要伤害杨翎。但当天杨翎的表现他很清楚,自己就是伤害到她了。十一年了,林泉了解她表面上大大咧咧，也从不管自己，但其实心细如发，格外敏感。

这几天，林泉经常故意找杨翎说话，有事没事主动在微信上跟她发两句话，有时候是"嘛呢""吃了吗"，有时候是"今晚给你送饭吧"。可杨翎现在懒得回他，经常是过了半小时才简单地回两个字，有时候索性直接不回了。林泉知道杨翎的习惯，她走到哪手机就揣到哪，从不离身。这爱搭不理的样子，明摆着就是给自己脸色看。

如果是从前，林泉没做亏心事，根本也不会把杨翎的态度放在心上。你冷，我比你更冷，看谁耗得过谁。这样的冷战林泉已经忘了有多少次，都是因为各种鸡毛蒜皮的事，但这次跟以往都不一样，林泉亲眼看到了朱迪手机里那该死的视频。他努力了无数次试图回忆起那一夜的细节，然而每次都只能回忆到他轰然醉倒在床上，之后的部分就像是被格式化了一样，完全不记得。要不是担心秘密曝光，林泉甚至都想过找心理医生催眠一下自己。

因为那段该死的视频，林泉从此有了忌讳。朱迪的恐吓未必是假的，林泉相信她是那种什么都干得出来的人。他开始后悔了，为什么要答应马国明帮他的鬼忙，这下可好，得了点蝇头小利把自己给套进去了，落得这么个处境，里外不是人。

林泉觉得再这么和杨翎冷战下去不是个事，还是解决不了实际问题，于是决定再主动一些。思来想去，他在VIP客户中花钱买了一份五星级酒店的自助晚餐，又提前跟同事换好班，特意开车到医院接杨翎去酒店。

这要在以前，杨翎肯定一路的话，问他为什么要出去吃，干吗吃这么贵的，用这些钱买点好菜在家吃不好吗？但这次，杨翎一言不发，也不坐在副驾驶上，像是嫌弃那个座位，径自坐在了后排。

"老婆，你干吗坐后边，搞得我好像滴滴司机。"林泉小心翼翼地发了个牢骚。

"干吗坐前边，又不是我的专座，我又没承包。"

林泉马上反应过来，她吃醋了。这个位置的确不是她的专座，不仅朱迪坐过，就连程大姐也坐过。

"对不起，老婆，回去我就买一标签贴上，标签就写老婆大人专座。"林泉想开个玩笑缓和情绪，可杨翎却不领情，像是没听到一样，完全没反应。

林泉不是个特别有耐心的人，更不是会哄人的男人，想到自己的努力以及这些日子拉下脸来已经很憋闷了，杨翎的沉默简直给了他一个看不见的耳刮子。憋闷多时的火气一下就起来了，他自认并没有做对不起杨翎的事，可她倒还揪着不放，这么下去什么时候是个头？

林泉把车停到路边，他再也忍不住大声质问起杨翎来："你到底要我怎么做才消气？"

"我又没指责你，是你自己心虚。"杨翎见林泉动怒了，有点惊讶，但依然没好气。

林泉声音很大，但他已经在努力控制情绪了："我没有心虚，我只是怕你误会我，我不想这个误会变成破坏咱们夫妻感情的导火索。"

"我连究竟发生了什么都不知道，误会何来？光凭我看到的那一幕，我觉得你当时给我的解释，完全没有说服力。将心比心，如果我跟别的男人这样，被你看到你怎么想？"杨翎坦诚地看着林泉的眼睛，说出了自己的真实想法，"如果你看到我跟别人这样，你也毫无情绪波动，任何想法都没有，那我无话可说。"

杨翎的话令林泉陷入沉默,再不把事情交代清楚,这日子怕是过不下去了。他咬了咬牙,决定把自己跟马国明以及朱迪的事情全部说出来,在事态还没有继续恶化之前,交代个清楚。他已经有了不好的预感,这件事开始脱离自己的控制。

林泉开始了讲述,从马国明主动提议换车说起,一直说到前几天杨翎撞见自己和朱迪纠缠在一起,除了跳过他跟朱迪在酒店的那一夜。连马国明给自己的大大小小的好处也都交代了,甚至连这段日子攒下的一点好处费给了父母的事也和盘托出。

听着听着,杨翎心头拨云见日,眉头也渐渐舒展开来。听着这些话她有点欣慰,这说明林泉还在意她的感受,只不过,她自己掌握的情况实在太多了,难免心里一一对照,总觉得有点蹊跷,似乎遗漏了什么关键点,可一时半会儿也想不起来。但有一点可以肯定,林泉今天的说法跟他在社交软件上的说法是一致的。

"上次你在车上放监听器我挺火大的,你不信任我,而我并没做对不起你的事,我跟朱迪没关系。我知道你经常翻我口袋,还偷拿车钥匙自己半夜去车里找线索。你这是对我没信心,我挺失望的,不只是你一个人失望好吗?结婚十一年,你防我就像防贼。"

一肚子话在临输出时被林泉重新组织了语言,最终表达出来的,除了他给自己的解释,还有试图重新占据道德制高点的意图。这番话不仅表达了真情实感,还表达了一定程度的道德谴责。

杨翎良久没有说话,她无法否认。

林泉松了口气,这似乎意味着自己的目的达到了,在两个人的这场较量中,他重新占据了上风。

但杨翎是不可能不说话的,而她说出口的,并不是林泉期待的对不起,也不是和好如初。

"我希望你能给我一个解释的真正目的,是告诉我你至少三观正确,而不是为了小小的甜头就冲昏头脑做出违背良知违背伦理的事情。"杨翎说完,叹了口气。

"那你想要我说什么?骗你吗?"林泉瞪大了眼睛。

"哪怕你撒个谎,骗骗我也好呀,哪怕这不是真的,我也更愿意听。至少演一回好人吧,这样我还能有点信心跟你继续过下去。"杨翎说完,终于在后座的阴影中探出了身子,在灯光的映照下,她的眼中噙满了泪水。

这次,轮到林泉半天说不出话来了,他第一次意识到,撒谎竟然能成为夫妻关系中的特效药,或许会有一点副作用,可能日后会被发现、被拆穿、被谴责,但至少在病症严重的当时,可以退退烧。

第十六章

A

后来杨翎终于想起来,林泉在跟她交代问题时,遗漏了什么。

那关键性的一夜,林泉跟朱迪在酒店的那一夜,他跳过了。他连马国明给他报销油费过路费,给他介绍大客户完成理财和揽储任务这种事都说了,甚至马国明在赵熙子面前,故意把自己的事说成是林泉跟朱迪的事也没隐瞒,怎么偏偏就忘了那一夜呢?这里面一定有鬼。

杨翎感觉林泉表面上是交代坦白,但其实背后隐瞒了更重要的秘密。

撞见林泉和朱迪纠缠之后,杨翎就暂时失去了在社交网络上探索林泉内心世界的兴趣,而林泉可能是因为愧疚,最近也没有主动找女网友聊天。这天,"裘真真"突然收到了林泉发来的信息。

"明天约饭吧!"

杨翎看着林泉刚发来的热乎乎的信息,感觉手机都变得烫手。真不要脸啊,稍微给他点好脸色就开始七搞八搞,这就是自己的男人。

杨翎气得又要去大扫除，这是她唯一用来解决情绪问题的办法，可今天竟不管用了。拿起刷子刷了半分钟浴缸，她就气呼呼地扔掉了，重新跑回去拿起手机，回了林泉一句："好呀！"

杨翎不甘心再被林泉耍着玩了，明天见面就跟他摊牌，在网上勾搭女网友，还跟人家约见面，这是想干吗？她再也不想忍下去了，能过就好好过，不能过就赶紧离！

林泉自然不知道杨翎的这番心事，还挺高兴，迅速约定了时间和地点。餐厅选在朝阳大悦城，一家可以观看师傅现场铁板烧的店。杨翎从没去过这家店，但从点评网上看到这家店颇有口碑，店里的菜单显示不贵，但也绝对算不得便宜。

就在杨翎怒气值爆表，想要冲出家门做点什么的时候，手机响了，是姐姐杨燕打来的电话。

杨翎不得不暂时控制住情绪，平静地和姐姐通话。

姐姐约杨翎周末回趟家，商量爸妈金婚大庆如何操办，还特意叫林泉也一起回去。杨翎不想让姐姐知道自己跟林泉吵架，更不想让姐姐担心自己，毕竟她手术后不久，还在恢复期，于是赶紧回话说周末自己一定回家，但林泉就不一定了，说他可能要去参加培训。

都是女人，姐姐就有福气，姐夫苦追数年能娶到姐姐来之不易，所以姐夫对姐姐的爱特别深。而自己太过容易地被林泉娶到，所以他根本不当回事。道理杨翎懂了，可现在为时已晚，除非换一个新人，否则在林泉身上，这个道理已经无法套用。

次日下午，杨翎特意敷了个面膜，化了淡妆，精心搭配了衣服，甚至换上了难得穿一次的高跟鞋。摊牌也要摊得漂亮，她不想自己一副黄脸婆的样子跟林泉对峙，这样自己都会瞧不起自己。就算是输家，离开战场的时刻也应该潇洒。

杨翎提前十五分钟到达了约定的商场。她并没有马上进餐厅，而是在这层楼的其他店里闲逛，她不想显得自己很心急，昨晚已经想过了，最理想的状态应该是让林泉等自己，等上至少一刻钟。先是告诉他堵车，得晚一点到，然后一条条地给他发消息，进电梯了，出电梯了，在找餐厅，让他先点菜等着自己。最后拖到他望眼欲穿，突然艳光四射地出现。

林泉肯定会很惊讶地说："你怎么来了？"

然后杨翎大大方方坐下，反问道："你又怎么来了？"

林泉如果说约了人，杨翎就可以冷笑着告诉他，约的人就是自己。

然后就是林泉的各种崩溃反应，他会激动会骂人甚至可能当场逃掉⋯⋯

昨天一晚上，杨翎把这个场面在脑内小剧场里上演了数十遍，直到现在，她还在重温着昨晚的脑内小剧场剧本，还抽空去了一趟卫生间，确保自己脸上的妆容没有花，头发没有乱。

"咦，杨翎？你怎么在这儿？"赵熙子从卫生间出来，正在洗手，一抬头，发现身边正补妆的人居然是杨翎。

杨翎有点不好意思了，言不由衷地说："我姐约我看电影，你怎么也来了？"

"我约了个同事谈事。"赵熙子微微一笑，也有点不太自然。

杨翎不想跟赵熙子一同走出卫生间，怕出门时万一看到林泉就尴尬了，借口还得去一趟卫生间，让赵熙子先走了。

杨翎又在卫生间里多待了一会儿，过了跟林泉约定的时间，才走出去。她以为林泉肯定到餐厅了，没想到去餐厅外转了一圈，并没看到林泉。

难不成他还在加班？要么就是堵在路上了，杨翎有点吃不准。这样的意外会破坏她精心设计的剧本，她有点沉不住气了，在社交软件上问了林泉一句："你到哪儿了？"

等了大约有三分钟，林泉终于回复了："对不起，我临时有事，来不了了。"

失望、沮丧、愤怒，混合了一丝难以察觉的庆幸，杨翎叹了口气。林泉就是个容易掉链子的男人，不论是对她，还是对别的女人。他是真有事，还是骗自己？或许就像姐夫说的，他就是有贼心没贼胆，只差临门一脚，也不敢踢。

B

周末，杨翎回了娘家，老杨头和老伴儿结婚五十周年，金婚大喜。杨燕提议大操大办，她想请街坊邻居和亲戚朋友都来庆祝，在大酒店像模像样地置办上几十桌。父母结婚的时候没钱，婚礼也一切从简，现在都过去五十年了，是时候热热闹闹地操办一场。姐夫刘景阳也特别上心，主动提出自己承担所有费用。

但这个提议遭到了老杨头两口子的一致反对，儿女孝心他俩能理解，可他们都不想因此欠下人情。中国人摆酒，空手上门不合规矩，人家给少了显得不给面子，人家给多了将来如何还这份人情也是个问题。况且二老只是普通老百姓，对于自家人来说是天大的喜事，对于外人来说，可能根本不值一提。杨家虽然穷了几十年，但从不愿意欠人情。杨翎妈也说，自己和老伴儿年纪都大了，说不好什么时候就会有意外，万一收了人家的人情，来不及还，这份人情债就会落到两个女儿身上，他俩也不想给小辈儿们添麻烦。

杨翎看着父母平日里为了鸡毛蒜皮的事和小钱，经常打打闹闹到屋顶都要掀掉，但在重要的问题面前，二老却总能保持难得的一致。这大概就是二老能一起生活五十年的真正原因。

讨论的最后，杨家最年轻的家族成员宝南提议，送姥姥姥爷一套最好的婚纱照，婚纱礼服龙凤裙褂，中西式各种造型，室内室外各种选景，美美地拍个痛快。

这个提议得到了二老的一致认可，老杨头作为胡同里颜值最高的老爷们儿，至今保持着好身材，不像别的胡同大爷，他没大肚腩也不弯腰驼背，站起来跟电线杆一样笔挺，他从年轻的时候就爱臭美，爱拍照。杨燕这点也得了老杨头的真传，不仅举双手赞成，还想拉着刘景阳跟宝南也拍一套。

一家人聊得热火朝天，刘景阳突然问杨翎怎么林泉没来，杨翎只说他工作忙。原本热热乎乎的好气氛，突然凉了下来，杨翎见爸妈和姐姐都盯着自己，赶紧告诉他们自己没事，就是小别扭，只不过她不想再迁就他了，这次一定要等到林泉服软才行。

杨翎说完，姐姐和妈妈都叫好，都说早该这么干了。妈妈说婚姻就是战场，一山难容二虎，姐姐也说不是东风压倒西风，就是西风压倒东风。两个婚姻比自己成功的女人都这么说，爸爸和姐夫却相视摇头，看到这场面，杨翎忍不住笑了，心里暖暖的。年轻的时候并不太喜欢的娘家，如今却是那么可亲可爱，看来不仅人会改变，家庭关系也同样会发生改变。有了这样的娘家做后盾，她就不是孤立无援的，即使真的离婚也不太可怕，只要她需要，娘家随时欢迎她。

自从上次二人约饭林泉没有现身之后，杨翎发现这几天他都不再上网跟"裘真真"聊天了，似乎有意回避。也不知道他究竟怎么想的，但她并不想跟他当面交流。这几天来，她跟林泉之间进入了第二次冷战。

金婚这日，杨家在酒楼里开了个包厢，只是自家人吃饭，没通知其他任何亲戚朋友。杨翎特意换了班，只身前往。杨翎跟姐姐约好了，两人都穿上妈妈最喜欢的红衣服，还去发廊做了头发，都化了妆，看着镜子里神采飞扬的自己，杨翎的心情也快活起来。

杨翎进了酒店，见姐夫正神秘兮兮地在楼道里打电话，一看到杨翎过来，就把电话给挂断了，并招呼杨翎进去入座。

原本杨翎还有点疑惑，但一进包厢，看到父母打扮得焕然一新，又惊又喜，立刻就顾不上想姐夫在搞什么小动作了。母亲新烫了头，还化了个淡妆，特别精神；老杨头跟老伴儿一起染黑了头发，不仅穿上了崭新的白衬衣，还特意打了个领带。新造型是姐姐杨燕帮忙捯饬的，她骄傲地说，爸妈这派头完全可以去当老年服装品牌的模特。

杨翎也忍不住感叹，爸妈看起来都年轻了至少十岁，原本颜值有差距的父母，老了之后，站在一起却越来越有夫妻相，越看越般配。这或许就是时间的魔力，把两个原本没有血缘关系的男女，重新搓揉拿捏塑形，去掉了他们不同的部分，留下了他们相似的部分，最后，他俩越来越像，变成了胜似血缘关系的亲人。

大圆桌上已经摆满了五颜六色的大菜小菜，姐姐杨燕也精心打扮，脸色已经比刚出院的时候好了许多，一身剪裁得体的红色波点纹样旗袍，衬得她身材苗条大方得体。十七岁的宝南忙着给姥姥姥爷拍照拍视频，见到杨翎就冲她招手，让她快来坐。

杨翎笑着坐在宝南身边，催大家赶紧开席。

"不忙不忙，咱们等到吉时，六点六分，六六大顺，为爸妈图个好兆头。等到爸妈六十年钻石婚的时候，咱们还要一家团聚为爸妈庆贺。"刘景阳一边为岳父倒酒一边说。

"何止六十年，还有七十年白金婚呢！"杨燕说完，讨喜地冲着老爸一笑，"对不对？我亲爱的爹地。"

"就你嘴甜。"老杨头笑眯眯地刮了一下杨燕的鼻子，

全家人都笑了，老杨头更是笑得合不拢嘴，"只要我争取不被你们妈给骂死，金银铜铁，什么婚都过！"

"小姨小姨，那你说到时候我该什么婚呀？"宝南小声地接了一句。

"这事儿呀，我说了不算，得你以后的老公说了算，看他什么时候出现，对你好不好，再看他什么时候求婚呀。"杨翎搂着宝南，怜爱地看着她，"小姨得提醒你呀，终身大事一定得慎重，千万别挑你小姨夫那样的。"

杨翎刚说完这句话，林泉突然出现在门口，手里还拎着一个大礼盒。他一进门就笑着跟岳父岳母问好，跟姐姐姐夫打招呼，只是不跟杨翎说话，径自坐在她身边。

C

杨翎看到林泉有点意外，也有点不快，等林泉坐下，皱着眉小声

问他怎么来了。

"是我叫他来的,你要怪,就怪我吧。"刘景阳倒是大方地承认了,还当着爸妈的面帮林泉说话,"两口子闹别扭,家家都有的事,别为这点小事,影响了咱们大家庭的大喜事。"

"对,今儿呀,既是给爸妈庆祝,也给你俩冲个喜,都各自退一步吧,这日子还得过不是,多一天别扭就少一天开心,不值当!"杨燕也站在姐夫一边。

杨翎见姐姐也表态了,就没好意思继续给林泉脸色,看了他一眼,什么也没说。

林泉乖巧地给姐姐姐夫一个笑脸,拱手作揖,赶紧转移话题:"来来来,别说我们了,爸妈才是今天的主角。我准备了一个蛋糕,这么好的日子,咱们得切个蛋糕,一会儿呀,还得咱爸妈一起双手执刀。"

林泉显然有备而来,已经准备好了要说的话,一边说完,一边已经把蛋糕盒子给打开了,里边是一个大大的心形鲜奶蛋糕,当中用玫瑰色的果酱写着:祝杨明均先生、安琳女士:永浴爱河,白头到老。

"哇塞,姥姥姥爷,你们的名字好洋气呀,特别像偶像剧男女主角,比我妈我姨的名字好听多了。"宝南掏出手机,对着蛋糕拍了张照片。

"乖孙女,别忘了你太爷爷可是前清的进士,我这个名字就是他取的。"老杨头得意地说着,又看了看老伴儿:"你姥姥的名儿呀,是当年咱们胡同里住着的一个苏联女教授给改的,原来你姥姥的名字可土了。"

"那原来姥姥叫什么呀?"宝南好奇地问。

"杨明均,你要敢说我就撕烂你的臭嘴!"杨翎妈瞪了一眼老杨头。

老杨头把头一缩赶紧摆手,冲着宝南抱歉地说:"你姥姥不让说,我可不敢说,我还想活到跟她白金婚呢。"

包间内笑声一片,刘景阳手机里传出温馨的歌声《最浪漫的事》:

> 我能想到最浪漫的事,就是陪你一起慢慢变老,
> 一路上收藏点点滴滴的欢笑,留到以后坐着摇椅慢慢聊;
> 我能想到最浪漫的事,就是和你一起慢慢变老,
> 直到我们老得哪儿也去不了,你还依然把我当成,
> 手心里的宝……

当年听这首歌时,杨翎只觉得旋律优美,并没有太多感触。可此时此刻,不知不觉间泪水竟然模糊了她的视线,爸爸妈妈头碰头切着蛋糕,姐姐姐夫和宝南也在旁边帮忙,这原本是幸福的时刻心却空落落的,她不知道自己是否能跟林泉一起慢慢变老。

宝南注意到杨翎在流泪,忙过来问她怎么了。杨翎笑了笑,说她太开心了,为姥姥姥爷而感动。

林泉分明也听到了这句话,望着她。两人的眼神有了触碰,但谁都没有说话。

分完蛋糕,杨翎擦干眼泪,拿出一个大文件袋,双手递给二老:"爸,妈,这是我为你们准备的礼物,我帮你们预约好了一份最细致的体检,全身上上下下里里外外所有项目都有了。钱我也已经交过了,只有确保了身体都健康,咱们才能再庆祝钻石婚、白金婚。听我的话啊,回头拿着这个去医院找我,我给你们安排,早检查早安心。"

杨翎送完礼物之后,林泉也站起来,手拿一个文件袋,起身来到二老面前,先一个九十度鞠躬,再毕恭毕敬地把文件袋交给丈母娘:"爸、妈,我为你们准备了一个豪华游轮旅行,日本韩国六天五夜,最好的海景房。您二老上船后什么都不用操心,到了日本能泡温泉,去了韩国就吃辣白菜。"

二老显然没有想到林泉会单独送他们一份这么好的礼物,尤其是杨翎妈,当时就乐坏了,难得地给了林泉好脸色:"你有心了,泉儿!我跟你爸这辈子还没出过国呢,这次真是托你的福了!让你破费了,挺贵的吧?"

"没多少钱,您二老高兴就好。"林泉不会说客气话,憨厚地笑笑就回到了座位上,还偷偷看了杨翎一眼。他没敢说,这一季的季度奖全都花在这份礼物上了。

杨翎却故意不看他,只看着爸妈。

"姥姥,现在你们不仅能拍婚纱照,还能好好度个蜜月了,以后就别再老数落我姥爷了。"宝南见姥姥高兴,帮姥爷说话了。

"呸,你个小没良心的,这是你姥爷给我的吗?这都是我的好女儿我的好女婿心里有我,你姥爷可啥都没准备。"杨翎妈说完白了老伴儿一眼。

"你个死老太婆,谁说啥都没准备,你看看,这是什么?"老杨头说着,从背后拿出一个精致的首饰盒,塞到老伴儿手里。杨翎妈打开首饰盒一看,是一枚闪闪发光的白金钻戒。大家都忍不住凑过去看。

"可以呀,老杨,你这钻戒不便宜吧,我看成色和款式都不错呀。"杨燕没大没小地跟老爸调侃。

"还是我燕子识货,有眼光,小两万呢。"老杨头有点得意地说。

"死老鬼,你哪儿来的钱?退休工资不都交给我了吗?是不是外边儿的傍尖给你钱了?"杨翎妈一听价格脸色突变,嘴里不依不饶。

"当着孩子呢,瞎说什么呀?这是我攒了十来年的私房钱,女婿们孝敬我给我喝酒的钱我都没舍得花。你还说宝南小没良心,你才是老没良心!"老杨头嗔怪道。

杨翎妈看了看老伴儿,又看了看女婿们,眼中有泪光闪烁:"我上辈子做了多少好事啊,修来了这么好的女儿和女婿!还有你,死老头子,谢谢你!"

老杨头笑了,当着女儿女婿们的面,第一次拥抱了老伴儿,还在她脸上响亮地亲了一口,然后把攒了十来年私房钱买回来的那枚钻戒,小心翼翼地给老伴儿戴在左手无名指上,说:"死老太婆,这可是白金钻戒,你戴上了就得跟我过到钻石婚、白金婚,不然的话,我饶不了你!"

杨翎从未见过父母如此恩爱的一幕,人生本应如此美好,也本应如此结局,虽然父母的人生还在继续,但她已经可以预见二老在今后的生活中将继续吵闹却也恩爱的小日子。她和姐姐都忍不住热泪盈眶。姐姐一转身,投入了姐夫的怀抱,她看了林泉一眼,林泉的眼中似乎也有拥抱的意思,可她的双臂就像灌满了铅,怎么也抬不起来。

D

午夜十二点,走廊里静悄悄的,杨翎上大夜班。她坐在护士值班室的窗前,看着微信家族群里宝南发的金婚宴照片和小视频,感慨万千。

这顿饭吃到最后，姐姐终于把她罹患乳腺癌且已经做完手术的事情告诉了二老。姐夫表示，他们一家三口已经商量过了，宝南高考后会去国外上大学，他已经在留学机构那里挂了号，并同时在寻找合适的国外医院，准备卖一套北京的房子。这样一方面能照顾宝南，在她上学期间不至于一家人长期分离；另一方面，也为了能在国外寻找更好的医疗条件，帮姐姐做后续抗癌治疗。

幸好当时爸妈都已经喝了点酒，醺醺然，不然，杨翎担心二老得知这个消息，是否能承受得住。

还好，老爸借着酒劲像哥们儿一样拍着姐夫的肩膀，说他就把女儿和外孙女都托付给他了，让他保证完成任务，不让宝南和姐姐在国外有一星半点的差错。杨翎妈哭了，她已经喝醉了，没力气站起来大骂老伴儿，小声嘟囔着，一把拉住杨燕的手，指责她为什么不早点说。最后，女婿、岳父、女儿和母亲，全抱成一团。素来不善表达感情的杨家人，第一次，没有掩饰自己的真情实感，也第一次让杨翎感受到了家人深藏多年的深厚亲情。

杨翎和林泉看着这一幕，不约而同地流下了感动的泪，而两人泪光闪闪的样子，被心细的宝南用手机拍下来，发到了群里。

作为夫妻，杨翎和林泉还是有默契的，默契地有着同样的泪点，也默契地在这种时刻不跟彼此说话。杨翎已经预感到跟林泉短时间内是不会再主动说话了，她不想委屈自己妥协，林泉也不想，他俩的家变得尴尬，变成了一个她不想回去的地方。

人之所以要上班，不完全是为了挣钱，也是为了不让自己自闭和抑郁。林泉的工作过于稳定，出差这种事都少有，以他的收入和内向的性格，下了班就算不回家，也没什么消遣的去处，他一如既往地每天回家。恰恰是因为他每天回家,杨翎则更喜欢待在医院,哪怕是值夜班都比家里要自在。这段时间,她把原本安排的白班,又换成了夜班,还特意在外边吃过早餐才回去,这样就能错开跟林泉照面的时间。这样的日子也不知道还要继续多久,她已经烦了。

咚咚的敲门声响起,杨翎回头一看,是202站在门口,正冲她微笑。

"你怎么来了?不舒服可以直接摁呼叫铃,我过去找你就是了。"杨翎赶紧起身,收起手机。

"我睡不着,想跟你聊聊天。"202还站在门口,不敢进入,"我可以进来吗?"

杨翎赶紧给202搬了个椅子,让他坐下。明天就是他的手术了,在医院住了这么久,好不容易等到今天,各项指标恢复到了可以做手术的标准,主刀医生也是全科室技术最好的李川,杨翎安慰他不要紧张,要有信心。

202冲杨翎笑笑:"姐,我要谢谢你!要不是你耐心地陪着我,给我打气,我可能根本没有勇气走到今天。"

"这话说的,见外了。我才要谢谢你,要不是你这段日子的免费陪聊加心理咨询,我可能早已经离婚了。"杨翎也真诚地对202表示感谢。

202释然一笑:"或许这就是天意,让我们两个原本要崩溃的人,在最脆弱的时候互相帮助吧。"

202笑起来的样子,还能看出原本的俊朗面目。他只不过是个三十来岁的年轻人,本是英华怒放的年纪,如果不是罹患癌症,根本不会出现在这充满死亡气息的肿瘤科病房。

"说起来,你明天要打的是一场硬仗,还有什么愿望吗?如果我能做到,一定帮你实现。"杨翎小声说。

202笑着把身体靠向椅背，假装认真地说："想吃好多好东西呀，烤羊腿、麻辣火锅、日本料理，还有各种香喷喷的蛋糕。杨姐，我现在可以叫外卖吗？"

"得了吧你，我问你真的还有什么愿望吗，我也是真心想帮你实现。"杨翎很清楚，202明天就要切掉大半个胃了，他患的是胃癌，手术后，将有一段时间只能流质进食。

"其他的愿望么，也没什么了，只是遗憾没能在我健康的时候去见见女朋友。"202嘻嘻一笑，假装没事地说。

"你不是经常请假出去见她吗，怎么还没见够？我倒是觉得她这样不太好，怎么都到这时候了，也不来看看你。"

202叹口气，告诉了杨翎隐瞒多时的秘密：他其实从未正式见过女友。

早在他还没当编剧的时候，曾经在杂志社当编辑。那时的他大学刚毕业，工作认真负责，女朋友是个文学爱好者，给他们杂志投过稿，文笔很好，但因为风格不符屡次未过。因为这，他私底下跟当时还是作者的女友沟通过很多次，渐渐成了朋友。当年女友还只是个高中生，而现在，她已经研究生快毕业了。杂志行业不景气，杂志社倒闭后202改行当了编剧。原本女友不在北京上大学，两人一直在网上交流。后来她考到北京读研，202却一直想着，等到自己真的混出点名堂来，有了拿得出手的像样成绩，再去见她。可这一拖，就是好几年，影视业也不好混，一直等到他得了胃癌，至今也没有一部自己署名的像样作品播出。

"你这是有偶像包袱，其实人家姑娘可能根本不在意这个。"杨翎听完202的故事，有些唏嘘。

"不，幸亏我没见她。我俩感情挺深的，这么多年，万一真见面了，我又得了癌症，这不害了人家嘛。真爱一个人，除非我确定自己能给她更好的未来，否则何必要她伤心呢？"

202的话，让杨翎无可辩驳。这是一个有责任感的男人，真正有责任心对待感情的态度。

"我有预感，明天手术一定会特别顺利的，你要对我们有信心，更要对你自己有信心。你这么年轻，身体底子好，肯定没问题。"杨翎说完，觉得还不够，又补充了一句，"我跟你说啊，我老公还怀疑过咱俩之间有暧昧呢。你一定要好起来，你要带着你的女朋友，跟我一起去见我老公，帮我洗刷清白。"

202有点意外，但随后用力地点了点头："放心吧，我努力，早日帮姐洗刷清白！"

护士站的呼叫铃响起，有位病人发烧了，杨翎需要去查看。202跟杨翎告别，他不能用自己的苦恼，影响杨翎的正常工作。

回到病房后，202坐在窄窄的病床上，掏出手机，发了一条微博：

"第578次，想见你。"

第十七章

A

林泉在网上看到过一句话：越是炫耀什么，就说明越是缺什么。这句话其实应该反过来看，越觉得别人在炫耀什么，其实是你自己越缺什么，越以为人家在炫耀什么。

林泉在那天金婚家宴之后，仔细想过一件事，为什么自己会一直觉得杨家人有点瞧不上自己，为什么每次跟岳父岳母说话总有点底气不足，为什么自己面对马国明和赵熙子曾经恩爱的夫妻关系，会觉得马国明是跪舔换来的这一切，而当马国明跟朱迪在一起时，自己又总有点无法对人诉说的酸意。

归根结底，并不是杨家人真的看不起他，岳父岳母不仅对他是这样说话的，就算对自家人，对街坊邻居、亲戚朋友也是同样的口气。这就是他们原本的状态，只是自己敏感脆弱玻璃心。也并非真的是马国明跪舔换来现在的一切，自己甚至选择性忽略了当年是赵熙子倒追的马国明。至于朱迪，这大概是每一个对婚姻家庭失去热情的中年男人的梦想吧，不影响家庭生活，不要未来，只有甜蜜。林泉发现其实是因为自己没有，所以才对马国明酸。同在一个储蓄所，差不多的年纪，凭什么朱迪选马国明不选自己？还不是因为自己什么都没有，什么都不能给人家吗？

男人一辈子都在竞争，这大概是与生俱来的雄性荷尔蒙附带的，小时候比谁撒尿撒得远，大一点比谁打架打得赢，再大一些比谁学校考得好，成年之后比谁能赚更多的钱、买更大的房、开更好的车，中年之后比谁身体好不秃头，老了之后比谁吃的药品种少。林泉想明白这一切之后，一方面觉得自己特没劲，另一方面又觉得自己已经到了该懂得这些事情的时候。古人云，四十不惑，诚不我欺。

看淡了这些事之后，林泉对家庭和亲情有了新的认识，夫妻才是相伴一生的人，最重要的人，就算爱多一点爱少一点，又有什么关系？一切都处在变化中。这几年可能爱淡了一点，没准过几年爱又多了起来，只要两人能携手到老，比什么都重要。如此一想，林泉自觉对杨翎付出得太少，同样为人妻，赵熙子至少得到了马国明的口甜舌滑，不图老公有多大本事、能赚多少钱，至少能落个开心愉快。而杨翎，钱、爱、甜言蜜语、温馨体贴，从自己这里，什么都没有得到。

新一届的优秀员工就要开始申报了，基本上每个所都有一个名额，按照老规矩，只要是报上去了就能通过，据说因为今年物价上涨，奖金也涨了，差不多有三个月的工资加起来那么多。自马国明当了主任以来，为了跟同事们搞好关系，每年都是按资排辈，从老资格到新人这样的顺序，每年挨个给大家上报。前几年程大姐他们几个老前辈，已经陆续当过优秀员工，也领过这笔奖金了，林泉算了算，今年怎么都会轮到自己。在午饭休息的时间他去找马国明，想要确认一下。

林泉进入马国明办公室时,发现他例外地没敷面膜,脸色并不像往常那么自然,眼圈也有点黑,不知道是不是看自己不爽。

就在前几天,就在这间办公室旁边相隔不到十五米的距离,林泉跟朱迪抢手机的一幕才发生过,马国明跟杨翎都亲眼目睹。事后,林泉没有特意找马国明解释,就是不想他误会,他以为哥们儿多年肯定能信得过自己。但看马国明现在的表情,似乎并不像自己预期的那样。该怎么办?林泉现在更不能把这件事拿出来解释,原本就没有的事,一解释,反而让他怀疑。

林泉略微有点心虚地说:"老马,关于优秀员工,上次我就跟你说过,你也答应了。今天你给我句准话,今年怎么都该轮到我了吧?"

"你就这么缺钱?"马国明淡淡地问道,并没有提及其他事情。

"缺!现在特别缺。"林泉决定把自己真实的想法说出来,如果马国明能看到自己对杨翎的诚意真心,或许能相信他跟朱迪真的没有什么,"我岳父岳母金婚家宴,老爷子用他攒了十年的私房钱给岳母买了个钻戒,别说我岳母多感动了,我都感动哭了。可我呢,结婚时都没有像样的首饰送给杨翎,这些年挺对不起她的。我想,拿这笔奖金去买个钻戒送给她。"

"你终于对老婆上心了,太阳打西边出来了!"马国明微微一笑,看不出心里究竟在想什么。

"这话说的,好像我在你心里就是个不爱不疼不管老婆的人,我有那么渣吗?"林泉见马国明愿意开玩笑了,放宽了心。

"你一直就这么渣,亏得你是我哥们儿,我要是杨翎家亲戚,早就骂死你了,顺带劝她离婚,跟你过日子也不知道图个啥?"马国明也笑了。

"你跟嫂子，怎么样，还好吗？"林泉也试探地关心起马国明来。

"好着呢。你放心吧，我早就说过，我跟朱迪不会影响家庭的。更何况，现在我俩也已经彻底没关系了，这几天我都没跟她说话。"马国明说完，长长地舒了口气。

林泉嘻嘻一笑，打算再跟马国明聊一会儿："你还说我渣，你这才是原味大渣男，我顶多是对老婆不关心，你可真是精神出轨了。别说你自个儿的小家了，就连咱们所里都得仰仗嫂子关照，每年才能顺利完成各种任务。你要是离了嫂子，咱们所里所有人以后压力都要大了。"

"得了得了，你就那么闲吗？管好你自己吧，该去坐台了。人程大姐还没吃饭呢，别跟我这儿磨牙。"马国明已经不耐烦了，赶林泉走。

"那今年这优秀员工？"林泉还是想要马国明一句准话。

"你放心吧，答应你的事，肯定没问题！"马国明的语气越来越无力。

林泉放心地离开了马国明的办公室，出门前，还跟他比了一个心。但门关上之后，马国明的脸瞬间垮掉了。

B

马国明没跟林泉说实话，自从赵熙子正式提出离婚之后，这几天他简直如坐针毡，彻夜难眠。就算曾经幻想过一千遍一万遍离婚，但真的走到这一天，他还是会恐惧。

离婚，需要他付出有生以来最大的勇气，去适应去调整显而易见江河日下的人生，可他目前的勇气储备，尚不能支撑这一切。赵熙子对他来说，是持续发光发热照亮他温暖他的一堆火，但这堆火，原非他所欲也。

马国明原本最理想的对象,就是朱迪这样的姑娘。家庭出身跟他差距不大,大家都是不富裕的家境,也更能理解彼此的不容易。朱迪性格温存,总能在合适的时候说出他最想听的话,也能在他最需要倾听的时候,乖巧地多听少说。

赵熙子就不一样,每次马国明要吐槽点什么,她都像人生导师,还没听完就马上给出指导性意见。而那些意见,归根到底都是在针对他,要么是他能力不足,要么是他不成熟太冲动,反正所有的事情都是他的错,她永远有理。

马国明何尝不知道那些大道理?但结婚又不是找人生导师,跟老婆吐槽只不过是想要一个安慰一点支持,以及来自家人的温暖,维护自己原本就所剩无几的虚荣心和面子。朱迪的出现给了马国明透口气的机会,他明明知道对她好是错的,可他忍不住,每一次和朱迪见面,其实他都充满愧疚,愧疚并快乐着,上了瘾。但他最后还是没有越过雷池,这是最后的底线。

那天晚上,面对马国明跪在地上哭得死去活来,赵熙子什么话都没说,那天之后便不再想见他,每天不是待在医院,就是出去找各种专家医生问你治疗方案,再不然就是直接回娘家,就连康儿也被她带走了。偌大一个家,每天回家连个响儿都听不到,没了老婆孩子,剩下马国明一个人,他突然有种这里不属于自己,而自己也同样不属于这里的感觉。可如果没了这个家,他该去哪儿,又能去哪儿呢?

朱迪这几天也很不爽,马国明就跟小孩儿一样,对自己一天一个变,每天她都像在坐过山车,不是大起就是大落。为了哄他,自己已经摆出了低姿态，想着法子套近乎，他却还是不领情。前几天他明明答应把自己当妹妹，关系破冰，日趋升温。这两天，突然就又对自己降温了，而且这一次，不论她说什么，都不搭理自己了。

"我做错了什么，你又生我气了？"两天前朱迪发送给马国明的信息，至今还没得到回复，就连今天开例会，他的眼神也直接跳过了自己。朱迪预感越来越不妙，她直觉一定是林泉在后边捣鬼。

这家伙，难道真的不怕自己把那段视频发给他老婆？朱迪琢磨着，那天她跟林泉抢手机被林泉老婆发现，难道他回去已经坦白了，不怕自己了？

朱迪可不是个轻易服输的女人，事到如今，这段感情已经跟爱不爱关系不大了，这关系到她的尊严。就算是分手，也应该是自己把马国明给甩了，而不是他说不玩儿就不玩儿了。

"你真打算再也不理我了吗？信不信我把咱们之间的事情公之于众？"

气头上的朱迪，在手机上飞快地把这两句话打了下来，但她还犹豫着没有摁下发送键。这句话要真说出口，她和马国明就再也没有退路了，现在真的没有别的牌可以打了吗？退出聊天时，这句话变成了草稿，存在对话框里。

午休时，朱迪为了观察林泉的动向，特意去了柜台里边的小餐桌跟同事一起吃饭。热情的程大姐兴冲冲地跟朱迪打听那个送花送水果的男客户有没有新动作，然后便开始聊林泉今年可能要当优秀员工。程大姐提醒朱迪，优秀员工是大家轮着当的，朱迪第一年来所里上班，怕她不知道规矩，到时候可千万别提反对意见，等两年，就会轮到她。

"好的好的，我绝对不会提反对意见。"朱迪笑盈盈地满口答应，一转身，就把那句微信草稿里的话给删掉了，她编辑了新的内容。

这一次输入完毕，朱迪没再犹豫，果断地点下了发送键。

C

"今年的优秀员工你选我，我们就结束这一切。"

朱迪发来的这条信息，隔着屏幕都能让马国明感受到她的幽怨。

选了朱迪，今后跟林泉连兄弟都做不成了。可如果选了林泉，现在是他会不会离婚的关键时期，朱迪要是不跟自己断，很可能就真的会闹到与熙子离婚。马国明焦头烂额，看着屏幕上朱迪那张甜美微笑的头像照片，真希望这条信息纯属幻觉，他什么也没有收到。如果把手机给砸了就能解决问题，他会毫不犹豫地立刻把手机扔出去。这一招就是撒手锏，直接把他逼到了死胡同，一边是友人，一边是情人，饶是天底下最硬的汉也左右为难。

朱迪已经看过行内通知书，离优秀员工的申请书最后提交日就只剩一天了。她知道，马国明只要给出自己这个答案，就意味着他俩的关系真的结束了。朱迪等着马国明的回复，带着不安与焦虑，她相信马国明会有着跟她一样的为难。她想过要不要来硬的，直接跟马国明杠，但犹豫了很久，最终还是决定先试试软的，毕竟属于她的机会不多了，而她的目的并不是通过伤害他的方式留下他。无论是伤了他的心还是伤了他的人，她都会心疼。

等了一个下午，马国明还是没有回复，这令她有点失望，甚至绝望地想，如果马国明选择了林泉，她也认了，从此彻底放弃他，一个不再在乎自己感受的男人已经不值得了。下班后，她带着重重的心事回到了小区门口，没想到马国明已经在这里等她了。

马国明不像从前一般见面就笑，他有点尴尬，甚至不看朱迪的眼睛："对不起，优秀员工我没法给你。所里有传统，大家都是论资排辈轮着的，你是新来的，今年还排不上号。"

朱迪若无其事地哼了一声："我就知道，你还是舍不得我，不愿意跟我分手。"

"不是这样的，我们必须分手！但我这次真的没法给你这个指标，明年吧，明年我保证把优秀员工留给你。"马国明掩饰不住激动，他今天来，就是来跟朱迪面对面谈分手的，"是我不好，优柔寡断，这段时间没敢回复你的信息，可能让你误会了，其实我是怕伤害到你，不敢对你太直接。"

"行，你说分就分，那你今年就把优秀员工给我。"朱迪柔情满面地抬头望向马国明。

"你别这样，你这是在逼我，你真的缺这个名头吗？你要是想要奖金，我给你一个大客户，马上就有笔近千万的理财业务，我保证你能拿到的提成不比奖金低。"马国明恳求着。

"你以为我真的只是要钱，要这个名头吗？你以为我真的是在为难你吗？"朱迪眼眶红了，哽咽道。

马国明不敢接话了，当一个女人不要钱也不要名分的时候，那才是最可怕的，她可能要的是你这个人，是你的全部。

"要不是我管你叫哥，恐怕我早就连跟你说话的机会都没有了。我这么委屈自己，这么不要脸地找你，一次次地给你留言，你难道真的不知道为什么？"朱迪委屈地大哭起来。

马国明何尝不知道，这全是朱迪放不下自己，可他以为自己能摆得平，既能稳定家庭，又能安抚朱迪，留着她继续在身边当自己的精神垃圾桶，在她身上得到安慰和鼓励。现在看来，他太高估了自己的能力，真是没脸面对朱迪。他忍不住悄悄地转了方向，不敢看她。

"当初是你先主动的，是你让我爱上了你。恋爱是两个人的事，现在你单方面宣布结束，你问过我了吗？"朱迪带着哭腔，转到了马国明面前。

马国明被朱迪盯着，也被路人和附近的保安盯着，他俩的争吵已经吸引了旁人的目光。

马国明不得不放低身段，也压低了声音："朱迪，我承认，我对不起你！我这样的男人，不值得你爱，也不值得你恨。我们彼此放过，不要彼此伤害，好吗？"

"不！我不！"朱迪哭得像个伤透了心的小女孩，忍不住抡起手里的包去砸马国明。

马国明没有闪躲，接住了朱迪这结结实实的一砸，包上的铆钉砸中他的眉骨，火辣辣的疼，一只眼睛疼得都快睁不开了。朱迪见真的伤他了，又心疼得赶紧伸手去试探，马国明敏感地往后退了一步，躲开她的手。

这个下意识的动作，在二人之间拉开了一段距离，虽然相隔不到一米，却像是隔着一堵看不见的墙。朱迪意识到，他不敢再跟自己靠近。

"你打我，怨我，我都认，是我对不起你。我只希望，你今后别再随便找一个像我这样只是有点喜欢你的男人，你要找个全世界最爱你的男人。他堂堂正正、清清白白，不舍得让你受一丁点委屈，他心疼你就像心疼他自己，对你没有任何秘密，你们会谈一场可以公开的恋爱，可以大大方方去你们想去的任何地方，你们的父母都会知情，亲戚朋友也都会给你们祝福。"

马国明把朱迪给说哭了，她把头抵在他胸前，默默地哭着，用手捶打着他的胸口："为什么这个人，不能是你……"

尽管朱迪抽泣的泪水湿透了马国明的衬衣，但他并没有推开朱迪，也没有伸出双手搂住她。

朱迪却紧紧搂住马国明，像是落水的人死死抓牢救命的稻草，用力到手指骨节发白，甚至微微颤抖："告诉我，你其实也不想伤害我。你跟我说过的那些话都是真的，如果人生能重新选择一次，你会选择我，而不是你老婆。"

马国明没有再说话，一动不动，像一棵无动于衷的树，被自己卡在了最尴尬最艰难的位置。他的双脚似乎生出了树根，深深地扎进了脚下的地，不论是微风吹拂，还是狂风侵袭，他都只能站在这里，不能再往前或者往后退一步。

几分钟后，朱迪终于渐渐冷静下来，她哭累了，声音也小了。马国明轻轻地推开她，冷静地说："不是这样的，我跟你说过的话都是真的，但现在我不能离婚也是真的。朱迪，我对不起你，我会给你一个让你满意的答复，我也会尽我所能弥补你。"

D

表面上看相差无几的东西，其实可能跟预想的完全不一样，比如一个人的心，可能是钻石心，也可能是玻璃心。这一点，马国明很快就感受到了。

　　林泉一扫前阵子的萎靡焦虑，这几天上班特别有劲，对客户的微笑都是发自内心的，中午还兴冲冲地要请马国明吃饭。他估计下个礼拜就能看到自己当选优秀员工的公示，然后下个月初，就能拿到这笔奖金。

　　"老马，你比较有经验，你说买钻戒去哪家比较合适？当然买不了嫂子那么贵的，但我想来个一克拉的，我可以自己再添点儿钱。"林泉兴奋地搓着手，问马国明，"等奖金到手了，我得请你吃大餐。"

　　马国明看着林泉，摆摆手："咱俩谁跟谁，请什么大餐，我是少你一顿大餐的人吗？"

　　林泉嘻嘻一笑，大咧咧地在马国明办公室里的沙发上坐下，说："我这不是感谢你吗？虽说是好哥们儿，但你帮了我这么大的忙，礼数不能少。不瞒你说，这个优秀员工我等了好多年，我进银行都快十年了，名字还从没上过行内的公告，这是第一次，我也算名利双收了，说什么都要感谢你！"

　　"泉儿，你先别着急谢我。那个……"马国明犹犹豫豫地想说实话，可看林泉那么兴奋，又说不出口。

　　"怎么了，出什么事了？"林泉见马国明不太对劲，觉出有事。

　　"是这样，我有个老客户，准备签个大单，我估计没有一千万也有八百万，他准备买咱们行里的理财。这个单，我打算交给你，回头你好好跟他谈。"马国明一边说着，一边注意观察林泉的脸色。

　　林泉想了想，觉得不太对劲："这么大的客户，你给我干吗？自己留着呀，一千万，这奖金可不少。"

　　"我没事，你不是要买钻戒嘛，我寻思你也缺钱，回头这笔奖金正好可以补贴一下。"马国明心虚地说着，脑门上已经冒出了细密的汗。

林泉刚刚还一脸轻松，听到马国明这么说，突然绷起了敏感神经，盯着马国明："不对呀，老马，你怎么一脑门子汗？"

马国明解释屋里有点热。

"你刚才说，这笔奖金可以给我用来买钻戒，什么意思？难道优秀员工的奖金没了？"林泉发现马国明已经不敢看着自己，低头佯装喝茶，并没有否认，眼神一闪，"你把这个名额给别人了？"

马国明被说中，更不敢看林泉了，赶紧帮林泉倒茶，支支吾吾地："你别着急呀，我又不会亏待你。这不是说了嘛，这个大单的奖金可比优秀员工的奖金还要多。你放心，明年，明年我一定把你报上去。"

林泉心里直冒火："你把名额给谁了？"

"你就别问了，你就当体谅体谅我，帮我个忙。"马国明小心翼翼地拿捏着口吻，"我最近焦头烂额，没敢跟你说，熙子其实提出要跟我……"

林泉已经没有耐心关心马国明的私事，噌地一下站起来，打断了他的话："你给朱迪了？"

马国明本想继续诉诉苦，博点同情，现在也说不下去了，但他还是没勇气当面承认，只是无比尴尬地望着林泉："朱迪说，要我把这个指标给她才答应跟我分手。你别生气，我保证把那个大单给你，这笔奖金……"

林泉眼中的兴奋消失了，极度失望地看了马国明一眼，什么也没再说，甚至没听马国明说完，就离开了办公室。

马国明眼睁睁地看着林泉离开，想要挽留，想要道歉，想要再说几句解释的话，可话到嘴边怎么也张不开口，心里就像被人用刀尖剜去了一小坨肉，空了一块。

在此之前，马国明还从未像此刻这样在意林泉。多年前，还在大学校园时他俩就同在一个球场上打过篮球，多年后，有缘分在同一个储蓄所里工作，从校友成为同事，这些年在一起吃了多少顿饭，喝了多少次酒，又彼此发过多少牢骚，只是，他从没珍惜过林泉的善意和存在。林泉的背影戳痛了马国明的心，他不敢想今后要怎么面对，更不敢想还能不能回到从前。林泉性格并不外向，有想法也不会直接说出口，就像刚才，林泉要是肯骂他几句，他心里还好受些。

虽然自从上次抢手机事件发生之后，朱迪就没跟林泉说过话了，但她其实无时无刻不在注意着他。

眼看着林泉兴致勃勃地上楼去找马国明，又一脸怒气地冲下来，个中原因朱迪已经猜到了九成九。她略略得意，却并没笑出来，距离成功还远着呢。这一次，她有办法让马国明选择自己，下一次，还有办法让他继续选择自己。

在又哭又闹威胁过马国明之后，她突然感觉到累了，她的心就像饱尝了自从懂得爱以来所有的忧伤，这沉重的折磨令她不堪重负。从马国明的态度，她依然能看到爱，他们已经承受了考验与磨难，然而他依然还怜惜着自己，甚至愿意为了自己放弃友情。

没有哪个女人天生就想当坏女人，她的初衷只是为自己争取一点真正的爱而已，而这份爱的印证就是把他留在身边。可现在，她终于得到了，却前途未卜。究竟该放手这段感情，还是放手一搏最后争取一下？心乱如麻的她像只盲目的苍蝇，在一扇只开启了缝隙的窗户旁撞得头破血流，在这座拥挤了两千多万人的大都市，这种心事无人能诉。

她突然有个想法，老天会不会在冥冥中指点自己？从不迷信的她突发奇想，在网上找了一个算星座运程的APP，为自己和马国明合了盘。

合盘的结果跳出这样的标题：有没有发现最近常有"鬼迷心窍"的时刻？

鬼迷心窍，这四个字恰恰是她自己都没发觉的真实写照，可究竟该怎么办呢？接下来的答案需要付费才能看到，朱迪不假思索地点击了确认付款，为这个答案付出了三十八块钱的代价。几秒钟后，一个淡紫色的页面跳出来，她看到了这样的文字：

你像疯了般爱上这个人，为他一次次挑战自己的底线，为他辗转反侧愁肠百结，为他心甘情愿做出巨大牺牲。你摆脱不掉逃脱不得，你不甘又不舍，不愿丢掉你的救命稻草，陷在虐恋的深渊中无法自拔。

这段亲密关系令你备感折磨、心累身累、毫无自由。轰轰烈烈的爱恋下，是感动自己的付出，是镜花水月的幻想，是虚无缥缈的未来，你不断求和挽回，期待他能回头看你，期待他能给你应有的爱，却一次又一次失望。

这绝非良缘。

真正良好的情感关系是深度信任、互相需要、互相促进，是共同进步，能给彼此成长的空间，放松的安全感，无须处处小心翼翼、时时患得患失，平等自然的爱情才能带来甜美幸福。

你需要摆脱过去自卑懦弱、消极悲观的阴影，告别该告别的往事，了断不该有的情感，打起精神面对新生活。请努力提升自己，不管是外在还是内在，都朝着"让自己变得更好"的方向前进。多学技能，多长知识，让自己随时跟得上社会发展的节奏，让自己独立自主，不依赖任何人。

朱迪翻来覆去把这段话看了好几遍。第一遍看的时候，她惊讶于前半段的描述完全吻合目前的状态，但后半段的奉劝却令人怀疑，"让自己变得更好"，几乎能用在全世界任何一个人身上。

哪有什么命运的答案？这个迷信的小游戏只是自我欺骗而已，世界上不会有人比她更了解自己，也不会有人比她更难放弃。

第十八章

A

平凡无奇、性格内向的普通男人,到了中年,很容易陷入社交尴尬的状态。大人物跟大人物一起玩,他们谈的是大到不可估量、普通人也无法触及的生意,小人物跟小人物玩,他们吃喝嫖赌总会有些共同爱好。

林泉是个高不成低不就的家伙,没人愿意在他身上多花时间和精力,能真正谈谈心,又能彼此信任的人,也就马国明。而现在,马国明狠狠地辜负了他。男人背叛女人,还能骂一句渣;男人背叛男人,却很难总结归纳。更何况,马国明原本就是林泉的上司,就算再生气,他也不能真的跟他翻脸。因为这个,林泉更郁闷了。

江与湖在使馆区颇有名气,因为酒吧老板的品位相当不错,进门影壁前摆放着一处颇具禅宗文化风格的日式枯山水。世上所见大多是平放,不过大小尺寸有别,而江与湖的这幅枯山水用了特殊的方法固定,覆盖了一整面垂直的墙面,客人可以更直观地用上帝视角俯瞰这一方天地中的山水纵横。虽不见真水,却能通过波纹的变化,感受到无形之水的存在。

这是老板花费巨资从海外购买的镇店之宝，据说这作品价值数百万。除了这镇店之宝外，侍应的工作服都是在普拉达定做的。毫无疑问，江与湖是高级的。尤其是店里面的一位酒推姑娘ZIZI，据说可是正儿八经的外语学院西语专业的高才生。

林泉和马国明都见过ZIZI，她绝不会让人吃豆腐占便宜赔笑脸，而是凭借过硬的外语水平，重点服务老外客人。三百六十行，行行出状元，如果酒推行业有状元的话，ZIZI当仁不让。

林泉在三杯威士忌下肚之后，把这些话全说给了ZIZI听。想来也是可怜，一肚子的委屈，居然无人能诉，他只能跑到江与湖来，花钱买酒灌醉自己，才能说给酒推姑娘听。

"你也别怪你朋友这么做。朋友是什么？你看看这里，在座的这些人。"ZIZI一边帮林泉又斟满一杯酒，一边示意他看向旁边落座的客人们，男男女女或三五成群或两两相对，举杯畅饮谈笑风生，"朋友是用来分享快乐的，是用来一起开心的，在遇到难关的时候，自己能解决就尽量自己解决，少给朋友添麻烦。实在自己不能解决了，拜托朋友帮忙只能是拜托，而不是对方的义务。你想想，只有婚礼宣誓的时候，才会说不论你生老病死，贫穷富贵，我都会对你不离不弃，对吧？如果拜把子的时候适合说这句话，为什么现在没人说？"

林泉被年轻的ZIZI所说的话逗乐了，但心里却觉得这姑娘的话属实没毛病。

"夫妻才有替你承担不幸的义务，法律可没规定朋友也有这个义务。所以，别埋怨人家了，歌里怎么唱的来着，命里有时终须有，命里无时莫强求。"ZIZI给自己也倒了一杯酒，举杯邀请林泉。

两人碰杯，一饮而尽。酒入愁肠，林泉心里却舒坦多了，话也自然多了。他甚至跟ZIZI说了前不久，老婆在社交软件上用小号试探自己。

ZIZI听得好奇，追问林泉是怎么发现的。

林泉苦笑："说实话，我压根儿也没想过什么见网友，在网上聊天纯粹就是给自己找个树洞。当时我也不知道跟我聊得热火朝天的女网友就是我老婆，每天跟她掏心窝子，突然有一天她暗示想见面。我当时正跟老婆闹别扭，在现实生活中的别扭，心情很不好，就觉得跟这个女网友毕竟聊了一阵子心里话，想着拒绝人家有点不给面子，就先答应了，说等我忙完这阵子就见。原本，我是想以后就不跟她聊了，慢慢儿冷下来，她自然也会懂我意思。结果没想到现实生活中我们又闹了别扭，俩人在家十天半个月也说不上一句话，把我给郁闷坏了，所以就想找个人聊一聊，缓解一下情绪。于是这次是我主动跟她约了个日子，请她吃饭。说来也怪，临到约会，我一整天都心神不宁，我从没见过女网友，这次还是约的晚饭，总感觉对不起老婆，就犹豫起来。快到约定时间了，我还在想到底要不要去。这么一耽搁，最后我就想，要不，我还是去看看她到底什么样，但别跟她打招呼也别见面得了。就这样，最后我去了。"

"所以你去了之后，看到了嫂子？"ZIZI颇有兴致地猜。

林泉点点头："我差点吓一大跳，起初我还想，她是不是约了别人。我盯着她观察，发现她一直在我们约定见面的餐厅旁边转悠。我就给她在软件上发了个来不了的信息，结果，她很快就收到了，并且看了手机。"

"所以，嫂子原本是准备守株待兔的吧。"ZIZI双手托着下巴，饶有兴趣地听着。

"我了解我老婆,她这个人,有什么话不爱明着说,老藏心里,没准是想憋着我出现,抓我个现形呢。幸好,我没真的去那儿等着她,如果我真有坏心思见女网友,那就被她一抓一个准了。说真的,当时看到她在回复,我的腿都软了。"林泉回忆着当时的状态,心有余悸,"亏得我跟她说了那么多话,都是真心话,现在想想,幸好没说什么过分的,不然,这个把柄能让她抓一辈子。"

ZIZI皱起眉头:"可你有没有想过,为什么这些话不能在家对她说呢?做夫妻的难道不应该是最亲近的人吗?"

"话是这么说,可是你去看看,有几对结婚十年以上的夫妻还能天天互相掏心窝子呢?绝大部分都是相看无语,但求相安无事罢了。"林泉解释道。

"那现在呢,你们还在软件上聊天吗?"ZIZI一边说着,一边帮林泉斟了杯酒。

"我哪儿敢呀?当时发现是她我立马就把软件都给卸载了,这辈子都不敢再碰了。"林泉喝了一大口酒,这才松了口气,"说实话,我当时就很后悔,为什么要去碰这玩意儿,其实跟陌生人聊天挺没意思的,风险还大。谁也不知道网络对面那个家伙是好人还是坏人,是朋友还是敌人。"

"那嫂子呢,后来有没有跟你表现过什么?"

"她其实不是第一次这么试探我了,之前还在我车上安过监听器呢,让我给发现了。"

"天哪!原来真实的婚姻生活会是这样,我原来一直以为这些情节只会出现在电视剧里!"ZIZI叹了口气,陷入沉思,"是不是结婚后男人和女人都会变得不信任,明明是相爱的关系,结果变成了有话也不能说的陌生人，甚至像是敌人？在我看来，这应该是商业竞争对手啦间谍啦，才会干的事情。"

"我也不知道怎么就把日子过成了这样。原本她挺好的，我从没想过她能干出这样的事儿来。"林泉的声音有点低落，回忆当年的杨翎，跟现在确实有了很多变化。

"来，为了你顺利通过考验！"ZIZI举起了酒杯。

林泉乐了，跟姑娘碰了个杯，两人一饮而尽。

林泉的心结打开，开始关心这姑娘："我看你偶尔会忧心忡忡的，是不是也有心事？"

姑娘笑说谁能没点儿心事，不过她不是对谁都能说的，得跟她玩游戏才行。

林泉正好想换换情绪，于是两人划着拳，开始了真心话大冒险。林泉赢少输多。ZIZI是个好姑娘，只问他不开心的事，林泉一股脑地全说了出来，从对马国明的不满，到对婚姻的无奈，再到前不久金婚家宴之后，他突然对家庭对老婆有了前所未有的愧疚感。

这些话，如果对着家人说，就算是父母，也难免站在自己的立场，帮林泉分析来分析去，最后，还要出谋划策劝他该怎么做。如果对着朋友说，朋友也很难代入他的身份和感受，单纯从男性的角度，也很难提出解决办法。说到底，林泉并不需要有人提建议，他才是最了解自己的人，也最了解自己的家，他只是想倾诉一下，单纯地说给一个树洞听罢了。恰好，今天他遇到了这个树洞。

大概是林泉的真诚感动了ZIZI，在划拳输掉之后，林泉问她，有没有什么遗憾。ZIZI也敞开心扉，说出了她有一个心上人的秘密。ZIZI告诉林泉，那是她的初恋，从中学时代到现在，她已经跟心上人做了近十年的网友，然而从未见过面。即便知道他就在北京，但他从未主动提出见面，所以她一直也不太敢。

"你是不是傻，都十年了还不见面？都什么年代了，见一面怎么了？你就提一次，看看他什么反应。"林泉喝红了脸，兴奋地鼓励着。

"我也想过主动一次，可我好害怕出状况。怕他其实没那么爱我，跟我聊天就是玩玩；怕他其实结婚了，或许他也只是需要一个树洞，就跟你一样；我甚至想过他可能已经死了，只是他的朋友还在继续替他瞒着我在演戏。我都不敢想下去，如果这其中任何一种情况出现，那我这十年的美好回忆就毁了。"ZIZI叹了口气，终于显示出属于她这个年龄应有的惆怅。

"这样，把这个决定交给命运。我们再划拳，如果这一把我赢了，你就主动去找他，我陪你，有什么事我帮你兜着。如果这一把，你赢了，那你就别主动了，该干什么干什么，就当没这回事。"林泉突然特别认真起来，"来不来？剪刀石头……"

ZIZI想了想笑了，也伸出手，剪刀石头布！

ZIZI出了剪刀，而林泉出了石头。

林泉大笑，天意！

ZIZI也笑了，这大概真是天意，是老天爷让她去找心上人，现在就是最好的时候。她拿出手机，激动地拨了一个号码。

B

在杨翎和小护士两人的努力下，202终于从病床挪到了轮椅上。刚刚做完手术，202脸色苍白，此刻忍着疼痛咬牙配合着。

"恭喜你呀202！手术非常成功，马上又要见到女朋友，双喜临门。"小护士帮他固定好位置，还在他背后细心地垫了个小靠垫。

"谢谢，辛苦你们了！这阵子我没少给你们添麻烦。"202咧嘴一笑，发自内心地甜蜜。

小护士帮他整理完毕，正好护士站那边传来了呼叫铃响的声音，她对杨翎说："杨姐，你送他下去吧，这里有我，记得回来告诉我202女朋友长什么样哟。"

杨翎笑着点了点头，推着轮椅进入电梯。

"姐，你想什么呢？"202忐忑地看着杨翎。

杨翎回过神来，冲他笑笑："在想，你女朋友长什么样。"

"她是我见过的最美的姑娘。"202面带微笑地说完，电梯抵达一楼，杨翎推着轮椅走了出去。

"我已经做好了所有思想准备，不论她对我怎样，我都愿意接受。十年的感情，我相信，就算我们不能做情侣，也能做好朋友。更何况，我现在这个情况，能跟她在一起多待一天，就是多赚了一天，能见上一面我已经很知足了。"202轻声说。

说话间，两人已经来到住院大楼的门口。

"姐，你说，姐夫曾经为你做过什么事情，让你觉得他爱你？"202问道。

杨翎想了好一会儿，还真是答不上来，除了一件事，似乎林泉也没为自己做过什么特别的，"我们俩收入一般，结婚的时候约定好了，每年买一部新手机，新手机给我用，他每年用我的旧手机。大概也就这样了，没其他什么特别的事情。"

"也就是说，在他心里，你的位置排在他前面。这不就是网上说的那种，有一百块钱，九十九块都给你花的男人吗？比那些有一万块，给你花一百块的男人要好。"202笑着说。

杨翎和202没再继续说话，她知道202现在心情很激动，这是他盼望已久的时刻，而她也将成为这一重要时刻的见证人。虽然跟202只认识了几个月，但在他住院的这段时间，杨翎已经把他当成了真正的朋友。

等了大概十分钟，一辆比亚迪开了进来，杨翎看着那台车越看越眼熟。一名代驾从驾驶位上下来，紧接着一男一女下了车。相隔几十米，杨翎也能一眼看出这个男人正是林泉，而202已经忍不住轻呼一声："芝芝！"

下车之后，ZIZI已经顾不上林泉了，兴奋地冲着202跑去，林泉从代驾手里拿回车钥匙，锁好车，跟在ZIZI身后。他打心眼里为自己做了一件好事而高兴，他也想看看，这个能让ZIZI姑娘心心念念十年的初恋，究竟是个什么样的男人。

被ZIZI的情绪感染，林泉也兴奋起来，远远看到住院部大楼的楼下，有一个病人坐在轮椅上，轮椅旁边，有一位穿着白大褂的护士陪着。林泉越看越眼熟，再走近些，意外地发现白大褂居然就是杨翎，而她身边的男病人正是此前他怀疑过跟杨翎可能有点暧昧的那一位。

"怎么是你？"林泉很诧异。

"我还想问你呢，你又怎么来了？"杨翎冷冷地反问。

"我……陪一个朋友来见她男朋友。"林泉声音里透着怯。

"你什么时候交了这样的新朋友？"杨翎看了ZIZI一眼，她年轻漂亮，身上还有种说不出来的书卷气，这令她十分疑惑，这样的姑娘怎么会跟林泉成为朋友？

"咱俩上旁边去说吧,别破坏他俩的见面气氛,挺不容易的!"林泉小声答道,冲杨翎打了个手势,示意她到旁边去。

ZIZI姑娘放缓了脚步,激动地看着消瘦苍白的202。202也跟她一样,此时他们眼里已经再也看不到旁人,只有彼此的身影。有那么一个瞬间,ZIZI站定了,不敢再往前靠近,仿佛眼前这一幕就是梦境,再往前走一步就会突破结界,这个美梦就醒。

202凝望着她,眼神一秒钟也不舍得移开。他冲她招招手,她就笑了,然后继续往前走近。杨翎和林泉都还来不及为自己解释,ZIZI已经跟202紧紧地拥抱在一起。

七月底的夏夜,清爽干净,天空犹如一块金丝绒幕布,上面撒了些碎钻般的星。一颗流星划过,打破了夜的沉默。

"你看,多美呀!"林泉指着天上的流星,颇有些感触,"要是咱们现在在新疆,在乌鲁木齐,或者在西藏,一定能看到更多星星,密密麻麻的,满世界的小眼睛,肯定还能看到银河。我长这么大,还从没看见过银河。"

杨翎抬头时,流星已经飞走了,她把眼神放回林泉身上,定定地,像是在打量陌生人,他怎么会突然跟自己说出这样的话来,这不是他平日的状态。

林泉吸了口气,借着酒精带来的力量,鼓起勇气把他因为缺乏沟通,在网上跟网友聊心事,到发现女网友竟然是杨翎的秘密,一口气说了出来。不仅如此,他还说了马国明不顾此前跟自己的约定,提名朱迪当优秀员工,今天心情太过沮丧,以至于想要找人喝酒吐槽,所以今晚去了酒吧,又遇到了ZIZI,最终鼓励她来见男朋友,从头到尾他把事情说了个明明白白。

杨翎听完后，内心震动不已，好半天说不出话来。她没想到，在两人冷战期间竟然发生了那么多事，她竟全然不知，更没想到，网友见面行动失败的原因是被林泉发现了。

"老婆，我以后真的有什么话都跟你说。我错了！我不该在网上找树洞。今天我跟ZIZI说完这件事就后悔了，不，其实我在见到你之前就后悔了，我根本不该答应什么网友见面的邀请。"林泉坦诚地看着杨翎的眼睛，"如果我真的心里有鬼，我就不会一再通过你的测试对不对？咱们都让它过去吧，过了这一关，好好过日子。"

杨翎的脑子很乱，她不明白，这一切究竟是自己不够细心，还是命运的安排，谁也说不清。但至少有一点可以确定，这个男人还想跟自己好好过日子，所以不论他是否还在骗自己，都是希望能让自己重新接受他。

"应该是我跟你说一声对不起。其实，这段时间我也心烦意乱，不知道怎么办，所以才会一再做出那么荒唐的事。"杨翎有点庆幸，这一刻来得比自己预想的要早，她重新捋了捋思路，"那你跟我说实话，现在，还有没有什么骗我的事情？"

"没有了，所有的事情都告诉你了。"林泉看着杨翎的眼睛。

"还有两个问题。第一个问题，你其实早就发现我安装了监听器，那么你跟老马说的那些话，是故意说给我听的，对不对？"杨翎审视着林泉。

"是故意说的，但我们所说的都是实情，只能算是案情重现，没有任何改编。"林泉诚实地面对杨翎的眼睛。

"那好，第二个问题，我上次发现你跟朱迪纠缠在一起，你后来跟我交代了很多事情，关于马国明如何利用你跟朱迪约会的秘密，但你漏掉了一个细节，朱迪生日那天晚上，你跟她去了酒店，你们究竟做了什么？"杨翎用更锐利的目光注视着林泉，在这个重要的时刻，她不能放过任何一个微表情。

"就是你在监听里听到的那样，那就是全部。"林泉忍不住眨了一下眼睛。他在撒谎，此刻他脑海里已经浮现出那段可怕的视频，然而他必须打起十二万分精神，不能让杨翎看出他在撒谎，于是，他按照自己对马国明解释的那样，把当晚的经过又给杨翎说了一遍。

杨翎听着听着，渐渐松弛下来。她太累了，这么长一段时间以来，她早已身心俱疲。林泉见她缓和下来，主动张开双臂，轻轻地拥抱了她。

这一次，杨翎闭上眼睛，没有挣脱。"林泉，我真的再也经不起任何意外了，这是我信你的最后一次。"

"相信我，不会再有下一次了。"林泉拥抱得更用力了。

C

马国明虽然喜欢哲学，但他其实喜欢的是当他高谈阔论时，能被人倾听，这让他还能感觉到自己是个有思想、有存在感的男人，而不仅仅是一个臃肿无聊油腻的中年大叔。在家里，儿子还太小，听不懂他说的这些，虽然儿子很聪明，但说着说着最终总会拐到奥特曼和小猪佩奇身上去。而熙子，他只要说出一个论点，她总有十句话等着他，他又不擅长辩论，每每以失败告终，不仅没有成就感，反而影响夫妻感情。以前林泉和朱迪都愿意听马国明胡扯这些有的没的，自从跟林泉闹掰后,他再也不好意思去找林泉。而朱迪,他更不敢找。

车载广播里,男主持人和女主持人在聊关于婚姻的话题,女主持人问:"有人说,婚姻是男人给女人最好的礼物,你怎么看?"

男主持人回答:"这应该不分男女,谁更想结婚,谁就是得到礼物的一方。比如说,男人其实也很需要婚姻,他们需要一个稳定的环境,需要有人照顾自己,才有精力去更好地打拼事业。婚姻是互相成就的,谁能从中获益,谁就得到了礼物。"

这番话简直就像是专门说给马国明的。这几天,他苦恼极了。熙子已经彻底不跟他说话了,连微信也不发,甚至不要他去医院守夜,让岳母转告自己现在请了专业护工,不需要他了。

其实马国明还挺想去守夜的,能为这个家做点什么,他才有存在感。熙子这几天在想什么?有没有跟岳母商量离婚?是否已经开始找律师咨询了?还是说她在等自己发球,就像打网球一样,上一次发球的是熙子,她已经提出了离婚,让马国明自己掂量着办;现在,她可能在等自己把这个球打回去。

广播里,女主持人动情地说,珍妮佛·安妮斯顿跟布拉德·皮特离婚时,曾感慨过,每段关系都有漩涡和波浪,有时候很艰难,有时候很宁静。

马国明不知道自己究竟是处在漩涡中,还是波浪里,他只觉得命运不再攥在自己手里,每一秒钟,都害怕熙子通知自己去办离婚手续。

"马主任,你什么时候走?"同事老张关心地拉着马国明。

马国明一头雾水:"走?我走哪儿去?"

"刚下的调令呀,你要去大兴的一个新储蓄所了。奇怪了老马,你还不知道?"老张小声说着,神秘兮兮。

马国明更奇怪了："你从哪儿看到的,我怎么不知道？"

"今儿一早的行内通报啊！你赶紧去看看,咱们北京的储蓄所里还有其他跟你同名同姓的主任吗？"老张没看出马国明紧张起来,用手推了一把眼镜,认真地说。

老张正说着,程大姐和林泉也前后脚地进来了,一副询问的表情,马国明不想跟他们浪费时间,一把推开老张,飞快地冲上楼去。没多久,楼上就传来他大声打电话的声音,似乎在问究竟是谁做的这个安排。

一整个上午,所里的员工都在嘀咕马国明被调走的事,大家纷纷猜测他究竟是犯了什么错,还是得罪了什么人。以马国明平日里对待工作谨慎的作风,对待客户热情的态度,很难出什么差错,论业绩,虽然不是全市前几,但每年都能完成任务说得过去。

林泉起初也不相信,但总行的系统上的确贴出了这个公告,他仔仔细细地看了两遍,马国明不仅被调到了大兴的新储蓄所,而且还降职担任副主任。他觉得,这件事大概跟朱迪有关,不过他又吃不准,如果朱迪已经得到了优秀员工的资格,为什么还要这么做,况且她也没那么大的能量。不论这件事是谁做的,马国明都算是倒霉了,大兴距离朝阳区几十公里,每天光是往返通勤就得在路上耽误好几个小时。另外,一旦当了副主任,以马国明的年纪和资历,很难再升回主任了。

相处这些年来,老马其实人特好,工作安排上一直很体恤大家,平时关心同事,也经常请大家吃吃喝喝,还从来不摆架子。现在他要走,大家都有点舍不得。

整整一天，储蓄所的一楼都有点人心惶惶，马国明把自己关在办公室里，郁闷地打了好些个总行同事的电话，想问清楚这次调动的真实原因，结果一无所获。

苦恼焦虑烦躁，把马国明包裹起来，他不见任何人，就连今天来所里办业务的大客户也全交给了其他人。他呆坐在窗边，望着天色一点点地黯淡下去，渐渐想清楚了，唯一能决定他命运的人是赵熙子。

下班后，马国明怒气冲冲地开车去了趟岳父家，赵熙子自从提出离婚之后，就带着康儿一直住在娘家。他不想让康儿看到注定要爆发的争吵，一直在外边等着，等到保姆带着吃完晚饭的康儿出去散步，才敲门进入。

赵熙子见到马国明，板着一张脸，一副不想见到他的模样："你来做什么？"

马国明也不甘示弱，今天他是十足的受害者。"我问你，是不是你找行里的领导说了什么，让他们把我降职调到大兴？"

赵熙子根本不理马国明，冷笑一声，瞪着他说："笑话！为什么不是领导认为你能力不够，才做的调动安排？你也是四十岁的人了，拜托你遇到事情过过脑子，凭什么说是我干的？你有证据吗？"

"你少跟我说什么证据！这里不是法庭！你不就是怕我跟朱迪天天在一起上班，又搞出什么名堂来吗？我都承认了那是个错误，也保证不会再犯了，你还要我怎么样？要二十四小时监督我？"马国明声音比赵熙子还大。岳父家是独栋，岳母在医院照顾岳父还没回来，他也就没有顾忌了。

"我呸！给你脸了吧，就你，还值得我二十四小时监督？"赵熙子在气头上，难得地说了句不像她说的话。

"赵熙子我告诉你，我为什么会跟朱迪好？就是因为你这副样子太让我受不了。你就是个控制狂！我在你眼里是丈夫吗？这个家就是个公司，我和康儿都得听你的话，我就是你公司里的下属，你的心情重要，你的面子要紧，所有人都得巴着你哄着你，唯你独尊。可我呢？我就不要面子了？我告诉你，我是个男人！男人比女人更需要面子！"马国明完全处于失控状态，吼完这些话，攥紧了拳头气得浑身发抖。

赵熙子从没见过马国明如此愤怒，如此大声对自己说话，显然被马国明的气势压住了。不过只被压住了几秒，当她注意到马国明的拳头时再一次冷笑："怎么着，你还想打我？"

马国明被赵熙子说得还真举起了拳头，但他的拳头悬在半空，欲发未发。

"你要是有种打我，我就承认了，是我去找你们领导做的安排又怎么样？！"赵熙子挑衅地瞪着马国明，脸也被气红了。

马国明感觉浑身的血都往头顶上涌，胸口隐隐作痛，半张着嘴不断呼吸着，鼻子里喷出来的已经不再是空气，而是火星。这个女人太过分了！再不做点什么，他马上就要原地爆炸，悬在半空的拳头终于挥出，赵熙子没料到他真敢动手，吓得闭上了眼睛。

"哗啦"一声，玻璃碎裂，这一拳落在了赵熙子身后的玻璃柜门上，玻璃碴儿飞溅，其中一块划到了赵熙子的脸上，带出一小丝血痕。

赵熙子惊魂未定地摸了一把脸，摸到了那丝血，发出刺耳的惊叫。在惊叫过后，她指着门口，用最大的声音吼道："滚！你给我滚！"

马国明本来还想说点什么，但脑子里已经一片空白，他张了张嘴，什么也没说出来，只能灰溜溜地离开，他不觉得自己刚才做错了什么,虽然有点冲动,可谁又能在遇到他遇到的这种事后,还保持冷静?

马国明上了车,准备回自己家,直到手搭上方向盘才发现,手背流血了,血流出来的地方有个很大的口子。痛楚令他有种痛快的感觉,这只手微微颤抖,那伤口,就像是他和熙子的婚姻,无法愈合。

D

被赵熙子吼完之后一整天,马国明的耳朵里都是轰隆隆的,耳鸣。"滚"这个字,只要周围没人,就会不自觉地跑出来,像是荧光色弹幕,在眼前蹦跶,嘲笑着他。

他今天已经不那么难过了,因为朱迪见到他手上缠着纱布比她自己受伤了还紧张,不仅问他伤势重不重,还想陪他去打破伤风针。一整个下午她都坐立不安,找了各种借口三番五次上楼去看他,一会儿送茶,一会儿送药,说话也格外小心。这令他糟透了的心情得到了有效缓解,见到她,手背上的伤口都没那么疼了。

朱迪还主动提出,晚上在自己家里请他吃饭,听他好好发发牢骚。

原本马国明从没去过朱迪家,也不想去的,他一直很注意跟朱迪交往的界限。进入她的家,意味着真正进入了她的生活,而他并不想进入她的生活。

朱迪似乎察觉到了马国明的敏感,特意解释说自己没别的意思,只是看马国明今天状态很不好,怕他一个人回家会孤单。另外她的房租里有马国明支援过的部分,还有一个月,房租就到期了,马国明也将调任。自从上次马国明说要跟她彻底分手之后,她就打定主意换个房子，现在的住处将不再续租。所以她希望，能在马国明也出过钱的房子里，请他吃一顿自己做的饭，算是对他这些日子里关照的答谢。

朱迪说话就是让人舒服，明明是她要请自己吃饭，搞得好像马国明给了她多大恩赐似的。其实他只是一次性赞助了季度奖的奖金，自己都没太放在心上，被朱迪这么一说，倒像是成了她的大恩人。这种被尊重被崇敬的感觉，令他很舒心，就答应了。

下班后，等到其他同事都离开，朱迪又上了马国明的罗密欧，并坐在了副驾驶的位置。朱迪颇为感慨，这还是她第一次坐上这辆罗密欧，以往每次她跟马国明约会，都是开林泉的比亚迪。

这个小小的细节，令两人颇有些沧海桑田、人间幻变的感伤，马国明身逢家庭动荡，更有种英雄气短儿女情长的惆怅。这微妙的情感，被朱迪敏锐地捕捉到了，她有些窃喜，一路上轻言软语，说些八卦和笑话，让马国明感觉轻松些，也为了今晚她要发挥的主题作个情绪铺垫。

这间公寓比马国明预期的更小些，只是个一居室，即便加上厨房、卫生间，使用面积也不到他家客厅的一半。这里楼层高、视野好，造型独特的央视大楼和全北京最高的中国尊都能收入眼帘。房主的装修简约大方，朱迪又是一个人住，不用跟人共用卫生间和厨房，除了衣物多些不好收纳，倒也使用方便。

马国明站在门口，还有些犹豫着要不要进入，朱迪已经主动拿出了一双全新的男式拖鞋，大大方方地招呼马国明落座。她告诉他，这里是安全的，马国明可以先好好休息一下，她去做饭，吃完饭，她愿意听他说任何话。

以往在家，马国明从未有过这种待遇，如果跟赵熙子一起回家，每次都是他主动帮忙拿拖鞋和放包。朱迪的这个小小动作,令他心头一暖。

"我知道,你心里一定很烦很郁闷。别忘了,我们说过要做彼此最好的朋友,现在就是我这个朋友上线的时候了,你什么都可以跟我说。"

朱迪温柔一笑,马国明的心就像被打了一针麻醉剂,舒服多了。

朱迪开始在冰箱里搜罗起来,紧接着厨房里传来洗菜切菜的声音,虽然开着电视,马国明的心思和眼神却都在朱迪身上。

这个画面在他家是不可能出现的。赵熙子从不进厨房,平日家里吃的菜都是阿姨烧的,清洁卫生也是阿姨做,赵熙子对自己十指不沾阳春水的生活方式很满意,她妈妈也是这样。但在马国明家,从来就不是这样。一个典型的北方家庭,老娘们儿做饭打扫卫生天经地义,马国明的妈不仅烧的一手好东北菜,也格外擅长过日子,能缝补会收拾,总能把有限的钱发挥到最大的作用,让家里的老少爷们儿过得舒舒坦坦。看着朱迪忙碌的身影,马国明想到了他妈。

吃饭的时候,他没有丝毫掩饰,把这几天来跟赵熙子之间的所有事情都说了出来。

"离婚,真的吗?她愿意放过你?"朱迪眼睛都亮了,事实上她这几天已经猜到了,只是不敢确认。

马国明点点头。

"那你家里人什么态度?他们知道了吗,他们同意你们离婚吗?"

马国明叹了口气,打他结婚以来,每年过年都在北京陪着熙子和康儿,虽说每年熙子都给家里不少钱和东西,可还是抵不住老家有人议论,说他当了上门女婿。在面子比天大的老家,这是足以让一个男人连同他全家都抬不起头的罪名。马国明的父母对赵熙子这个儿媳妇不仅是别扭，更可以说是生疏，且不说赵熙子从未像别人家的媳妇儿那样，在生活上照顾过二老，就连两家亲家都没有正式见过面。

原来赵熙子就说，过日子是两口子关起门自己过，又不是亲家跟亲家在一起过，没必要让根本没有共同语言也没有共同爱好的四位老人成为朋友。这事儿要搁在北上广这样的大都市没什么，有个全国知名的女网红结婚九年，双方家长也从未见过面，这并不影响人家的幸福生活。可老家不是北上广，在老家土生土长的马国明也始终觉得这样的关系有点别扭。

"结婚真可怕，会把很多根本不相干的人和事都掺和进来。我有时候挺羡慕现在那些大龄不婚的人，自自在在，想谈恋爱就去谈恋爱，不用被双方家庭绑定套牢，也不用接受任何不相干的人指责。说到底，亲戚们闲话说完也就过了个嘴瘾，跟键盘侠一样，真要有事他们能帮得上忙吗？催着我结婚，催着我生孩子，他们是给我钱买房子，还是帮我养孩子？到头来还不都得靠我自己，所以这件事，我不想跟家里人商量。"马国明一说起父母和老家的亲戚，总有数不完的委屈，"我要是真跟爸妈说了，他们一定会安慰我，让我自己拿主意，他们不想让我为难，我也不想让他们为难。"

"人活一张脸，树活一层皮。站在你的立场上说句实话，我觉得你还不如离了，给家里人看看你其实是有骨气的。从此之后，他们也不会再戳你脊梁骨，不会让你爸妈受委屈。嫂子是有钱，可那些钱都是她的，你说了不算，等于跟你没关系，对不对？她就是吃准了你不舍得放下跟她在一起的荣华富贵，所以能骑在你头上。"朱迪往马国明的碗里夹了一坨红烧肉，那肥的部分已经晶莹剔透，瘦的部分也紧实有致，整块肉颜色红亮，散发着诱人的香味。

马国明没有马上回答，但这块红烧肉一入口，他脸色就变了，惊喜地对朱迪竖起了大拇指，说味道绝了。

朱迪笑了："你要是爱吃，我以后天天给你做。"

"你别傻了，我要真离了婚，就什么都没有了，你要跟了我该受苦了。我可不能让你受苦，不能把你坑了。"马国明低头扒饭，不敢直视朱迪的眼睛。

"你当我什么人呢，我要为了钱何必非得这样缠着你，直接找个大款富二代不好吗？另外，你怎么会什么都没有？你们婚姻期间内的一切，都是共有财产，是可以分割的。"朱迪见马国明一脸懵懂，赶紧给他解释，"就是说，你们婚姻关系存续期间，你赚的每一分钱，她都能分一半，同样，她赚的每一分钱，你也能分一半。"

"可我连她赚多少钱都不知道，怎么分？"马国明两手一摊。

"这就不用你操心了，可以委托给律师，只要有收入，就能查得到的，股票基金债券加上房子车子，如果是结婚后买的，就都是两个人有份的。你跟她在一起十一年，受了十一年的委屈，女人分手了可以拿青春损失费，你也可以。"朱迪说起来一套一套的，显然早就考虑过这一切。

"可我也没给家里作多少贡献，还……还跟你……"马国明还是心虚。

"跟我怎样？咱俩可是清清白白，你连亲都没亲过我。再说，我们的感情说明了什么？说明你们的感情本来就有问题，不然怎么会有我？新《婚姻法》里说出轨不是决定财产分割的最重要因素，就算是过错方，也不能完全被剥夺对方财产分割的权利。"朱迪振振有词地说着，又给马国明夹了一块肉，"我可是完全站在客观的角度，站在你的角度，以对你有利的思路来分析的。当然，你要是觉得自己心里不落忍，什么也不想要，净身出户我也没意见，就算跟你吃苦，我也是愿意的。"

"你什么意思？你真的铁了心，跟我在一起？"马国明感激地看着朱迪。

朱迪认真又慎重地点了点头："我爱你，我愿意。"

"你个傻姑娘，你图什么呀，我有什么好的？"马国明感动又叹气，忍不住伸手摸了摸朱迪的头发。

"如果一定要图个什么，那就不是爱了，是算计。"朱迪欣然一笑。

这夜，马国明没有回家，朱迪点上了香薰蜡烛，在浪漫的芳香中两人秉烛夜谈，在沙发上说了一晚上的话。大部分时间都是马国明在听，朱迪生动具体地描绘了许多关于未来的憧憬，她会怎么跟马国明一起从头开始，他俩可以租房，重新攒首付，她每天晚上会给马国明做好饭好菜，马国明还可以学着炒股炒基金，大客户里那么多资源完全可以用起来，然后再生个孩子，如果马国明想要的话……

这一切，都是马国明曾经幻想过的，如果没跟赵熙子结婚，而是娶了个普通的漂亮姑娘将要过的普通日子。多年前憧憬过的甜蜜生活仿佛唾手可得，朱迪一下子就戳中了他的心。

马国明很兴奋，这一夜虽然没睡，却有种如梦似幻的不真实感，仿佛时间倒流，他并不是现在的他，而是另一个平行时空中的全新自己，人生呈现出另一种可能性。可惜年纪大了，一熬夜居然有点心悸，以致美女在侧，他连吻一下她的勇气都没有，再多激动一点点，心脏怕是要罢工了。

第十九章

A

次日清晨,马国明和朱迪一起吃完早餐,独自开车回家。今天他和朱迪都轮休,可他不想待在朱迪家,她家只有一张床,他现在还不能躺上去。他打算明天上班就正式开始办理交接手续,不就是换个地方当副主任吗?工资不会减少太多,大不了离婚之后没多少奖金,可他不用当主任了,也不用承担整个所里的业绩压力,换个活法没什么不好,新的,总是有意思的。

一路上,马国明还忍不住哼起了歌,他就是这样只能看得到眼前快乐的男人,这一刻他感觉良好,最好就这样开着车,一路不要停,永远开下去。他忘记了珍妮佛·安妮斯顿跟布拉德·皮特离婚时曾经的感慨,昨晚,他度过了片刻的宁静,而现在,他马上就要感受到漩涡和波浪了。

手机铃声响起,是一个陌生号码,马国明摁下车载通话接听,一个央视播音腔似的男中音在车内响起:"您好,请问是马国明先生吧?我是莫西林,是赵熙子女士的委托代理律师。很遗憾地通知您,赵女士已经正式提出了离婚，如果您在一周内不跟我联系，讨论关于离婚的细节事宜，届时，赵女士将单方面申请诉讼离婚。"

马国明听得眉头皱了起来："喂，老莫，你怎么换号码了？为什么跟我讲话这么奇怪，我们又不是不认识。"

"抱歉，马先生，我这是业务电话，需要录音作为证据的。你要是方便，最近几天跟我见面聊聊关于离婚协议的事情吧，不然的话，咱们只能法院见了。"莫西林说完，挂断了电话。

马国明把车停在路边，已经回过神来，不论他怎么不想面对，不论他如何回避闪躲，这一关，他还是躲不开。心悸的感觉又来了，他下了车，走向附近的一家药店，打算买点速效救心丸。

马国明赶到咖啡厅时，莫西林已经在等他，正端着杯子喝美式。

"你喝什么？"莫西林放下咖啡杯，看了一眼时间。

"我点了焦糖拿铁，我跟你不一样，这什么也不加的美式跟喝中药没什么区别。"马国明在莫西林对面坐下，不悦地看了他一眼，"咱们也认识好几年了，怎么你一谈公事就变了样？你们律师可真是两面派。"

"这是我的职业素养好吧，私底下咱们可以是朋友，但工作是工作，两码事。都这么熟了，我也就不跟你拐弯抹角了，咱们直接说，你考虑好了吗？关于离婚。"莫西林审视着马国明。

"都到这一步了，我跟你说实话，我脑子乱得很，一方面我觉得对不起熙子和康儿，另一方面，我也觉得我们的婚姻的确是出现了问题。但我这个人你知道，感性得很，优柔寡断，我不像熙子，遇到问题方方面面都想得特别仔细。你直接说吧，她打算怎么离？"马国明坦然地面对莫西林。

莫西林清了清嗓子，认真地开始说起来。先从最大件说起，目前赵熙子和马国明还有儿子马浩康居住的房子，是赵熙子婚前所购，所以不在财产分配的范围内；赵熙子名下的两台车，是婚内所购，但其中一台车的车牌在赵熙子母亲叶女士名下，所以如果要拆分，可能有点麻烦，如果赵熙子母亲不同意的话，会需要走法律流程裁定；另外，婚内赵熙子个人收入所得，莫西林已经做了调查，基本上都用于家庭生活消费，其中包括给儿子马浩康的生活学习开销、家人旅行开销、各种保险开销，以及给双方父母的家庭生活开销；另外，赵熙子名下还有一些债券和股票基金类的投资，可以拿出来进行拆分。

"但是我作为律师，要提醒你一下，这些年来，你转给你父母的款项，以及最近几个月来你花在女朋友身上的钱，甚至以借给朋友的名义转账给林泉先生的钱，这部分数目不属于家庭生活共有开销，所以呢，这部分都需要扣除再分配，整体算下来，你基本上分不到多少钱了。"莫西林说完，有点担忧地望着马国明。

"这意思是，我差不多净身出户？"马国明听得心里直打鼓，这跟昨晚上朱迪分析的大不一样。

莫西林点点头："另外，熙子想要康儿的监护权，你每个月还得出一笔儿子的赡养费，这个钱呢因为通货膨胀，每年还会有一定比率的上涨，将一直持续到康儿成年。当然，你也有探视权，这个你需要多久见一次，每次见多久，可以跟我说，我再跟熙子商量。"

服务生送了咖啡过来，刚刚要发作的马国明按捺住了情绪。等到服务生离开，他再也忍不住，瞪着莫西林。

"你这么做是不是有点不地道，谁给你钱你就给谁办事？亏得我还把你当哥们儿，有你这么帮着我老婆算计我的吗？"

"我为什么这么做，我为什么这么努力帮你老婆算计你，你还不明白吗？"莫西林叹了口气，眼神中似乎有别的意味。

马国明盯着他看了好一会儿："不明白，你可别说这是在帮我。"

"我是不想你们离呀，所以给你制造难题、制造障碍，就怕你一时冲动还真就离了。"莫西林端起杯子，又喝了一口咖啡，意味深长地说，"我自己是离过婚的，现在很后悔，这滋味不好受。可前妻已经再婚，我没法回头了，你知道吗？我不想让你也走我的老路。"

马国明良久无语，看着莫西林略显憔悴的神态，才发现他离婚后确实精气神大不如前。

"老马，说句实在话，单论性格我并不欣赏你，你这个人，没上进心没品位也没追求，就是一条咸鱼。但我结交朋友有一个原则，就是看这个人身边的伴侣什么样。如果看起来很一般的女人，她有个很不错的丈夫，我会对她刮目相看，她一定有我不了解的优点和能力。反过来，如果一个男人有很优秀的太太，或者交往多年的女友，我也会对他的品位和能力在心里提升一个档次。当初我愿意跟你交往，大家能做朋友，很大一部分原因是熙子，我很欣赏她的工作能力，也很欣赏她在社交方面的大方爽朗，所以我相信你一定也是个不错的男人。我说这话，没有别的意思，纯粹就是个人感受，你可以当我太现实，当我说话难听，甚至你以后都不打算当我是朋友，这都不重要。但我希望，你还是能以冷静的态度，听完我接下来要说的话。"莫西林稍微停顿了一下，似乎在组织语言，"我在帮你们分析财产分配情况的时候，注意到一个细节。不知道你自己发现没有，你们结婚这么多年，每年，熙子在逢年过节和生日之类的特殊日子，给你家老人的钱和礼物，总数跟她自己父母是一样的。"

马国明听到这里，心里像是被一只看不见的手戳了一下，他以前从未注意过这一点。

B

"我不知道钱对你和你的家庭意味着什么，但在我来看，这意味着熙子没把你当外人。钱的本质是爱，也是关系，谁都不会把钱花在不相干的人身上，对吧？结婚后，你给父母在老家换了个大房子吧，还有全套装修家电，外加伯父伯母每年都去参加夕阳红旅行团，还有伯父买的车，光靠伯父伯母下岗多年的退休金应该是不够的。只要熙子追究，这些钱都不是用在家庭生活上的，就有权都让你吐出来。这些钱，本来熙子说就算肉包子打了狗，都不要了。是我替她主张的，得要，人不能花了钱还不落好，这没天理。"

莫西林的声音并不大，吐字却格外清晰，马国明听得真真切切，听得脸红面臊。

"生活不愉快，难道换个人就愉快了吗？考试通不过，难道换个考场就能通过吗？离婚很容易，不容易的是接下来的生活，我只知道熙子没问题，但你呢？"莫西林苦口婆心摆事实讲道理，也不管马国明爱不爱听。

"你说的这些我都知道，但是……"马国明忍不住打断了莫西林。

"你要说什么我知道，年轻姑娘谁不喜欢，可谁没年轻过，熙子没年轻过吗？那个朱迪是挺漂亮的，可她不会老吗？你想过没有，你们现在是好，就算你们真的结了婚，她可是没孩子的，你们要孩子不要？要了，你和她的收入够养？房子呢车子呢，买不买？谁出钱？难道要像你那个姓林的同事那样，四十岁了还租房子住？"莫西林一连串的问题抛出来，显然是职业律师的打法，马国明不仅语速跟不上，连脑子也快跟不上了。

"怎么，你连林泉都知道？"马国明有点吃惊。

"我当然知道，不然我也没资格当熙子的律师。"莫西林喝了口咖啡润了润嗓子。

"我知道你是为我好，也为熙子好。可你有没有想过，我如果离了婚，也未必一定会把日子过得很惨，我有手有脚的，难道离开熙子就活不下去了？"马国明被莫西林说得没脾气，但还是不甘心。

"来，我帮你推演一下以后可能会怎么样：离婚后的前三年，你可能还挺开心，就算租房子住也能有情饮水饱，那是因为你们还在荷尔蒙分泌高峰期。接下来，荷尔蒙不可能一辈子保持这个分泌程度，以你和朱迪的收入，你俩可能借遍亲朋好友再凑点钱，辛辛苦苦买个小房子，省吃俭用地供房贷，养车子，还得给康儿支付抚养费。或许你会再要一个孩子，为了养两个孩子，你将把所有精力体力都用在赚钱上，不敢娱乐不敢失业不敢辞职也不敢生病，就这样再过上十年你就五十出头了，朱迪才三十多，到时候双方老人年纪也更大，你们俩谁回老家照顾？或者你有钱把他们都送养老院长住？还是你有条件把双方父母都接过来，请住家阿姨照顾？再往后过十年，你六十多了，退休了，开始这毛病那毛病天天跑医院了，每天算着医药费手术费医保还能报多少；她才四十出头，风华正茂。说句不好听的，到时候可能各种绿帽疑云，你要不能忍就只能吵，她会变成一个随时随地会发脾气的中年妇女，而你，将变成一个唯唯诺诺只想息事宁人的糟老头，这样的关系将伴随你整个老年阶段，至死方休。临死的时候，你回忆起下半辈子跟前半辈子，最后带走的，很可能只有后悔。"

马国明听着莫西林的这段推测，心有戚戚："你说得好像我离了婚就只有跟朱迪结婚这一条出路了，事实上也并非如此吧？"

莫西林已经喝光了杯中的咖啡，放下杯子，轻轻地摇头："如果你离婚，不为了跟朱迪在一起，又为什么要离呢？为了下一个朱迪吗？如果真是这样，那算我看错了你。"

马国明沉默良久才敢再看莫西林："谢谢你跟我说这些，如果你不是真为我好，犯不着说这些，是真哥们儿。"

"你要是爱玩又玩得起的人，我就不说这些了。我是觉得你本质不坏，熙子也是个难得的好女人，你俩走到一起不容易，离了可惜。鱼与熊掌不能兼得，选择了就会有牺牲，没有人的人生是完美的。我们这个年纪，剩下的爱已经余额不足，却还有漫长的下半辈子要应付，脑子万万不可一团糨糊。"

莫西林上海腔很浓，摆起道理来清清爽爽。马国明叹了口气，昨晚被朱迪撩热的头脑已经彻底冷静下来。

"你知道熙子自己就是律师，而且是名律师，她为什么会把这么重要的事情委托给我吗？"莫西林问马国明。

"她信任你吧，另外，你对她来说也是值得托付的人。"马国明苦涩一笑。

"你错了，其实是她这次真的被你伤透了心，甚至不想面对你谈这些事情。她父亲重病之前没多久，她失去了晋升律所高级合伙人的机会，现在是她最难熬的低潮期。"

"什么？"马国明完全不知道这件事，他回想起来，"难怪，前阵子她不上班，说是休年假，可又不出去旅行。"

"这件事对她来说已经是巨大的打击，紧接着她父亲病倒，这又是第二重打击，偏偏你又给她来这么一下。你想想她什么感受？她现在是内忧外患。你呀，等于在她最脆弱的时候亲手往她胸口扎了一刀。"莫西林语重心长地说。

马国明内心深深触动，此前莫西林所形容的一切，他其实都能够想到，唯独没想到的是熙子的处境，她从未跟自己说过这番难处，而自己也从来都认为她是百战百胜的强者。他突然理解了她为什么会这么决绝地对待自己，为什么不跟自己打招呼就调动了自己的工作，她的恨，碍于她的骄傲，无法用语言表达，只能采取行动。他真心诚意地感谢莫西林的犀利坦诚，今天他明明可以只跟自己说离婚细节的问题，却一针见血地说出了他的问题、他没勇气去面对的现实和未来。

人生在马国明面前再次给出了选择。

马国明失魂落魄地回到家，看着这个熟悉得不能再熟悉的地方，虽然这房子是熙子婚前买的，可他在这里已经住了十一年。就算是条狗，在一个土坑里睡了十一年，对这个坑也会有感情。马国明不是个虚有其表的男人，除了曾经的俊朗他也有着不为人知的聪明，这聪明令他曾经选择赵熙子作为结婚对象，令他享受了十一年的婚姻红利，也给了他去重新寻找激情的契机。可以说赵熙子是马国明的恩人，如果不是她，他没有今天的一切，甚至马家也没有今天的一切。然而赵熙子现在陷入困境，马国明并非没有良心，尽管已经吃过一次速效救心丸，但此刻他的心，还在隐隐作痛。那把他亲手扎在老婆心口上的刀，现在反过来也扎在他的心口上。夫妻本是命运共同体，一荣俱荣一损俱损，他不能一错再错下去。昨晚跟朱迪相处时，他错误地给了朱迪不该给的期望，但是为了老婆，为了这个家，如果必须伤害一个人才能结束这一切，他只能伤害朱迪。

马国明突然开始着急了，他迫切地需要得到熙子的原谅。他清楚现在光凭自己已经无法说服熙子，熙子最爱康儿，为了康儿，她愿意做一切事情。他想让儿子帮自己劝劝熙子，可他走到空荡荡的儿童房才想起，康儿在姥爷家。还有谁能帮自己？他想到了林泉，顾不上此前二人已翻脸，马上就想打电话道歉，不，光电话道歉还不够，他得亲自去道歉，今天林泉也是轮休。

一个小时后，马国明到了林泉家。

林泉开门，见是马国明，冷着脸没有让他进去的意思："你来干什么？"

"泉儿，我错了，是我糊涂，你能不能原谅我？"马国明情真意切，已经哭得鼻涕眼泪一大把。

林泉虽然心里还有气，但见到马国明这副表情，还是让马国明进了屋。他第一次见马国明哭成这样，其实自从ZIZI跟他聊过天后，他已经不生马国明的气了。

"女人都愿意听女人的话。泉儿，你这次必须帮帮我，让杨翎去劝劝熙子吧，能不能让熙子别跟我离婚？"马国明拉着林泉的手，就像是抓住了救命稻草。

"你到底怎么了？嫂子要离婚？"林泉惊讶地看着马国明，他从未如此痛苦懊悔过。

C

"林泉说，他从没见过马国明那么伤心，他哭得像个孩子。"杨翎小心翼翼地给赵熙子讲了马国明的情况，不仅回避了此前不愉快的经验和话题，甚至技巧性地使用了自己跟林泉的关系以及马国明在其中扮演的角色。

赵熙子听完沉默良久，显然有些触动，但她还没想好该说什么，又给杨翎斟了些茶。

最后赵熙子叹了口气："我输了。"

"什么意思？"杨翎不解。

赵熙子望着窗外的街景，有些伤感："你心里很清楚，咱俩走到一起，原本就是为了搞清谁的老公在出轨。为了这个真相，咱俩搞得关系紧张，猜来猜去，最后还闹了别扭。现在答案已经揭晓了，是我老公出轨了，作为女人，我输了。"

"别提这个了，我也没有赢，林泉他……算了，我先不说他了，一言难尽。"杨翎虽然很想跟赵熙子说说自己的感受，但今天她来的目的是帮马国明解决问题。

赵熙子收回目光，重新望向杨翎："我特别羡慕你，有踏实的老公，有懂你爱你的父母和姐姐。而我，表面上可能风光，其实特别孤独，也没什么真朋友，我其实挺想跟你做好朋友的，你愿意吗？"

杨翎乐了："瞧你这话说的，我们难道不早就是好朋友了吗？我们都知道了彼此最不堪的秘密啊。"

两个女人相视一笑，很快就进入了熟悉的状态、熟悉的关系、熟悉的话题。

"说回重点吧，你真想离婚？"杨翎问赵熙子。

赵熙子沉吟片刻，点了点头："这段时间我考虑过很多事情，尤其是我父母的关系，对我影响很大。我妈在我爸住院之后，放下芥蒂去照顾他，还诚心诚意地祈祷我爸早日苏醒。我妈说，夫妻最重要的是能相伴终生，我于是就想，我跟马国明真的能相伴终生吗？且不说现在的日子已经过得没滋没味，他这么觉得我也这么觉得，而我年纪又越来越大，精力体力都比不上年轻人了，事业方面肯定是开始走下坡路的。以前我能吸引和留住老马，可能是因为我有他没有的东西，我比他拼，我比他事业好。可以后呢？如果我没有了这些，他恐怕也留不住，迟早要被外边的女人吸引。到头来，我用心良苦维持着这个家图什么？图个孤独终老吗？"

"瞧你说的，怎么会孤独终老，你至少还有儿子，我跟林泉还没孩子呢。我更没有事业，也没什么上进心，我更没有能吸引林泉的东西。要担心孤独终老，我才更有危机感。"杨翎安慰赵熙子，但说的也是心里话。

"不如，我们俩以后结伴养老吧？正好，没了男人也没问题，咱们互相照顾，你懂医疗护理，我懂去哪玩儿去哪儿吃，姐妹搭配，干活不累。"

"没问题呀，那我们就说定了！"

"定了，让男人滚蛋！没有他们，我们女人活得更好。"

两个女人都笑了，赵熙子还用手擦了擦眼角，怕妆花掉。她感慨已经好久没这样笑过了，还是跟女人在一起开心。

"你真的已经打定主意离婚吗？"杨翎再次提出了疑问。

赵熙子也有些犹豫："我只是等不起了。我最近中年危机了，不想把时间浪费在错误的人身上，也不想再经营这种全世界最复杂的关系。离了婚我也轻松了，以后单身也挺好的。"

"可我总觉得，这件事不完全是你家老马的问题，是那个女的主动，是她动机不纯。"杨翎说到这里想了想，把自己无意中撞破朱迪跟林泉纠缠在一起的事情说了出来，"从她对林泉的态度就可以看出，这个朱迪年纪不大心机不小。"

"看来你对我老公，倒比我对我老公更有信心呢。"赵熙子微微一笑。

"马主任对林泉说了，他绝对没跟朱迪发生过那种关系，这一点，他可以发毒誓。"杨翎说的确实是真的，马国明对林泉发誓了。

赵熙子听到这里露出讶异的神情，这件事马国明亲口对她说过，但当时她是不信的。现在，这件事马国明还跟林泉和杨翎说了，赵熙子觉得十有八九是真的。

"丈夫不是敌人，更何况马主任是你十一年朝夕相处的丈夫，也是你家宝贝儿子的亲生父亲。"杨翎见赵熙子没接话，继续说下去，"我听说做投资的有一个词，叫尽调还是什么来着，意思就是要提前进行全面的调查，再作决定。咱们女人不比男人，这个社会对男人的包容度还是很大的，一个离了婚的男人，不会有什么流言蜚语，再婚也不会太困难。男人，真的全是大猪肘子，就算这一个老公是个坑，谁能确保下一个老公不是坑？既然都是坑，还不如这个坑熟悉点，摔也摔得没那么疼。"

杨翎细细的分析倒是让赵熙子入耳又入心，她微微一笑："你这个理论倒是有点意思，既消极又现实，我看你是个悲观主义者。"

杨翎端起茶来，抿了一口："我呀，是悲观的乐观主义者，凡事都要做最坏的打算，最好的努力。"

赵熙子拿出手机，看着屏保上一家三口的合影，她还没来得及换掉。"你可真像个心理医生，我感觉跟你聊天应该付你钱。可没有谁是必需的吧，这个世界离开谁都能过下去。"

"熙子，你跟我不一样，你还有儿子，却没有兄弟姐妹，赡养老人和抚养孩子，你其实需要一个并肩作战的战友。"

"学妹，这些事，保姆和家庭教师也能做到。"

"学姐，保姆和家庭教师不是战友，只能算雇佣兵，随时可能临阵脱逃，甚至叛变。父亲是不一样的，至少马主任还算得上是个称职的父亲吧。如果无关爱情，关乎信任，你还能信任他，能把父母和孩子托付给他的话，我觉得，你也应该再好好考虑考虑。"

赵熙子被杨翎说得笑起来："看来，你今天真是作了充足准备，连我这个资深律师都没话反驳。"

杨翎终于也轻松起来："但愿我说的能有点用吧。当然这些只是我的建议，最后的选择，还得你来作。"

赵熙子突然看向杨翎："如果你是我，会怎么做？"

杨翎沉吟片刻："如果我是你，我会给他个机会，先留校察看；如果今后再犯，立即开除学籍！"

D

快下班了，储蓄所楼下的玻璃大门已经关闭，柜员们正忙着做今天的结算。马国明坐在办公桌前，看着桌面上被放置得整整齐齐的文件，还有电脑屏幕上刚收到对方确认接收的内部邮件，疲惫地往椅背上一靠。交接手续办得七七八八了,接下来,就等新主任来签字接收。

他身下这张舒适的人体工学电脑椅是进口品牌,自费购置,花了一万多,本以为自己能在这把椅子上多坐几年的,没想到这就要走了。办公桌下边,还有他自费置办的小冰箱,里边放满了他爱喝的饮料。办公桌的相框上,陈列着好几张照片,其中有他跟所里同事们拍摄的聚餐合影;有他当上副主任当天,同事们帮他拍的单人照;还有,他当上所主任后第一天进入这间办公室的手机自拍。

整个储蓄所只有这一间单人办公室,虽说所里人不多,可这个小小的特殊待遇令他很受用,这微妙的优越感对他来说至关重要。今天,是他拥有这间办公室的最后一天,今天也是莫西林留给他的最后一天,如果对于离婚协议没有异议,或者对于离婚这个决定没有反对意见,明天莫西林将把离婚协议书发给他。

马国明惆怅地环视这间不算大的办公室,已经预感到人生即将进入另一局面。原本,他以为自己会在现有的轨迹上走到头的,是什么改变了人生?是他第一次主动帮朱迪工作上的忙,还是朱迪第一次对自己微笑后的心痒,真相已经不得而知。《阿拉伯的劳伦斯》里说,历史往往是微不足道的时刻集结而成的故事,这些时刻要么是偶然邂逅,要么是无意中作的决定,或者完全是巧合,在当时并不起眼,却在以某种方式和其他的小时刻混合在一起,产生极其重大的影响。他闭上眼睛,感受到命运对自己挥起了翅膀,他也彻底明白了这世上没有一劳永逸,不论是工作还是家庭,固若金汤并不存在。

门被敲响了,林泉和杨翎一前一后走了进来。

马国明挤出一个笑:"你俩第一次这么和谐地出现在我的办公室里,真应该拍照留个纪念。"

"你还笑得出来,是不是预感到了嫂子那边有好消息?"林泉调侃着马国明,坐在了他熟悉的办公桌对面沙发位置。换了新主任后,他也不太可能再来这间办公室肆无忌惮地休息了。

"熙子怎么说?"马国明来了精神,眼睛里都放出光来。

林泉笑着看了看杨翎,杨翎也在林泉身边坐下,开始说:"学姐说,她在气头上,没跟你打招呼,就去联系了领导,让你调了工作,这件事她太冲动了。你跟她发脾气,她也能理解,如果换一换位置,被调动工作的人是她,她也会有脾气。"

"这么说,熙子肯原谅我了?"马国明兴奋起来。

杨翎正想接着说,门却被突然推开了,朱迪笑盈盈地出现在门口。见到林泉和杨翎她很意外,脸色一下就变了:"你们怎么来了?"

林泉和杨翎对于这个不速之客也很意外,但他俩更坦然,林泉甚至不拿正眼看她:"怎么,我们不能来?"

朱迪白了二人一眼,没把他俩放在眼里,径自走到马国明面前,毫不顾忌地说:"我已经请了年假,从今天开始休息。你需要我做什么,我都可以陪你一起。等年假结束,我马上提交申请调动的报告,我要跟你一起去大兴。"

马国明面露尴尬,看了看林泉和杨翎,又看了看朱迪,一时语塞。

见马国明犹豫,朱迪马上察觉到事态有变:"你怎么了?我要跟你一起走,你不乐意吗?"

"朱迪,你只是申请,能不能通过还得看上边批不批呢。"林泉忍不住插了一嘴。

朱迪没搭理林泉,假装没听见,只是盯紧了马国明:"你说话,到底怎么了?"

马国明这次深吸了一口气，鼓足勇气，终于开口道："你就别跟我走了，留下吧。"

朱迪审视着马国明，这次终于琢磨出此中深意："你不离婚了？"

马国明没有勇气再面对朱迪，转过身去看着窗外。

不否认就是承认，显而易见，朱迪再不愿意接受，也不会不明白这个道理。她脸上的兴奋马上变成了愤怒，不甘地绕到马国明面前，再次面对他："你要放弃我？"

"你就别逼我了！大家都各退一步吧，你好我也好。"马国明再次转过身去，背对着朱迪。

朱迪简直不敢相信："马国明，你在骗我，你在保护我对不对？"

"我没骗你。我已经决定了，你就放过我吧。"马国明无奈地垂下头，他没想到这不堪的一幕，居然会被林泉和杨翎看到。

杨翎也感觉到了尴尬，拉了拉林泉的衣服，示意他回避。

这个小动作却被朱迪看到，朱迪十分激动，情绪有些失控，声音都颤抖起来："我不信！你在骗我，除非——"朱迪指着刚起身准备离开的林泉和杨翎，大声地说，"你当着他们的面，打电话给你老婆，我要亲耳听到你老婆说她不离婚了，说她原谅你，我才信。从今往后，我就真的退出你的世界，再也不跟你联系。"

被朱迪指着的林泉和杨翎愣了，两人站定，索性看这出戏要怎么唱下去。

"你这是何必呢？"马国明辛酸地看着朱迪。他已经知道了朱迪的心意，他是她真的计划过要共度一生的人，对于这份感情，他心存感激，却实在无法再继续珍惜。

朱迪丝毫不让，怒视马国明的双眼里泪光闪闪，这是她最后的倔强。

马国明犹豫片刻,终于直视朱迪的目光,一秒、两秒、三秒,朱迪执拗的眼神仿佛在说:你敢吗?马国明叹了口气,掏出了手机。

这是视频电话,接通的瞬间,林泉和杨翎都禁不住紧张起来,他们听到了赵熙子熟悉的声音。

"怎么了?"赵熙子看起来正在开车,摄像头只能照到她半边脸,她没看屏幕。

"老婆,我对不起你,现在我当着林泉和杨翎的面,跟你道歉!我真诚地请你原谅我,我愿意回归家庭。从今往后,我保证再也不会做对不起你、辜负你的事情,请你给我这个机会。"

马国明一边说着,把摄像头转到了林泉和杨翎的方向,让赵熙子也看到他俩。但他小心地避开了朱迪,也故意没看朱迪。

手机屏幕上赵熙子不经意地瞥了一眼,很快就又把视线转回路况。看得出她似乎有些感触,但掩饰得很好,什么都没流露:"知道了,我开车呢,挂了吧。"

电话被挂断了,总共加起来也没一分钟。

马国明紧紧地闭上了眼,他知道这句"知道了"对自己来说意味着什么,此时此刻,他暂时得到了解脱。可他释然之后,重新面对朱迪时,却发现她已经泪流满面。

"马国明,你有种,你们全家合起来玩儿我。你等着,咱们走着瞧!"朱迪狠狠地扔下这句话转身离去。经过林泉身边时,她意味深长地冷笑了一下。

这一笑,笑得林泉心里发毛。

第二十章

A

"为什么朱迪要那样看你?"杨翎疑惑地盯着林泉。

"大概是恨我吧,她肯定以为是我劝老马和她分手的。"林泉叹了口气,回想起刚才朱迪的眼神,是有点令人害怕。

"那也犯不着恨你吧,是老马伤害了她,又不是你伤害了她。"杨翎总觉得朱迪的眼神不太对劲。这种感觉从上一次她无意中撞破林泉和朱迪纠缠在一起的时候就有。

"女人的心思你应该比我了解,可能在她看来,我是助纣为虐,还一直帮老马说话,帮嫂子说话,所以她恨我。"林泉想办法把自己从这个剪不断理还乱的关系里摘出去。

"我总觉得这事儿还没完。"杨翎回想着朱迪那决绝的眼神,以及咄咄逼人的态度,仿佛她手里还有大杀器尚未祭出。

"你就别想了,要想,也是老马的事,罪魁祸首还是老马呀。我看,他这次算是得到教训了,以后应该再也不敢了。"林泉努力把话题往马国明身上带。

"要真是不敢了,那倒好了。熙子也不容易,我挺心疼她的,如果他俩真离婚,我站熙子这边儿。"杨翎表明了立场。

林泉没再接话茬儿了,刚才杨翎说她感觉事情还没完,他也有这种感受,而他比杨翎更深切体会到那个眼神背后的寓意。

一整晚,林泉都有点心不在焉,脑子里总是浮现出朱迪手机中那段视频里的自己。记忆是不准确的,每个人的记忆都自带不同的灯光摄影剪辑和配乐,以致同样的事情,当事人的记忆却可能出现大相径庭的不同版本。林泉怀疑那个夜晚的自己已经醉成那样,怎么会有能力干出那样的事来?可他又偏偏见过那段视频,他是真的跟朱迪躺在一张床上。除非有个时光机器能让他回到事发当晚,否则,他没法搞清真相。

这天晚上,如果有人经过林泉家楼下的花园小径,会看见他在阳台上待了很久很久。这个苦恼的中年男人,眉头深锁眺望着远方,但其实除了几十米开外对面楼里投射出来的灯火,他什么也看不到。对于自由的渴望,对于未来的憧憬,早已在这段时间的折磨中灰飞烟灭,虽然有序的生活可能有点无聊,但至少可控,死水一潭也好,静水深流也罢,他无比渴望回归平凡无奇、无惊无险的生活。幸好今晚杨翎又上晚班,他的不安如果还要担心被老婆看穿,那将在现有痛苦上更增一层负重。

林泉决定打个电话给朱迪,无论她要什么条件都可以,只要她能删了那段视频。林泉拨打了朱迪的电话,令他意外的是,电话一直占线。林泉不知道朱迪是不是在跟马国明打电话,等了半个小时,再给她打,还是占线。他有点焦虑了,他决定给朱迪发语音微信。

不想发文字微信,是怕她截图或者录屏,但林泉不敢再等下去,只好给朱迪发了一句：方便通个电话吗？

信息被拒收了，系统迅速反馈的小字幕提示，林泉还不是朱迪的好友。

林泉有点意外，看来朱迪把他给拉黑了，打不通电话也是拉黑了。她为什么要拉黑自己？这个问题困扰了林泉的后半夜，他辗转反侧，在床上毫无睡意躺到了天边泛白，才稍微迷糊了一阵。这一迷糊，就忘了时间，他被困在无边无际的黑暗混沌之中，这种感觉就像死了一样。如果能永远待在这个地方，不用考虑眼下的难题那该多好，浑身轻松脑内空空，无忧无虑只此一人。他已经很长时间没有过这样的睡眠，上次有这样的体验还是高考结束之后，那时的他大睡了三天。

手机铃声"越过山丘，才发现无人等候"的歌唱了三遍，林泉才终于醒来。

是老张打来的，林泉有点蒙，今天自己轮休呀，老张找自己干吗？

"泉儿，你赶紧去看一下邮箱，咱们行里所有人都收到了朱迪群发的邮件，里边还有你的视频。"

"什么？什么邮件？"

"你赶紧去看吧，看了就明白了。"

老张的声音听起来十分慌张，好像做了什么见不得人的事情。

林泉赶紧爬起来，打开电脑登录邮箱，一封来自朱迪的新邮件果然躺在收件箱里，时间显示是昨晚三点发送的。

那是一封实名举报的邮件，朱迪用简明扼要的文字叙述了马国明潜规则自己，并利用了他的好朋友也是同事林泉，两人一起欺骗并玩弄了她的感情，马国明骗朱迪说他会离婚娶自己，而林泉则瞒着马国明跟她发生了关系。

这封邮件除文字部分外，还添加了两个附件，其中一个附件是马国明跟朱迪交往过程中的聊天记录手机截图，另一个附件，则是令林泉昨晚伤透脑筋的那段不雅视频，唯独朱迪的脸上打了马赛克，林泉的侧脸清晰可辨。

林泉愣在了电脑屏幕前，他本能地想删除邮件，但发抖的手悬在鼠标上却停止了动作。老张打电话来的意思，应该是全行人都能看到这封邮件，自己删除也无济于事了。

林泉不知道接下来自己会迎来什么样的滔天巨浪，网络上每年都出现的扒皮帖和吃瓜帖现在就要发生在他自己身上了。全行这么多人，指不定谁就把它发到网上去了，他甚至能预感到，走出家门就会被人指指点点，甚至杨翎都可能会被人肉出来，被同事们评头论足。

该怎么办？林泉忘了穿鞋，光着脚在家里焦虑地走来走去，不断用手揪着头发，头发都快被揪光了。他给马国明打了个电话。

马国明那边也是焦头烂额，他看到这封邮件后同样如同五雷轰顶。

"泉儿，你跟朱迪到底怎么回事？怎么会有这样的视频？"马国明的声音听起来很激动。

"我真不知道，老马，那晚我喝醉了，我彻底断片儿了，我的酒量你是知道的，这纯粹就是朱迪在坑咱俩。"林泉辩解着，事到如今，他相信马国明会信自己。

马国明不由咒骂了一句，声音里除了焦虑和愤怒，听不出他信还是不信。

"咱们该怎么办？现在不是你一个人的事了，你不能不管我呀，我现在想死的心都有了。"林泉都快哭了。他能感觉到马国明是不信的，因为他没有发表任何态度。

"我哪儿知道怎么办？熙子该气疯了，她那么爱面子，我去，我也不知道怎么办好。实在不行，你也跟杨翎坦白吧。请个假，先别去上班了，我估计至少也是停职审查，你做好思想准备，万一实在过不去这关，另外找工作吧。"

马国明匆匆说完，挂断了电话，林泉魂不附体，郁闷地大吼了一声，瘫倒在沙发上。

没过多久，林泉接到了行里人事部打来的电话，通知他立刻停职审查，接下来一段时间都不用去上班了。

B

林泉行尸走肉般在家里走来走去，心慌得像是没跳在胸腔里，他甚至第一次拿起了抹布和刷子，开始像杨翎此前焦虑时会做的那样，开始大扫除。但面对柜子里整整齐齐的十多种清洁剂，他又立刻想到了杨翎，这令他更加心慌意乱，无从下手。

他决定什么都不做，先等杨翎回来，只要她一回家，就马上把一切都告诉她，关于那晚他为什么会跟朱迪共处一室，关于那晚他喝了多少酒，醉成了什么操行，他要全部告诉杨翎。他并不是有心欺骗，事实上，他真的不知道自己做没做过。隐瞒和欺骗就像一颗结石，已经凝结了许久许久，而且随着时间的流逝越来越大，只是这些天他自我欺骗地选择性忽略了。现在，他的心绞痛起来，这颗石头磨砺着血肉，令他痛到无法呼吸。

一整个上午过去了，杨翎并没有回来。

林泉开始有了不祥的预感,按说她早就该下班到家了。他从未像现在这样渴望见到杨翎,渴望她对自己说说话,哪怕是狠狠地骂自己也好,可他根本没勇气给她打电话。她不回来,一定是已经知道了,她的同事也都知道了,她们一定会指着她的后背议论纷纷。可杨翎是多体面的一个人呀,她什么都没做错,她不该替自己承担这一切。越往下想,林泉心里越愧疚难受,如果可以,他宁可一切罪孽都独自加倍承受。

一整个下午,林泉都在手机上搜索,网站上、微博上,如他预料已经有了"银行大堂经理遭遇潜规则"的热门词条。丑闻永远是最容易传播的,八卦是网友的天性,他不想看,又忍不住不看,看到众多网友谩骂和转发,他完全可以想象这条新闻已经被无数帖子和网友群扩散,甚至他的床照也会被无数人放大欣赏。一整天,微信提示音响个不停,熟悉他的客户发来微信:"哥们儿,那个视频上的人是你吗?"多少年不见的老同学也发来微信,甚至还有人在班级群里想要加他好友。就连家族群里,表姐夫居然还特意@了他,问他网上那个林泉是不是跟他同名同姓。

林泉一条信息都不想回,最后他气得扔掉了手机。

"就是这个人,色狼!"

"真不要脸,两个龌龊中年男居然合起来玩弄人家姑娘!"

"什么玩意儿,这个姓林的真他妈混蛋!"

"玩弄女性,X他妈全家!"

网友们的谩骂变成自动循环的弹幕在脑海中不断闪现,渐渐地变成了一句句人声,对于一个要脸的男人来说,这无疑是毁灭性打击。林泉听见无数人在骂自己,那些声音越来越响,化作无形的液体渐渐堆积起来，把这间屋子灌满。有那么一瞬间，林泉恍然身处海底，深海的压强令他无法负荷，四周全是暗不见光的海水，肺快要憋炸了，无法动弹也无法呼吸。等他回过神来，已经站在了阳台上，甚至半条腿已经跨过了栏杆。

阳台没有封闭，十六楼也不需要防盗网，齐腰高的栏杆不难逾越，只要纵身一跳，立刻就能终结这一切。那些辱骂无法淹没一个死人，那些谴责也无法继续追究他的灵魂。

林泉闭起眼，深吸一口气，用尽全身力气，把另一条腿也挪到了栏杆外边。下边是小区绿化带和一条石头小径，五十米左右的距离，只要他跳下去，这困扰着他的烦恼就立刻一了百了。他任凭身体跟随重力引导，把头稍许前倾，整个上半身就探了出去。他闭上眼睛，松开抓住栏杆的两只手，然后让身体开始自由落体。

天擦黑了，林泉开始坠落，时间在这一刻突然变慢，他感觉自己飞了起来。楼下的住户在厨房做饭，再往下一户，家人正围坐在餐桌边吃饭，再往下，有人在哄孩子做作业，也有人在黑着脸吵架，有人在桌前沉浸于工作忘记了饥饿，有人瘫在沙发上无聊地刷着手机，还有人缩在床上玩着不可描述的小游戏……不会有人关注他的死，这样很好，林泉的心安定了许多。随着耳边风声呼呼响起，他距离地面也越来越近，这一切马上就结束了，另一个世界或许会有全新的开始，他闭上眼睛，准备迎接即将到来的重生。

咚咚咚！

敲门声是林泉的微信提示音，现在这个声音简直变成了幻听，怎么那么响亮？手机不是被扔到床底下去了吗？林泉愣了愣，发现天已经黑透，他正骑在阳台栏杆上发愣，这个危险的动作尚未完成最后跨越的一步。

咚咚咚!

敲门声更响了。

林泉这才回过神来,是有人在敲门。

一定是杨翎回来了,林泉像是等到了救星,马上连滚带爬地下了栏杆,冲去开门。他动作太快,以至于忘了从门镜里看一眼外边是谁。

外边不是杨翎,是杨翎的老爸,老杨头。

老杨头铁青着一张脸,一把揪住林泉的领子,把他往门里推:"你个王八蛋!你都做了什么好事!"

拳头巴掌劈头盖脸地砸下来,林泉本能地一只手护住头脸,另一只手伸出去阻挡岳父:"爸,你听我解释……"

"去你大爷的,谁是你爸?我没有这么丢人现眼的女婿!"

老杨头大声骂着,连扇带踹,打得林泉无法招架,只能举起两只手慌乱地阻挡。老杨头正在气头上,本来就没站稳,被林泉的手无意识地一推,差点摔跤。

"你小子还敢还手?反了你了!"

老杨头更来气了,顺手抓起旁边的花瓶往他头上砸去。"咣当"一声,林泉的耳边爆发出一声巨响,花瓶碎裂,他并没有马上感觉到疼痛,只是有一点耳鸣。

"嗡——"

犹如洪钟作响,整个世界都清静下来,那些纷纷扰扰纠缠着林泉的幻听突然消失,眼前的世界突然被从天而降的红染了颜色,头顶开始痛起来,仿佛被一根看不见的钢钎直插入脑,头皮炸开,他已经感觉不到是否闭上了眼睛,昏倒之前的瞬间,只听到自己的头磕到地板发出的声音。

C

"问题不大,已经缝针了,再等一会儿CT结果也出来了,你别担心。"外科的孙医生对杨翎说着,并同情地看了她一眼。

"谢谢,你辛苦了!"杨翎对孙医生报以微笑。

"你跟我客气什么,谁家没点事儿呀,我倒觉得老爷子干得漂亮。这要是你自己动手,还未必能弄成这样,回头来不解气不说,还白砸了一下,砸完了,他倒觉得不欠你情了。"孙医生是个直率的大姐,说话有点口无遮拦。

"你都知道了?"杨翎不好意思地看了孙医生一眼。

孙医生点点头,特意去关上病房的门,小声地凑近了些:"你也别放在心上,丢人的是他,不是你,你又没做错什么,犯不着为了臭男人犯的浑惩罚自己,回头要是着急上火,把身体给急坏了,那可不值当。要气要急,咱们也得为值得的人,听见没?"

"知道了。"杨翎发自内心地感谢孙医生。

孙医生还没有要走的意思,再次补充道:"另外我还有点担心你老公颅骨骨折,头皮血肿也有点严重,我看他一直昏迷,不排除颅内有情况。如果CT结果不好的话,可能要做手术,我已经开了化验单,该查血查血,咱们提前走程序,真要手术了也不那么着急,你自己回头也注意着点。"

"好的,我会注意。"杨翎心不在焉地回答。

孙医生哼了一声,表情微妙,声音压得更小了,小到病房里只有杨翎能听到:"你还没明白我的意思,我是说,万一他要是有点什么病,你也能在检查结果里看到。"

杨翎不解地看着孙医生,不知道她到底什么意思。

"你呀,肯定是被气糊涂了。我是说,他都跟人那样儿了,咱们不敢保证他还干干净净的,你明白吗?咱们都是做这行的,得那些病的男的还少吗?"

"那些病?"杨翎还是没反应过来。

"哎呀,就是脏病。你可真是太傻了!"孙医生含糊其词、意味深长地说完,拍了拍杨翎的肩膀,"你得为自己考虑考虑,心疼点儿自己啊。我看他一时半会儿也醒不来,你得去他单位请个病假,这几天住院输液是免不了的。"

孙医生交代完,用安慰的眼神看了杨翎一眼,离开了病房。

林泉躺在杨翎面前的病床上,头上缠着纱布,紧闭双眼,不知是真没醒,还是在装晕。如果此刻杨翎头上能像游戏中的角色那样,头顶上出现一条怒气值的进度条,那数值一定爆表。但她再生气又能怎么样呢?最后,她只是狠狠地在病床的床脚上踢了一脚。

这一脚踢得有点狠,杨翎到了储蓄所,脚趾头都还在疼。杨翎也不知道自己为什么会来这里,在这个时候居然还真跑到储蓄所来给林泉请假,她现在完全处于无意识的状态,任凭脑袋里自动跳出的思绪牵引着她做任何事情。

马国明的办公室里,新来的主任已经坐在了办公桌前。他姓刘,看起来比马国明还小几岁,一头浓密的黑发,发际线尚未后退,但看人的眼神却有点张嘉译式的稳重。

"好的,没想到事情会变成这样。这个病假其实先不用请,因为行里已经决定停职审查了，可能您还没得到消息。"刘主任对杨翎说。

杨翎迟疑片刻，点了点头："没想到行里反应这么快，那这个审查得多久？"

"现在还不知道，得看调查情况，如果林泉同志醒了，麻烦你告诉他最好去行里一趟，亲自解释一下比较好，因为没人能比他更了解真相。组织上肯定是不会冤枉好人的，真相对他对您和您的家庭，想必都非常重要。"刘主任年纪不大，说话却比马国明稳重得多。

"好的，谢谢您告诉我这些。那我就先走了，有什么事情您可以给我们打电话。"杨翎不想在这里久待，告辞后就离开了办公室。

经过楼下大厅时，杨翎刻意低着头快速通过，但她原本就敏感，此刻更是浑身表皮细胞都变成了传感器，不仅能感觉到身后的指指点点，以及柜台后林泉同事的目光试探，还能感觉到他们正在窃窃私语，议论林泉和她的关系。这些眼神和声音交织在一起，形成了高强辐射场，杨翎身在其中浑身难受，不由得加快了脚步。接近门口时，看到保安大叔似乎朝着她走来，杨翎更紧张了，赶紧掏出手机假装打电话，回避保安大叔的视线，夺门而逃。

那扇门就像是辐射场的结界，杨翎突破之后总算能舒一口气。她站在路边，准备打出租车回医院。

一辆出租车刚刚调了头，停在杨翎面前。车上还有乘客，正好要下车。好死不死，那人竟然是朱迪。

朱迪付完了钱下车，见到杨翎也有点意外，她居然叫了声"林太太"。

她竟然还有脸叫我，真不要脸！杨翎气血翻涌，却一句话也说不出来。

"是不是很恨我？"朱迪冷笑着，不以为然地说。

杨翎气得浑身发抖，有想打她的冲动，却抬不起手，毕竟林泉也有错。

"不怕告诉你，我就是恨马国明、恨林泉，就连现在来交辞职报告，想到要进入这个他俩都待过的地方，都觉得恶心。"朱迪偏过头，嫌恶地看了一眼旁边的储蓄所。

"你这么做会毁掉两个家庭，你就不怕遭报应吗？"杨翎也不知道这句话为什么会脱口而出，明明她心里的千言万语比这句话沉重剧烈得多。

朱迪冷笑着打量杨翎："报应？呵，你老公坑我的时候怎么不想想会不会有报应？我当小三儿是不对，可他助纣为虐帮马国明他就对了吗？我还告诉你了，我真遭报应了，我现在得了艾滋病，已经确诊了。我就是个烂货，我就是不自重不自爱，但你老公也不是什么好东西！赶紧让他检查检查吧，没准他也传染了。"

说完这番话后，朱迪啐了一口，然后痛快地大笑，扔下惊诧的杨翎，大步流星地进了储蓄所。

杨翎回到医院，如行尸走肉一般，拖着两条像灌了铅的腿，木讷地走着，连202和女朋友吴芝跟她打招呼也没听见。

"杨姐！"吴芝伸手在杨翎面前晃了晃，她才终于回过神来。

"是你们呀？"杨翎挤出一个比哭还难看的笑。

"杨姐，林大哥的事情我们都知道了，你别难过，也先别着急。我觉得林大哥不是那样的人，没准是被人给嫁祸了，这种时候，他最需要你的信任。"

吴芝有礼貌地说完，见杨翎脸上没什么表情，也不知道她听进去没有，只好先推着202的轮椅离开了。

杨翎怎么会没听到，她只是不知道该怎么回应罢了。她觉得自己就是个大傻子，有人指指点点议论纷纷，有人给出各种各样的建议，然而谁都不是她，谁又能感同身受地明白她此刻的痛苦与愤怒？谁又能保证她接受了其他人的建议后，听他们的做法去执行不会后悔呢？

朱迪的态度，以及她讲的话，对于杨翎来说简直比当众扇了她十个大耳光还耻辱。归根结底，这一切的由头全是林泉！都怨他！不仅搞砸了自己的人生，还把杨翎的人生也糟蹋殆尽，往后余生，她将因为林泉而永远被钉在耻辱柱上。她越想越恨林泉，这个混蛋！

热心的小护士给杨翎送来了林泉的检查化验结果，她拿着报告单一一看去，血脂偏高，血小板偏低，白细胞正常，CT结果显示并没有脑震荡，也没有颅内损伤。而最后一张是为了准备手术而做的病毒检查，其中包含梅毒和艾滋病等好几种传染病。

杨翎突然紧张起来，朱迪那张狰狞的脸以及恶毒的话语再次出现："我得了艾滋，你也赶紧让林泉去检查检查……"

真恶心！

杨翎挣扎着看了一眼最后一页的检查报告，手指不断用力，检查报告被攥成一团，恶心！

杨翎突然听见自己脑子里有个声音在咆哮着，一遍一遍，一声一声，直到她被这个声音驱使，拿上检查单冲去检验科……

杨翎快速赶回病房，她已经蓄好了力，甚至把报告单都捏在手里，进入病房的前一秒作好充分的思想准备，要狠狠地摔在林泉脸上。然而，就在她进入病房的那一刻，手停在了半空中。

"小杨。"

"翎儿，我们替林泉给你赔不是来了。"

公公和婆婆满脸歉意站在病床边，林泉却还像个死人一样，躺在床上，一动不动。

杨翎收回了手，不知道该笑还是该哭。公公婆婆都是好人，老两口通情达理，对杨翎一直不错，这么多年来，逢年过节，总会从老家寄来各种干肉和特产，每次林泉跟杨翎闹别扭，他们也总是站在杨翎这边说话，从不怪她半点。

"爸，妈，你们来得还真快！"杨翎愣了片刻，苦笑。

"委屈你了，这个混蛋孩子，他把你气坏了吧？等他醒来，我们就好好骂他。"婆婆走过来，想要握杨翎的手。

杨翎闪开了，不知道该说什么。但她知道现在不该跟二老多说话，她情绪也不稳定，指不定就说出什么伤人心的话来。要说，这话也只能对林泉说，而不该针对二老，他俩也是无辜的。

杨翎走到病床的另一边，把手里的检查单掖在林泉的枕头下，又查看了一下药液的下滴情况，确认没什么问题之后，稍微把情绪控制住，回避着二老的目光，说："爸，妈，林泉就先拜托给你们了，我还得回趟娘家，我爸妈情绪也不好，我得去看看。"

"那你赶紧回去吧，别担心，这里有我们。"

"等林泉醒来，我们带着他去登门道歉。"

公公婆婆满面愧疚，连声音都带着歉意，杨翎却不敢接受："还是别去我家了，我爸妈正在气头上，我得先劝劝他们。"

405

杨翎离开病房,眼泪唰地流了下来,她不明白,这么好的父母,怎么生养了林泉这么不懂事的儿子。

D

"我的儿啊,你到底是怎么回事?怎么会有那种视频?你是不是被人给陷害了?妈妈相信你,我儿子不会做出这么糊涂的事。"

"你少说两句吧,事情都已经摆上台面了,满世界都传遍了,现在就算是白的也被人描成黑的了!"

"那我们就更不能让白的变成黑的,这不是天大的冤枉吗?名誉多重要,要是不搞清楚,这辈子他都要背着这个罪名了。"

"泉儿,你告诉爸爸,你到底是不是被冤枉的?"

林泉刚刚醒来,头依然疼着,只是从那种天崩地裂的痛,变成了绵延不断的痛,伤口那里仿佛有一根看不见的线,直接连着脑神经管理痛觉系统的组织,这痛令他对父母的话暂时无法回应。

林泉妈妈见床头柜上空着,担心儿子醒来口渴,拿着自己的杯子出去找热水去了,病床边只剩下林泉的爸爸。

林泉对于父母无话可说,愧疚地看了父亲一眼。

枕头边有几张检查单,林泉躺着看起来,血象看不太懂,CT结果没什么大问题,而最后一张——林泉看到之后,以为自己眼花了。

"儿子,还疼吗?别怪你岳父啊,他的心情可以理解,如果是我的女婿出了这种事,我也没法忍,这是人之常情,咱们不能因为这个怪他。我虽然不知道究竟发生了什么,但你终归是有错的。你呀,年纪不小了,还是不经事,太随意了,做人必须要谨慎,行差踏错一步都不行，你得严厉地批评自己，引以为戒，是你错了，就得认错。听见了吗？"

林爸爸还在教训着，林泉却摸出手机在网上搜索阳性是什么意思。他发现网上的答案跟他印象中的一致，都是体内某种病原体存在的证明。

林泉的第一反应是笑，这笑是苦涩的，是无奈也是自嘲，更是感受到了命运的戏弄。他一夜之间坠入深渊，没想到深渊里还有毒蛇，现在，毒蛇已经狠狠地咬了他一口。

"你笑什么？儿子，说句话，你还记得发生了什么事吧，想吐吗？是不是脑震荡了？"林爸爸见林泉不说话，还在怪笑，看他不太对劲。

林泉还在怪笑，淡淡的，也不知想些什么。

没多久，林妈妈端着一杯热水回来了，要给林泉喝。杯子都递到嘴边，林泉才有点反应，他回过神来推开了水杯："我知错了，爸，妈，你们别再骂我了，我知道我这次错得离谱。我需要一个人冷静冷静，想想接下来怎么办。你们都回去吧，你们都在这儿我更心烦。"

"可你还住院呢，我们怎么放心让你一个人留在这里？我得留下来照顾你。"林妈妈眼圈都红了。

"妈，你别这样，我心情已经够坏的了，要是你们留在这里，我还得照顾你们的情绪，就更累了。回去吧，我能扛过去，放心。"林泉一边说，一边把检查报告塞到了身下，生怕爸妈发现。

林泉好不容易把父母给哄走了，他并不是不在乎二老的感受，只是此刻已经顾不上父母的情绪，他们的担忧和关心只能徒增烦恼，解

407

决不了任何问题。临走时,林爸爸还想着要去见见亲家当面赔罪,也被林泉给劝住了。一人做事一人当,这件事不是父母搞出来的,不能让他们去承担。

送走爸妈,林泉在病房里也待不住了,打完当天的药水,他拔了针就去找杨翎。父母来的时候他已经醒了,也听到杨翎说要回娘家,只是装作没醒,怕醒来之后面对他们三个人更加尴尬。

现在他要去找杨翎,而且还要面对打过他的岳父,以及凶神恶煞的丈母娘。但他没办法,硬着头皮也得去,别说是挨骂挨打,就算是挨刀子他也得去,因为这件事除了他自己,还连累了杨翎。眼下,他的名声已经败坏了,工作很可能也保不住,但是,他不能不去和杨翎道歉!

林泉心急如焚地顶着头上的纱布,来到胡同里的杨家。大杂院里,杨家的门没关,刚进院子就听到杨翎妈在里边骂骂咧咧。

"哭,哭什么哭,你凭什么哭?要哭也得是那个混蛋王八蛋哭!我跟你说,你就是当初没听我的劝,现在好了吧,看到结果了吧?我看你爸就是揍他揍得不够,他都不带害怕的,才这么为所欲为。"

"行了,孩子心里够烦的了,你还跟着拱火。"是老杨头的声音。

"我他妈心里还烦呢,倒了八辈子血霉,摊上这么个女婿。"

林泉在门外听着这些话,一时间进退为难。

冷不防,丈母娘从屋里出来,迎面看到林泉站在门口。

"妈。"林泉心虚地喊了一声。

"呦,我当是谁家偷地雷的来了呢。"杨翎妈冷笑着看着林泉头上白色的纱布,没给林泉好脸色,"赶紧滚,我最近脾气不好,容易操你妈。"

林泉被这话说得面红耳赤,恨不能挖个地洞钻进去。但他又不能走,只好站在原地,眼巴巴地偷看门里边,希望能看到杨翎,或者听到她的动静。

屋里果真有了动静,脚步声响起,门被"咣当"一声踢得大开,老杨头端着一盆冷水,二话不说劈头泼在林泉身上。

林泉被淋了个精湿,当下脑子清醒了些,意识到现在杨家全家都在气头上。

"你走不走?你还不走我报警来抓你,你个臭流氓!"老杨头骂完,满脸怒气地挡住了大半个门,一副不让林泉靠近的架势。

林泉灰溜溜地走了,临走前忍不住回头又往屋里看了一眼,屋里半点动静没有,就像是没有杨翎这个人似的。

第二十一章

A

北京夏天的午后总是格外炽热,已经好多天没下过雨了,地面被晒得滚烫,蒸腾的热气让世界看起来微微变形,有种不真切的观感,让人如坠梦中。路边的大树上,知了不知疲倦地唱着歌,俯瞰着路边树荫下的一对年轻男女。

"你这样也太突然了,我都不了解你。"朱迪惊诧地看着眼前的男客户,有点不知所措。

"我也挺……挺紧张的,你千万别害怕,我不是什么坏人,我没……没谈过恋爱,第一次这样。"男客户显得比朱迪更不知所措,不知是热的还是紧张,满脸通红,说话还结结巴巴,"我是怕……怕跟你说晚了,你被别……别人追走了,我害怕。"

朱迪扑哧一笑,突然开心起来。这大概是最近这段时间最开心的事了,所以男客户请他去路边的咖啡馆坐坐,她就答应了。

咖啡馆里,空调沉默地吐出清凉,燥热全消。朱迪看着这个小伙子殷勤地去点单,那背影竟有些顺眼,他个头其实不矮,身材也匀称，不像马国明那样腆着个肚子。此前她还没有认真打量过他，尽管他给自己送过花、送过水果、送过蛋糕，但那段日子她心里全是马国明，容不下其他人。

冲动是魔鬼，而爱情让魔鬼现身。朱迪在辞职之后突然意识到，这不是爱，只是想占有，是欲。当她意识到这一点为时已晚。报复完了，并不愉快，反而自损重伤。辞职之后，她没敢和马国明道歉，一直把自己关在家里，沉浸在消极的情绪中。直到今天，男客户约了她，她才终于走出家门。

男客户端着两杯奶茶和一杯咖啡、一杯果汁回到桌前，不好意思地说："也不知道你爱喝什么，就咖啡奶茶果汁都点了一杯。"

"你太破费了，我喝果汁就行。"朱迪有点感动，她还从没被人这样细心地对待过。

"这……没啥，为你做什么都是我……我愿意的。"男客户不好意思地笑笑，"我叫朱建安，你可以叫……叫我小朱，也可以叫……叫我小安。我是个结……结巴，你别在意啊，不影响工……工作。"

"那我就叫你小朱吧。我也姓朱，别人也都叫我小朱。其实我想说的是，除了我不了解你，你也不了解我。"朱迪坦诚地说。

"没……没关系，我们可以慢……慢了解，如果你愿意的话，我……我就是想先表个态，让你知道我……我的诚意。我是个程……程序员，平时没……没什么社交，不懂追女孩子，但我觉得，最……最直接的可能是最有效的，能少走许多弯路。我不希望跟你的交……交往中会有弯路，因为从我第一次见到你就……就喜欢你了。"小朱磕磕巴巴地说着，看得出来这消耗了他不少勇气，"我……我姓朱，你也姓朱，咱们五……五百年前就是一家，咱俩要是结……结了婚，

411

孩子也姓朱，多好呀！"

朱迪被这番话给逗笑了，看着眼前真诚的小朱，内心有点触动："我很普通，就是个普通人。"

"不不不，你不普通，你长得就是我从小到大最……最喜欢的样子，还有你说话的声音，你的头……头发，也都是我最喜欢的，所以我鼓起勇……勇气追你了。但你也一直没……没啥表示，我担心还有……有别人追你，担心你……你看不上我，更担心你被别……别人抢走了。"小朱说着，从怀里掏出一个精致的首饰盒，打开来，放在朱迪面前，"你可以当我求……求婚了，可能不太……太正式，应该在更浪漫的地……地方才好，可我害怕下次约你……你要是不肯见我，那我就连这最后一次机……机会也没有了。"

朱迪看着那枚戒指，惊诧不已："求婚？你确定吗？咱们才只见过几面而已。"

"谈恋爱对别人来说好像很……很容易，对我来说就特……特难，我今天来找你其实鼓起了全……全部的勇气。有人说爱情不……不能找，只能等，我见到你就……就觉得我等到了。这戒指是我的诚……诚意，我希望能跟你以结婚为目……目标交往，只要你同意，咱们什么时候结……结婚都行。"小朱结结巴巴地说着，不好意思地低下了头，不敢看朱迪的眼睛，"你别嫌……嫌弃呀，我能想出来的最……最浪漫的事，就这样了。"

朱迪的心颤动了一下，此刻可能是她现在还未意识到的，人生中最重要的一刻。她并不是一个幸运的女人，这还是第一次有追求者送她戒指，并提出求婚。最爱的，最想的，最牵挂的，最后可能都会输给对自己最好的人吧。或许，那个赵熙子对马国明也是最好的，就像这个小朱对自己一样，此刻的她，心中并非没有欢喜。

"你能请我吃晚饭吗？我想先跟你说一些关于我的事，可能需要很长的时间才能说完。而你，也可以在听完我的故事之后，重新选择是否还要跟我求婚。"朱迪突然作了个决定，她打算赌一把，赌上自己的未来和人生。

小朱欣喜地点头："别说晚……晚餐了，宵夜也可以。你说，我非常愿……愿意听，求之不得。"

小朱结结巴巴地说话，看着朱迪的眼睛却格外透亮，一个人爱不爱，有多少感情，其实很容易能感受到。在这个男人面前，朱迪突然有了倾诉欲，她开始跟小朱讲自己的事情，这并不是一个幸福女孩的成长故事，充满了歧视、苦闷与自卑。她是个缺爱的姑娘，很小就失去了父亲，还有个罹患慢性病需要长期治疗开销很大的母亲，这是个沉重的负担，未来就算是结婚，也需要她的丈夫共同赡养，而现在的她，最近刚提出辞职。她不想掩饰人生经历，或许这不美好的真相能吓退面前的年轻人，这样，她也就不用选择了。这些事，其实她从未跟马国明提起，不知道为什么，在这个小朱面前，她却能毫无保留地脱口而出。

关于马国明，她是想说出来的，可这个名字到了嘴边，就像一块发红的炭烧灼着她的口舌，吞也不是吐也不是。最终在小朱那双清澈的眼睛的注视下，她还是没能说出口。

小朱听完朱迪的话，沉吟了好一会儿没有开口。

时间一分一秒地流逝，朱迪感觉心头刚刚生出的希望之火在一点点熄灭，如果自己是个男人，也很难喜欢这样的自己。

"没关系，你后悔求婚就算了，我其实也没想过自己会有这么幸运。就当我们是朋友，你能听我说完这么多话，还送了我这么多东西，我已经很感激了。"

朱迪起身微微欠身，算是给小朱鞠躬致谢，"告辞了，祝你早日找到真正适合你的姑娘。"

小朱果然没有回话，朱迪觉得就这样结束了，就当真的做了个梦吧，她拿起自己的包，准备离去。

小朱却突然拉住了她的手。他的手温暖有力，朱迪有些惊诧，停下了脚步。

"我……我这个人不会说什么甜言蜜语，我很同……同情你的过去，你看起来这么美……美好，你值得拥有幸……幸福，请千……千万不要自卑。"

朱迪苦笑，值得拥有幸福，意思就是他要放弃了吧？

"我不知道拿什么保……保证，也不知道怎么承诺，我就是觉……觉得，我可能是世界上最……最喜欢你的男人。听到你家的事情，我特别有……有感触，我的情况跟你很……很相似，我很小的时候失去了母……母亲，我是父亲养大的，一直很渴望能……能有个母亲。如果你愿……愿意给我机会，我想跟你一起照……照顾你的母亲，把她当成我的亲妈。"小朱磕磕绊绊地说着，语速很慢，很认真。

朱迪惊讶极了，有点不敢相信自己的耳朵。

"我……我这人没什么野……野心，就想有个幸福的小……小家，我容易吃……吃醋，我希望跟你……你在一起之后，你不要再给其他别的男……男人机会。我以后愿意多加班，多接私活儿多赚……赚钱。你想工作就……就工作，如果你觉得累觉得委屈，我很愿意养……养着你，虽然现……现在给不了你富裕的生活，但我会努……

努力让你衣食无忧,只要你……你不嫌弃。"

朱迪听着他的话越来越惊讶,她激动地望着眼前的小朱,他真诚又羞涩地笑了笑,深吸一口气,似乎在为自己鼓劲。

"我能给你唱……首歌吗?我唱……唱歌的时候不……不结巴。"小朱清了清嗓子,开始认真地小声唱起来,"他将是你的新郎,从今以后他就是你一生的伴,他的一切都将和你紧密相关,福和祸都要同当。她将是你的新娘,她是别人用心托付在你手上,你要用你一生加倍照顾对待,苦或喜都要同享……"

小朱唱着唱着,旁边的客人好奇地看过来,他的脸红了,但并没有停下来,继续小声唱着。就在这一刻,朱迪忽然想起此前马国明对她说过的话:

"我只希望,你今后别再随便找一个像我这样只是有点喜欢你的男人,你要找个全世界最爱你的男人。他堂堂正正、清清白白,不舍得让你受一丁点委屈,他心疼你就像心疼他自己,对你没有任何秘密,你们会谈一场可以公开的恋爱,可以大大方方去你们想去的任何地方,你们的父母都会知情,亲戚朋友也都会给你们祝福。"

"除了戒指,我还带……带来了房产证和体检证……证明,你别看我说……说话有毛……毛病,但身体绝对没……没毛病。房产证是今……今天拿到的,房子不大,你想去……去看看吗?我想给……给你一个家。"小朱说完,从他的双肩包里掏出一本红色的不动产产权证。

朱迪眼中泪光闪动,心潮澎湃,老天爷怎么会对她这么好,在做了那么恶劣的错事之后,还准备了这么一个惊喜大礼包,这令她受之有愧。

B

一连四五天,林泉大部分时间都像个活死人一样躺在病床上。他每天去两次肿瘤科住院部找杨翎,白天一趟晚上一趟,可杨翎请假了,他不论白天还是晚上都见不着她。

医生说,他可以回家了,他就一个人回家了。

回到家也是躺着,总行人事科有人打电话来叫他去一趟,他不太想去。调查什么?自己说的他们能信吗?酒店开房的人是他,留的记录是他,跟朱迪过夜那天晚上,酒店肯定还有他和朱迪上楼和进房的监控录像。孤男寡女共处一夜,房里的事,男的怎么说都说不清楚,更何况,还有这该死的艾滋病。他做梦也没想到朱迪会有艾滋病,这个检查结果,就是他跟朱迪有染的明证。

有位名作家说过,人会犯的错误归根结底只有三款:站错队、上错床、拿错钱。古今中外不论什么人,这三样只要沾上一样,都能把自己搞砸。林泉却把这三样都沾了,且只沾到一点点边儿,就把自己搞成这样。如果不是为了一点蝇头小利,答应帮马国明的忙,他就不会在那天晚上跟朱迪睡一张床。如果没有跟朱迪睡过,就不会得艾滋病。万幸的是,他在那一晚之后没碰过杨翎。

最终,林泉还是去了总行,他觉得就算是辞职,也应该有始有终,算是对这份工作,对这个工作十年的单位有一个交代。这件事浪费了整个下午,总行那位留着短发的大姐,问了他一堆问题,他也给出了一堆自己的答案。

临走时,大姐脸上的表情很有点惋惜,看起来似乎她相信自己说的话了。可这已经没有意义了,他很清楚,调查结果不会那么快就出来，他最后把辞职信直接交给了她。

林泉想过给朱迪打个电话最后确认一下艾滋病的事，可朱迪似乎换了号码，原来的号码变成了空号。他什么也不想干，躺在床上又睡不着，心里越来越清楚，自己跟杨翎完了。

杨翎大概还不知道他得了艾滋病，虽然他知道是杨翎把那几张检查单塞在他枕头下的，可她大概气到根本不想看自己的检查结果吧？以他对杨翎的了解，相信现在关于自己的一切，杨翎看见都觉得恶心。如果杨翎知道检查结果，就更坐实了他跟朱迪的关系，现在肯定已经在办离婚手续了。就算她现在不提离婚，过不了几天，她知道真相后肯定也是要离的，这件事没法瞒。

工作、朋友、家庭，统统失去了，人生彻底完了。想着想着，林泉居然歇斯底里地大笑起来，消化完这令人震惊的噩耗，竟然有点开心。他自己也很意外，都要死了，怎么还那么开心呢？是这不咸不淡的日子终于要结束了吗？是人生的大戏已经到了高潮吧，接下来，他就该扮演悲剧男主，在众人唾弃中独自赴死了吧？

"老天爷，那么多人出轨，那么多人玩得比我狠几十倍、上百倍，他们都没遭报应，怎么偏偏对我这么严格？我都没走出这一步啊，我顶多就帮了哥们儿一个忙。我得罪你了吗？你说，你是不是也在欺负我？"

林泉疯了一样站在阳台上冲着天大喊，喊完之后，又忍不住号啕大哭，哭累了就像疯子一样，不断在家里兜圈子。不知道走了多少圈，最后他在镜子前停下来，看着自己，镜子里的自己越看越陌生。等到笑完喊完哭完，浑身没了力气，他坐到了写字台前。他现在最想做的事不是去确诊和治疗，而是拿出一张纸，开始写遗愿清单。

如果生命最多只剩下一年，你将选择如何过呢？这个答案，每个人都不相同，对于林泉来说，他想要的就是痛痛快快地去大玩一场，然后死在无人知晓的地方。人一辈子最多也就是两万多天，除了吃饭睡觉蹲马桶发呆，以及小时候不能说话、不能走路的时间，还有老了之后同样说不清楚、听不明白也走不远的时间，剩下的其实就只有几千天。

在这宝贵又有限的时间里，又有无数个日复一日同样的工作日家庭日，见同样的人做同样的事，这样就算活一辈子其实也没什么不同。巴菲特曾经说过，人生就是不断抵押的过程，为前途我们抵押青春，为幸福我们抵押生命。而现在，林泉连命也快没了，他除了这个教训什么也没得到。逃避就逃避吧，反正现在自己也解决不了这命运的死循环，死了倒是可以一了百了，反正地球也迟早要毁灭，以后谁也不记得自己是个什么鸟。

这一生他从来就没有逃避过，该考大学就点灯熬油地拼，该结婚就立刻去找对象，该工作了就认真上好每天的班，然而，从未逃避并没有给他带来任何轻松和愉快，人生就是这么累吗？如果是这样，还不如死了好，既然无法掌握命运，至少可以掌握死亡。

林泉算了算，虽然自己没多少积蓄，但如果把每张信用卡都刷爆，差不多也够买一辆他的梦想之车帕杰罗，是啊，对于现在和没有多少以后的他来说，钱和信用又有什么意义呢？然后他要驾车独自上路，去新疆去西藏，去雪山去草原，去离天堂最近的地方，看遍最美的风景尽享自在，最后无人打扰地死在路上。这个梦，他已经做了好多年，无数次刷汽车论坛，看越野视频，走哪条路，在哪里停，车上要带些什么装备，要准备哪些衣物，一路上要用多少钱，详细到甚至路上听哪些音乐，他都早就想好了，就只缺这么一个让他可以下定决心放弃一切的机会了。

这个理想虽然可执行性很强，但是林泉突然想到一个最大的问题——他将要透支余下来的所有人生，把卡刷爆就要负债，如果不离婚，杨翎还是他老婆，即便在他死后，她也将背负这份耻辱的债务。

说心里话，对于杨翎，林泉从未深沉热切地爱过，他俩不过是同一屋檐下生活了十一年的夫妻，最平凡的夫妻。可她什么都没做错，不该为自己的错误承担任何责任。林泉很清楚自己不能也不该拖累她，甚至不能让她知道自己得了艾滋这件事。如果以后有人知道她的前夫，不，那时候应该是亡夫了，如果知道她亡夫是得艾滋病死的，她还怎么安然度过余生？别说再婚了，就算是朋友和亲戚怕是也不想跟她来往了，还有她的同事会怎么看她，她在医院的工作，还能不能保住都是问题。

林泉这辈子从没在她面前真正男人过，至少临死前，应该男人一回。想清楚这一切后，他给杨翎发了一条短信："咱们离婚吧。"

C

离！这个婚离定了，只是搞成这个样子才说离婚，真是太混蛋了！纵然已经过了好多天，杨翎的情绪仍然很难平复。

"什么时候去办手续？"杨翎飞快地回复。

林泉没有马上回她。

"想什么呢？"杨燕的声音打断了杨翎的思绪，她不知道什么时候站在了杨翎身后。

"没什么，脑子乱。"杨翎没精打采地回了一句。

"出了这么大的事，你肯定会胡思乱想的，来，跟姐说说。"杨燕走近些，温柔地把手搭在杨翎肩膀上，在她身边坐下。

"我在想，幸好我还有这个娘家，还有姐姐姐夫。不然，现在真不知道该去哪儿。"杨翎说话间眼眶不自觉就红了。

"傻妹妹，合着你不是咱爸妈亲生的呀？你就安心在家里住，要是闷得慌就跟我说，我陪你出去散心。你要想走远点，我给你报旅行团，新马泰港澳台，英法澳美全世界，你想去哪儿咱就去哪儿。"杨燕大手一挥，很有点挥斥方遒的劲儿。

杨翎欣慰一笑，感激地看着姐姐。

"我是说真的，你可别不放在心上。我这次生病，改变了好多想法，最重要的一个发现，就是想要做的事情一定要尽快去做，因为世事无常，每一个今天都是余生中精力和体力最好的一天。"杨燕凝视着杨翎的眼睛，"虽然咱爸咱妈现在都在气头上，但我觉得还是得冷静。这件事实在蹊跷，比如这个在网上公布床照的姑娘，你有没有想过她在搞鬼？我跟你姐夫都觉得，林泉不是那样的人，你也别不见林泉，得听他解释解释。万一，他真被冤枉被人坑了，你要是在这个气头上作了什么重大决定，可能会遗憾终生。"

杨翎愣了一下，她突然想起此前202的女朋友也跟自己说过同样的话。

"你姐夫跟我说，他也是男人，看男人还是比较准的，林泉是个有贼心没贼胆的人。你别生气啊，这不是小瞧林泉，世界上百分之九十九的男人大概都是有贼心的，不过贼心大小不同。林泉的性格，你应该比我们更了解的。他其实是保守怕风险的人，对不对？不然的话,也不会现在还当柜员。"

姐姐的推心置腹,让杨翎稍微冷静下来,第一次试着从另一个角度去考虑这件事。她很想把刚才收到林泉信息的事告诉姐姐,可又有点担心,一旦开始说这件事,那就必然要说自己如何监视林泉,又如何去用小号试探他,甚至还跟踪他去了酒店,这一桩桩一件件又要再一次被回忆,还得解释每一件事情之后林泉的反应,姐姐才能完全理解她和林泉真实的夫妻关系。还是算了,这一切都不足为外人道,虽然姐姐不是外人,但即便是全说给她听,她也未必能真正感同身受并且理解。杨翎最终把话又咽了下去。

"夫妻,一辈子要一起扛的事情太多了,事情发展到现在这样,他肯定是有罪的,但是不是罪已至死,你得好好分析分析。别看现在舆论压力大,满世界都在议论,但现在都什么时代了,每天都有那么多明星八卦还刷不过来呢,这件事过几天也就消停了,你们也不是什么名人,别给自己太多压力。"杨燕语重心长地说完,叹了口气,回头看一眼客厅里正帮着老杨头择菜的姐夫,声音温柔了些,"我差一点就失去了你姐夫,幸好当初你劝了我,现在,轮到我劝你了。"

姐姐的温柔体贴就像一罐热牛奶,沁入杨翎原本破碎成渣的心,痛楚在这一刻稍稍缓解。

"姐,你跟姐夫真的不离了吧?"

"不离了。你没说错,是我有点作。作了一辈子,折磨了他一辈子,我打算下半辈子继续折磨他,换个人可能没法忍我。更何况我们还有宝南,我还有病,我需要他。伟大的爱情可能是无私的,但我只是个自私的普通女人,只要他还愿意,就这么凑合过吧,哪儿来的完美生活?家家户户总会有点这样那样的问题,更何况,我自己也不完美，凭什么要求他完美？这不公平。"

杨翎欣赏着姐姐的温柔通透，这在以前几乎是不能想象的，她的眼神不再尖锐凌厉，如同被打磨过棱角的宝石，散发着淡淡的光彩。"姐，你真的变了，我喜欢现在的你。"

杨燕表情轻松起来："你可得抓紧时间喜欢我，你姐夫开始找国外的工作了，现在已经有点眉目，他老同学自己开了家公司，还挺想让他去的，等我们给宝南找好学校，就准备办理出国的事情。到时候，咱们就隔得远了，想见一面也没那么容易。"

杨翎眼圈又红了，扑进了姐姐怀里，紧紧地搂着她："我舍不得你走，姐，要不你带我一起走吧？"

"傻妹妹，国外哪有国内好呀，要不是为了宝南和治病，我才不想去。你还得过语言关，我现在每天上课学英语头都大了，先搞清你家林泉到底是不是被冤枉的吧，要是你真不想跟他过了想出国，等姐站住脚，一定帮你也出国。"

杨燕像是安慰孩子一样，轻轻地拍着杨翎的背。有所依靠的感觉真好，只可惜现在才发现，这个值得依靠的人并不是林泉。

D

关于离婚，林泉后来给杨翎回复了一句："越快越好，你什么时候有空？"

杨翎倒来气了，凭什么你想怎么样就怎么样，离完了你就解脱了？十一年的感情就可以说结束就结束了？哼，偏不，就得让你再多感受感受痛苦，多受受折磨，她索性回了一句："你等着吧。"

杨翎暂时不去想关于林泉的事,眼下她得把自己顾好,情绪和身体都是。在家这几天,她老犯困,一睡就不醒,一躺大半天,除了吃饭上厕所,几乎都在床上,跟病人没什么两样。老妈变着法儿地做各种她爱吃的菜,她也不觉得香,再这样待下去,人就要废了。

杨翎去医院销了假,又回到自己的岗位上。同事们不知道是提前商量,还是不约而同,没人再提林泉的事,大家好像就当没这回事。杨翎心中感激,精神也振奋起来。同事们怕她晚上值夜班容易胡思乱想,找了借口把她原本的夜班排到了白班,这样她就能白天见到同事,晚上见到家人。有了这帮好同事,杨翎备感温暖,连日的不快和郁闷也渐渐消逝,工作起来干劲十足。

距离晚上交班还有两个小时,正是不太忙的时候,杨翎正整理东西,准备稍事休息。门外突然有个声音响起,是护士站那边传来的:"杨姐,有人找!"

杨翎有点好奇,会是谁来找自己?出去一看,竟然是朱迪。

"姐,我能跟你聊几句吗?"朱迪没化妆,红着眼眶,脸色憔悴,跟平时判若两人。

杨翎最不想见的人,第一林泉,第二就是朱迪。"我跟你没什么好聊的。"

杨翎冷着面孔转身要走,朱迪却带着哭腔说:"姐,我今天是真心诚意地来找你道歉的,我要说的事特别重要,跟你也非常相关。"

杨翎转回头,她猜不出朱迪要对自己说什么,只是冷冷地看着她。两人就这样僵持着,旁边的小护士以及病人们都好奇地看过来,这令杨翎很不舒服。

五分钟后,杨翎跟朱迪来到住院部大楼的天台上。朱迪低着头,先是从自己遇到了小朱这个难得的追求者说起，一直说到他向自己求婚。

"打住吧你，你觉得在我面前显摆这些有意思吗？我就不祝你幸福了，再见。"杨翎克制着愤怒转身要走，但是想了想又停下来，补了一句，"不对，是再也不见，请你以后别再找我了，我这人有洁癖。"

朱迪一把拉住了杨翎的手，杨翎有些意外，嫌恶地瞪着她，朱迪又赶紧撒了手。"不，我来的目的不是这个，我是想告诉你，就在昨天，小朱发现了我的事情，他看到了网上那个视频，气坏了，跟我大吵了一架，要和我分手。我冷静了一晚上，想起你说过的我会遭报应的话，我发现这就是报应，你说得对，我真的遭报应了。"

"都是女人，我不想说话太难听，但也看不得你这么丧良心。你得了脏病还想结婚，不怕害人害己、天打雷劈吗？我以为你只是当小三抢人家老公，没想到你这么卑鄙，你这样做，压根儿就是想把脏病传出去！"杨翎有点解气，但她还是不知道朱迪究竟要说什么。

"姐，对不起。"朱迪扑通一声跪在杨翎面前，"不瞒你说，在跟小朱相处的这段时间里，我每天都提心吊胆，害怕他知道我之前的事情，他对我越好，我越觉得愧疚。这个结果是我应得的，我认，我不配这么好的男人。我今天来，是因为我想明白了，做错了事情就一定要弥补，要道歉。"朱迪一边说着，难以自控地泪流满面。

"你要怎么道歉，怎么弥补？"杨翎终于正眼看了朱迪一眼。

"那天我跟你说我有艾滋病，是因为我还在气头上，我觉得是林大哥破坏了我跟老马的关系，我恨他，我想让他也不得安生。其实我跟林大哥什么事都没有，在酒店那天晚上林大哥喝醉了，视频是我趁他醉倒了偷拍的，他真的什么都不知道。我没病，没得艾滋，我们之间真的什么也没发生。"

杨翎听到这里，脸色大变。

"我发誓，我说的是真的，我留下视频就是想恶心恶心老马，想留着威胁林大哥帮我说话。后来我发现老马开始远离我，就觉得是林大哥劝他离开我，就把视频给林大哥看了，想威胁他别管我跟老马的事。结果他抢我手机要删掉视频，没想到正好被你撞见，还把你给气走了。"

杨翎定一定神，确定自己没有听错，她终于知道了那天林泉跟朱迪纠缠在一起到底是因为什么。这意味着，整个事件一下子翻转过来，黑的林泉白的她，也颠倒过来。

朱迪带着哭腔，继续解释："我承认，我错得太离谱了！后来老马坚决不离婚，还当着你和林大哥的面给赵熙子打电话，求她不离婚，我难过极了，我也快崩溃了。我是真心爱过他的，你可能会不理解，其实我也不明白，世界上那么多男人，我怎么就爱上了他这个有妇之夫？我也有自尊，在遇到老马之前，我从没想过会当第三者。我知道错了，我爱错了！"

杨翎内心震动不已，不知道说什么。她此刻只觉得自己也错了，恨错了林泉，她竟然没有听姐姐和202女朋友的劝，不假思索就站在了林泉的对立面，并且和别人一起将林泉推向深渊。

"爱情本来就没道理，也不能自控，如果能控制，那就不是真爱，而只是作选择。当时我想，如果老马婚姻不幸福，那么我来帮他结束这一切，就像你们当医生的，如果病人身上有恶性肿瘤，那么早日切除不是对健康更好吗？"

杨翎愣愣地看着朱迪，她早已泪流满面，然而这件事已经完全超过她的人生认知，不知该如何应付。

"我以为我就是手术刀，能解除老马的痛苦，所以毫无顾忌地去找他，费尽心机争取他。是我被嫉妒和愤怒冲昏了头脑，觉得他俩都对不起我，所以才在气头上写了那封举报信。但我现在真的知道错了，错得太离谱了！你要是恨我，就打我吧，你怎么打我骂我都行！"

杨翎心潮起伏，朱迪讲的有些话她甚至都没听进去，心中想的全是林泉的艾滋病报告单。其实她拿到的检查报告显示林泉并没有艾滋病，可她当时气得失去了理智，只想让肮脏的丈夫受到惩罚。是的，他既然做出了那样的事情就应该受到惩罚，所以她找检验科的大夫给报告单动了手脚。林泉一定是崩溃了，这件事换谁都要崩溃。难怪他要离婚，还急于离婚，他一定是不想拖累自己，甚至不想让自己知道这件事。

朱迪见杨翎神色恍然，再次叫住她："杨姐，你能不能帮我个忙？我知道我没资格求你，可这件事除了你，没有别人可以拜托。"

朱迪说完，见杨翎还是眼神飘忽，鼓起勇气伸手拉了拉杨翎的手，杨翎这才回过神来，低头看了她一眼，马上敏感地把手抽掉。

"我想求你，帮我把真相告诉赵熙子。我保证，今后再也不跟老马联系了，也绝不会再打扰他们的生活。林大哥是无辜的，是我主动追求老马，是我的错。我不敢奢望得到你们的原谅，你们恨我一辈子也可以，我只希望无辜的人不要被我拖累。我现在打算离开这座城市，临走前，希望你们能知道真相，这样我也能心安一点。麻烦姐姐，帮我跟赵熙子道个歉，我实在没有勇气面对她。"

杨翎叹了口气，定定神："我不是你姐，别这么叫我，我也没法帮你道歉，这是你自己造的孽，这件事，应该你自己去做。"

杨翎说完，扔下依然跪在地上的朱迪，独自离开了天台。

第二十二章

A

马国明站在家门口,迟迟下不了决心开门进去。原本想要亲手打造属于自己的故事,没想到最终变成了事故。可以肯定,这件事熙子就职的律所已经尽人皆知,他没脸回来,可又不能不回来。

生理跟心理或许是有感应的,那晚在朱迪的香闺秉烛夜谈时,他就感觉到心脏不舒服,第二天又见到了莫西林,跟他聊完之后那种不舒服的感觉更明显了。现在,站在自家门口,那种不舒服的感觉却明显减弱,仿佛心脏是一个独立的个体,它也知道哪里是家。原本那天他当着朱迪的面,给熙子打了视频电话,事态已经往好的方向发展,他都想好了,周末就开车去把熙子和康儿接回家。可没想到当天晚上,朱迪就把举报信给捅了出去,第二天一早,他就接到了总行人事部打来的电话,通知他去配合调查。而就在当晚,他手机上的智能门锁提示,熙子回家了。这一来,他就不敢再回家了,这两天,他怀着深深的愧疚,一直住在酒店里,他不知道该如何面对熙子,如何解释自己的这一堆烂事。

犹豫了大约三分钟，马国明再次深吸一口气，给自己打足了气，纵然前方是刀山火海，现在他也要进去了，去给赵熙子一个交代。

这个时间，熙子应该在家陪着康儿吃晚饭，做饭的阿姨已经下班，正好没有外人。马国明不敢太快靠近，这个原本幸福的家，他从今往后可能再也不能回来了。他开了门，换好鞋，进入客厅，熟悉的灯光，熟悉的家具，熟悉的家常菜香，康儿跟赵熙子正坐在餐桌前，熙子脸色不太好，几日未见，她明显瘦了，也憔悴了许多。

"康儿，看爸爸买什么好东西了？"马国明挤出一个笑来，朝着康儿走去，他手里是康儿最喜欢的四驱车。

康儿正好吃完了碗里的饭，见到马国明特别高兴，嘴里叫着爸爸最好了，拿着四驱车去客厅玩了起来。赵熙子见到马国明，装作没看见他，眼皮不抬地说："你还回来干吗，还嫌我不够恶心？"

马国明声音放得很低，小心地看了一眼正坐在地板上开始拆包装的康儿："我回来给你一个交代，咱们不当着康儿的面吵架好吗？你放心，交代完我就走。"

赵熙子兀自喝完炖盅里的燕窝，看也不看马国明，起身上了楼。

马国明冲康儿招呼一声："儿子，爸爸妈妈去楼上书房谈点事情，你自己好好玩。"

康儿冲着马国明打了个OK的手势，继续埋头研究四驱车。

赵熙子跟马国明一前一后上楼进入书房，赵熙子走到窗边，背对着马国明，完全不看他的脸。

马国明也不敢跟赵熙子靠得太近，保持着两三米的距离就站定。

"熙子，事情弄成这样，我不敢奢望你的原谅。我对不起你，作为你的丈夫，从未让你感到过光荣，却把全家的脸都给丢尽了。我也对不起康儿，想到以后也许会有人指着康儿说他爸爸是个流氓，我心里特别难受。"马国明不想哭，等他感觉到脸上一片冰凉时，才发现自己竟然泪流满面。

"闭嘴！我不想听你说这些废话。"赵熙子回头瞪了马国明一眼，眼里透出彻骨的寒意。

"我想好了，我同意离婚，什么都不要，净身出户。你要是不想见我，就让老莫来找我办手续吧，康儿需要多少抚养费，你告诉老莫就行，我能承担的一定承担。以后只要有你和康儿用得着我的地方，如果你们还愿意找我，随时可以给我打电话。"马国明望着赵熙子，这个当初主动选择他的女人，如今已不复年轻时的精气神，他努力挤出一个笑来，却比哭还难看，"你保重，别为我难过，不值得。以后你一定要擦亮眼睛，别找像我这样没用的男人。我走了，家里的钥匙给你留下，我的东西基本上都是花你的钱置办的，我也不带走了，你要是想捐出去，或者扔掉，都行。"

马国明说完，把钥匙包放在书桌上，最后对着赵熙子鞠了个躬，转身偷抹了一把泪准备离去。

"站住！"赵熙子大声喝道，"马国明，你要给的交代就这么点儿内容？"

马国明听话地站住，诚恳地说："事情你都已经知道了，我不想再解释，我承认错了，错了就得认，认了就得负责。"

"好，你来负责，我要求你负责地告诉我，我赵熙子哪里不好，你为什么会想跟那个朱迪搞在一起？是因为她年轻漂亮，还是因为她温柔体贴？你到底爱她什么？"赵熙子大声质问，喉咙沙哑，眼眶泛红。

马国明从未见过赵熙子这一面，此时的她完全不像那个叱咤风云的大律师，更像是个憔悴无助、强撑着不让自己倒下的普通主妇，他的心，像是突然被针扎了一样，有点痛。他沉默良久，叹了口气："其实，我爱的不是她，是自己。"

"你不要跟我狡辩，这很有可能是我们最后的对话了，你的话将意味着我们的离婚原因究竟是你出轨，还是感情破裂。"赵熙子强迫自己冷静，像是在法庭上问询那样淡淡地说着，努力不带任何感情。

马国明有点意外，抬起头来认真地看着赵熙子："既然这个答案如此重要，那我就好好说说吧。"

赵熙子环抱双手，摆出一个防御性的姿势，怒视着马国明，她倒要听听马国明究竟有什么能说得出口的理由。

"咱们结婚这么多年，你比我忙得多。咱们生活的每一天，几乎都一样，早上一起从家里出门，各自去工作的地方，我每天都要跟很多人打交道说很多话，很累；你每天也要跟很多人打交道，因为工作需要，你比我说的话更多，比我更累。咱们的白天是不重合的，下班之后，我们回到这个家，我有很多话想跟你说，可你总是累得不想听，我在你眼里渐渐变成了一个絮叨的话痨，变着法子没皮没脸地讨好你，现在有个什么形容词来着？叫舔狗。对，我就是你的舔狗，每天不管工作怎么累，回到家也要继续扮演这个角色，让你开心。因为这个家里你最重要，只有你开心了，这个家才能好起来。"马国明说到这里，自我解嘲地笑笑，"可你大概从没想过，在我这条舔狗的眼里，你又是什么样子。你变成了冷漠的女王，高高在上俯瞰并管理着我和康儿，在你眼里，我只是个没有半点自由的附属品，我的一切都得在你的监视下、控制下，你才能满意。"

"你是说，你出轨是因为我管你、监视你？笑话，如果你根本不会出轨，又何必在乎我是否管你？法律约束并惩罚犯罪行为，是为了确保社会治安，现在到处都是摄像头，到处都有监控，但这并不会影响任何正常人的生活，只有那些有心做坏事的人才会觉得这样不好。你的理由我驳回！"赵熙子依然冷着脸，像是在进行法庭辩论。

"我从没打过官司，不知道什么理由能作为呈堂证供，接下来我要说的话，只是我的个人感受，至于究竟是感情破裂还是我出轨，你觉得哪个合适就用哪个吧。"马国明重新看了一眼赵熙子，她脸上的表情没有任何变化，"我只是早就对生活不满，却又缺乏改变的勇气。我是个懦夫，我已经四十出头了，这让我很害怕，可我的害怕不能对你表现出来，你会更瞧不起我。当初你会选择我，我一直很感激，那时候我还年轻，不知道自己将要得到的究竟是怎样的生活。我知道你并不爱我，只是喜欢我，自私地说，我觉得找个喜欢自己的姑娘结婚，会比找个自己喜欢的姑娘更幸福。你见过大世面，有钱，不容易被诱惑，还能让我不用奋斗就过上别人奋斗一生都未必能拥有的生活，甚至还解决了我全家人的生活问题。这些年来，你在我和我家人身上都花了不少钱，我真心地、深深地感谢你！"

马国明咽了口唾沫，他的情绪已经比刚才冷静，他顿了顿，试图组织好语言。赵熙子从没见过马国明这样认真地对自己说话，现在的他有点不像她印象中的丈夫。

"原来，我认为大男子主义是素质低的表现。在我们结婚之后，我告诉自己千万不要像老家的那些男人那样，我应该注意自己的言行，要体面，要配得上你，不能给你丢人。"说到这里，马国明苦笑了一下，"这一努力，就是十一年。可我发现，我越是不想给你丢人，你却越不在乎我是否丢人。大概在你看来，全家的面子，我的最不重要吧？"

"不是这样的，我没有！你没有证据！"赵熙子试图反驳。

这次马国明是真的笑了："是啊，证据？我哪儿有什么证据？只是这些年来在你朋友面前，甚至是在路人面前，你让我往东我不敢往西，你让我别说话我就得马上闭嘴，就算是我连话都不敢说了，你还嫌我吃东西吧唧嘴，嫌我爱吃蒜。我后来明白了，有些事情不是不能改，我也不是一定要吃蒜，而是我在试图保留自己的最后一点尊严，一个男人还能为自己做那么一点主的尊严。"

赵熙子不说话了，她刚才环抱着的双臂也无力地垂了下来，她没想到马国明会说出这番话来。

"你问我为什么找朱迪，其实很简单，我快给憋死了。我不是说你的做法不对，你对我的一切要求，其实只是你最基本的生活素质。可我跟你成长、生活、工作的环境都不一样，我们看的书不一样，我们看的电影不一样，我们爱听的歌也不一样。原本我觉得两口子嘛，是两个家里出来的人，肯定需要磨合，磨合久了，就习惯了，日子就好过了。但经过十一年的磨合，我发现磨掉的只有我，永远是我在配合你，而你，还是当年的千金大小姐。大概是我不够男人，我做不到百分百没脾气，可我又改变不了你，连一点点也改变不了，这让我觉得自己是个无能的、没本事的男人，搞不定自己老婆的男人。"

赵熙子的声音软了下来，眼中的冰已然开始解冻："可你为什么从来不说？我们是夫妻，有什么不能说？"

马国明又笑了，这一次，他笑得很好看，有点像年轻时候的样子，带着一点羞涩："我们结婚头几年我想说来着，后来为了要孩子，你付出了那么多的努力，我觉得我得让着你，不能让你生气。再后来，我们有了康儿，看着你对康儿那么好，那么疼爱，我有过一两次想说，但最后都想想就算了。其实，我知道你找小姑娘勾引过我，你根本不信任我。"

赵熙子有些惊讶，她急于解释："那是因为，对我来说，正因为你太重要了，你是我一辈子的伴侣，我想要确定你值得信任才这么做的。换做其他任何一个人，我根本不在乎值不值得。"

马国明叹了口气："你知道，那个小姑娘跟我说了一句什么话吗？"

"她说了什么？"

"她说，当信任需要通过手段来证明时，那就说明不存在信任。"马国明看着赵熙子眼中出现了羞愧，"你找的人很厉害，是北大哲学系的。"

"所以，是她主动告诉你的，还是你给了她钱？"赵熙子敏感地问道。

"你看，你还是这样，永远最关心的都是结果。"马国明苦笑了一下，"我不会告诉你的，这件事她只是个无关紧要的人，我们早就没联系了。她并不重要，没有她你也会找别人，而我也一定会发现。最终我还是会让你得到想要的答案，我没你想的那么笨。"

"我没觉得你笨，可你如果真的聪明，为什么要跟朱迪……"

"熙子，你还是没听明白我的话。我刚才已经说了，如果不是朱迪，可能也会有别人，因为我已经快要喘不过气了。我需要的不是一个女人，是一个心理医生。我错就错在，我不应该找朱迪，而应该直接去找个心理医生！"

马国明几乎是颤抖地说出这句话，他忍不住捂住胸口，按捺住因激动而狂跳的心。

赵熙子张开嘴，想继续说点什么，却什么都不说出来，今天的马国明是陌生的："不对，明明是你错了，是你出轨了，可为什么现在你让我觉得错的人反而是我？"

"出轨，你想过吗，何为轨？为何会出轨？"马国明深深地呼吸，他已经有些疲惫了，声音也低了下来，"我这辆火车原本一直循规蹈矩，努力前进，如果不是轨道上有人放了个石头，如果不是有人忘了给发动机检修、给轴承加油，这辆火车原本是不会出轨的。"

赵熙子怔怔地望着马国明，这番话不像是从她认识的马国明嘴里说出来的。

"你是律师，这是你的专业，现在我跟你也不是在打一场官司，我只是在说心里话，是你想听的心里话。我一直以为我们之间只是搭伙过日子的关系，我只是个想要占你便宜的无赖，或许只有这样，才能面对你对我所做的一切，才能让心好受一些。可笑的是，我明明发现我跟朱迪在一起的时候笑得最多，可我偏偏希望能陪我笑的那个人是你。我不是个聪明的男人，没有别的本事别的办法，不得不在没有你的地方缓解压力，只有这样，我才有勇气带着愧疚感和微笑回到这个家，才会继续在意你见到我之后开不开心，然后继续把人生和幸福都交给你。"

"你是说，你爱我？"赵熙子诧异地望着马国明。

"你觉得好笑还是讽刺？你明明是我老婆，可你都不信。"马国明说到这里哈哈大笑起来，笑得眼泪都出来了，"如果你也爱我，会让你觉得很没面子吧？"

"不，不是这样的，如果我不爱你，我为什么要去做那么多事情，那么多调查？"赵熙子声嘶力竭地为自己辩驳。

"不，你只是想控制我，你对我做的那些事并不是出于爱，那只是因为你需要一个没有灵魂的玩具，一个比猫猫狗狗带出去更有面子的宠物。你不爱我，你也不相信爱情，你最爱的只有你自己。"

赵熙子的头疼极了，一只手搭在额头上，用力揉着太阳穴。她无言以对，这里不是法庭，不是法律和道理就能判断谁对谁错的地方，这里是家，在家里只能讲感情。而关于感情，她暂时找不到对自己更有利的举证。

"对不起，我又让你头疼了。希望这是最后一次，我要说的全说完了，你好好休息吧。"马国明像是耗尽了全身的力气，显得很疲惫，最后看了赵熙子一眼，离开了房间。

赵熙子第一次感受到失落，她似乎从未相信过爱，可现在她竟然失去了她认为不存在的东西，前所未有的无力感和挫败感突然降临，这是她第一次感受到马国明的真心，脆弱、敏感、无奈却又坦诚。她突然意识到自己可能真的错了，在见过了无数失败的婚姻后，她仍然不知道该如何经营一种健康的夫妻关系。她开始后悔就这样放走马国明，相比马国明对朱迪犯下的那个错误来说，她的错其实更年深日久，也更严重一些。她不想就这样结束这段谈话，以及这段关系，马国明还需要她，而她也需要马国明。

赵熙子突然想明白了，她站起来，冲下楼去。

B

这些天闭关在家，林泉考虑了很多很多事情，人情冷暖在短短的几天内，也已经戏剧化地呈现。

就在今天下午,他接到了行里打来的电话,通知他调查还在进行中,可朱迪已经辞职,现在处于失联状态,行里希望他能再去一次配合调查。

对于一个快要死了的人来说,什么调查也好,真相也罢,都不重要了,林泉干脆地告诉对方,他也已经辞职,这件事他再也不想掺和了。

做完这件事,林泉突然有点痛快,辞职这件事,其实他想过一万次,没想到现在终于实现了。只要再跟杨翎办完离婚手续,他就彻底无牵无挂了。他突然很想喝酒,很想喝醉,醉了或许才有勇气去面对苟延残喘的剩余人生。他难得地给自己洗了个澡,找出一身还算干净的衣服,刮净了胡子,出了门。

林泉不知道其他酒吧在哪儿,他只去过江与湖,所以只好再去江与湖。幸好,这是全北京最贵的酒吧之一,最贵也就意味着这里会有最好的酒。临死之前,喝点最好的酒,贵也无妨。今天,他打算一醉方休。

ZIZI竟然不在,林泉打听到她辞职了,据说要去照顾男朋友,不会再来了。

林泉有点失望,想要找一张角落里的桌子,一个人安安静静地喝酒。可惜,这里既然是最贵最好的酒吧,自然也是人气最高的酒吧,除了角落里只有一张很小的卡座,卡座上已有一个年轻男子,其他每一张桌前都坐满了人。

林泉走过去,想跟年轻男子拼桌,这哥们儿穿着一件格子衬衣,戴着一副黑框眼镜,看着斯斯文文的样子,不像是酒客,倒像是刚下班的程序员。

"哥们儿,你这儿还有人吗?"林泉来到年轻男子身边,客气地问道。

"你……你在问我吗？"年轻男子结结巴巴地说，"没……没人。"

"能拼个桌吗？你今晚的酒算我的，哥们儿郁闷，实在不想等了。"林泉说着话已经大咧咧地在年轻男子对面坐下，平时的他从不这样说话。

年轻男子咽了口唾沫，看着林泉的样子，不敢摇头："那你就坐……坐吧，不用请我，我今天也挺……挺郁闷。"

林泉乐了，这敢情好，两个素不相识的陌生人，成了酒搭子也算是缘分。他点了一打很贵的啤酒，几份小菜，请年轻男子共享。

酒菜上桌之前，两人还有点尴尬，大眼瞪小眼地没话说。林泉觉得这样下去不行，一心赴死的人还能有多少个这样属于自己的美好夜晚？他不能让这顿酒喝不痛快，主动给四眼儿小哥先斟了酒，碰了一杯，然后开始说自己的故事。

他没说最不堪的部分，只说眼下自己遇到点难处，结果不论是中学群还是大学群，这几天都悄无声息。他猜，同学们已经私底下议论开了，或者他已经被孤立了，很可能除他之外的同学已经单独建群。甚至可能自己已经被踢出群，只是他还没在群里说话，所以根本不知道这件事。亲戚们也一样，这些天没有亲戚联系自己，既不表示支持，也不表示关心，上次父母来北京看他，意味着这件事已经传遍了，不擅长使用网络的二老一定是从亲戚那里听到的消息。想起自己这么多年来，逢年过节拿到单位发的福利卡和东西，总想着留给七大姑八大姨过年过节时送去或寄去，可在自己最无助的时候却没人站出来，还会把他当成茶余饭后的话题，林泉十分寒心。

林泉一边说，一边跟四眼儿小哥对饮，其间碰杯数次，四眼儿小哥显然被林泉的话题给吸引住了，听到最后居然痛哭起来，看得林泉一头雾水。

"我……我好怕我也要变成你这样了。"年轻人显然不善交流，摘下眼镜，哭得稀里哗啦。见林泉有点尴尬，不知道怎么接话，他道了个歉："对不起哥，我姓朱，你可以叫我小……小朱，大家都这么叫我，我对……对象也这么叫我。我对象是我暗……暗恋了很久的人，我这辈子都没这么喜欢过一个姑……姑娘。我最近跟对象求……求婚，她答应了，我高兴坏了，把这个好消息告诉了家……家里，现在，我家所有亲戚都盼着我能早点结……结婚。"

"这不是好事儿吗，你哭个什么劲？"林泉听小朱磕磕巴巴地说完，不明白了。

"眼看我们就准备去领……领证了，可就在去领证的前……前两天，我突然发现了一件事，我对象她……她居然有跟别人的那……那种视频在网上。"小朱结结巴巴地描述着，说着说着又哭起来。

"什么视频？"林泉又喝了一口酒，感觉这事儿有点不对劲。

"就……就是那种不穿衣服的，一男一女在……在床上……"小朱简直泣不成声。

林泉一听这个情况，跟自己的情况很相似呀，立刻关心起来："那又怎么样？你就不结婚了？哎，我说，你到底搞清楚没有，是你对象自己上传的呀，还是被人给害了呀？"

小朱听到林泉这么一问，愣住了："这我倒是不清……清楚，我脑子都……都炸了，没顾上。"

"嘿，你个傻小子！你要是我亲弟弟，我得给你一个大耳刮子，让你清醒清醒。你想想看,你对象的这种视频被人放在网上,很可能有什么情况?首先,你对象肯定挺漂亮的对吧?"

小朱点点头。

"然后呢,漂亮姑娘被人拍了不好的东西,是她拍的还是别人拍的都有可能,要么是她前男友,要么是被人给坑了偷拍的,要么就是被人给威胁不给钱就发出去那种,都不是什么好事儿。你想啊,哪个姑娘会愿意把这玩意儿放在网上给大家看?甭管是哪种情况,她都应该是受害者。"林泉气愤地说到了这里,又突然想起了朱迪,"或者说,她是出于某种原因不得不把这个视频发出来,比方说,揭开某个秘密,她可能被人欺负了,被人骗了,被人潜规则了,反正都不是什么好事,不管是哪种情况,她都是受害者。"

小朱直愣愣地听完林泉这番话,一拍脑袋:"我真是笨,我怎么没……没想到呢。"

"你对象看到这些东西在网上,难过还来不及呢!你倒好,给人受伤的心灵上又捅了一刀。假如你们真结婚了,遇到什么事情不都得一起扛吗?你这样像个爷们儿吗?你说,你要是我亲弟弟我该不该给你个大耳刮子?"

小朱也情绪激动起来,此刻酒意上头,脸也红了,他越想越不对劲,给了自己一个耳刮子:"大哥!我错了大……大哥!要不是今天遇到了你,我真不知道我错……错在哪儿了。我只顾着自己的面……面子,根本没想过问……问她什么情况。你说,我该怎么办呀?"

林泉大灌一口酒,指着小朱的鼻子:"你,要是个纯爷们儿,现在就去找她!跟人好好道歉!"

小朱也学着林泉的样子,大大地喝了一口酒:"谢谢大哥,我这就给她打……打电话,看她在哪儿,我……我这就去找她。"

"这就对喽!"林泉放下酒杯,像是完成了一桩大事,满意地看着小朱掏出手机打电话。

"喂,朱迪,你在哪儿?"小朱兴奋得都不结巴了。

林泉一听愣住了,重新盯着小朱打量,可从他脸上也看不出他对象到底是不是自己认识的那个朱迪。小朱起了身,临走前还冲林泉鞠了个九十度的躬,算是感谢,一边走还一边继续在讲:"我现在去找……找你吧,我要和你结婚!"

林泉还没回过神来,小朱已经拿着手机走到收银台那边,挂断电话正好也买了单,见林泉看自己,他还笑着挥了挥手。

看着小朱连蹦带跳地跑出去,林泉不知道自己究竟做对了没有,但细想,不论这小子的对象是不是林泉认识的朱迪,如果他俩真能在一起,如果朱迪真能得到一个真爱她、对她好的男人,也何尝不是一件好事?反正都将死之人了,别人的事情再跌宕起伏,干卿何事?

林泉苦笑一下,举起酒杯,跟桌上小朱留下的酒杯碰了一下,一饮而尽。

C

这几天,林泉的计划已经越来越详细,并且排出了先后顺序:

离婚、刷卡、换车、上路、死……

他已经想好了,无论如何,最重要的是先和杨翎把婚离了。如果不能带给杨翎什么好的东西,那尽早离开,让她免受自己更多的拖累和影响,就是自己对她最后的补偿了吧。

接着把这么多年的公积金取出来，加上自己的积蓄，统统留给父母，虽然不多，但如果买个固定理财，或者在老家买套小房子，每个月的利息或者租金，也能够贴补贴补二老的生活，就当是自己孝敬他们的最后心意。

目的地他也想好了，新疆，那也是杨翎心心念念想去的地方。

死，死在哪里，那就看命运的安排吧！

想明白这些，林泉又给杨翎发了条信息，催她尽快和自己去办理离婚手续。

杨翎看到林泉的短信就心慌意乱起来，她不敢想是自己伪造的那张艾滋病检查报告导致了他要离婚，还是因为朱迪那封邮件和视频。但不论是前者还是后者，他都是被冤枉的。她也不敢回信息，自从朱迪来找过她之后，一切都完全发生了变化，原本站在正确阵营里的杨翎突然意识到自己站错了队伍，错的人其实是自己。她很想看看林泉怎么样了，却又实在没勇气回家面对林泉。幸好，她还有从文身男手里买到的那个毛绒玩具，那个鼻子里藏着摄像头的小玩意被她小心翼翼地放在了电视机上边的收纳架上，跟其他几个毛绒玩具放在一起，正好能俯瞰大半个客厅。

这几天来，杨翎一有空就打开手机偷偷看着林泉。他有时候像雕塑一样，在沙发上一坐就是两个小时；有时候又像疯子，抱着头在并不宽敞的客厅里反复兜圈；有时候拿起手机刷个不停；有时候又和衣而睡，直接躺在沙发上甚至地上。多年来他一直是个安分守己、心重话少的人，现在，他大概是快要疯了，被铺天盖地的舆论和自己弄出来的那张检查单逼疯。

坦白吗？把朱迪和那张检查报告的事情和盘托出，林泉可能会杀了自己，如果是这样，她跟林泉就更不可能继续当夫妻了。

不坦白？那就只有离婚这条路，让他带着这个天大的秘密接下来指不定还会出什么事。

杨翎自己也快崩溃了，还差一点，就拿错了给病人的药水，要不是病人家属及时发现，后果不堪设想。结果是她挨了护士长的批评，当着所有人的面，做了深刻检查。这在杨翎的工作经历中，还是头一次，但她已经顾不上难过，脑子里全是林泉，既有认为自己得了艾滋病自暴自弃的林泉，又有发现自己竟是被老婆冤枉气愤难当的林泉。生活仿佛正在走向绝路，无论怎么选择，前方都是万丈深渊，而正是她自己亲手造成了这一切。事情已然失控，而且已经朝着不可逆转的方向风驰电掣。

杨翎在犹豫许久之后，决定回家见林泉。

本该是晚餐的时间，他却不在家。杨翎回娘家十多天，重新回到这个被她当成家的出租屋，恍如隔世。书房里放着一个行李箱，是家里最大尺寸的箱子，箱子锁着，沉甸甸的，杨翎没敢打开，她感觉林泉已经做好了离开的准备。

杨翎在沙发上一直坐到天色黑透，时间仿佛凝固了，她像是被定住了手脚，动弹不得。她焦虑着见到林泉时该怎么开口。

晚上九点，门有了动静，林泉回来了，他竟然还哼着歌，轻松愉快的状态令杨翎有些诧异。林泉打开灯后，才发现杨翎坐在沙发上，吓了一跳，但马上就恢复了正常，甚至还对杨翎展现出一个淡到不能再淡的笑。

"你来了就好，正好，有个礼物送给你。"林泉拿出一个礼盒，竟是一款最新的苹果手机,"这是刚出的,把你的旧手机给我吧,这个给你。"

"为什么?"杨翎有点意外。

"哪有为什么,这不是咱们的约定吗,但这是最后一次了,有始有终。之前每年都是国产手机,这最后一次也换个苹果吧,你一直都喜欢但总是嫌贵舍不得买。"林泉换了鞋,给自己倒了杯水,看起来并没有杨翎想的那么焦虑,"咱们赶紧把离婚手续办了吧。"

"你就这么着急离婚,是不是早就盼着了?"杨翎试探着问,心里忍不住猜测,他是知道真相了吗?去复查了吗?还是破罐子破摔想开了?

"我是个不忠不孝不仁不义的混蛋,这次的事情充分体现了我的无耻,对家庭不负责,对感情不认真,对诱惑顶不住,对事业也没上进心,年纪不小,毛病不少。我觉得这件事来得挺好,正好让你清晰地看出我的本质,早点离婚对你其实是件好事。对我呢,如果能让我少霍霍你几天,也算积德了。"林泉口条清晰,竟然有点戏谑的状态,他平日说话不这样。

其实你没病!那张检查单是我动了手脚,你跟朱迪的事情我也都知道了!

杨翎幻想自己已经把话说出口,结果林泉一下变了脸色,围着自己转了好几圈,然后歇斯底里地大笑,紧接着夺门而出。

于是话到嘴边,杨翎又咽了下去。

"你也别犹豫了,咱俩趁早完事,对彼此都好。真的,幸好咱们现在还没孩子,接下来你的人生还可以翻篇,你是个好女人,是我配不上你,离婚也是我自愿的,我就是不想再坑你了。咱们没房子,我也没钱能给你,这点特别对不住,你要是有什么要求尽管说,只要能满足,我都尽量满足你。"林泉认真起来,在杨翎身边保持着距离坐下。

杨翎心里一沉,看来,他的确是打算破罐破摔了,也作好了决定。她很清楚,林泉平时看起来有点蔫巴,其实性格极为倔强,一旦做出选择就不会更改。

"你真的都想好了?"杨翎心情复杂地望着林泉,这个熟悉的男人此刻的表情和状态却是她不熟悉的。

"想好了,一天都不想等了,咱们今晚把协议书写好,明天一早就去吧。"林泉伸了个懒腰,朝着书房走去。

"好,那就明天,我今晚先收拾东西,房租还有一个月到期,接下来的日子你住吧。"杨翎在心里叹了口气,当这个男人已经彻底决心放弃,她想也许他是对的。

林泉待在小书房,除了上厕所再没出来过,书房里有个小沙发,能凑合着睡一夜。

杨翎开始收拾东西,真的离了婚,就再也没必要回来了。第一个收拾的就是那个用来监视林泉的毛绒玩具,这段日子靠着这只玩具她看到了太多林泉的痛苦,今后,她没有资格再注视他的生活。把这只玩具塞进随身的包里,她忍不住留恋地看着熟悉的一切,客厅里的小餐桌是搬来之后去宜家买的,窗帘也是,这些没法带走;厨房里锅碗瓢盆都是她陆陆续续购置的,碗盘小碟子全是她最喜欢的样子,这些也没法带走;卫生间洗脸台下边的抽屉,放满了她日常清洁使用的品种齐全的清洁剂和消毒剂,大部分都使用过了,已经没必要带走;卧室里,床上的枕头和被褥都是杨翎精心挑选的,可这些东西林泉全都用过,她不想带走;衣柜里,三分之二的位置都放着她的衣服,原本放在这里的林泉的衣服大概已经被他打包收进了箱子。这个房间和这个房间里所有的一切，对于杨翎来说，并非都是美好的回忆，但不论这回忆是否美好，却都承载了自己与林泉十一年的人生，那最灿烂、最挣扎、最乏味、最温暖的十一年。到最后杨翎只拿了自己的衣服，以及一些化妆品，但她有个难题，墙上相框中的那些照片，归谁？

杨翎敲响了小书房的门，不一会儿，林泉开门了。

"墙上这些照片，你还要吗？"杨翎尴尬地问。

"不要了，你都带走吧。"林泉很果断地说，然后想了想，接着说，"这屋我也不打算继续租了，你看有哪些咱们买的东西，桌子椅子什么的，还有其他能搬走的东西，你要是需要可以全部带走，不要也可以搁旧货市场或者二手网站上卖卖，还能换点钱。"

"看来你真是完全看开了，这些东西对你来说已经一点价值都没有了。"杨翎自我解嘲地笑笑，心里难受极了。

我是个快死的人了，留着也没用。这句话差一点就脱口而出，林泉最终却又咽了下去。

杨翎低下头，不让林泉看到自己的眼泪，转过身去："那我就把这些照片一起带走了，我们明天民政局见。"

"等等，我还有个东西要给你。"林泉又叫住杨翎，转身从书房里拿出一个精美的小纸袋，递给杨翎。

杨翎趁着林泉转身的工夫，偷偷擦了擦眼泪，此时见到纸袋上的品牌LOGO，有些疑惑："这是什么？"

"你打开看看。"林泉笑笑。

杨翎接过纸袋，从里边拿出一个丝绒首饰盒，打开一看，是一枚闪烁着璀璨光芒的钻石戒指。

"你搞错了吧？明天是去离婚，又不是去结婚。"杨翎取出戒指细看，钻石不算大，但也绝对不小，没有万八千的买不下来。

"咱们结婚的时候，我就答应过你，一定要送你一枚像样的钻石戒指，十一年，我终于做到了。"林泉颇有些感慨地说。

"你神经病啊，这样有意思吗？"杨翎的眼泪唰地就下来了，她也不知道自己哪里来的力气，突然就对着林泉挥出了拳头，一拳一拳全落在了林泉胸膛上，可他并不闪躲，一拳一拳都接了下来。直到杨翎打得没了力气，他才低声说了一句："对不起！"

D

第二天的离婚特别顺利，谁也没有迟到，排队的人也不多，没有任何关于财产分配的异议，唯一值钱的比亚迪，杨翎也主动让给了林泉，也不需要去做公证，从进门到拿到离婚证一共也就不到一个小时。如果说有什么遗憾的话，那就是离婚证上边的照片没有拍到杨翎的右手，她今天是戴着这枚钻戒来的。

"真没想到，离婚证是红色的。"林泉拿到自己的离婚证，长长地舒了口气，他显然更轻松了。

杨翎也感到了一丝轻松，走出民政局的大门，她已经从已婚妇女变成了单身女性。她想了想，问林泉："你接下来有什么打算？"

"我？我辞职了，暂时也不打算找工作，想去散散心。我打算卖掉咱家的车，加些钱，换辆帕杰罗，然后，我要好好出去散个心。"

说话间，两人已经走出民政局，烈日高照，万里无云。

"你想去哪儿？"杨翎有点好奇，经历如此人生巨变的林泉此时最想去的地方会是哪里。

林泉笑了:"新疆,我想自驾去新疆,以前攻略做过几百遍了,也一直没去成。现在变成无业中年了,也不用请假,想玩多久就玩多久。"

"让我跟你一起去吧,你知道我也一直想去新疆的。"杨翎低头看了眼手上的戒指,她需要一切可能的机会,能让她把关于检查单的秘密告诉林泉。

"别呀!咱们都离婚了,你赶紧好好工作、好好生活吧。"这是林泉的赴死之旅,他不想带任何人,尤其是杨翎。

"你记得吗?咱们结婚第三年的时候,你说过的,以后一定要开车带我去一趟新疆。"杨翎掏出昨晚林泉送给自己的新手机,又扬起手上的钻戒,"这两个承诺你都兑现了,也不差这最后一个了吧?"

林泉有些不情愿,他为难地看着杨翎,想要拒绝,却不知道找什么理由才好。

"我保证,这是最后一次,咱们回来之后,我就从你的世界消失。"杨翎的双眼闪烁着泪花。

这是一趟说走就走的旅行。

林泉早已做好准备工作,所以卖车、刷卡、买车,加起来不过是三天的时间。

第四天,两位单身中年男女分别陪着他们的前妻与前夫,开着一辆崭新的帕杰罗,直奔新疆。

也许是晕车,杨翎总觉得不太舒服,头晕想吐,在车后排一睡就是好几个小时。晚上也接着睡,就像睡不醒,吃东西也是一点胃口都没有。

林泉一路上极少说话，只是停车休息的时候会刷刷手机。后来，他说去乌鲁木齐吧，都已经到了新疆的地界，不去一趟乌鲁木齐会遗憾的。

杨翎这一路都没发表过意见，去哪儿、住哪儿、吃什么，全凭林泉安排。事实上，林泉根本也很少说话，能不说就尽量不说，也不知道他在想什么，不是看着前方的路，就是看手机。但有好几次，杨翎试图偷拍他的照片，每每刚把镜头对准他，就被他发现了，她只好假装自拍，然后迅速收回手机避免尴尬。

北京通往新疆的这条路，车很少，经常开出去好几公里都遇不到一辆车。沿路风光的确很美，漫无边际的戈壁，绿色海洋似的草原，玉带般的河流，还有天上飞的鹰、地上跑的羊，甚至穿着打扮肤色容貌越来越具异域风情的人们。杨翎有些后悔为什么没有早点来，并懊悔这是她和林泉最后的好时光。

这段旅程，如同杨翎跟林泉的婚姻之路，大多数时候持续顺畅没有变化，无聊又无趣。在笔直平整路况的主干道上长时间行驶，都不用太拨弄方向盘，偶尔遇上车祸堵车、加油站暂停营业会耽误行程，也会因为前方落石和塌方而战战兢兢，如临大敌。

杨翎无时无刻不在找一个合适的机会想说出真相，可每次面对着表情复杂的林泉，她都说不出一个字来。亦如她的婚姻，这十一年来，她也有过很多次想要和林泉真正交心沟通，却总是错过最合适的时间和最合适的方式。

现在，旅程抵达了终点——乌鲁木齐。

抵达的时候，已经是下午四点了。身在陌生的城市，杨翎想请林泉吃一顿最后的晚餐，饭后，就把真相告诉他。不论结果如何，都会按照二人原本的约定，明天即将返程。

但林泉却把杨翎一个人扔在酒店里，自己跑了出去，音讯全无。一直到过了饭点，杨翎发短信问他，一会儿去哪吃饭，林泉才终于有了回复，却说他自己在外边吃，让杨翎自己解决。

杨翎纵然心中有愧，但还是气愤得不行，这就是那个永远不懂担当的男人，怎么可以在这样一个陌生的城市，把自己一个人扔在酒店撒手不管，自己潇洒呢？杨翎甚至联想到林泉是不是跟什么人约会去了，因为这些天他每天都在刷手机，虽然不知道他用的什么软件，但能看出他在不停地打字。杨翎叹了口气，对期待已久的晚餐也失去了胃口，大概是坐了太久的车，突然就觉得恶心反胃，冲到卫生间里吐起来。

晚饭没吃，她只喝了点牛奶，然后洗了个澡，连日来的风尘被她洗了个干干净净。她其实有点厌烦了，每次都是等，永远都是她在等，永远都是被动的，这样的日子她其实也烦透了。实在是不想再等下去了，她打定主意，今晚无论如何也要开口了。

等待的时间是煎熬的，杨翎打开电视，正好电视上在播放一部电影，韩寒导演的《飞驰人生》，这不是一部新电影，是一个讲述中年失意男赛车手的故事，明明是喜剧，但看到了最后，杨翎竟然有点想哭。

夜里十点半，杨翎听到隔壁的林泉终于回来了。

杨翎刚从浴室洗了把脸，让哭过的眼圈看起来不那么红，外面传来林泉的敲门声，作为前夫前妻，自然是没有同住一间的道理。

林泉进屋后没有坐下，掏出一张银行卡放在杨翎面前的茶几上："我把帕杰罗给卖了，这里一共是二十五万，就当是离婚礼物吧，密

449

码是你的生日。"

"你刚才就是去卖车了？"杨翎显然没有预料到林泉会去卖车，而且竟然把钱给了自己。

林泉点点头："这两天路上我就一直在找买主，正好接手的人是乌鲁木齐的，现在已经验完车过完户了。一共是二十七万，我留了两万，剩下的都在这里，你要是觉得不够，这两万也可以给你。"

杨翎的心被彻底击中了，她实在不知道该说什么，第一次觉得林泉是如此的帅气、潇洒、有担当、有风度。过了几秒钟，看见他从兜里掏出一沓钱，她赶紧伸手阻挡："够了，这些你留着吧！"

林泉没有再推辞，把钱揣回口袋："睡吧，我累了。记得明天上午的飞机。"说完开门走出了房间。

这个安静的夜晚，林泉终于解脱了，如释重负，完成了最后的任务。从此之后，他就不欠任何人的情了，只欠银行的钱。他的头沾到枕头，眼皮就像是沾满了胶水，再也睁不开了。

这一觉，久违的香甜深沉，等到林泉醒来天已大亮，一看手机竟然已经十二点了。林泉气急，机票订的是十一点半的，他着急地打了杨翎的电话，很快就接通了。杨翎那边很吵，她让林泉等她一会儿，说不用担心机票，她已经退票了。

这下，轮到林泉等杨翎了，他不知道杨翎在干什么，一等就是三个小时。在这个陌生的城市，她一个人能去哪里？她去见谁了？她会不会有危险？还是已经遇到了危险，她没办法回来？一个个疑问令林泉坐立不安，实在等不下去了，他要出去找她，刚打开门，就见杨翎从外边回来了。

杨翎来到林泉的房间，不慌不忙地从包里掏出一把车钥匙，放在林泉面前。

"这是我送你的离婚礼物，一辆长城的越野车，是新款的，虽然没有帕杰罗贵，但我打听过了，都说是国产越野车里最好的。你喜欢车，我愿意送你一个你喜欢的东西。"杨翎很平静，甚至还微笑了一下。

"你疯了！"林泉万万没想到会是这样。

"我没疯，我很冷静，我也不想这么快结束这段旅行，我还有个想去的地方没去过呢。巴音布鲁克你知道吗？昨晚等你的时候，我自己看了部电影，《飞驰人生》，你肯定知道吧，那里有一条特别美的公路，叫独库公路，号称中国最美公路，我想去走一趟，然后去巴音布鲁克草原看夕阳。"

"有意思吗，看夕阳？"

"我不知道有没有意思，但我很想看，你愿意送我一程吗？到了之后，如果你想回北京，咱们就一起回去；如果你想继续旅行，那你就一个人继续，我自己坐飞机回去，你不用管我。说心里话，我特别喜欢这次旅行，还没过瘾。既然是最后一次一起旅行了，我不想留下遗憾。你放心，回去之后我再也不会联系你了，你也不着急这几天吧？"

面对杨翎的双眼，林泉无法拒绝。

第二十三章

A

第二天一早,林泉和杨翎匆匆吃了早饭,又买了些水和食物,再次踏上行程。

依然是一路无话,只有导航的声音不时打破沉默。

杨翎发现林泉其实是开心的,他喜欢这条路,也喜欢自己送给他的车,他每一次换挡,每一次踩油门,总会流露出一丝畅快的爽朗。不知道他是不是已经放下了心结,可杨翎心里的那块石头,还压在命门之上,她的心脏每跳动一下,就疼一下,虽然看不见,却能感受到血肉被磨得生疼。

终于到了最美最爽快的这段路上,杨翎眼前出现了不断退后的绿茵,蜿蜒的公路如同缎带般绵延舒展,车窗降下一些就有惬意的风涌进来,置身其中,感觉像飘了起来。她伸出手,感受着风在手心的波动,像在抚摸一头皮光水滑的隐形巨兽。此刻,整条路都没有人,整个世界似乎只有这辆车,只有他们两个。

就是现在!杨翎的脑子里,那个声音再次出现,提醒着她此时就是开口的最佳时机。

"有件事我必须告诉你。"杨翎突然鼓起了勇气,对林泉说,"其实,朱迪后来找了我……"

杨翎说得很慢,斟酌着用词,这是她的关键时刻,必须小心行事。林泉听到朱迪的名字就恍了神,前方路面上不知为何突然出现了一块大石,他来不及避让,径直冲了上去。车胎碰到石头的瞬间,林泉回过神来,条件反射地抓紧方向盘试图稳住,但车速实在太快,惯性把车抛上了天。

上升,旋转,下落,杨翎感觉身体在离心力的作用下离开了座椅,幸好系了安全带,身体才没飞出去。紧接着的几秒钟,像正在观看的电影摁下了慢速播放按钮,整个世界都变慢了。林泉结结实实地撞上方向盘,安全气囊像一朵蘑菇猛烈炸开,然后他的身体被气囊挤压倾斜,在巨大的惯性下,头顶朝着前挡风玻璃撞去。杨翎看到林泉脸上已然初老的皮肤微微颤动似水涟漪,他的头结结实实地磕在了挡风玻璃上,一片冰裂纹出现,方才撞到的额头上也现出血痕。紧接着,杨翎的身体被绷到极限的安全带一把拽住,肩膀和胸腔传来压力带来的尖锐疼痛。

离开路面的越野车,在半空中三百六十度翻转后彻底失去平衡,又斜着旋转了半圈,最终在半空中画出一道抛物线,头重脚轻地栽进河中。

旋转和坠落令大脑有点功能失调,杨翎半昏迷半清醒,眼前的世界又仿佛摁下了快进播放。翻滚时车窗玻璃撞破的地方迅速灌进水来,紧接着是门缝,清澈冰冽的天山雪水争先恐后地涌入车里。天地之间只剩下水的声音,咕嘟,咕嘟,每一声都在吞咽这辆车。

杨翎脚上一片冰凉，冰水迅速蔓延到衣服和裤子上，刺骨寒凉带来隐隐痛感，鸡皮疙瘩瞬间竖起。她反应过来，可能看不到巴音布鲁克的晚霞了。闭上眼，脑海里浮现出一片广袤无垠的大草原，尽头是壮美绚烂的彩霞，云朵如新海诚画作般不真切，夕阳之下是千回百转被晚霞渲染成金色的开都河，美不胜收。

河流沉默地流淌，暗流的低吟提醒着杨翎，可能再过一分钟，这辆车，这两个人，以及那个尚未说出口的秘密就都会被彻底吞没，被河水裹挟着推送到足以安放它的温暖河床。最后，会是干干净净的，仿佛这辆车从未来过，仿佛杨翎和林泉从未来过，这片美丽的土地原本就与他们无关。

世界毫无预兆地陷入一片黑暗。

漫无边际的黑暗，没有时间，也没有空间。不知道过了多久，身体化作一粒尘埃，毫无重量可言，在虚无中缥缥缈缈，仅剩的一点意识提醒着杨翎，这大概就是要死了吧。

我还没有告诉他！我不能死！

B

"她怀孕了。"

"那还挺危险的！看起来年纪也不轻了，如果她醒了，安排先卧床静养吧。"

"好的，您放心，我会提醒她的。"

杨翎重新听到了来自人间的声音。又过了好一会儿，她才终于挣脱混沌的束缚，苏醒过来。

这是杨翎最熟悉的环境，白的墙，白的床，白色的床单，白色的被套，枕头也是白色的。这是病房，而她正躺在病床上。

小护士刚好进来，看到杨翎醒了，马上过来看她。

小护士是个睫毛特别浓密、眼睛大大的维吾尔族姑娘，戴着口罩也很漂亮。她用带着浓郁新疆口音的普通话说："你跟你爱人都受伤了，是河边的牧民发现了你们，就把你们给送来了。"

杨翎有些惊讶："他们还在吗？我得谢谢他们，这是救命的恩人！"

"人已经走了，没事的，你别放在心上。你丈夫比你醒得早，刚刚去做检查了，怕他脑震荡，毕竟他是头受的伤。你还好，没大问题。"

小护士说完，又接着忙自己的去了。

杨翎坐在病床上，花了好一会儿才回过神来。她拿出手机看了一眼时间，发现已经是第二天了，原来自己竟昏迷了一天一夜。她嘴唇很干，很想喝水，于是自己下床去准备倒水。

林泉这时候正好进来了，见她醒了，抢着帮她倒水。他的头顶又包上了纱布，杨翎突然想起上次妈妈骂他的话，说他像个偷地雷的，忍不住笑了。

"你笑什么？"

"你，还真像偷地雷的。"

"都什么时候了，你还有心思笑？"林泉没好气地说。他倒好水，先自己试着喝了一口，确定不烫之后才递给杨翎。

林泉坐回杨翎旁边的病床："医生说我没大事，你不用担心。倒是你，现在感觉怎么样？"

"我也还行,应该没问题。"

"你……肚子,疼吗?"

"肚子?不疼,倒是有点饿。"

"你再忍忍,护士说,一会儿就有饭吃了。我去买,你在床上躺着,别动。"林泉一边说着,一边把杨翎搀扶回床上,还体贴地给她把枕头竖起来,让她靠背舒服点儿。

"你怎么了,怎么突然……突然这么体贴?"杨翎窃喜,又有点疑惑。

林泉迟疑了片刻,不好意思地说:"医生告诉我,你怀孕了。"

"真的?"杨翎惊讶极了,这才回想起方才苏醒之际听到的医生和护士的对话,那不是梦,是真的!

她忍不住笑起来,不自觉地摸了一下自己的肚子,这里还是瘪瘪的,并未隆起。细想起来,其实上个月的例假没有来,而这个月的例假也没有来,她以为是这段时间情绪不好影响了内分泌,甚至也想过可能是更年期提前了,就是没想过是怀孕。回想起来,大概是三个月前那个旖旎之夜播下的种子。

杨翎一边笑一边期待地望着林泉,那眼神里,满是对新生命的向往。

林泉却避开了杨翎炽热的目光,他背对着杨翎,过了许久终于转了过来,面对着她,像是用上了全身的力气:"对不起,翎儿,这个孩子不……"

就在这时,林泉的手机铃声突然响起,是马国明打来的电话。林泉调整了一下表情,强作镇定,接听。

"泉儿!你怎么不接行里的电话呀!"马国明的声音听起来很急。

林泉有点不好意思地看了杨翎一眼，没有回避她："我……我把所有银行卡都刷爆了，所以屏蔽了所有银行的电话。"

"出什么急事了？你为什么要刷爆卡呀？"

"你就别问了，你找我什么事吧？要是不要紧咱们就回头再说，我这边还有点要紧的事。"林泉无心跟马国明解释。

"行里今天正式通知的我，朱迪去行里把所有情况都交代明白了。那个视频是朱迪自己偷拍的，你和她根本什么都没有发生过。行里让你赶紧回去上班呢！"

安静的病房里，马国明的声音格外响亮，尽管没有打开免提，但不仅是林泉，杨翎都能听得一清二楚。林泉惊讶地张大了嘴，好一会儿才喃喃地憋出一句："你说什么？"

"喂，你在听吗？泉儿，终于沉冤得雪了，行里已经通知网警去网上删帖了。我以前还误会过你，以为你……算了，不说了，都是我的错。对了，你什么时候有空咱们去一趟行里，人事部的领导很重视，问我们要不要追究责任。"

"算了，过去的事情过去就算了，我不需要再追究什么责任了。"

"那你什么时候有空呀，咱俩去好好喝一顿……"

马国明还没说完，林泉就挂断了电话。

杨翎看着林泉的表情，加上刚才听到的几句关键性对话，已经清楚发生了什么。看来朱迪的道歉是真诚的，她不仅对自己道了歉，也终于承担起所犯的错误，还了林泉一个清白。这清白对于林泉，对于她，对于马国明和赵熙子，都意义重大。杨翎突然感到一阵强烈的不安和愧疚，就连朱迪都已经鼓起勇气承认错误，而自己却依然不敢对林泉讲出实情。

林泉陷入了短暂的沉默，像是在思考什么，在病房里走来走去。杨翎看着他，暗暗松了口气，如果他已经知道了朱迪其实没跟他发生过关系，那他就没有艾滋病了，那么这个孩子……

"对不起，翎儿，这个孩子，怕是不能要了。"林泉的声音打断了杨翎的思路，他终于停了下来，回到杨翎面前，深吸一口气，"我要告诉你一件事，其实，我得了艾滋病。"

杨翎诧异地望着林泉，他说完最后一个字，眼泪就下来了。

"老马的话你也听到了，他说朱迪已经去行里交代了全部经过，我跟朱迪没发生过关系。可我也不知道，为什么会感染这个病。我是怕，这孩子可能会不健康，都怪我，咱们等了这么多年，好不容易有了这孩子，结果……"林泉实在没忍住，泪如雨下。

秘密已经到了必须说出口的时候，杨翎羞愧、忐忑、激动，她的声音在发抖："不，不是这样的，你没病，你没有艾滋病。"

"我真的感染了，医院的检查报告上写着的，大概这就是命。"林泉感激地望着杨翎，他以为杨翎是不敢相信这件事，"你帮我想想，医院里有什么途径可能会感染艾滋病？我一共也就献过三次血，另外就是上次住院的时候抽血检查过，会不会是那时候感染的？"

"不，你先听我说，你的这个病，其实……其实是我让你得的。"杨翎闭了闭眼睛，深吸一口气，鼓起勇气，终于把她去储蓄所帮林泉请病假，结果意外遇到了朱迪，被她深深刺激，一怒之下才伪造了检查结果的事情一口气全说了出来。

林泉怔怔地，良久没有说话。

"应该说对不起的人，是我。如果我从一开始就信任你，事情肯定不会到今天这个地步。当你被人污蔑，全世界都在嘲笑你侮辱你的时候,我不仅没能与你站在一起共同对抗,反而骗你、害你、落井下石、在你的伤口上插上了最利的一把刀。"杨翎真诚地忏悔,忐忑不安,"你骂我也好,责备我也好,我都愿意受着,是我对不起你。"

又过了好一会儿,林泉终于转过身来。他脸上是复杂的沉静,他什么话也没说,只是回到杨翎面前,张开双臂,紧紧地抱住了她。

"老婆,这孩子是老天给咱们的礼物,提醒咱俩,得好好把日子过下去。"林泉在杨翎耳边轻声说,虽然他还带着哭腔,但这是幸福的哽咽。

直到这一刻,杨翎心头的那块石头才终于落了地。她激动地笑着,哭着,跟林泉紧紧相拥。

C

时间过得飞快,夏去秋来,北京的秋天弥足珍贵,短暂而美好,是一年中难得的好天气。

杨翎依然在肿瘤科住院部担任护士,早孕反应最强烈的那段日子已经过去,她不再总是犯困,胃口也好起来,时不时地会想吃各种稀奇的水果。怀孕这件事,对于她和林泉的小家,还有双方父母来说都是大事,两边的老人经常变着法子给她送吃的,还有刚去了美国的姐姐一家,也给她从国外寄回各种营养品。但是没人知道,他俩已经离过一次婚,又复了婚。

作为高龄产妇,杨翎就像是重点保护动物,不仅得到了全家人的关心和支持,也得到了同事们的照顾,脏活累活只要她上手,马上有人抢。就连李川医生的手术也不再点名要她上,他们说好了,等她生完孩子顺利度过产假之后两人再重新联手。

林泉的人生也开启了全新的篇章，在和杨翎齐心合力把刷爆的信用卡都还上之后，他找到了新工作，在一家组织汽车自驾游的小公司开始了自己喜欢的事业。他喜欢规划路线，也擅长做成本核算，还帮着公司运营公众号做营销，每天忙忙叨叨。虽然收入暂时并没有提高太多，但这份工作令他身心愉悦，时间上也相对自由，定期去公司开会，偶尔带团，不用朝九晚五。他已经开始学习做菜和照顾孩子，等杨翎生下孩子之后，他就在家照顾孩子。

林泉戒掉了一切花钱的业余爱好，就连偶尔喝的酒也不碰了，全身心地为能够在孩子上小学之前买一套学区房而奋斗，另外每天晚上抽出一个小时运动。

现在每天早晚，林泉都开着那辆杨翎送给他的越野车接送杨翎上下班，而且在副驾驶的座位上贴了"太太专用"的标签。不知道是因为这辆车是杨翎买的，还是因为这个标签，杨翎再也不排斥林泉喜欢开车这件事，甚至很享受坐在副驾驶上，跟林泉一起听听歌、聊聊天的行程，哪怕遇上堵车，也不会觉得心烦。

对于未来，林泉无比笃定和踏实，他知道自己终于成为一个真正的成熟男人，虽然这一天来得有点晚，代价有点高。但看着身边越来越幸福的杨翎，想着即将出世的孩子，他就觉得这一切都是值得的。

杨翎还收到了来自202和女朋友吴芝寄回的明信片。吴芝研究生毕业了，带着202去各地求医，经常能从朋友圈看到他俩全国各地打卡拍照。202看起来胖了些，气色也越来越好，杨翎知道，这都要归功于吴芝的悉心照料。

马国明告诉林泉，他把那辆罗密欧给卖了，换了辆看起来一点也不骚气的丰田阿尔法。在他的计划里，等岳父大人苏醒之后，就载上岳父岳母，和熙子康儿一起全家旅行，还让林泉帮忙参谋路线。

赵熙子从马国明那里得知杨翎怀孕的消息后，责备杨翎不把自己当朋友，怀孕这么大的喜事竟然不跟自己说。杨翎不好意思地承认，她跟林泉其实不是丁克，怕学姐笑话自己白丁。赵熙子被杨翎的坦诚逗笑了，送了一份杨翎一定喜欢的礼物——预定的高级月子会所，并支付了全部费用，还说等宝宝出生后一定要当宝宝的干妈。

杨翎找到自己的包，从里面拿出那支放了许久的纪梵希口红回赠给赵熙子。两个老姐妹相视一笑，都知晓了彼此的心意，杨翎心里最后一粒疙瘩终于解开。

两个男人已经做好了一桌饭菜，四人围坐在餐桌旁，四只酒杯碰到了一起，听听，那都是幸福的声音。